오로라

"손에서 내려놓을 수 없을 정도로
페이지가 저절로 넘어가는 놀라운 이야기."

—스티븐 킹(소설가)

오로라

데이비드 켑 장편소설
임재희 옮김

문학세계사

데이비드 켑의 『오로라』에 대한 찬사

"손에서 내려놓을 수 없을 정도로 페이지가 저절로 넘어가는 놀라운 이야기."

—스티븐 킹(소설가)

"데이비드 켑은 소설 『오로라』를 통해 현재 활동하는 최고의 스릴러 작가 중 한 명으로 확고한 위치를 확보했다. 지구상의 거의 모든 전력망을 휩쓸어버릴 정도의 강렬한 지자기 폭풍이라는 놀라운 소재도 흥미롭지만, 이 책이 진정 주목받는 이유는 사랑할 수밖에 없는 소설 속 인물들과 숨 가쁘게 펼쳐지는 빠른 전개, 그리고 이 거친 현대를 살아가며 맞닥뜨리는 질문—삶이 우리의 통제를 벗어나면 어떤 일이 벌어질까?—을 우리 앞에 던졌기 때문이다."

—블레이크 크라우치
(『암흑 물질』, 『재귀』의 저자, 뉴욕타임스 베스트셀러 작가)

"숙면은 잊자. 『오로라』는 장대한 서사지만 지극히 사적이고 심금을 울리며, 끔찍한데 예상치 못한 흥미를 선사하며, 긴장감이 넘친다."

—린우드 바클레이
(『먼저 자신과 만나요』의 저자, 뉴욕타임스 베스트셀러 작가)

"데이비드 켑의 『오로라』에는 서로 충돌하는 갈등 위에 두 개의 큰 이야기가 담겨 있다. 독자들은 언제, 어디서, 어떻게 갈등이 충돌하는지 궁금해 끝까지 페이지를 넘길 수밖에 없을 것이다."

—브라이언 드 팔마 (영화감독)

"데이비드 켑이 오늘날 가장 성공한 시나리오 작가로 손꼽히는 데에는 이유가 있다. 그는 최고의 스토리텔러 중 한 명이기 때문이다. 『오로라』는 그가 표현할 수 있는 최고의 두려움, 흥미, 시의성이 담긴 큰 작품으로 우뚝 올라섰다. 즉시 구매하시길."

—스캇 프랭크
(『퀸스 갬빗』의 저자 겸 감독)

"『오로라』는 훌륭한 소설이자 훌륭한 스릴러가 갖춰야 할 모든 것을 담고 있다. 데이비드 켑의 이야기는 무섭고, 놀랍고, 매우 재미있으면서도 따뜻하다. 그렇게 많은 결을 능숙하게, 그것도 성공적으로 버무릴 수 있는 작가는 많지 않다. 하지만 켑은 그 모든 걸 보여줬다. 『오로라』는 최고의 스토리텔러 중 한 명의 작품이면서 최고의 경지에 올라와 있다."

—마이크 루피카

(『더 호스우먼』의 공동 저자이며 『로버트 B. 파커의 복수 투어』 저자)

"데이비드 켑이 또 한 번 해냈다! 유머와 공포 그리고 너무도 설득력 있는 지구 최후의 날 가상 시나리오가 어우러진 『오로라』는 올해 내 독서 목록 1순위다."

—크리스티나 달처

(『복스』 저자)

"흥미진진한 캐릭터들이 빠르게 재난에 대처하는 모습이 잘 형상화한 스릴러. 켑은 성공적인 시나리오(『쥬라기 공원』, 『스파이더맨』) 작가로서 익힌 재능을 이 소설에 녹여 등장인물들의 관계를 드러내며 점점 더 혼란스러워지는 세계에서 폭력이 벌어지는 상황을 섬세한 시선으로 흥미진진하고 만족스러운 이야기로 만든다."

—『커커스 리뷰』 리뷰

"오싹하다. 켑의 상상력이 돋보이는 플롯은 등장인물들의 운명이 어떻게 흘러가는지 알고 싶은 독자들이 계속 페이지를 넘기게 할 것이다. 마이클 크라이튼 팬이라면 켑에게 더 많은 것을 기대하게 될 것이다."

—『퍼블리셔스 위클리』리뷰

"실제 과학에 기반한 탄탄한 서사. 그럴듯하고 오싹하다."

—『북리스트』

"앉은 자리에서 완독할 수 있는 책으로, 짜임새 있는 플롯과 분위기 있는 소설이며 통제 불능으로 변한 세상에 남겨진 인물들에게 독자들은 빠져들 수밖에 없다."

—『더 가디언』

차례

우리는, 그것이 무엇이든 간에, 이 상황을 극복하고
서로 돕기 위해 여기 모인 것이다.

—마크 보네거트 의사가 커트 보네거트에게 보낸 편지
『블루비어드』에서 인용

내가 우주의 궤도를 돌고 있을 때
옆에 있어 준 멜리사에게

캐링턴 사건

1859년 9월 1일, 태양 대류권 자기장 깊숙한 곳에 갇혀 있던 거대한 가스층 플라스마 구름 떼가 항성의 중력에서 벗어나 코로나(Corona─광환─특히 일식이나 월식 때 해나 달 둘레에 생기는 빛) 주변에서 폭발했다. 태양이 왕성한 활동 주기에 들어서면 하루 서너 번 정도 코로나를 분출하기 때문에 코로나 질량 분출(CME)은 그 자체로 큰 뉴스가 아니었다. 그러나 1859년 그날의 CME는 에베레스트산 크기와 맞먹을 정도로 거대했고, 지구를 향하는 각도가 완벽했다. 이로 인한 전자기 혼돈은 이를 처음 목격한 영국 천문학자의 이름을 따 캐링턴 사건으로 알려지게 되었다.

시속 600만 마일의 속도로 이동하는 태양 에너지는 폭발 후 17시간 만에 지구의 자기권을 무너뜨렸다. 전 세계의 전신 기사들은 신호판에 불길이 솟구치는 걸 목격했고, 백금으로 된 계전기 스위치가 녹아내렸다는 보고가 있었다. 세계 곳곳에서 밤하늘이 낮처럼 환해졌다는 뉴스도 이어졌다. 소용돌이치는 자기장의 북극광은 멀리 쿠바와 자메이카 남쪽까지, 남극광은 멀리 콜롬비아 북쪽에서까지 볼 수 있었다.

다행히 1859년 당시에는 전신 시스템이 유일하게 중요한 전기 네트워크였고, 며칠 내 복구가 가능했다. 지구상의 대부분 사람들은 큰 혼란 없이 즉시 정상적인 생활로 돌아갔고, 캐링턴 사건은 지루한 여름의 마지막 며칠에 활기를 불어넣는 해프닝으로 끝났다.

그로부터 23년 후, 1882년 9월 4일, 토머스 에디슨은 로어 맨해튼의 펄 스트리트에서 미국 최초로 전기 공급용 발전소의 첫 스위치를 컸다. 이후 인류는 완전한 전기 중독의 길로 접어들었다.

평균적으로 150년마다 한 번씩 대형 CME가 지구를 강타한다.

예정된 시간이 지났다.

1부

징후

1

오로라, 일리노이주
4월 14일 화요일 오전 6시 32분

노먼 레비를 이야기하자면, 우선 그를 모르는 사람이 없다는 말을 먼저 해야 할 것이다. 그는 시카고 대학의 교수로 재직하며 재능과 호기심이 넘치는 사람들을 사로잡았고, 관심사가 같은 사람을 언제든 알아보는 재주가 있었다. 사람들과 잘 어울리지 못하는 학생들도 그의 비좁은 대학 사무실이나 오로라 인근 카유가 골목 끝에 있는 그의 목조 주택에서 저녁 식사와 커피와 음료를 마시며 집처럼 편안함을 느꼈다. 태양 과학자였던 노먼은 평생 태양 연구에 몰두했지만, 그의 진정한 관심사는 사람이다. 자식 없는 홀아비였던 그는 사람들이 나비를 채집하듯 친구들을 사귀었는데, 책을 읽으라는 강요 없이, 그들을 자극하고 질문하는 **대화**를 좋아했다. 그는 사람들과 대화하는 것보다 더 가치 있는 일은 없다고 확신했다.

그러나 4월 14일 화요일, 그의 주방 벽에 걸린 전화벨이 울렸을 때, 중부 표준시 기준 오전 6시 32분의 대화는 반기지 않았다. 노먼은 싱크대 곁에 서서 커피를 내리며 창밖을 바라보았다. 카페인 섭취 전의 몽롱한 상태에서 울린 전화벨 소리에 얼굴을 찡그렸다. "이 시간에 전화할 친구는 없는데." 영화 속 대사가 쓸데없이 머릿속을 스쳤지만, 맞는 말은 아니었다. 그의 친구들은 아무 때나 전화를 걸었고, 다양한 시간대에 사는 사람들이라 불평할 수도 없었다. 노먼은 전화기로 다가가 안경을 내리며 발신자 표시를 읽었다. **실버 스프링, 메릴랜드.** 그는 수화기를 들었다.

"우리가 이야기했던 거겠지." 노먼이 말했다.

수화기 너머 긴장되고 흥분된 목소리가 빠르게 흘러나왔다. "지난 24시간 동안 GOES-16의 영상 본 적 있어요?"

"지금 아침 6시 30분이야, 젊은 친구."

"그래도 전화했으니까요, 노먼. 기억해 보세요."

노먼은 페리 세인트 존의 목소리에서 다급함을 느낄 수 있었고, 목을 가다듬으며 집중했다. 페리가 기초천체물리학 수업에 들어와 강의를 한 번 들은 뒤, 존경받는 교수에게 멘토를 찾고 있는데 마침 노먼을 만나게 되어 마음을 정했다고 말하는 순간부터 그가 마음에 들었다. 그런 배짱을 누가 거부할 수 있을까? 첫 강의를 들은 후 20년 동안 저녁 식사를 하고 전화와 이메일을 주고받았던 페리는 태양 현상을 모니터링하는 NOAA(국립해양대기청)의 주요 관측소 수석 연구원 중 한 명이 되었다. 그는 백합처럼 흰 피부의 백인들이 가득한 천문학계에서 단지 흑인이라는 이유로 의혹의 눈초리를 받았으며, "네, 닐 디그래스 타이슨이 저에게 큰 영감을 주었어요"라고 말하는 데 지쳐 있었다. 연구소가 이 분야에도 흑인을 채용했다는 걸 알리기 위해 강요하듯 그의 얼굴을 언론 인터뷰에 밀어붙였을 때도 그는 그렇게 말하며 일했다. 천직으로 여겼기 때문이었다. 그는 사람들에게 자신이 기상캐스터라고 말하길 좋아했는데, 엄밀히 말하면 사실이지만, 그가 모니터링하는 폭풍은 봄 소나기처럼 보이는 카테고리 5에 속하는 허리케인이다.

그는 노먼에게 반복해 물었다. "혹시 지난 주기 때도 비슷한 영상 본 적 있나요?"

"어젯밤에." 노먼이 말했다. "다시 한번 로그인해줘서 고마워. 몇 시간 동안 즐거웠어. 장장 몇 **시간**이나! 페리."

"불길이 치솟는 거 봤어요?"

"물론, 큰 폭발 두 개. SUVI(Solar Ultraviolet Imager—태양 자외선 관측 망원경)가 잡아냈지. 방사능 광도 센서를 포화 상태로 만들어버려 다시 확인하지 못했어. 왜 그러지?"

페리는 수화기 너머 잠시 말을 멈추고 생각했다. "2차 폭발이 묻혔을 가능성은요? 아니면 3차?"

노먼은 이마를 찡그렸다. "아마 그럴걸. DSCOVR에 방사능이 아직 닿지 않았지?"

DSCOVR은 심우주 기후 관측 위성인데, 2015년 말 발사 성공

후 지구에서 약 100만 마일 떨어진, 중력에 구애받지 않는 최적의 장소인 라그랑주 1지점의 궤도에 진입한 이후 우주 날씨와 특히 태양 활동을 모니터링하는 데 중요한 도구로 사용됐다. 이후 DSCOVR은 지구와 태양 사이를 맴돌면서 위성에 장착된 센서 배열을 통해 거의 실시간에 가까운 정보를 NOAA에 전송했다.

"네." 페리가 대답했다. "약 45분 후에 지구를 7도 정도 벗어나게 될 겁니다. 제가 말하는 건 바로 그 뒤에 있는 거죠."

"뒤에 뭐가 있는데?"

"세 번째 불꽃이 치솟았고, 굴절 각도가 0이고, 빈 공간으로 이동 중이에요. 새로운 영상이 방금 올라왔어요. 보세요. 기다릴게요."

노먼은 커피를 무시한 채 무선 전화기를 들고 서재로 가서, 책상으로 사용하는 커다란 오크 식탁 앞에 앉았다. 그는 노트북을 열고 전화기를 어깨에 걸친 다음, GOES-16과 NASA의 태양 역학 관측소로부터 전송된 영상을 볼 수 있는 NOAA 사이트로 바로 들어갔다. 훈련이 덜 된 눈으로 본다면 노먼의 모니터에 나타난 일련의 빛의 이미지와 나열된 데이터에서 별 의미를 찾을 수 없겠지만, 65년 동안 시각적으로나 양적으로 이런 형태의 데이터에 완전히 익숙한 그의 눈은 바로 알아챘다. 코로나 빛의 분포와 줄지어 올라오는 숫자 정보들이 마치 사람이 절벽 가장자리에 서서 랜턴을 흔들며 "다리가 끊어졌어요!" 외치는 것과 천문학적으로 같은 상황이 벌어진 것이다.

"굴절각이 뭐였다고?" 노먼이 물었다.

"0" 페리는 자신의 대답을 노먼이 벌써 들었을 거라 확신하며 반복해 말했다. 노먼은 눈을 깜빡이며 데이터를 빨아들일 듯 쳐다봤다. 두 번이나.

"말도 안 돼." 그가 말했다.

"그렇다고 가정해 보시고." 페리가 말했다. "몇 가지 모델을 실행할 시간이 있나요?"

"난 여든여덟이야, 페리. 당연히 시간 부자지."

"위성이 지구 정지 궤도상에 있을 때 입자 방사선을 모델링해 보세요." 페리가 말했다.

"농담 아니지?" 노먼은 정신이 번뜩 들면서 사태의 심각성을 깨달았다. 그는 두 번째 노트북을 열고 고다드 우주 비행 센터에서 운영하는 CME 공개 모니터링 화면에 로그인했다. 전 세계 수백 명의 아마추어 애호가들이 태양 흑점 활동 데이터를 놓고 비공식적인 토론을 시작했다. 지난 18시간 동안 비정상적으로 폭발한 양성자(프로톤)와 엑스레이 유동(플럭스)의 양을 알아차린 사람은 페리뿐만이 아니었다. 태양을 관찰하는 커뮤니티 회원들은 그것들을 저장하고, 올리고, 해석하느라 흥분 상태였다. 노먼이 본 것들은 페리가 품었던 의구심에 고개를 끄덕이게 했다. 한 번이 아니라 세 번의 연속적 폭발이 일어났으며, 각 폭발은 이전 폭발보다 더 컸고, 처음 두 번의 폭발로 인한 엄청난 광도 때문에 모니터링 장비의 기능이 마비되어 세 번째의 거대한 폭발을 담아내지 못했는데, 지금은 CME가 이전 폭발의 여파에서 벗어나 비교적 맑은 상태의 우주를 떠돌고 있었다.

노먼이 직접 설계한 모델링 소프트웨어에 입력하기 시작한 정보들은 복잡하고 광범위했다. 방금 측정한 폭발의 크기와 빛의 강도의 플라스마(전기적 중성인 상태) 영역은 지구의 전력 공급에 영향을 줄 수 있는 물리적, 기술적 위험 요인을 포함하고 있었다. 엔터키를 누르고 최종 결과가 모니터 위 깜박이는 작은 상자에 표시되자 노먼은 바닥이 푹 가라앉는 것만 같았다.

"젠장." 그가 말했다.

"어떻게 됐어요?"

"내 모델이 별로야. 다른 거로 해볼게. 잠깐 기다리게." 그는 입력한 정보들을 지우고 전 세계 여러 사이트에서 데이터를 가져와 상상할 수 있는 전기장의 진폭과 방향을 다양하게 바꾸면서 대체 시나리오로 다시 시작했다. 그는 다른 결과를 원했다.

자신이 틀리길 바랐다.

페리는 NOAA의 모니터링 화면 앞에 앉아 전화기 너머로 노먼이 정신없이 타이핑하는 소리를 들었다. 노먼이 당대 최고의 태양 연구자 중 한 명으로 꼽히는 데는 그만한 이유가 있었다. 그의 공식은 틀린 적이 없었다. 페리는 노먼의 첫 번째 결과가 무엇이든 매우 정확할 것임을 알고 있었다. 그러나 노먼이 작업하는 동안 방해하지 않아야 한다는 것도 잘 알고 있었다. 조바심내던 페리는 노먼을 기다리며 자신의 관측 모델에 직접 데이터를 입력했다.

그의 뒤에 있던 동료들은 희붐한 아침 빛 속에서 그가 무엇을 하고 있는지 궁금해하며 쳐다봤다. 〈커피는 바로 이 맛이지〉 문구가 적힌 머그잔을 손에든 켄 머태는 페리의 어깨 너머로 그가 마치 젊은 마에스트로처럼 일련의 컴퓨터들을 오가며 자판을 꽝꽝 두드리는 듯한 모습을 홀린 듯 바라보았다. 한편 테리 피츠패트릭은 밤새 손자와 함께 있느라 너무 피곤해 의자에서 일어나기도 힘들었지만, 느린 걸음으로 다가와 페리의 반대편에서 몸을 숙이며 가느다란 눈초리로 모니터를 내려다보았다.

머태는 여러 이미지와 데이터 스트림이 모니터 화면을 가득 채우는 것을 보고 의심의 눈초리로 페리를 바라보았다. "이게 뭐야? 게임하는 거야?" 숫자들이 믿기지 않았기 때문이었다.

피츠패트릭은 데이터를 살펴본 다음 페리를 바라보며, 안경을 머리 위로 올리고 질문을 던졌다.

"헛짚었나?"

"그런 것 같지 않아요."

피츠는 페리가 시뮬레이션에 정보를 불러오는 동안 화면을 응시하며 정보를 흡수했다. "얼마나 남았어?"

휴대폰을 어깨에 걸치고 있던 페리는 목이 아프다는 것을 깨달고 고개를 들었다. 자판을 두드리느라 전화기가 탁 소리를 내며 책상 아래로 떨어졌다. 전화기를 타고 "이봐! 이봐, 듣고 있어?" 노먼의 흥분된 목소리가 들렸다. 그러나 페리는 계속 모델을 바꿔가며 자판을 두드렸고, 모델마다 '핑' 소리를 내며 〈입력 완료〉 메시지가 떴지만, 결과는 매번 같거나 비슷했다.

"페리." 피츠가 다급한 목소리로 물었다. "시간이 얼마나 남았어?"

전화기에서 노먼의 목소리가 꽥꽥거리는 것처럼 들렸다. 머태는 손을 뻗어 전화기를 뒤집어 스피커 버튼을 눌렀다. 노먼의 목소리가 갑자기 크게 터져 나왔다.

"틀린 게 아니야! 이건 **틀린** 게 아니라고!"

연구실 안 곳곳에서 고개를 들었다. 사람들이 웅성거리기 시작했고, 노먼의 일그러진 목소리도 스피커를 통해 흘러나왔다. 페리가 손을 들어 등 뒤의 논쟁을 잠재우며 최종 시뮬레이션을 실행하라는 컴퓨터 엔터키를 눌렀다. 모두 입을 다물고 기다렸다. 컴퓨터가 '핑' 소리를 내며 작동했다.

페리는 책상 위에 놓인 휴대폰을 내려다보았다. "노먼? 듣고 있어요?"

"물론이지."

"해보셨어요?"

"컨박의 새로운 변압기 모델로, 세 번이나. 자네는?"

"저도요." 페리는 목소리를 가다듬었다. "캐링턴 수준과 비슷하죠, 맞죠?"

페리의 뒤에 모여 있던 일곱 명의 남녀는 전화기를 내려다보며 누구의 목소리인지도 모르는 채 대답에 귀 기울였다. 왠지 모든 것이 정체불명 남자의 대답에 달린 것만 같았다.

쉰 듯한 노면의 목소리가 스피커에서 흘러나왔다. "30년째 되던 해, 넷째 달 다섯째 날, 내가 체바르 강둑에 유배자들과 함께 있을 때……."

머태가 갑자기 자신이 농담의 주인공이라는 걸 깨달은 사람처럼 끼어들었다. "실례합니다만, 당신은 대체 누구고 우리가 지금 여기서 정확히 뭘 하는 거죠?"

노면은 이에 굴하지 않고 말을 마쳤다. "하늘이 열리고 신의 형상을 보았지."

페리가 머태를 올려다보았다. "성경 얘기예요."

"젠장, 성경이라니. 저 노인이 왜 성경을 인용하는 거지?"

"에스겔의 환시, 기원전 593년." 페리가 말했다. "어떤 사람들은 그게 지구 최초로 기록된 오로라 현상이라고 생각해요."

피츠는 페리의 어깨에 손을 얹었다. "충돌까지 얼마나 남았지, 페리?"

"7시간에서 12시간 정도요. 대략. 태양풍은 매우 가변적이라서요."

피츠는 자리에서 일어나 머태를 바라보았다. 이미 창백해진 그의 얼굴은 몇 분 전보다 더 하얗게 질려 있었다.

"그럼 우리는 고립되는 건가?" 피츠가 물었다.

"나는 그렇게 안 부를 거예요. 그렇게 이름 지을 건가요?"

"켄, 이건 전 세계적인 블랙 스카이 사건이야."

"나는 전압이 감소하는 감압 현상이라고 봐요." 머태가 말했다.

"감압? 그냥 **선글라스**나 끼고 있을 거라고 말하지? 1972년 이전 전력망에 1,000amps가 몇 개나 될까?"

"퍼뜩 떠오르는 거요? 적어도 2,000개는 되겠죠."

피츠는 고개를 끄덕이더니, 생각에 잠겼다. "그것부터 시작하지. 전화해서 나머지 만 개 중 몇 개가 상당 30amps의 직류 전류가 흐르는 권선형 핫스팟을 가졌는지 파악해 보도록 해."

페리는 고개를 저었다. "50으로 정하는 게 좋을 겁니다."

"좋아, 50." 피츠는 이제 피로를 잊고 활기를 되찾았다.

하지만 머태는 제자리에 얼어붙은 듯했다. "어디서부터 시작해야 할지 모르겠어요."

피츠가 그를 바라보았다. "시작?" 그가 물었다. "빌어먹을, 나라를 통째로 지하 저장고로 만들어야 할 판이라고."

한편 오로라에 있던 노먼은 무선 전화기를 책상 위에 내려놓고 작은 스피커로 흘러나오는 두 사람의 언쟁을 묵묵히 들었다. 그는 책상 한구석에 아무렇게나 처박혀있는 소형 라디오의 복잡한 설정

방식을 잠시 생각하더니, 의자에서 몸을 일으켰다. 곧 그것만이 유일한 의사소통 수단이 될 것이었다.

그는 자기 집에서 막다른 골목이 내려다보이는 큰 창문가로 다가갔다. 해가 이제 막 동트기 전의 하늘을 깨고 서서히 차오르고 있었으나, 완전히 지상으로 나오지 않은 상태였다. 전날 밤에 켜놓은 현관 등이 그대로인 몇 집을 제외하고는 거의 모든 집이 어둠에 잠겨 있었다. 노먼이 불 커진 가로등을 바라보는 동안, 매일 아침 그렇듯이 더 이상 전등 빛이 필요 없다는 것을 감지한 센서가 깜박거리기 시작했다. 노먼은 하늘을 올려다보았다. 태양 빛이 여전히 금성 표면에서 반사되고 있었다. 노먼은 해 둘레에 보풀처럼 일어서는 첫 번째 빛 화살이 길 끝에 있는 나무들 위로 내려앉은 모습을 보고 있었다. 눈가가 젖어 고개를 돌릴 수밖에 없을 때까지, 흔들리는 빛의 뜨거운 가장자리에 시선을 고정했다.

노먼은 눈을 감고 이 모든 것이 세상에 어떤 의미인지 상상해보려고 애썼지만 불가능했다. 우주는 너무 광활했고, 너무 복잡해 모든 것을 감당할 수 없을 지경이었다. 모든 것이, 그 **모든 것이**, 그가 사는 곳의 일이 되어가고 있었다. 그의 인생에서 무엇보다 중요한 것은 이 동네에서 무슨 일이 일어날지, 그들과 그들이 사랑하는 사람들이 어떻게 될지, 그들이 어떤 선택을 할지, 그리고 그로부터 벌어지는 예측할 수 없는 결과의 반복뿐이었다.

노먼은 눈을 감고 다가오는 폭풍에 대비하려 애썼다.

2

오로라
오전 11시 43분

　오브리 휠러는 메니큐어가 벗겨진 손톱을 내려다보며 마지막
으로 남자가 매력적이라고 생각했던 때가 언제인지 떠올려보려 했
다. 지금은 확실히 아니었고, 이 두 남자도 매력적이지 않았다.

　콘퍼런스가 캔자스시티에서 열릴 예정이었지만, 그 좋은 캔자
스시티를 가는 것이 즐겁지는 않았다. 좋든 나쁘든, 캔자스시티는
오로라에서 500마일이나 떨어져 있었고, 6시간짜리 콘퍼런스를 위
해 8시간 동안 차를 몰고 가야 하거나 만석인 비행기를 타야 하는
불편한 거리였다. 그녀는 지정 좌석도 없고 짐도 안 싣는 항공사의
비행기를 선택했고, 순서도 없이 탑승했는데, 개인 공간에 대한 존
중이라고는 찾아볼 수 없는 전직 고등학교 풋볼 선수처럼 보이는
두 남자 사이에 앉게 되었다. 90분 동안의 비행 내내 스트레스와
분노에 시달리고 싶지 않았던 오브리는 결국 너무 이른 시각에 자

낙스(수면제)를 복용한 탓인지 지금은 안개가 낀 듯 멍하고 짜증 나고, 모호하게 우울한 기분으로 오헤어 공항에서 집으로 운전하고 있었다.

사실, 그녀의 우울함은 모호하지 않았다. 사자 굴로 돌아가는 중이었기 때문에 오히려 분명한 우울감이었다. 한때 출장을 마치면 어느 정도 활력이 넘쳤다. 스캇과 러스티로부터 잠시 벗어나 더 많이 자고, 원하는 것을 읽고, 둘 걱정 없이 마음껏 먹던 시간을 보낼 수 있었다. 하지만 그런 시절은 오래전에 끝났다. 코로나19의 여파와 함께 마음의 평화, 30대의 찬란한 시간, 그리고 결혼 생활도 사라졌다.

팬데믹 이전까지만 해도, 오브리가 창업하고 운영하던 콘퍼런스 사업은 꽤 잘 나갔다. 하지만 하루아침에 500여 명의 낯선 사람들과 함께 창문도 없는 에어컨 방에 앉으려는 사람들의 수가 급감했고, 오브리는 몇 달 만에 파산을 고려해야 했다. 그녀는 전 직원에게 일시 해고 통지를 보냈다. 하지만 사흘 후 밤, 잠에서 깨어난 오브리는 번뜩이는 아이디어가 떠올랐다. 이 아이디어는 다른 사업 커뮤니티에서도 동시에 떠올린 것이었다. '내가 왜 다시 집을 떠나 일해야 하는가'라는 질문에서 비롯된 구상이었다. 그녀는 72시간 만에 회사를 올 줌(Zoom) 플랫폼으로 전환하고 일주일 만에 직원의 절반을 다시 불렀다. 새로운 환경으로 전환한 첫해가 끝날 무렵, 팬데믹 이전과 거의 비슷한 수의 직원을 고용할 수 있었다. 그리고 집에서 편안하게 콘퍼런스에 참석할 수 있는 편리함을 위해 기꺼이 그 이상의 비용을 지불하는 고객들이 늘었다. 물론 일부 명청이들이 다시 대면 콘퍼런스를 고집하는 바람에 미주리주 캔자스까지 가야 하는 상황이 벌어지기도 했지만, 이제 업무의 90%가 온라인으로 이루어지고 있고, 흑자로 돌아섰다. 그녀는 꽤 괜찮은 연봉을 다시 받을 수 있었고, 이는 똥만도 못하고 흡혈귀 같았던 러스티에게는 엄청난 안도감을 안겨주었다.

저 단어들이 싸구려 막말이라고? 맞다, 막말! 그러나 또한 적확한 표현이다. 그녀의 전남편 성격 특징 두 가지를 축약해 설명한 것이다. 러스티는 '몸에서 배출된 노폐물'이라는 고전적인 의미로 사용되는 '똥'이었는데, 그는 그녀의 시간과 자원, 사랑을 무자비하게 남용했기 때문이다. 그리고 2년 전, 그녀는 그를 확실히 떼어냈다. 그를 '흡혈귀'라고 부르는 것도 맞는 표현인데, 만약에 누군가 그 단어를 '남을 무자비하게 뜯어먹는 사람'이라고 해석해도 매우 정확한 의미일 것이다. 심지어 '괴물 같은 흡혈귀'라고 정의 내릴 수도 있다. 러스티는 오브리가 바닥에 벗어놓은 빈 코트처럼 공허함을 느낄 때까지 그녀의 영혼과 에너지를 남김없이 빨아들였기 때문에 적절한 표현이다.

그녀는 그것이 모두 그의 잘못이 아니라는 것도 알고 있었다. 그를 처음 만났을 때의 모습을 그녀는 생생하게 기억하고 있다. 그는 매력적일 때와 추악할 때를 가리지 않고 자신감이 넘쳤으며, 모든 면에서 강하다는 것을 그 자신도 알고 있었다. 그는 힘과 권위를 허세 부리듯 대놓고 드러내지 않았으며 '나는 쓸데없는 힘을 가지고 있다'며 오히려 겸손했다. 러스티는 한때 선량하고 정직하며 성공한 건설업자였다. 오브리는 항상 정신적 노동을 해서 그런지, 육체적 노동을 하는 사람을 좋아했다. 무엇보다도 그녀의 남편은 오빠와는 정반대로 진지하지 않고 육체노동자이며 현실적인 사람이었다. 그녀는 남편이 사랑스럽지 않게 변할 때까지 그를 사랑했다.

지난 몇 년 동안 러스티의 음주는 블랙아웃 수준에 이르렀는데, 이는 첫 번째 결혼 생활에서도 분명히 문제가 되었던 것이었다. 다행히도 세릴 앤이 그녀에게 고백해준 덕분에 오브리는 훨씬 쉽게 결정 내릴 수 있었다. 그녀가 사랑했던 남자는 더 이상 곁에 없고, 러스티는 새로운 남자로도 환영받지 못할 정도로 망가져 있었다. 처음에는 천천히, 그리고 어느 순간 완전히 변했다. 그녀가 잘 알고 있다고 여겼던 남자는 술, 마약, 분노, 그리고 오랜 시간 포커에 빠져 지냈다. 그녀는 그가 신만이 알 수 있는 사소한 범죄에 그렇고 그런 종류의 친구들과 함께 연루되었다는 의혹도 확신했다. 아니, 러스티는 떠나야만 했다. 그래서 그는 오브리와 함께 산 집과 세심하게 계획했던 삶을 떠났다.

하지만 이 이야기의 반전, 즉 꼬리에 꼬리를 무는 핵심은 러스티가 떠날 때 모든 짐을 가져가지 않았다는 것이다. 바로 아들 스캇을 오브리에게 남겨두었다.

그가 실제로 스캇 곁을 **떠난** 것이 아니라 스캇이 계속 머물렀다는 말이 옳다. 러스티의 첫 번째 결혼에서 낳은 스캇은 당시 열네 살이었다. 사고를 치기에 충분한 나이였고, 실제로 사고를 쳤다. 엄마가 멀리 떨어져 살고 있어서 자신을 충분히 돌보지 않는다는 것을, 실제로도 돌보지 않았지만, 알 만큼 성숙했다. 그는 아직 어렸기에 운명을 결정할 수 있는 선택권이 자신에게 있다면 무관심과 중독의 악순환 구렁텅이에 빠진 부모와 연을 끊고 싶어 했다. '인연 정리'는 아직 미해결인 채로 남아 있었다.

스캇과 러스티는 새로운 생활 방식에 대해 **의논**하기 위해 마주 앉은 일도 없었다. 둘 다 남자이고 중서부 지역 출신의 타고난 성격 때문인지, 어느 날 아침 문득 서로의 얼굴 앞에서 상황을 깨닫게 되었다. 그 순간을 정확히 말하자면, 러스티가 스캇에게 "네 짐 챙겨 계단에서 기다려. 우린 떠날 거다" 말했을 때였다. 스캇은 짐을 챙기거나 계단으로 내려가지 않았다.

러스티는 지난 4년 동안 자신의 펀치 리스트 1순위였던 아주 오래되고 부서질 것 같은 계단을 올려다보며 당장에라도 **꾹** 뛰어 올라가 부서트릴 듯 소리쳤다. "올 거야, 말 거야?"

"꺼지라고!" 스캇은 닫힌 침실 문 너머로 되받아 소리쳤다.

러스티는 고개를 돌려 주방 문 옆에 쪼그리고 앉아 몸의 반은 안으로 반은 밖으로 내놓고 있는 오브리를 쳐다보았다.

"당신이 시켰지?"

오브리는 그를 노려보며 속으로 중얼거렸다. 제발 **나 좀** 내버려 둬.

러스티는 다시 계단을 향해 돌아서서 스캇에게 소리쳤다. "너 지금 안 따라나서면, 영원히 여기 있게 된다."

이런 상황에서 어떤 십 대들은 일관성 있게 뭔가 외치며 문을 쾅 닫았을 것이다. 다른 누군가는 알루미늄 포일 씹는 소리로 노래하는 랩 그룹 〈데스 그립스〉의 음악을 최대로 크게 틀 수도 있다. 하지만 스캇 휠러는 문을 열고 계단을 내려와 아버지를 내려다보더니 오른손 두 손가락을 아버지의 이마에 대고 무심한 듯 작별 인사를 건넸다.

"아디오스, 왕재수."

러스티는 참을 수 없다는 듯 가방을 들고 떠났다.

그날 아침 10시 47분, 오브리는 서른여섯 살이었고, 아이도 없이 새롭게 싱글이 되었다. 인생의 어떤 흥미진진한 모험이 기다리고 있다면 받아들일 준비가 되어 있다고 믿었다.

10시 48분, 그 믿음은 바로 사라졌다. 그녀는 열네 살짜리 아이를 키우게 되었다. **다른 누군가**의 열네 살짜리 아이를.

이봐, 인생, 내게 겨우 이런 의미였어?

오브리는 이제 스캇의 집이 된 곳을 향해 달리고 있었다. 오후 1시가 조금 넘었기 때문에 교통 체증만 없다면 서두르지 않아도 스캇이 학교에서 돌아오기 전 2시까지 집에 도착할 수 있었다. 그녀는 이틀간 집을 비우는 동안 스캇이 친구 집에 머물도록 조치해두 었지만, 오브리가 없는 집에서 카프리스와 하룻밤을 보내는 것이 거의 확실했으므로 스캇의 결정에 환상을 품지는 않았다. 스캇은 6개월 전에 열다섯 살이 되었고 순결을 포기하기에는 너무 어렸지만, 오브리는 그와 파트너 사이의 문제라고 생각했다. 그녀가 걱정하는 것은 사실 약물 문제였다.

스캇의 부모는 모두 알코올 중독이었다. 중독성 유전적 요인이 그에게 악영향을 끼쳤고, 오브리는 자신이 지켜보는 한 스캇이 어두운 구렁텅이에 빠지게 내버려 둘 생각은 없었다. 여행 일주일 전, 그녀는 집안 곳곳에 세 대의 즈모도 감시 카메라를 설치했고, 와이파이(Wi-Fi)가 잡히는 곳이라면 언제든 접속해 볼 수 있는 휴대폰 앱에 연결했다. 한 대는 주방 요리책 더미에, 다른 한 대는 거실에 방치된 보드게임 위, 세 번째 카메라는 읽지 않은 수십 권의 책이 있는 스캇의 침실 책장 사이에 숨겨져 있었다.

오브리는 떠나기 며칠 전 시험 가동 후 재빨리 카메라 기능 하나를 꺼버렸다. 그녀가 예상치 못했던, 완벽하게 정상적인 사춘기 소년의 영상이 그녀의 눈을 거의 태울 뻔했기 때문이었다. 이봐요, 그런 예상은 전혀 못 했다고요, 알겠어요? 그녀는 사춘기 소년이 되어본 적이 없었으니까. 결국, 그녀가 집안에서 와이파이를 사용하지 않는 한 비디오 시스템은 쓸모없어졌다. 그녀가 차를 타고 공항으로 향하자마자 영상이 하나둘씩 사라졌고, 그녀가 집을 비운 내내 디지털 감시는 무의미해졌다. 스캇과 통화했을 때, 그는 약속대로 친구 줄리안의 집에 있다고 확인해 주었으나, 다음에 기회가 되면 휴대폰에 위치 추적 앱을 설치해야겠다고 그녀는 다짐했다. 어찌 되었든 그는 무탈했다. 하지만 그녀는 별일 없었다는 걸 확인하기 위해 그의 방을 잠깐 살펴보고 싶었다.

그녀의 차는 한때 일리노이주 오로라의 중심지였던 스톨프 섬을 지나고 있었다. 문 닫은 가게들과 낡은 영화관, 그리고 열기를 뿜어내는 이류 카지노가 즐비한 거리였다. 오브리는 웨스트 오로라에서 1, 2마일 떨어진 안락한 이층집에서 부모님, 오빠와 함께 컸다. 오브리는 어렸을 때부터 오빠와 함께 스톨프에 가는 것을 좋아했다. 시카고처럼 뭔가에 취해 있는 사람들로 가득한 무서운 다운타운이 아니라, 1950년대 벤 프랭클린(미국 소도시에 있는 잡화점)에서 흔히 마주칠 법한, 철사로 만든 선반에서 아치 만화(1942년도에 출간한 어린이 만화 시리즈)를 살 수 있는 분위기가 녹아 있는 구시가지였다. 오브리는 아치 만화책, 철사로 만든 선반, 벤 프랭클린 잡화점을 직접 본 적은 없지만, 책이나 영화를 통해 들어본 적은 있었으므로 완벽하고 낭만적인 이미지로 남아 있었다. 그녀는 아이들이 그런 분위기를 간직한 안전한 곳에서 자랄 수 있기를 바랐다. 오빠는 성공하기 위해 떠났지만, 오브리는 50년 동안 존재하지 않았던 무언가를 찾기로 결심하고 여전히 남아 있었다.

카유가 골목은 오브리가 어렸을 때부터 막연히 꿈꾸었던 집과 딱 들어맞는 동네였다. 시내에서 10분 거리였고, 막다른 골목에 여섯 채의 집이 있었다. 대부분 1920년대나 30년대에 지어진 고택들이었다. 그 끝자락에 있는 집은 한때 인기가 많았던 1850년대식 빅토리아 양식의 2층짜리 평지붕 주택 중 하나였는데, 2차 세계대전 이후 급하게 지어진 탓에 오래 버티지 못했다. 어찌 되었든 이 건물은 주저앉을 정도로 낡았고, 후에 완전히 뜯어낸 뒤 단열 처리와 리모델링을 마쳤다. 1958년의 일이었다.

그 이후로 이 집은 과히 눈에 거슬리지 않을 정도로 방치되었다가 흉물스러운 상태를 거쳐 "새로 지을 수 있는 완벽한 부지!" 단계에 이르렀을 때 오브리와 러스티 눈에 처음 들어왔다. 집 상태가 낡았다는 이유로 5년 전에 살 수 있는 가격으로 나왔다. 그들은 엄청 손이 많이 가야 한다는 걸 알고 있었지만, 러스티는 건설업자였고 그들은 젊고 사랑에 빠져있었기에 모든 것을 함께 할 자신이 있었다.

하지만 그렇지 못했다.

이제 집은 5년이 되었고, 오브리에게도 분명 같은 시간이 지났는데, 수리할 수 없는 것들을 혼자 고치려고 애쓰는 날들이 마치 15년처럼 느껴졌다. 드물게 오빠를 마주칠 때마다 그는 수리와 재활용을 고집하는 동생을 10대 시절처럼 대놓고 놀렸다. 페트병에 담긴 주스를 한 모금 마시고 휙 버리곤 했던 그는, 성인이 되어서는 값싼 외국 노동력 사용을 비난하면서 동시에 그로부터 이익을 취했다. 그는 매번 18개월에 한 번씩, 희토류 광물로 가득 찬, 작동이 멈추든 아니든 상관없이 사용하던 컴퓨터와 전화들을 매립지로 보내며 그녀가 좋아하는 블라우스에 난 구멍을 고치는 것뿐이라고 **그녀**를 놀렸다.

차에서 내린 오브리는 울퉁불퉁한 앞길을 서둘러 올라갔다. 핸드 캐리 백에 달린 싸구려 바퀴가 갈라진 바닥에 부딪혀 덜덜거렸다. 그녀는 집 안으로 들어가기도 전에, 자기가 전화할 때까지 줄리안 집에 머물기로 했던 스캇이 약속을 어기고 안에 있을 거라고 확신했다. 이런 상태를 정말 들키고 싶지 않았다면 아마도 현관문을 걸어 잠갔을 것이다. 거실에서 흘러나오는 TV 소리를 그녀의 귀가 감지했다.

그녀가 집에 들어서자 77인치 소니 TV에 실루엣으로 비친 스캇의 뒷모습이 보였다. 그 TV는 러스티가 나간 직후 그녀를 설득해 구매한 것이었다. 이미 지나간 날들의 얘기였다. 그녀는 스캇이 방에만 머무는 것보다 집 한가운데에서 서로 소통하며 현명하고 다정하게 이끄는 게 더 좋을 것 같아 TV라는 미끼를 활용했다. 그녀가 TV를 산 진짜 이유는 그가 바쁘게 있는 동안 자신은 방해받지 않고 쉴 수 있는 공간을 확보하기 위함이었다.

스캇은 손잡이 돌리는 소리에 고개를 돌렸다. "집에 왔네요." 그는 그녀를 향해 눈을 깜빡이며 말했다.

"집에 있었구나."

스캇은 이마를 찡그리며 생각에 잠긴 표정이었다. "벌써 올 줄 몰랐어요."

"그런 것 같네." 그녀는 문을 닫고 구석으로 가방을 밀어 넣었다.

그는 다시 TV로 시선을 돌렸다. 어찌 된 일인지, 그는 케이블 뉴스를 보고 있었다. 그녀는 직감적으로 그가 평소와 다르다는 것을 알아차렸다. 스캇은 여전히 등을 돌린 채 TV를 가리키며 말했다. "이것 좀 보셔야 할 것 같아요."

"난 올라가서 옷 갈아입고 올 테니, 이따 우리 얘기 좀 하자. 우리가 대화할 내용이랑 TV 내용은 서로 다르니까. 그리고 나는 매우 실망했다."

스캇은 TV에 시선을 둔 채 뒤돌아볼 기색도 없었다. 스튜디오에서 세 명의 머리가 무의미해 보이는 주제에 대해 열띤 토론을 벌이며 움직이고 있었다. 스캇은 손가락을 뻗어 TV 화면을 향해 흔들며 강조했다. "이걸 꼭 보셔야 할 것 같다고요."

오브리는 그를 무시하고 최대한 힘껏 삐걱거리는 계단을 올라갔다. 발걸음을 떼는 동안 소리가 요란했고, 계단을 다 오른 뒤, 돌아서서 자신의 방이 아닌 그의 방으로 향할 때는 소리가 나지 않게 조용히 걸음을 옮겼다. 그녀는 살며시 문을 열고 주위를 둘러보았다. 침대는 평소와 다름없이 어수선한 상태였고, 일부러 애쓰지 않는 한 더 어지럽힐 수 없을 정도로 지저분했다. 옷가지들과 음식물 찌꺼기들이 아무렇게나 놓여 있었고, 유리잔들이 여기저기 흩어져 있었는데 그 안에는 여러 가지 맛과 색깔의 액체가 뒤섞여 발효되고 있었다.

오브리는 서랍장으로 가서 서랍을 하나씩 열어 내용물을 손으로 훑어보았다. 숨겨진 술병 같은 것은 보이지 않았다. 매트리스 밑이나 협탁에도 대마초 봉지 같은 건 없었고, 공기 중에 담배 냄새도 나지 않았으며, 그녀가 냄새를 맡은 잔에는 술 냄새도 없었다. 만족한 그녀는 아이와 다툴 일이 하나 줄었다는 사실에 흡족해하며 막 몸을 돌렸다. 그 순간, 그녀의 시선이 딱 마주친 곳은 서랍장 위에 덩그러니 놓여 있는 약병이었다.

오렌지색 처방전 약병. 그는 이제 그것을 숨길 필요조차 느끼지 않았다는 말이었다.

아래층으로 내려온 오브리는 스캇 앞으로 다가가 거대한 TV를 가로막고 서서 둘 사이에 놓여 있는 커피 테이블 위에 약병을 올려놓았다.

스캇은 그것을 내려다보며 어깨를 으쓱했다.

"집에 올 줄 몰랐어요." 그는 그녀를 피해 TV를 계속 보려고 애썼다.

"너 지금 뭐 하는 거니?"

"나중에 얘기하면 안 될까요?"

그녀는 폭발하고 싶은 충동을 억지로 눌렀다. "스캇, 이건 하이드로코돈이야."

"그렇죠." 그가 말했다.

"내가 충치 치료받을 때 처방받았던 약이야."

"아, 그때 받은 약이라고요? 그렇군요. 말 된다. 더 이상 통증은 없나요?"

"도대체 **어떻게** 된 거야?"

"집으로 올 줄 몰랐다……."

"내가 집에 올지 안 올지 생각했다는 말은 좀 **그만**할래? 네가 내 약장 캐비닛을…… 아니, 이 망할 진통제를 찾을 때까지 내 욕실 서랍을 뒤져서 그걸 찾아 먹은 거잖아. 넌 이제 **열다섯 살**이고, 이건 **아편**이라고, 빌어먹을!"

스캇이 그녀를 바라보며 말했다. "그런데 옥시(마약성 진통제)를 찾을 **때까지** 그 서랍을 뒤진 게 아니라, 서랍을 뒤지다가 옥시를 발견한 **거**거든요, 완전 다르죠?"

비록 그의 논리에 감탄하지 않더라도, 누군가는 적어도 그가 자신에게 유리한 방향으로 대화를 이끌려는 의지에 감탄할 수도 있을 것이다. 오브리는 전혀 감탄하지 않았다.

"입 닥쳐, 스캇."

"본받을 만한 말투네요."

"잘못한 사람은 너야."

"나만 그런 건 아니죠. 날 감시하려고 카메라를 몰래 설치한 사람도 있으니까요."

그녀는 잠시 흥분을 가라앉히며 그의 침착함에 맞추려고 노력했다. "무슨 말이야?"

그는 대답하지 않고 반쯤 웃는 표정으로 어깨 너머로 고개를 끄덕였다. 그녀는 현관 근처 콘솔 위에 놓여 있는 즈모도 카메라 세 개를 볼 수 있었다. 들어올 때는 눈치채지 못했지만, 분명 그녀가 보라고 놓아둔 것이었다.

"난 멍청이가 아니에요." 그가 말했다.

오브리는 이제 모든 것이 이해되었다. "네가 카메라를 껐던 거구나."

"떠나자마자 바로요."

"당연히 피아노 연습도 안 했겠네." 그녀가 다시 우위를 점하려고 애쓰며 말했다.

그는 오브리의 말을 무시하고 다시 TV 화면을 향해 시선을 돌렸다.

오브리는 질문을 멈추지 않았다. "카프리스가 여기 머물렀니?"

"셀레스트."

"뭐?"

"카프리스가 아니라 셀레스트라고요. 그 아이 이름을 항상 카프리스라고 부르네요."

"이름이 뭐든. 그 아이가 여기에 머물렀니?"

"그녀에게 '흑인' 이름이 있을 거라는 생각에 뇌가 카프리스라는 이름을 고른 거예요. 흑인에게 더 어울리는 이름이라고 생각했겠죠. 이건 진짜 인종차별적인 행동이에요. 진지하게 부탁할게요, 오브리, 반드시 고쳐야 해요. 당신의 특권의식을 반성하세요."

"내가 '더 흑인'처럼 들리는 이름을 고르는 건 내 특권이 아니라 인종차별이지. 적어도 그 정도는 바로잡아야지."

"인정하시는군요."

"약 기운에 너는 지금 예민하고 난 그런 네가 싫다."

"그런 말 들으니, 마음 아프네요, 난 당신을 좋아하거든요."

그녀는 숨을 고르고 평정심을 되찾았다. "몇 알이나 먹었어?"

그는 잠시 생각에 잠겼다. "네 알. 한 번에 두 개씩, 4시간 간격으로, 라벨에 적힌 지침을 엄격하게 준수하면서요."

"믿을 수 없을 정도로 책임감이 강하네."

"고마워요. 옥시가 나한테 해로워서 화난 건가요, 아니면 비밀리에 숨겨둔 물건을 내가 찾아내 화난 건가요?"

"둘 다. 네게 끔찍한 약이고, 나는 그것들을 모으고 있었거든."

"뭐 때문에요?"

"감당할 수 없는 고통의 상황에 대비해."

그는 고개를 끄덕였다. "글쎄, 나도 그 가운데 한 명 같아요. 약이 도와줬거든요."

"뭘 도와줬는지 물어도 될까?"

그는 다시 긴 손가락으로 TV 화면을 가리켰다. "우리 모두 죽을 거예요."

이번에는 오브리가 고개를 돌리고 그것들을 보았다. 스캇이 보고 있던 건 케이블 뉴스가 아니라 네트워크 방송이었다. 하지만 그가 어떤 채널을 보고 있는지 중요하지 않았다. 뉴스는 사방에 널려 있었다. 헤드라인과 자막, 한 줄로 계속 올라가는 자막은 그리스도의 재림 때나 볼 수 있을 법한 크기의 서체였다.

오브리는 깜짝 놀란 채 화면을 지켜보았다. TV에서 흘러나오는 말이 무슨 영문인지 바로 이해할 수 없었다. 일어날 수 없는 일이라는 것만 분명했다. 우리는 이미 겪을 만큼 다 겪지 않았나?

스캇은 몸을 숙여 처방전 병을 집어 들더니 그녀에게 흔들어 보였다.

"8개 남았어요. 나눌까요?"

3

마운틴뷰, 캘리포니아

톰 배닝은 바삐 움직이고 있었다. 그는 실리콘밸리 외곽에 있는 비다 본사에 도착한 직후 태양계 상황에 대한 브리핑을 받았다. 그는 인류 기술 역사에 분명한 신호탄이 될 상황에 빠르게 적응하고 기꺼이 받아들이기로 마음먹은 자신의 결단에 만족했다. 톰은 재앙이 임박했다는 사실에 그다지 놀라지 않았을 뿐만 아니라, 재앙에 허술하게 대비하지도 않았다. 톰을 잘 아는 사람이라면 누구나 아는 추악한 진실은, 그가 격렬하게 부정하고 있지만, 바로 그가 재앙을 **고대하고 있었다**는 것이다.

많은 다른 기업가들처럼 톰도 미래에 대비한 정신적 훈련이 하루 24시간 내내 머릿속을 채웠다. 당면한 과제에 대한 생산적인 사고에 전념한다는 점에서, 깨어 있는 상태와 꿈속의 상태 사이에 인지적 차이가 거의 없다고 즐겨 말하곤 했다. 어느 무더운 봄 방학에 그의 가족은 토머스 에디슨의 생가와 실험실을 둘러보기 위해 플로리다주 포트 마이어스에 도착했다. 이 답사는 그가 스냅 회로를 조립할 수 있는 나이가 되었을 때부터 부모가 그의 천재적인 재능에 고무되어 집착에 가깝게 계획한 것이었다. 에디슨의 집은 아이들에게 지루하기 짝이 없었고 연구실은 먼지가 많고 지루해 보였는데, 톰의 기억에 강렬하게 남은 것은 낮잠용 침대다.

에디슨 연구실 구석에 그 침대가 놓여 있었다. 182cm×76cm 크기의 얇은 널빤지 위에서 매일 그 유명한 '회복의 낮잠'을 자던 곳이었다. 어린 톰 배닝은 그가 과연 어떤 꿈을 꾸며 낮잠을 잤을지 생각했다. 그리고 그는 처음으로 자신의 이름에서 운명적인 느낌을 발견했다. 그는 그 자리에서 두 가지를 결심했다. 누구든 그와 에디슨과의 적절한 연관성을 바로 떠올릴 수 있도록 자신의 이름에서 H를 빼지 않겠다는 것과, 꿈꾸는 삶에서 창조적 힘의 중요성을 절대로 무시하지 않겠다는 것이었다.

그는 두 가지 결심을 모두 지켰다. 사실 로봇 공학 회사인 비다의 창업 아이디어는 반수면 상태에서 떠올린 것이었다. 톰이 대학원생이었던 20대에는 밤에 자고 낮에 반수면 상태를 유지하는 게 거의 불가능해 일부러 아침 시간까지 억지로 밤잠을 밀어내곤 했었다. 어느 날 그는 졸린 상태로 일을 하다가, 순간적으로 인간의 모든 의식 상태 중 가장 비옥한 상태라고 부르는 렘수면 상태에 빠질 수 있었다. 비다는 그렇게 8월의 어느 나른한 오후, 톰이 조립 로봇을 위한 간단한 AI 향상 기능을 위해 일상적인 코드를 구상하다 갑자기 떠올린 것이었다. 큰돈을 벌 수 있는 아이디어는 아니었지만, 시작하자마자 돈을 벌 수 있다는 건 큰 장점이었다. 이익은 개념에 따라 발생한다. 그 후 몇 년 동안, 톰의 구상과 그가 고용하고 특허를 장악하게 된 기술 마법사들의 아이디어는 신흥 나노기술 산업과 융합하여 기대 이상의 결과를 낳았다. 비다는 곧 의료 및 수술 분야 구석구석으로 뻗어 나갔고, 10년이 지날 무렵에는 선진국 주요 병원에서 비다가 제작한 로봇 도구 없이 수술한다는 게 거의 불가능할 정도가 되었다.

톰은 서른셋이 되기 전에 처음으로 10억 달러를 벌어들였고, 크리스마스에 벨리즈에서 호화로운 생일 파티를 열었다. 실은 그는 11월 4일에 태어났으나 자신의 서른세 번째 생일 파티 날짜를 25일로 정한 이유는, 서른셋에 죽은 예수가 태어난 날이 12월 25일이라는 것과 무관하지 않았다. 이 시점에서 톰이 스스로에게만 밝힌 장대한 계획이 있었는데, 그건 예수보다 더 오래 살면서 인류에게 더 큰 영향력을 끼치자는 것이었다.

톰을 포함한 그 누구도 그의 과대망상이 심각하다고 여기지 않도록, 톰은 종종 자기 비판적인 농담을 자신과 다른 사람들에게 던지곤 했다. 톰은 자신을 에디슨이나 그리스도와 동등하다고 진지하게 생각하지도 않았다. 그냥 농담이었다.

말하자면 그런 셈이다.

톰의 특징 중 하나는, 다소 과장되게 대중에게 알려진 난독증

사례다. 언론의 주목을 크게 받았으나 모두 사실이 아니다. 그는 단지 책 읽기를 싫어하고, 쉽게 산만해져서 한 문단을 서너 번 연속으로 다시 읽거나, 지루해지기 시작하면, 최악의 경우, 아예 건너뛰는 경우가 많았다.

그러나 직접적인 대화에 어려움을 겪지는 않았다. 그는 상대와 마주 앉아 눈을 바라보며 말하면 기억에 남을 확률이 훨씬 높다는 것을 어릴 때부터 알게 되었다. 훗날 경제적 여유가 생기자, 전문 어드바이저를 고용해 개념, 취미, 산업에 대해 한 시간 정도 집중 설명을 듣곤 했다. 르네상스 예술, 크리켓 스포츠, 뇌 컴퓨터 인터페이스도 모두 이런 식으로 해당 분야의 전문가가 인내심을 갖고 기초부터 차근차근 그에게 설명했다. 처음에는 기꺼이 강의료를 지급했으나, 부자가 된 후 더 이상 비용을 지급할 필요가 없었다. 그들은 자진해서 무료로 강의를 해줬고, 유능한 사람의 영역 안에 속해 있다는 것만으로도 뿌듯함을 느끼는 듯했다.

국립과학위원회의 디비아 싱 박사도 그 가운데 한 명이었다. 긴박한 뉴스가 터져 나오는 당일 오전 11시, 톰의 맞춤형 자동차 쉐보레 서버 밴 뒷좌석에 있는 TV 화면에 싱 박사가 등장했다.

"시간 내주셔서 감사합니다, 싱 박사님. 바쁘신 건 알지만요." 톰이 먼저 인사를 건넸다.

싱 박사는 요점만 말하자는 듯 고개를 끄덕였다. 톰은 그녀가 공동 의장직을 맡은 국립과학위원회의 본부가 있는 알링턴의 사무실 배경을 등 너머로 볼 수 있었다. 그녀의 주변에 여러 대의 컴퓨터 모니터와 TV 화면, 그리고 제본된 종이 뭉치가 그녀의 책상에 쌓여 있었다. 60대 후반의 싱은 종이와 형광펜을 손에 들어야 가장 쉽게 집중할 수 있다고 믿는 보수적인 사람이었다.

"소식 들은 지 얼마나 됐어요?" 그녀가 물었다.

톰은 시계를 힐끗 보았다. "47분."

"헤이워드로 가신다고요?" 싱은 샌프란시스코 지역에서 가장 큰 비행장을 가리키며 물었다.

톰은 고개를 저었다. "다들 헤이워드나 뷰캐넌으로 갈 겁니다. 줄이 길어지면 몇 시간 동안 이륙하지 못하죠. 그래서 하프문 베이에 격납고를 둔 겁니다. 더 멀지만, 우리랑 비행 팀만 있을 테니까요."

"현명하네요. 좋아요, 뭘 더 알고 싶은 거죠?"

"CME 자체는 이해합니다. 하지만 충격의 강도와 사회 기반 시설 전반에 미친 영향에 대한 모든 것을 알고 싶어요."

싱 박사는 고개를 들어 마이크를 음소거하더니, 카메라 밖의 누군가에게 뭐라고 외쳤다. 그녀의 주변은 온통 사람들로 북적거렸다. 톰은 화면 안으로 누군가의 손이 다가와 그녀에게 뭔가를 건네고, 그녀가 휘갈겨 쓴 메모를 가져가고, 사무실을 들락날락하는 사람들의 모습이 뒤쪽 창문에 어른거리는 걸 볼 수 있었다. 그녀는 음소거를 해제했다.

"미안해요. 알았어요." 그녀는 잠시 생각한 후 최선을 다해 요약했다. "충격을 받으면, 극지방에서 전자기파가 급증해 자기권을 따라 남북으로 이동할 겁니다. 플럭스 필드(초당 지면에 도달하는 태양 에너지의 양)의 강도가 빠르게 변하고, 거대한 지자기 전류가 상호 연결된 전력망으로 흘러 들어가도록 유도할 겁니다."

"발전소와 변전소를 말하는 건가요?"

"오, 맙소사, 그 이상이죠. 충분한 용량을 갖추지 못한 발전소 또는 전력 공급 구조물이나 전선은 모두 폭발할 겁니다."

"**어떤** 전력 구조나 전선도요?" 그가 물었다.

"네. 원자력 발전소부터 커피포트까지 다요. 전력망에 연결되어 있고 전원이 켜져 있으면 다 폭발할 겁니다."

"하지만 직류를 막는 콘덴서가 설치되어 있지 않나요? 갑작스러운 급상승 시 작동을 일시 정지시키기 위해서요?"

"당연히 있죠." 그녀는 짜증을 드러내지 않으려 애쓰며 말했다. 톰은 못 본 척했다. 그녀가 작은 일에 시간을 낭비할 상황이 아니라는 것은 알고 있었다. 그녀는 비슷한 직업군에 있는 다른 사람들처럼 슈퍼 리치들이 순간적인 기분에 따라 이론적으로 그녀의 행성 궤도 연구와 경력을 바꿀 수 있다는 걸 알고 있으므로 의무감을 느끼고 있다는 사실도 놓치지 않았다.

그녀는 목소리 톤을 낮춰 말하려고 노력했다. "콘덴서는 회로당 50amps의 갑작스럽고 장시간의 급상승 양을 처리할 수 있어야 해요."

"현재 몇 퍼센트의 콘덴서가 이를 감당할 수 있죠?"

"지속해서 터진다고 가정하면요? 제로죠. 아직 발명되지 않았으니까요."

"이런 상황에 대비하기 위해 정부는 뭘 한 거죠?"

"하원은 2010년에 전자관의 신뢰성 및 인프라 방어법이라는 훌륭한 법안을 통과시켰어요. 상원에 상정되지 못했지만요."

"충격 이후를 이야기해 봅시다. 어디가 최악일까요?"

"미국에서 가장 영향이 심한 지역은 보스턴에서 워싱턴DC에 이르는 북동쪽 연결 지역과 일리노이, 위스콘신, 인디애나, 오하이오 등 중서부 지역으로, 펜실베이니아 서부를 지나면서 점차 줄어들고 동해안으로 갈수록 고장이 다시 가속화될 것입니다."

"그럼 서부 해안은 괜찮은 건가요?"

"전혀 그렇지 않습니다. 변압기 사이의 선 길이 측면에서 볼 때, 내륙이 다소 유리한 면은 있지만, 바닷물은 전도성이 높아서 바다가 육지에 닿는 곳에서는 지상 전도성이 급격히 올라가게 되죠. 자기 유도 전류가 몇 분 만에 내륙으로 유입될 수 있어요. 서해안 지역의 완전 붕괴 가능성에 대비하는 게 좋을 거예요."

톰은 암울한 미소를 꾹 눌렀다. **오, 난 준비됐어요, 알았어요.**

싱 박사가 계속 설명했다. "지금 계신 지역에서의 수리 기간은 더 짧을 수 있어요."

"얼마나 더 짧아지나요?"

"장비의 가용성과 손상 정도에 따라 달라지겠지만요."

"그래도 어느 정도 걸리는지, 알려주세요."

"서부 해안 지역의 경우 4~6개월, 나머지 지역의 경우 12~18개월이 소요될 겁니다."

"그럼 이 나라의 일부 지역이 **1년 반** 동안 전력 공급이 끊긴다는 말인가요?"

"2013년 로이드 보고서를 믿는다면, 상당 지역이 그렇습니다." 톰은 길게 한숨을 내쉬었다. 그는 고개를 들다가 대화를 듣고 있던 운전사 브래디의 시선과 마주쳤다. 브래디의 시선은 다시 전면을 향했다.

톰은 싱 박사에게 다시 집중했다. "하지만 대부분 피해는 동부와 서부 해안과 중서부의 특정 지역에 집중될 거라는 게 맞습니까?"

"처음에는요. 저는 충격 초기 단계인 3~4분 정도에 관해 이야기했어요. 하지만 전기에 의한 붕괴는 전염성이 있어요. 89년 퀘벡을 강타한 CME는 미네소타까지 연쇄 붕괴를 일으켰는데, 이는 각도가 조금 빗나간 접촉에 의한 것이었죠. 그런데 이번은 수백 년 만에 지구에서 발생한 최대 규모의 플라스마 파동에 의한 직접적인 타격이에요. 시스템 붕괴의 잠재적 영향은 이후 최대 30일 동안, 아마도, 적도 주변을 제외한, 미국 전역과 전 세계에 파급될 것으로 예상해요. 결국 모든 것이 무너진다는 말이죠. 통신 및 기타 주요 인프라가 거의 완전히 파괴될 거니까요."

톰은 잠시 멈칫했다. 그는 18살 때부터, 준 전문 재난 시나리오 작가처럼 일어날 수 있는 많은 상황에 대해 상상했다. 자신이 속한 세계가 갑작스럽게 큰 재앙으로 무너질 가능성이 있다는 걸 받아들이고 이에 대비하도록 마음을 단련했다. 그는 이미 한 번 그런 걸 겪어봤고 다시 반복하고 싶지 않았다. 그의 준비는 집념에 의한, 그리고 병증에 가까운, 개인적인 경험에 뿌리를 둔 강박증이었으며, 다시는 그런 일을 겪지 않으려는 깊은 욕구에서 비롯된 것이었다. 그는 자신과 세상에 닥칠 수 있는 최악의 상황, 가장 암울한 순간이나 처참한 예후까지 생각하며 20년을 보냈으나, 이번처럼 심각한 경우를 예상하지 못했었다. "이 모든 것이 하나의 CME로 벌어진 일이라고요?"

"아니요. 제가 본 데이터와 NOAA가 보는 자료에 따르면 12~18시간 동안 CME가 빠르게 연속적으로 발생하는 에너지가 증가한다는 것을 알 수 있어요. 우리가 막을 수 있는 모든 방법을 압도할 정도로 지자기 유도 전류가 장시간 흐를 겁니다. 그럼, 저는 이만……."

톰은 '이만'이라는 말이 무슨 뜻인지 알았으나 아직 질문이 남았다. "지금까지 정부의 대응은 어떤가요?"

"TV에서 본 그대로입니다. 피해를 막기 위해 앞으로 6시간 안에 미국 내 모든 변압기를 오프라인 상태로 전환하자는 강력한 캠페인이 진행 중입니다. 지자기 전류가 전력선을 통해 흐르기 시작할 때 변압기 작동을 멈추면 변압기가 손상되지 않거든요. 변압기는 향후 2주 안에 주변 에너지양이 소멸함에 따라 안전하게 재가동될 수 있어요. 시스템은 거의 온전하게 복구될 수 있죠."

"다행이네요. 언제부터 멈추게 한답니까?"

싱 박사는 약간 아련한 시선으로 그를 바라보았다. "연방 정부가 할 수 없어요, 톰. 발전소는 주정부가 관리합니다. 연방 정부는 지침을 내리거나 정책을 조정할 수 없어요. 그것은 각 주에 달려 있어요. 주지사들이 과학적 근거를 수용하고 있는 주에서도 여전히 대란의 '가능성'만을 언급하고 있을 뿐 확실하다고 말하지 않고 있어요."

"하지만 **확실한** 거잖아요?"

"지금 일어나고 있어요. 정전으로 이어질 겁니다."

"이 사실을 우리가 아는데도 전력 시스템을 전력망에서 분리하는 사람이 **아무도** 없다고요?"

"자발적으로 14일간 정전 조치하자는 제안을 어떻게 몇 시간 전에 주민들에게 통보할 수 있겠어요. 여기에도 그런 사람들이……."

톰은 궁지에 몰아넣듯 그녀에게 물었다. "좋아요, 이런 일이 일어나고 있어요. 정부는 뭘 하나요?"

그녀는 이제 짜증을 숨기지 않고 이를 갈았다. 그런데도 더 이상 중요하지 않을 것 같은 규칙에 따라 '가능한 기부자'와의 통화를 끊지 못했다.

"FEMA(미국연방비상관리국)가 국가 대응 체계를 실행에 옮길 겁니다. 이론적으로 이 체계는 재난 대응을 위한 완벽하고 효과적인 계층구조를 갖췄어요. 사고 지휘 시스템은 사고 지휘관에게, 사고 지휘관은 국방부에, 국방부는 행정부에 보고하는 구조지요. 하지만 이번에는 그렇게 되지 않을 겁니다."

"왜 안 된다는 거죠?"

"전화나 인터넷이 없을 테니까요. 중앙집권적인 리더십도 없을 거고. 불가능할 거예요."

톰에게 남은 질문은 이제 하나뿐이고, 그것은 가장 두려운 질문이었다. 그가 탐구한 모든 시나리오에서 '레드 라인'은 항상 같았다. 가진 자와 가지지 못한 자, 산 자와 죽은 자를 구분하는 명확한 경계선.

"물 공급은요?"

"네, 그게 문제죠. 먼저 석유 부족 사태에 직면하게 됩니다. 전력망이 끊기면 양수 시스템을 포함한 모든 발전기가 켜질 텐데, 발전기들이 석유를 빨리 태워버리게 되는 결과로 이어지죠. 물론 비축유가 있긴 하지만, 석유와 가스 파이프라인이 초기 전자기 충격파에서 가장 큰 피해가 심한 구조물 중 하나이기 때문에, 그것도 고갈될 겁니다."

"파이프라인이 왜요?"

"연료를 운반하는, 길고 전도성 있는 금속이잖아요? 왜 그럴 것 같아요?"

"폭발할까요?"

"부식되었다면요. 이미 균열이 생겼던 곳은 용접 부위가 터지면서 연료가 땅으로 흘러내릴 겁니다. 비상용 석유 비축량이 고갈되면, 물 공급 펌프는 더 이상 작동하지 않을 거고요. 담수는 액상 금과 같은 귀한 존재가 될 거고요."

"몇 명이나 목숨을 잃게 될까요?" 그가 물었다.

"이 상태가 얼마나 오래 지속될지와 펌프 작동 여부에 달렸어요, 만약에 그들이 일주일 내내 24시간 펌프를 가동하려고 시도한다면 자살 행위가 될 겁니다. 미국에서만 수백만 명이 죽는다고 보면 맞을 겁니다."

"전 세계적으로는요?"

"추측하고 싶지 않아요."

"꼭 대답해야 한다고 생각하고 말해주세요."

"아니요, 톰. 난 잔혹함을 즐기는 사람은 아니에요. 끊어야겠어요." 그녀는 더 이상 말을 하지 않고 전화를 끊었다.

톰은 자기 얼굴만 남은 텅 빈 화면을 바라보았다. 선명한 그의 눈에 서린 두려움까지 담아내는 4K의 고해상도 이미지가 그를 바라보고 있었다. 톰은 백미러를 향해 고개를 돌렸고, 브래디가 다시 그를 쳐다보는 눈빛과 마주쳤다.

브래디는 7년 동안 톰을 위해 일해 왔다. 그의 직무에 맞는 단어

하나를 고른다면 '조력자'가 가장 어울린다. 브래디는 톰이 있어야 할 곳에 시간 맞춰 도착할 수 있도록 돕고, 신속하게 문제를 해결하며, 다른 사람들이 할 수 있는 일과 그렇지 않은 일까지 도맡았다. 그는 20년 동안 샌프란시스코 경찰로 쌓은 정보력과 능력과 자신감을 바탕으로 거짓말과 위험 여부를 약 30초 만에 꿰뚫어 볼 수 있었는데, 이는 다른 사람들이 며칠, 몇 주가 걸리거나 혹은 전혀 알아차리지 못하는 일이기도 했다. 브래디는 자동차 바퀴에 기름칠하고, 문을 열고, 방해꾼을 제압하는 등 톰이 원하는 삶을 쉽게 만들어 주었다.

브래디가 하지 않는 유일한 일은 질문을 던지는 것이었다. 그는 오랫동안 자신이 지켜왔던 무심한 행보를 깰 생각은 없었으나, 방금 차 뒷좌석에서 흘러나오는 대화를 듣게 된 것 때문에 오늘은 그 어느 날보다 질문을 던지고 싶은 충동을 느꼈다. 세상은 곧 종말을 맞이할 것 같았고, 그의 보스, 모든 이에게 닿아 있고 모든 것에 접근 가능한 억만장자인 그가 지옥 같은 상황을 빠져나가고 있었다.

브래디는 톰이 충성스러운 직원들을 남겨두고 떠나는 것에 대해 어떻게 생각하는지 궁금했다. 하지만 묻지 않았다. 그의 임무는 보안을 담당하는 것이었고 톰은 안전했다. 그거면 되었다.

거울에 비친 브래디의 눈을 본 톰은 입을 열었지만, 처음에는 목소리가 잘 나오지 않았다. 톰은 다시 시도했다. "교통 상황 좋아 보이는군."

브래디는 고개를 돌렸다. "네, 회장님. 로마 린다(캘리포니아주 샌 버나디노카운티에 있는 도시)에서 속도를 내 다 따돌렸어요."

"도착 예정 시간은?"

브래디는 대시보드에 장착된 휴대폰의 GPS를 내려다보았다. "12분 남았습니다, 배닝 회장님."

톰은 고개를 끄덕이며 다른 곳으로 전화를 걸었다. 그의 비서인 리사가 첫 번째 벨이 울리자 바로 받았다.

"어디예요?" 그녀는 인사도 생략한 채 물었다.

"10분 남았어." 톰은 브래디의 시선이 자신을 향해 있는 듯해 백 미러를 올려다보며 윙크를 보냈다. "인센티브야, 브래디."

브래디가 환하게 웃었다. "네, 회장님." 그는 추가로 시속 5마일 더 빠르게 밟았다.

톰은 끝없이 펼쳐진 주택 단지들이 지나가는 모습을 창밖으로 바라보다 고개를 돌렸다. "리사, **지금 어디에서 전화하는 거지?**" 그가 리사에게 물었다.

"격납고예요."

"어떻게 그렇게 일찍 도착했지?"

"5분 거리에 살아요. 기억나세요?"

"아, 맞다. 전에 말했었지." 만약 그랬다고 해도 톰은 전혀 기억하지 못했다. 그는 계속 말을 이어갔다. "앤 소피와 아이들은?"

"프란시스가 9시 35분에 집에서 앤 소피를 픽업했고, 안토니오는 9시 38분에 두 아이를 학교에서 데려왔어요. 두 차는 10분 후에 만났고요. 지금은 앤 소피가 두 아이를 모두 태우고 310번 남쪽으로 가는 중입니다. 회장님보다 4분 먼저 도착할 예정입니다."

"언제쯤 이륙할 수 있을까?"

"좌석에 앉기만 하면 됩니다. 비행기에 연료를 채웠고, 마키스도 준비되었고, 회장님이 옳았어요. 여기 있는 유일한 조종사는 주말에 프로펠러 비행기를 조종하는 사람들뿐이에요. 날씨도 도와주네요. 이곳을 선택할 때 타워가 없어서 걱정했는데, 이제 괜찮아요."

"비행시간은 얼마나 되나?"

"1시간 47분. 지금부터 목적지까지 2시간 잡으면 됩니다."

톰은 등을 기대고 앉으며 작게 숨을 내쉬었다. 모든 것이 계획대로 순조롭게 진행되고 있었다. 스스로에 대한 자부심을 느끼지 않는다는 건 불가능한 일이었다. 지나친 자부심은 크립토나이트(슈퍼맨의 힘을 약하게 만드는 가상의 물질)와 같아서 억제하려고 노력하지만, 자기 존중의 맛을 느끼며 취하고 싶었다. 잠깐만이라도.

"그런데 한 가지 문제가 있습니다."

톰은 눈을 감았다. **경계를 늦추면 바로 일이 벌어진다는 거 알지?** "무슨 문제지?" 그가 물었다.

리사는 망설였다. "마키스가 할 말이 있답니다."

"비행기에 무슨 문제라도 있나?"

"마키스가 직접 말씀드릴 겁니다."

"도대체 무슨 말이야? 무슨 문제? 지금 당장 말해 봐요."

"죄송합니다. 8분 후에 뵙겠습니다." 그리고 그녀가 전화를 먼저 끊었다.

톰은 온몸이 분노로 들끓는 것을 느꼈다. 리사는 한 번도, 정말이지 **단 한 번도**, 그의 명령에 불복종한 적이 없었다. 실제로 전화를 먼저 끊는다는 건 상상도 할 수 없는 일이었다. 반란 아닌가? 아직도 예의에 대해 신경 쓰는 사람은 톰뿐인가?

어쨌든 그는 심호흡을 깊게 하며 자신에게 타일렀다. 무슨 일이 일어나든, 언제 닥치든, 톰 배닝은 한 가지 확실한 것을 알고 있었다.

그는 만반의 준비가 되어 있다는 것이다.

4

오로라

오브리는 갑자기 팬데믹을 통해 자신이 배운 것이 전혀 없다는 생각이 들었다. 글쎄, 그건 사실이 아니다. 그녀는 인생에서 예상치 못한 일은 언제나 일어나며, 상상하는 것보다 훨씬 더 오래 지속되고, 훨씬 더 광범위한 결과를 초래할 수 있다는 사실을 다시 배웠으니까. 따라서 생필품을 비축하고 재난이 닥치지 않기를 바라는 것은 기본적인 상식이 되었다. 그녀는 자신이 더 이상 이 세상에 혼자 사는 사람이 아닌, 꼴사납고 변덕스러운 10대의 유일한 보호자라는 것과 자신을 포함해 두 사람을 부양할 준비를 해야 할 도덕적 의무가 있다는 사실을 염두에 두게 되었다. **일은 터졌다. 준비하자.**

그녀가 18개월 전 제일 먼저 한 일은, 재난이 닥쳤을 때 사람에게 필요한 게 무엇인지 정확하게 알아내는 것이었다. 구글에 '가정용 기본 재난 용품'을 검색했더니 수백 개의 정보가 나왔다. 처음 몇 개는 후원 상품들이거나, 고가의 더플백에 쓸모없는 물건이 잔뜩 들어간 것이었는데, 몇 개의 링크를 내려가니 정부 기관 접미사가 붙은 기사를 발견하고 클릭했다. 거기에서 발견한 검사 항목들은 치명적인 바이러스뿐만 아니라 지진, 화재, 정전, 심지어 방사능 폭발까지, 모든 재난에 대비할 수 있는 유용한 것들이었다. 그녀는 정성스럽게 출력한 검사 항목들을 지하 계단에서 올라오는 모퉁이 옆 창고, 아마존에서 200달러에 산, 녹 방지 처리가 된 검은색 강철 선반에 테이프로 붙여 보관했다. 비 오는 토요일의 일이었다.

오브리는 지금 그 창고 선반 앞에 다시 서서 두 페이지 분량의 검사 항목을 바라보고 있었는데, 오른쪽 지지대에 테이프로 붙이기 전에 코팅까지 해서 보관해 둔 것이었다. 출발이 좋았다. 그녀는 특히 코팅한 부분에 주의를 기울였다. 목록의 첫 번째 〈권장 필수품 목록 다운로드〉 항목이 지워져 있었다. 깔끔하고 곧은 검정색 선은 선견지명이 있는 사람이 그은 듯 자신감과 자부심으로 매우 진한 색이었다. 맞다, 그녀가 밑줄 그은 것이었다.

하지만 나머지 목록에는 아무 표시도 없이 깨끗하고 하얀색 그대로였다. 창고 선반에는 정확히 한 가지 품목, 아니 어떻게 보느냐에 따라 11개의 물건이 놓여 있었는데, 〈고야 블랙빈〉 통조림 12개가 들어 있던 두꺼운 골판지 박스는 그대로 있는데 하나가 없었다. 그녀는 그 통조림으로 음식을 만들었던 날을 또렷이 기억했다. 스캇과 함께 〈고야 블랙빈〉을 지독히 맛없어했다는 사실까지도. 그녀는 그 통조림들을 오랫동안 보관할 수 있다는 설명서만 보고 샀으나, 젠장, 그 열한 캔의 콩 통조림을 전혀 먹고 싶은 생각 없이 10년 이상도 보관할 수 있을 것만 같았다.

나머지 선반에는 생존 필수품이라고 부를 만한 건 하나도 없었다. 생수는 당연히 보이지 않았고, 배터리로 작동하는 라디오 혹은 수동식 라디오, 경고음이 울리는 NOAA 기상 라디오, 손전등, 구급 상자, 여분의 배터리, 호루라기, 방진 마스크, 비닐 시트, 덕트 테이프, 물티슈, 쓰레기봉투, 펜치나 스패너, 지역 지도, 충전기와 예비 배터리가 있는 휴대폰, 상비약, 침낭, 방수 용기에 담긴 성냥 등은 찾아볼 수 없었다. 그 외 목록에 표기된 물건들은 **아무것도** 없었다.

오브리는 절망에 빠진 채 텅 빈 창고 선반을 바라보고 서 있었다.

"한심하네요."

그녀의 등 뒤에서 흘러나온 목소리였다. 그녀는 계단 끝에서 그녀를 바라보고 있는 스캇과 마주쳤다. 그녀는 농담을 받아칠 기분이 아니어서 고개를 돌렸다. "나도 알고 있다고."

"**아무것도** 사놓지 않았어요?"

"그러게. 그러는 넌?"

"난 열다섯 살이에요. 내가 할 일이 아니죠." 그녀는 대답하지 않았다. 스캇은 약한 부분을 감지하고 그 부분을 건드리는 재주가 있었다. "선반에 아무것도 없다는 걸 확인하기 위해 꼭 여기까지 내려와서 일일이 살펴볼 필요가 있나요?"

"아니, 스캇, 선반에 아무것도 없다는 건 잘 알고 있어. 이거 가지러 내려왔어." 그녀는 선반 지지대에 붙어 있는 코팅된 검사 항목 종이를 떼어 계단으로 향하며 스캇을 툭 치고 지나갔다. 스캇은 그 자리에 선 채 빈 선반을 바라보았다.

"난 그 망할 콩 통조림이 싫어요."

"나도 그래, 너도 갈래?"

"어디요?"

"마트."

그는 고개를 돌려 그녀를 바라보았다. 그녀는 이제 계단 꼭대기에 있고 그는 계단 아래에 있다. 그는 이마를 찡그렸다. "한 네 시간 정도 후 지구를 강타할 텐데요? 얼마나 많은 사람이 마트에 몰릴지 알기나 해요? 정말 마트에 물건이 남아 있을 거라고 믿는 거예요?"

그녀는 치밀어 오르는 분노와 공포심을 함께 누르며 숨을 골랐다. "손 놓고 있다고 더 나아지지 않을 거야. 차에서 만나."

그녀는 위층으로 올라가 가방에서 지갑을 꺼냈다. 현금 111달러. 솔직히 평소 가지고 다니는 현금보다 많았다. 그녀는 적어도 그 정도 있다는 사실에 안심했다. 은행에 들러 직불카드로 일일 한도 금액을 인출하고, 카드 작동기가 되는 한 피글리 위글리(미국 체인 슈퍼마켓)에서 살 수 있는 모든 것은 비자로 긁으면 되었다. 목록에 있는 모든 물건을 두 배의 분량으로 살 수 있다고 치더라도 몇 주 이상 버티지 못할 테지만, 지금부터 그렇게 멀리 내다 볼 필요는 없었다.

그녀는 열쇠를 집어 들고 가방을 어깨에 걸치며 현관문으로 향했다. 스캇은 지하실에서 올라오더니 점점 더 극도로 흥분한 뉴스가 흘러나오는 TV 앞에서 붙들리듯 멈췄다. 스캇은 눈을 크게 뜨고, 사춘기 소년의 대범함을 보여주려던 그의 시도가 무색하게 보일 정도로 강렬한 불안감이 치솟는 걸 느꼈다.

오브리는 TV를 향해 뒤돌아섰다. 앵커가 숨죽인 목소리로 전 세계 정전 사태 지속 기간에 대해 말하고 있을 때 그녀는 리모컨으로 바로 TV를 껐다. 스캇이 그녀를 쏘아봤다. "지금 우리가 이런 걸 알 필요가 없다고 생각하는 거예요?"

그녀는 한 걸음 앞으로 다가가 그를 올려다보았다. 그는 이미 1년 전에 그녀의 키를 넘어섰지만, 그녀는 여전히 익숙하지 않았다. 바라보고 서 있자니, 적어도 꼿꼿한 자세에 도움은 되었다. 그녀는 똑바로 서서 그의 아버지와 같은 색의 얼음처럼 푸른 눈동자를 바라보았다.

"그래, 알 필요 없어. 지금 당장 마트로 가야 해."

그는 뺨에 미세한 경련을 일으키며 그녀를 바라보았다. 분노이거나 혹은 두려움이 얼굴에 박힌 표정이었다. 아마 둘 다였을 것이다.

오브리는 부드럽게 목소리를 낮췄다. "언젠가 읽은 적이 있는데, 만약 당신이 슬프다면 과거에 사는 거고, 만약 당신이 불안하다면 미래에 사는 거라고. 하지만 평화롭다면 현재를 사는 거고."

"그리고 만약 당신이 완전히 망했다면, 그건 오브리와 함께 살고 있다는 증거라고."

오브리는 그의 뺨을 때리고 싶은 충동이 불쑥 치솟는 걸 느꼈다. 그를 직접 때리는 모습까지 상상하자 온몸에 아드레날린이 솟구치는 것만 같았다. 팔을 뒤로 젖히고 오른손을 왼쪽 이두박근 위로 올린 다음 바깥쪽으로 크게 원을 그리며 쭉 뻗어 그의 얼굴 오른쪽을 한 방에 날리는 모습이 그려졌다. 뒤이어 그의 머리가 옆으로 꺾이고 뺨에 그녀의 붉은 손자국이 크게 남은 것까지. 그리고 그가 놀란 눈으로 그녀를 향해 돌아서며 손끝으로 뺨 자국을 어루만지며, "와, 제가 당신을 완전히 잘못 봤군요, 지금 당장 정신 차릴게요." 말하는 그의 표정까지 그려졌다. 어쨌든 그 장면들은 머릿속에서 보는 것만으로도 충분했고, 그녀는 굳이 재현할 필요까지 느끼지 못했다.

대신 그녀는 평온한 목소리로 말했다. "부모님이 널 차버려서 유감이야, 스캇. 난 네가 가진 전부란다. 차에 타."

그녀는 돌아서서 걸어 나갔다.

차 안에서 그녀는 문을 쾅 닫고 시동을 걸고 기다렸다. 그녀는 스캇과의 관계에서 주도권을 잡기 위해 강하고 불친절한 모습으로 대하려고 노력했고, 그가 순순히 따른다면 몇 시간 잘 버틸 수 있을 거로 기대했다. 사람들의 움직임을 포착한 그녀는 고개를 들어 백미러를 바라보았다. 뉴스를 접한 사람은 그들뿐이 아니었다. 동네 사람들은 무엇이든 할 수 있을 때 하기 위해 모두 어딘가로 향하고 있었다.

길 끝자락에 사는 여든여덟 살의 전직 대학교수 노먼 레비는 집 앞마당에 서서 상자 모양의 기구를 눈앞에 대고 늦은 오후의 햇볕을 정면으로 응시하고 있었다. 오브리는 그날 처음으로 반쯤 미소를 지었다. 물론 노먼은 이미 정보를 알고 있었고 흥미를 느꼈다. 그는 다른 것에 관심 없는 사람이었다.

그녀는 돌아서서 집 쪽을 바라보았다. 인내심이 바닥난 그녀는 손바닥으로 운전대 중앙을 누르고 길고 굵은 경적을 울렸다. 잠시 후 스캇은 방충망 문을 쾅 닫으며 앞주머니에 두툼한 무언가를 집어넣으며 밖으로 나왔다. 현관문은 반쯤 열려 있었다. **맙소사, 저런 재앙 같은 동반자와 남겨지게 되었다니.**

스캇은 차에 올라타서 문을 닫고 정면을 바라보았다. 오브리는 차를 후진한 후 급하게 차를 빼느라 끝이 고르지 않은 연석에 차 앞부분 바닥이 긁혔다.

은행은 한 시간 일찍 문을 닫았다. 현금 인출기 줄은 문밖으로 길게 늘어져 블록의 반쯤 이어졌다. 스캇과 오브리는 잠시 차에 앉아 그 모습을 바라볼 수밖에 없었다.

"적어도 30분은 기다려야 할 거야." 오브리가 말했다. "그만큼 마트에 늦겠다는 말이고. 줄 설까, 말까?"

스캇은 휴대폰을 꺼내 두드리고 있었다. 그녀는 눈을 동그랗게 떴다. "우리가 뭔가 결정 내릴 때까지 기다렸다 문자 보내면 안⋯⋯?"

그는 액정을 바라보며 그녀의 말을 끊었다. "평균적으로 ATM에 20만 달러가 있다고 되어 있지만, 실제로 그런 곳은 거의 없대요. 영업 외 시간에는 만 달러 정도에 불과하고."

오브리의 눈은 은행 앞의 긴 줄을 빠르게 훑으며 숫자를 세었다. "서른 명은 되겠군. 아니 마흔에 가까워."

"한 번에 얼마까지 인출할 수 있죠?" 그가 물었다.

"600달러."

그는 단호하게 고개를 저었다. "우리가 기다린다고 해도 차례가 되면 텅 비어 있을 거예요."

"내게 112달러가 있어." 그녀가 말했다. "그게 다야."

스캇은 정면을 바라보았다. "나는 현금으로 2,200달러가 있어요."

"뭐라고?"

그는 계속 앞 유리창 너머만 주시하며 오브리와 눈을 마주치지 않았다. "내 주머니에 있다고요."

그녀는 믿을 수 없다는 표정으로 그를 바라보았다. "어디서 났어?"

"제발 그냥 운전이나 하실래요?"

그녀는 잠시 그를 더 쳐다보더니, 기어를 풀고 브레이크에서 발을 떼다가 갑자기 마음을 바꿔 다시 차를 세웠다. 그녀는 몸을 돌려 하루—종일—기다릴—수—있다는 표정으로 그를 똑바로 마주 보았다.

"대체 **왜** 이러는 거예요?!" 그가 말했다. "지금 마트에 가도 **아무 것도 남지 않았**을 테니 그냥 제발 빨리 차를 몰고 가라고, 씨팔!" 그는 더 심한 말이 튀어나오기 전에 입을 다물고 고개를 돌리더니 앞 유리 쪽만 뚫어지게 바라보았다.

그는 기다렸다. 그녀도 마찬가지였다. 그는 말할 생각이 없었다.

오브리가 물러섰다. 말없이 그녀는 기어를 풀고 차를 몰았다.

마트 밖의 줄은 훨씬 더 길었다. 밝은 노란색 조끼를 입은 두 남자가 엽총과 AR-15처럼 보이는 장총을 들고 서 있었다. 안으로 들어가기 위해 기다리는 사람들은 낮은 목소리로 대화를 하거나 줄을 맡아달라는 부탁에 불만을 터트리는 것을 제외하고는 평화로웠다. 무장 경호원들을 의식했는지 대부분 질서정연한 모습이었다. 하지만 오브리는 이상하리만치 차분하다는 생각이 들었다. 아무도 필요한 말이 아니면 입을 열지 않았고, 보행자와 차량의 모든 움직임이 어색할 정도로 부자연스러운 분위기였다. 사람들은 모두 움직이고 있었지만, 아스팔트 위로 타이어가 바스락거리며 지나가는 소리와 피곤하고 겁에 질린 발들이 한 번에 몇 발자국씩 일렬로 앞으로 나아가는 소리를 제외하고는 섬뜩하게 고요했다.

그들은 모두 재난을 겪어 본 적이 있는 사람들이었다. 지금은 말로 표현할 수 없는, 우울함이 반사된, 재난 준비 상태였다.

오브리는 뒷좌석으로 손을 뻗어 주방 싱크대 아래에서 가져온 커다란 〈프레시 다이렉트〉상표가 찍힌 장바구니 두 개를 집어 들더니 스캇을 향해 물었다. "같이 갈래?"

그녀는 그를 바라보았고, 그가 눈물을 흘리기 직전임을 알 수 있었다. 거의 기어들어 가는 목소리로 그가 중얼거렸다. "이런 시간 다시 못 견딜 것 같아요."

오늘 처음으로 그는 어린아이처럼 보였다. 그녀는 그의 어깨에 손을 얹고 그의 시선을 붙들었다. "더 나빠지진 않을 거야."

"아니, 더 나빠질 거예요. 훨씬 더 나빠질 거라고요."

"그건 모르는 일이야."

"난 열다섯 살이에요. 팬데믹 2년을 틀어박힌 채 살았어요. 앞으로 2년은 더 빌어먹을 대초원의 그 **작은 집**에 갇혀 지내야 할지도 몰라요."

"잠깐. **작은 집**, 정말 읽었어?"

그는 고개를 저었다. "처음 몇 페이지만요. 끔찍했어요. 왜 내가 그걸 좋아할 거라고 생각했죠?"

"내가 어렸을 때 정말 좋아했거든."

"전 대마초를 팔아요." 그녀는 선불리 결론을 내리지 않겠다고 다짐하며 그를 쳐다보았다. "거기에서 번 돈이에요."

그녀는 고개를 끄덕였다. 앞뒤가 이해되었다. "알았어."

그는 얼굴을 찡그렸다. "그게 다예요?"

그녀는 〈피글리 위글리〉 마트 밖에 여전히 길게 늘어진 줄을 바라보았다. "더 이상 물어볼 시간이 없는 것 같네, 안 그래?"

"대마초를 팔아서 현금으로 2,200달러가 있다는데, 더 이상 물어볼 시간이 없다고요?"

"알았어, 알았다고. 말할게. 더 이상 대마초 팔지 마, 스캇."

"모범 부모 말투네요."

"그만 좀 할래? 내가 네 엄마 아빠에 대해 못되게 말한 건 미안해."

그는 어깨를 으쓱했다. "사실인 걸요 뭐."

"그렇다고 해서 그 누구도 네 얼굴을 때릴 권리가 있다는 말은 아니야. 네 부모가 널 사랑하는 건 알아. 하지만 그들은 정말 좆같은 인간이야."

그는 막 웃음을 터트리려다 움찔했다. 코에서 뭔가 흘렀다. 그는 콧물을 닦았다.

오브리는 다시 마트 밖의 줄을 바라보았다. 전혀 줄어들지 않았다. 절대 짧아지지 않을 것이고. 그녀는 지하실의 빈 선반들을 생각했다. 어떤 뉴스 채널을 선호하느냐에 따라 정보가 달랐다. 3시간, 5시간, 혹은 1시간 안에 어둠이 덮치거나, 그것도 아니면 아예 어둠이 그들을 찾아오지 않을 수도 있었다. 그녀는 친자식도 아닌 아이에게 "코 좀 닦고, 차에서 내려, 철도 안 든 녀석아"라는 말 외에 다른 말로 이 대화를 끝낼 지혜와 인내심을 찾기 위해 속을 태웠다.

그녀는 다른 시도를 했다. "예전에 본 만화가 있어. 다섯 살짜리 남자아이가 등장해. 누군가 아이에게 학교에 가자고 말하자 아이는 '전 겨우 다섯 살이에요'라고 대답해. 그러자 누군가가 전쟁터에 나가 싸워야 한다며 머리에 헬멧을 씌우고 전쟁터로 밀어붙이자 아이는 '하지만 전 겨우 다섯 살이라고요'라고 말해. 그리고 전쟁이 끝나고 집에 돌아오니 결혼하라고 사람들이 말하니까, 자기보다 키가 두 배나 큰 여자와 함께 제단 앞에 서서 '하지만 전 겨우 다섯 살이에요'라고 중얼대. 그리고 병원 침대에 누워 있는 장면으로 바뀌면서 큰 글씨로 암이라고 적힌 커다란 종이를 보여주는데도 '하지만 전 겨우 다섯 살이에요'라고 말해. 내가 무슨 말 하려고 하는지 알겠어?"

스캇은 오브리를 바라보았다. 자신이 태어났을 때 이미 스물두 살이었고, 아버지와 결혼했을 때는 서른도 안 된, 서른여덟의 그녀를 보는 것이다. 자신의 일생에 개입해달라고 단 한 번도 부탁하지 않았던 사람이었다. 신의 잔인함으로 그의 길에 던져진 무고한 희생양일 것만 같아서 차라리 그녀가 아닌 다른 사람이기를 바랐다.

그는 그녀의 이야기 요점이 무엇인지 깨닫지 못했다.

"다 지어낸 얘기야, 스캇. 난 겨우 다섯 살이란 말이고."

오브리의 핸드폰이 울리자 둘은 전화기를 내려다보았다. 화면에 스캇의 아버지, 러스티 사진이 떴다. 셔츠를 벗고 찍은 오래된 사진이었지만, 그는 그녀와 스캇이 여전히 살고 있는 집 뒷마당에서 밝은 햇살을 받으며 환하게 웃고 있다. 오브리는 그 사진을 지우고 싶었지만, 그의 빈번한 전화로 그녀는 너무 화가 치밀었고, 전화를 끊을 때쯤이면 그마저도 신경 쓰고 싶지 않아서 잊어버리고 말았다. 전화가 올 때마다 그의 사진이 떠서 괴로웠으나 결과는 늘 같았다.

그녀가 전화를 막 받으려는데 스캇의 손이 더 빨랐다. 그는 전화기 옆면에 있는 버튼을 눌러 통화를 거절했다. 그는 오브리를 바라보았다.

"내 앞에서 당신이 힘들어하는 모습 보고 싶지 않아요."

"나도 네가 힘들어하는 모습 보고 싶지 않아."

감정이 누그러진 스캇은 빈 장바구니를 챙겨 차에서 내렸다. 오브리가 뒤를 따랐다.

5

스톨프 아일랜드, 오로라

러스티는 세상이 종말을 맞이할 거라는 말에 강하게 의구심을 품었다. 하지만 의심의 여지 없이 혼란은 시작되었고, 이대로 세상이 멈춰버릴 수도 있다는 생각에 대비해야 한다고 생각했다. 그의 첫 번째이자, 가장 중요한 문제는 언제나 돈이었다. 그는 오브리에게 전화를 걸어 자연스럽게 현금 보유 상황을 파악하려고 했으나, 당연히 그녀는 전화를 받지 않았다.

이제 그는 플랜 B로 넘어가야 했다. 폭풍으로 부서진 크라우타퍼 부인의 차고 지붕을 수리하고 받은, 정확히 500달러가 수중에 있었다. 500달러로 오래 버틸 수 없다는 걸 알고 있었다. 이는 돈이 거의 없다는 것과 다를 바 없었다. 차라리 이 돈을 종잣돈으로 굴려 더 크고 넉넉한 금액으로 바꾸려면 작은 위험이 뒤따를 것이다. 그런 계획마저 무너지면, 언제든 옵션 A로 돌아가 전처에게 현금을 달라고 떼를 쓸 수밖에 없다. 그녀는 대개 어디에서든 돈을 마련했으니까.

러스티는 어젯밤의 흥분이 머리에서 사라지자마자 트럭에 올라타 〈럭키 스타〉로 향했다. 500달러를 전부 판돈으로 걸 생각은 전혀 없었다. 그렇게 대책 없는 도박꾼도 **아니었으며**, 약간의 돈으로 파티를 할 구체적인 계획도 있었다. 아니, **400달러** 정도는 위험을 감수하기에 냉정하고 이상적인 금액이었다. 그는 색깔을 먼저 고른 다음 400달러를 판돈으로 걸고, 룰렛 바퀴를 세 번 돌릴 생각이었다. 바라는 대로 된다면, 3,200달러의 현금을 손에 쥘 수 있다. 이는 곧 다가올 정전 사태를 잘 넘길 수 있는 든든한 현금이다. 신속하고 단호하게 결정을 내렸다면 기분 좋았을 텐데, 그는 "빨간색, 검은색?" 불멸의 이분법적 질문 앞에 계속 붙들려 있었다.

러스티에게 검은색은, 항상 사고를 부르는 것 같았다. 밤, 죽음, 어둠, 패배를 상징하는 색이었으니까. 하지만 〈블랙 이즈 뷰티풀(Black is Beautiful)〉, 〈블랙 돈 크랙(Black Don't Crack)〉, 〈블랙 팬서(Black Panther)〉는 멋진 영화였다. 그는 이런 상념들이 한낱 미신에 근거한다는 걸 알고 있었으나, 결국 '블러드 레드', '붉은 위협', '레드 타이드'—적조현상이나 남부 미식축구팀—를 떠올리기 전까지 빨간색으로 마음이 기우는 걸 막지 못했다.

하지만 오늘은 다를 것이다. 망설임은 금물.

러스티는 카지노 건물 정문 모퉁이 근처 샛길로 들어섰다. 대시보드에 부착된 매연 검사 스티커가 만료되어 딱지 뗄 가능성이 낮은 곳에 주차했다. 카지노는 평소보다 훨씬 더 붐볐다. 게임을 하는 사람들은 실제로 정전될 때까지 카지노가 문을 닫지 않을 거라는 기대를 품고 있었다. 러스티도 영업이 중단될 거라는 상상은 할 수 없었다. 정전되더라도 〈럭키 스타〉 자체 발전기와 무장 경비원이 동원될 것이다. 벌어들일 수 있는 돈이 너무 많기 때문이다.

곳곳에 걸린 대형 TV에서 변함없이 스포츠 경기가 흘러나오고 마지막 게임을 즐기려는 사람들로 실내가 북적였다. 미리 알지 못했다면, 100억 톤의 고도로 충전된 CME 덩어리가 시속 600만 마일 이상의 속도로 지구를 향해 오고 있다는 사실은 상상도 못 할 광경이었다.

러스티가 게임장에 들어섰을 때, 190cm에 달하는 에스피노자가 중앙 통로에서 그가 있는 쪽으로 걸어오고 있었다. 그를 먼저 발견한 러스티가 바로 몸을 돌려 슬롯머신 사이로 숨었다. 에스피노자는 젤린스키 밑에서 일했고, 러스티는 고약한 '짜리몽땅' 폴락(폴란드계 사람을 모욕적으로 부르는 은어), 젤린스키에게 만 달러가 넘는 빚을 지고 있었는데, 매주 500달러를 갚으라는 협박을 받고 있었다. 러스티는 거의 한 달 동안 최선을 다해, 신용을 지킬 만큼의 돈을 갚았다. 젤린스키는 시카고 아웃핏(마피아)이 아니었고 ─이탈리아인도 아니었으며─ 앞으로도 그렇게 될 리가 없지만, 보복적인 행동으로 자신의 부족한 범죄자 경력을 부풀리려 애썼다. 그의 경력에 연루되고 싶은 사람은 없을 것이다.

에스피노자 곁에는 꽤 불운해 보이는 히스패닉계 남자가 끌려오다시피 게임장을 벗어나고 있었다. 러스티는 늘 그렇듯 행운과는 거리가 멀었는지, 두 대의 슬롯 기계 틈에 몸을 숨기려다 에스피노자의 눈에 바로 띄었다.

"얌전하게 굴어, 러스티."

러스티는 놀라고 기뻐하는 척하며 고개를 돌렸다. "이봐, E, 오랜만이야? 여기에서 만날 줄 몰랐네."

에스피노자는 뻔한 거짓말에 대꾸조차 없었다. "늘 하던 대로 샛길에 주차한 모양이군?"

러스티는 생각을 집중하기 위해 눈을 가느다랗게 떴다. 트럭을 원하나? 그러면 밥벌이에 심각한 타격을 줄 테니, 내 목을 조이겠다는 작정인가? 그는 어떻게 돌려서 물을까 생각하고 있는데, 에스피노자가 바로 끼어들었다.

"열쇠만 줘. 잠깐 빌리게."

"어디 가는데?" 러스티의 시선은 일진이 급격히 사나워 보이는 히스패닉 남자에게로 향했다.

"아무 데도 안 가. Z가 여기 있는 내 손님에게 설명할 일이 있대. 네 트럭을 사용하게 해줘, 그냥 앉아만 있을 테니. 딱 10분."

러스티가 다시 히스패닉 남자를 바라보았지만, 눈을 마주치지는 못했다. 러스티는 주머니에서 열쇠를 꺼내며, 시간을 벌 생각으로 꾸물댔다. 돈을 따면 1,000달러를 젤린스키에게 주겠다고 에스피노자에게 미리 떠버릴까 잠시 생각했으나, 이내 그 충동을 눌렀다. 누구도 요구하지 않는다면, 신에 대한 사랑은 바치지 말아야 한다.

그는 에스피노자에게 열쇠를 내밀었다. "진짜, 딱 10분이다. 난 그냥 빨리 한판 치려고 온 거니까."

"알았어, 행운을." 에스피노자는 러스티로부터 열쇠를 받고 출구로 향했다. 러스티의 차는 이제 그의 손에 달렸다. 러스티는 그들이 가는 모습을 지켜보다가 마침내 그 히스패닉 남자와 눈이 마주쳤다. **오늘은 네 날이지, 내 날이 아니야, 재수 없는 자식아.**

러스티는 평소에 하던 5-10 텍사스 홀덤 게임을 할 겨를도 없이 포커 테이블을 지나쳤다. 오늘은 정확하게 룰렛을 세 바퀴 돌리는 게임을 할 예정이다. 그는 항상 자신이 선호하는, 거의 비어 있는 테이블을 골랐다. 행운은 다른 사람에게서 묻어오지 않지만, **불운**은 공기를 통해 퍼지는 치명적인 역병이라고 굳게 믿었다. 그가 멋진 여자 딜러가 있는 테이블을 선택한 것은 운 때문이 아니라 괴팍해 보이는 남자보다 예쁜 여자를 선호하는 그의 필요조건을 충족하기 때문이었다. 그는 그녀가 휠을 돌려 공이 통통 튀길 때까지 기다렸다가 주머니에서 차고 눅눅한 100달러 지폐 4장을 꺼내 한 번에 길게 접더니 자신감 있게 검은색 정사각형 위에 탁 소리를 내며 올려놓았다.

"400달러 걸었습니다." 딜러의 목소리는 갈색 눈동자보다 더 예뻤다. 그녀는 그를 올려다보며 미소 지었다. "행운을 빕니다, 선생님." 그녀는 그에게 호감을 보였다! 미래를 어떻게 알겠는가? 이걸 맞추면, 정전과 더불어 새로운 연인과 함께 집에 갈지도 모른다고 그는 생각했다. 결과는 아무도 예측할 수 없는 것이다. 몇 년 전처럼 그에게 호감을 표하는 여자들은 없었지만 ―러스티는 가끔, 한번 잘생긴 것보다 전혀 잘생긴 적 없는 인생이 오히려 살기 더 쉬울 거라고 생각했다― 여자들은 여전히 승자를 좋아했고, 그는 곧 승자가 될 예정이다.

휠의 회전 속도가 느려지면서 공이 떨어지더니 강철로 된 슬롯 주위에서 통통거리다 빨간색 19번에 잠시 착지한 다음, 그 자리가 패자의 자리라는 걸 알았다는 듯 다시 검은색 26번으로 이동 후 만족스럽게 안착했다.

"검은색이 이긴다."

당신의 귀여운 모습에 내기를 걸 거야, 러스티는 속으로 중얼거렸다. 그는 비교적 침착한 모습으로 행운을 맞이하는 자신의 모습에 놀랐다. 심장이 한 번도 뛰지 않았고, 주먹을 불끈 쥐지도 않았으며, 눈썹 하나 까딱하지 않았으니까. 그는 자신이 이길 거라는 것을 이미 알고 있었고, 그 순간을 지켜보는 것은 거의 임상 경험에 가까웠다. 흥미롭군. 어쩌면 무언가의 시작일지도 몰랐다.

만족스럽게 공이 자리를 잡으며 딸깍 소리가 나자 딜러는 그가 배팅한 400달러 지폐 위에 검은색 칩 4개를 올려놓은 다음, 배팅에 실패한 다른 이들의 판돈을 테이블에서 야멸차게 걷어갔다. 러스티는 800달러의 돈이 푸른 잔디처럼 얌전히 놓여 있는 곳을 바라보았다. 딜러는 휠을 돌리고 공을 집어 들더니 그를 올려다보았다. 러스티는 고개를 끄덕였다. 내버려 둬.

"블랙, 달려보자." 그녀는 특정인을 염두에 두지 않고 중얼거리며 그의 칩이 흐트러지지 않도록 각을 맞췄다. 러스티는 이번에 다른 시도를 했다. 공이 검은색 슬롯에 떨어지도록 심리적으로 애원하는 대신, 테이블에서 등을 돌려 카지노 내부를 바라보았다. 어렸을 때부터 풋볼 경기를 볼 때 결정적인 순간에 부러 고개를 돌렸는데 종종 그 방법이 바라던 결과를 안겨주었다. 오른편 골대를 통과하는 필드골(특정 위치에서 공을 차 득점하는 골)이 필요하다고? 보지 마. 성공, 맞지? 그리고 3쿼터에 주방에 있느라 장면을 놓쳤는데 퍼스트다운을 얻어낸 건 어떻게 생각해? 3쿼터 8야드 될 때마다 차라리 화면을 등지고 주방으로 들어가는 게 좋을 거야. 냄비를 바라본다고 끓는 게 아니니까. 그렇다면 룰렛 휠을 바라보지 않으면 원하는 공 색깔이 나올까? 시도해볼 만한 가치가 있어. 그는 숨을 고르고 조금 더 자세를 바로 하고 똑바로 서 있었고, 그 매력적인 딜러는 회전하는 휠 주위로 공들이 움직이자 마지막 배팅을 요청하는 목소리를 높였다.

갑자기 러스티는 이마를 찡그리며 생각에 잠겼다. 한 번도 시도하지 않은 결심이었다.

일찍 멈추는 게 나을지도 몰라.

이번에도 검은색 공이 떨어진다면 그는 아마도 1,600달러를 들고 그곳을 떠나리라고 확신했다. 세 번 게임의 결과를 기대하는 대신 두 번의 행운에 만족하고, 주머니에 현금을 쑤셔 넣고, 뒤도 안 돌아보고 그곳을 걸어 나올 수도 있을 것이다. 그래. 그러자, 예상대로 된다면, 그는 두말없이 그렇게 했을 것이다.

단, 돈은 빨간색에 걸어야 해.

그 생각이 막 터트린 불씨처럼 그의 머릿속에 불쑥 들어와 박혔다. 온몸이 경련을 일으키듯 필사적으로 검은색에서 빨간색으로 바꾸고 싶다는 충동이 일었다. 아직 늦지 않았다. 공은 아직 떨어질 기미도 없었고, 여전히 슬롯머신 상단 쪽을 돌아가는 소리가 들렸다. 시간은 충분했다. 이번에는 빨간색, 당연히 그럴 것이며, 그럴 거라는 걸 알았고, 레드 레터 데이(달력에 특별한 날이나 공휴일은 빨간색으로 표시), 페인트 더 타운 레드(영화의 성공적인 시사회 이후 밤새도록 파티) 롤 아웃 더 레드 카페(극진하게 환대한다는 의미) 까지 떠올랐다. **젠장**, 그리고 그는 몸을 돌리기 시작했다.

하지만 그는 스스로 움직임을 멈췄다. 아니다. 그건 완전히 예전의 러스티. 그건 어리석고, 미신을 숭상하며, 스스로 무너뜨리는 짓이라고, 러스티, 그는 그에게 굴복하지 않았다. 계획을 세우고 왔고, 이제 그 계획을 실행에 옮기려던 참이었다. 돈은 계속 검은색 배팅에 남을 것이고, 그는 침착함을 유지할 것이다. 그는 망상을 지우려는 듯 깊게 심호흡을 하고 눈을 감은 채 카지노 내부에 꽉 찬 윙윙거림과 공이 부딪히는 소리에 귀 기울였다. 그는 칩이 튀는 소리, 슬롯머신이 돌아가는 소리, 음료에 얼음이 서로 부딪히는 소리, 그리고 무엇보다도 룰렛 공이 느리게 돌며 바퀴의 가장자리에서 내려오기 시작하면서 점핑 빈(씨앗 속에 작은 벌레가 생기면서 그것이 움직일 때마다 씨앗이 뛰어다니는 것처럼 보여 붙여진 이름) 동작을 하다 마침내 깔끔하게 떨어지는 불규칙한 바운스 클릭 소리를 좋아했는데…….

"더블 제로. 녹색이 이겼습니다."

러스티는 이해할 수 없다는 표정으로 돌아섰다.

녹색?

"빨간색이냐, 검은색이냐"에 대한 답이 빌어먹을 **녹색**이라고? 그는 믿을 수 없다는 표정으로 휠을 바라보았다. 공이, 그 끔찍한 미국 발명품, 혐오스러운 더블 제로 슬롯머신 두 번째 녹색 공간에 멈춰 있었다.

못생기고 증오스러운 여자 딜러가 그의 칩을 집어 자신의 칩 더미에 떨어뜨린 다음 양심의 가책도 없이 그의 400달러 현금까지 싹 수거해 테이블 가장자리 현금 박스에 꽂았다. 그녀는 그를 쳐다보지도 않았고, 미안하다는 말도 없었고, 정전 사태에 그의 연인이 될 확률까지 다 날아가 버린 건 너무도 분명했다.

러스티는 불빛을 보고 움찔거리며 트럭이 있는 곳으로 걸어갔다. 세상은 언제나 그렇듯 가장 잔인하고 가학적인 방법으로 그에게 등을 돌렸다. 예상치 못한 돈을 잠시 맛보게 하고 테이블에서의 승리라는 행운으로 그를 놀리다가, 다시 맹금류처럼 날아와 그를 땅바닥에서 낚아채 공중에서 찢어버리며 그가 여전히 한심하고 끝없는 패배를 이어가고 있다는 걸 상기시켰다.

샛길에 들어서던 그의 눈에 에스피노자가 트럭 뒤 범퍼에 기대어 있는 모습과 함께 선팅된 차창 너머 차에 탄 두 사람이 보였다. 조수석에 앉은 사람은 젤린스키였다. 그는 한심하기 짝이 없는 밀짚 중절모를 쓰고 있었는데, 그가 아끼는 많은 것 중 하나였다. 그의 옆에 앉은 사람은 아까 마주쳤던 히스패닉 남자였다. 젤린스키는 손에 반짝이는 무언가를 쥐고 그에게 바짝 기대어 있었다. 히스패닉 남자의 고통에 찬 비명이 두꺼운 유리창 너머까지 들려왔다.

러스티는 잠시 멈춰 서서 에스피노자를 바라보며 원치 않는 변명을 늘어놓았다. 오른손에 가죽 장갑을 끼고 있던 에스피노자는 어깨를 으쓱했다. 두 사람은 골목 벽과, 바닥과, 허공을 바라보며 잠시 어색한 순간을 보냈는데, 트럭 앞좌석에서 무슨 일이 일어날 것만 같았기 때문이었다.

"좀 걷고 오지 그래?" 에스피노자가 거의 상냥한 목소리로 제안했다. "난 이런 상황 진짜 싫어. 당신도 알잖아. 여기 있는 것만으로도 싫다는 거."

"얼마나 걸릴까?"

에스피노자는 어깨를 으쓱했다. "열쇠는 타이어 위에 두고 갈게."

하지만 러스티는 그냥 돌아서고 싶지 않았다. 그는 당장에라도 트럭에 올라타 어떻게든 현금과 식량, 물을 구해야 했고, 걸어서 그 일을 할 수는 없었다. "몇 분 더 기다릴 수 있어." 간절한 마음을 담아 말했다.

에스피노자는 고개를 들어 지는 해를 바라보며 가늘게 눈을 찡그리며 물었다. "저들이 뭐라 그러는 거야? 그 전력이랑 그 모든 것들 말이야?"

러스티는 회의적인 표정으로 고개를 저었다. "왜, 알면서."

"난 모르겠어, 친구. 다들 말만 많아."

"많은 것들에 대해 말하지. 시청률 올려야지."

"정말 어찌 돌아가는지 모르겠어, 러스티, 좆같은 일이 곧 현실이 될 것 같아." 그는 엄지손가락을 트럭 뒤 유리창 쪽으로 내밀었다. "Z가 전기가 끊기면 모두 돈을 거둬들이라는군."

트럭 앞쪽에서 누군가 목을 조르거나 우는 소리, 아니면 둘 다 섞인 듯한 젖은 비명이 터져 나왔다. 에스피노자는 흥분한 눈빛으로 러스티를 바라보았다.

"진심이야, 그냥 가. 지금 Z를 만나는 게 안 좋아."

"그와 얘기를 해 봐야겠어. 상황이 이상하게 돌아가면 좋은 기회가 올 수도 있어, 무슨 말인지 알지? 내가 그를 도울 수도 있다고."

"그가 원하는 건 당신 도움이 아니야, 러스티. 내가 당신을 도우러 오지도 않을 거고, 친구. 우린 돌아갈 거야. 하지만 당신은 뭘 해야 하는지 알잖아. 제발 그냥 약속 이행해?"

"내가 처리할 일 목록 1순위에 있어, 장담해."

"그래, 빨리 처리해. 그를 멀리하도록 제대로 하라고. 내 뜻 알겠어?"

픽업트럭의 조수석 문이 갑자기 열리더니 잘 다린 흰색 정장용 셔츠에 밀짚모자를 쓴 남자가 내렸다. 젤린스키를 설명할 때 가장 쉽게 떠오르는 단어는 "밀도." 꽉 막혔다는 뜻과 거리가 멀다. 굵고 건장하며 다부진 체격을 지녔다는 뜻이다. 그의 배를 주먹으로 치면 상대의 손이 더 큰 상처를 입을 것 같은 인상을 준다. 니키타 흐루쇼프(소련 공산당 제1서기와 소련 각료 회의 의장)만큼 그의 외모를 닮은 사람은 없었다. 아마도 그는 오래된 뉴스 클립을 본 적이 있어서 깔끔한 흰색 정장용 셔츠와 모자를 좋아했을지도 모른다. 그는 트럭 운전석 뒤, 러스티 시야에서 벗어난 곳에서 손수건으로 손을 닦고 있었기 때문에 처음에는 러스티를 보지 못했다.

에스피노자는 그의 보스가 트럭 모서리를 돌아 붉은 얼룩이 묻은 작은 플라이어를 그에게 내밀기 전에 재빨리 몸을 움직였다. 젤린스키는 중얼거리면서 다가오며 이미 러스티를 알아차렸다. 그의 얼굴은 찡그린 채 어두워졌다.

"안녕, Z, 잘 지냈어?"

"당신을 위해 차 안에 뭔가 남겼네." 젤린스키가 말했다.

영문을 몰랐던 러스티는 "오, 그래. 고마워" 하고 대답했다.

젤린스키는 에스피노자를 보며 다시 중얼거렸고, 에스피노자는 트럭 앞쪽으로 가서 운전석 문을 열고 히스패닉 남성을 끌어내렸다. 더 이상 조심할 필요가 없는 몸을 조심스럽게 다루듯, 덩치 큰 남자의 행동에 온화함이 묻어 있었다.

러스티는 에스피노자가 남자를 데리고 나오는 모습을 바라보았다. 그는 고통에 신음하고 있었고, 왼쪽 뺨은 퉁퉁 부어 있었으며, 끈적끈적해 보이는 피 묻은 얇은 피부 조직이 목과 셔츠 앞쪽을 가로질러 길게 늘어져 있었다. 그 히스패닉계 남자의 왼쪽 눈은 거의 감긴 채 부어올라 있었고, 오른쪽 눈으로 러스티를 올려다보며 도움을 요청했다. 입은 다물고 있었다.

러스티는 에스피노자가 그 남자를 부축해 골목 밖으로 나가는 모습을 지켜보았다. 짤랑거리는 소리에 뒤돌아섰고 차 열쇠를 들고 있는 젤린스키와 마주했다.

"곧 만나세, 러스티."

러스티는 열쇠를 받아쥐며, 별 탈 없이 자신이 빠져나온 것에 감사했다. "알았어. 조심해, Z. 뒤숭숭한 상황이야."

러스티는 서둘러 운전석 쪽으로 몸을 돌려 트럭에 올라타더니 문을 쾅 닫았다. 백미러를 올려다보니 젤린스키는 이미 골목 모서리를 돌아 사라진 뒤였다.

어금니였다. 굵은 삼각대 모양의 뿌리를 보니 아마도 맨 뒤쪽에서 나온 어금니일 것이다. 히스패닉 남자의 셔츠에 묻어 있던 끈적끈적해 보이는 붉은 것들은 세 개의 뿌리 중 가장 큰 뿌리에 붙어 있었던 피부 조직일지도 몰랐다. 두 개의 치주 인대에 붙어 있던 핏빛 피부 조직들은 계기판 위에 널려져 있었고, 운전대 바로 위 공간이라 금방 눈에 들어왔다. 러스티는 긴 숨을 내쉬며 잠시 마음을 가다듬었다.

어쩌다 이렇게까지 된 걸까? 그는 한때 모든 걸 다 가진 사람이었다. 괜찮은 직장, 여자들이 열광하는 탄탄한 몸매와 잘생긴 얼굴, 집, 아이까지. 술과 코카인은 그 대가로 그에게 많은 것을 앗아갔다. 이제 그가 가졌던 모든 것이 사라졌다. 이제 그는 겁에 질리고 두들겨 맞은 개가 되었다.

한술 더 떠, 이제 빚까지 진 개가 된 것이다.

그가 트럭의 시동을 걸고 창문을 열었을 때, 바닥에 뒹구는 더러운 스타벅스 냅킨이 눈에 들어왔다. 그가 냅킨으로 어금니를 집어 좁은 골목을 향해 던졌더니 두세 번 통통거리다 포장도로를 가로지르며 사라졌다. 이제 Z는 치아까지 뽑아 위협했다. 다음에 무슨 일이 일어날지 신만 알 수 있었고, 러스티가 빚진 만 달러는 큰 돈이었다.

그는 골목을 빠져나오면서 몸을 앞으로 숙여 하늘을 올려다보았다. 모두가 입을 모아 말하던 그 무언가를 언제쯤 볼 수 있을지 궁금했다

6

하프문 베이 비행장

브래디는 비행장 진입로로부터 반 마일 떨어진 곳에 이르렀을 때 휴대폰으로 뭐라고 중얼거렸다. 그들의 차가 입구에 도착하기도 전에 체인 링크 게이트가 열렸다. 뒷좌석에 있던 톰은 항공 센터 입구 너머 바로 앞에 걸프스트림 650호가 대기하고 있는 걸 볼 수 있었다. 그 앞에는 또 다른 맞춤형 서버 벤이 주차되어 있었는데, 열린 뒷문 옆에 서 있는 키 크고 매우 매력적인 백인 여성 앤 소피가 작은 에르메스 여행용 가방을 움켜쥐고 안절부절못하는 모습은 에바 브라운(히틀러의 마지막 여인)을 빛바래게 했다. 톰은 지금도 그녀를 흠모했다. 오, 젠장, **특히** 지금은 더 그런 감정이 치솟았지만, 그의 감탄은 실은 자신에게 보내는 찬사였다. 대참사를 앞두고 스웨덴 모델 출신인 아내를 안전한 곳으로 데려다주는 자기 모습에 감탄했다고나 할까. 그와 그가 놓여 있는 현재 상황 중에 마음에 들지 않는 게 뭐가 있을 수 있단 말인가? 먹이사슬에서 그보다 더 높은 지위에 있는 사람이 지구에 있을까? 설혹 고위층 동료가 그처럼 돈 많고, 계획을 많이 세우고, 심지어 같은 크림색 이태리 가죽으로 장식한 같은 수의 좌석이 있는 비행기를 갖고 있다손 치더라도 말이다. 그들은 계획을 세웠지만 **실행**하지는 않았다. 톰의 여정과 거리가 멀었다.

자신의 지위에 만족하는 것, 부부 사이에 도움이 된다면, 아내에 대해 독점욕과 욕망을 느끼는 것, 정직하게 부를 쌓는 것들이 톰은 지극히 정상적인 생각이라고 여겼다. 만약에 터무니없는 일이 일어나더라도, 모든 것을 긍정적으로 받아들이고, 때때로 혼자만의 시간을 갖고 자신을 다독거리며 훌륭한 사람이라고 격려하는 것. 말 그대로 이것이 범사에 감사하는 태도라고.

다만 이런 생각들을 큰 소리로 말하지 않도록 주의해야 한다.

톰의 서버 밴이 원형을 그리며 앤 소피가 기다리는 지점에서 3m 떨어진 곳에 멈췄다. 톰은 차 문을 열어주기 위해 뛰어오는 공항 직원보다 더 빠르게 직접 문을 열었고, 그 직원의 손가락이 손잡이에 부딪힐 정도로 신념에 찬 몸짓이었다.

"미안해요." 톰이 그에게 던진 말은 진심이었으나, "**이봐요, 차문은 내가 직접 연다고 리사에게 말하라고 몇 번이나 부탁했는지 알아?**"라는 뜻이 담겨 있었다. 그는 서둘러 앤 소피와의 거리를 좁히며 다가가 그녀를 포옹했다.

"괜찮아." 그는 그녀의 귀에 대고 중얼거렸다. "애들도 다 괜찮

아. 우린 이제 안전한 곳으로 갈 거야." 그는 그녀를 꼭 껴안았고 그녀는 잠시 포옹을 나눴지만, 그녀가 팔을 내리려 하자 그는 포옹을 풀지 않은 채 잠시 더 서 있었다. "잠깐만, 침착해."

"난 괜찮아. 이거 놔요."

그는 그녀의 말대로 했고, 그녀는 뒤로 물러났다. 그는 그녀의 눈빛에 담긴 적개심에 놀랐다. **진심이야? 이 상황에?** 물론 두 사람이 해결하려고 애쓰던 문제가 있긴 했으나, 모든 부부가 나름의 문제가 있더라도 위기의 순간은 그들을 하나로 모으지 않을까? 하지만 그는 앤 소피의 깊은 초록색 눈을 바라보면서 그 어떤 것도 용서받지 못했으며 그 어떤 미움도 뒤로 미뤄진 건 없다는 걸 깨달았다. 그는 지금 태평양이 내려다보이는 약 500평 크기의 집을 떠나 유타주 프로보에서 100마일 떨어진 외곽에 있는, 핵미사일 저장고를 개조한 약 90평 크기의 아파트에서 복수심에 불타는 북유럽 마녀와 함께 살기 위해 이동을 앞두고 있었다.

그날, 처음으로, 세상의 종말이라는 말이 10대들이 우려먹는 지루한 이야기처럼 들렸다.

앤 소피의 어깨 너머로 톰은 두 번째 괴로운 광경을 보고 말았다. 그의 비서인 리사는, 그가 정말 싫어하는, 자만심에 가득 찬 모습으로 똑똑 하이힐 소리를 내며 황급하게 그를 향해 다가오고 있었다. 그녀는 혹시라도 그들이 흥분할까 염려스러워, 두 손바닥을 아래로 향한 채 "제발 진정하세요"라는 제스처를 취했다.

톰은 앤 소피와 조금 떨어져 리사가 말을 걸기도 전에 먼저 물었다. "애들은 어디 있지?"

"탑승 중입니다."

톰은 나중에, 사실 시간이 훨씬 많이 지난 뒤, 알게 된 게 하나 있었다. 아이들의 엄마인 아내가, 만약에 수천 가지 이유로 자신에게 화가 나고, 수없이 많은 불만이 있는 데도, 함께 고립의 시간을 견디려고 한다면, 그리고 아내를 더 화나게 만들고 싶지 않다면, 자녀의 안전에 관한 질문은 비서가 아닌 **아내**에게 직접 물었어야 했다는 걸.

현명한 리사는 본능적으로 톰의 질문에 대답하다 앤 소피에게 이 문제를 넘겨주려는 듯, 멈칫했다. 앤 소피는 이미 나온 대답이라 고개를 저었다. "그래요."

"가방은?"

리사는 망설였다. 그녀는 매우 호감이 가는 형이었고, 밝고 유능했으며, 오직 사회적 출세만을 위한 직업은 찾지 않았다. 그녀는 그녀가 요구한 유일한 조건대로 매우 높은 연봉을 받았는데, 톰을 제외한 모든 임원진으로부터 존경에 가까운 대우를 받았다. 그녀의 보스 톰은 화를 잘 내고, 요구가 많았으며, 그녀와 사적인 이야기를 나눈 그 어떤 것에 대해서도 세세히 기억하지 못했다. 그런 점에서 톰의 배우자와 그의 비서는 무언의 헌신과 불안한 평화를 공통적으로 품고 있었다.

앤 소피는 리사를 대신해 가방에 대한 톰의 질문에 답하며 배우자와 개인 비서 사이에 뒤바뀐 역할을 바로 잡았다. "가방은 비행기에 실었어요, 톰. 옷은 일주일 전에 마지막으로 세탁했고, 휴대폰은 충전되어 있고, 배터리는 2월에 모두 새로 교체했어." 그녀는 리사를 바라보며 물었다. "나머지도 내가 얘기할까요?"

톰은 두 사람을 번갈아 보았다. "뭘 내게 말한다는 거지? 무슨 일이야? 왜 우리가……."

그는 앤 소피가 내렸던 차가 멀어지면서 승강기 계단이 선명하게 모습을 드러내자 말을 끝내지 못했다. 조종사 유니폼을 입고 선글라스를 쓴, 40대 중반의 키 크고 건장한 마키스가 계단 밑에 서 있었다. 그는 전직 공군 조종사 모습 그대로 톰의 전용 비행기 조종사가 되었고, 톰이 가장 뿌듯해하는 성공의 상징이었다. 공군처럼 차려입은, 그의 **전용** 조종사가 그의 명령 하나면 언제든 어디든 갈 수 있는 준비가 되어 있었다. 그는 키 크고 건장한 체격에, 어깨를 쫙 펴고 가슴을 쭉 내민 채, 불타는 세상에서 그들을 들어 올려 하늘을 찢고 안전한 곳으로 데려갈 만반의 준비가 된 모습으로 서 있었다.

하지만 마키스는 혼자가 아니었다.

톰은 잠시 그 장면을 이해하지 못했다. 그의 뇌는 망막에 닿은 빛의 파동을 해독하지 못해 현실과 일치하는 이성적인 인식으로 바로 전환할 수 없었다. 그의 전용 조종사이자, 수송 책임자이며 탈출을 책임질 마키스가, 맙소사, 혼자가 아니었다. 그의 옆에는 마키스보다 6~7살 젊어 보이는 흑인 여성이 있었는데, 오른손 손가락을 마키스의 왼손 손가락과 맞댄 채로 있었다. 알았어, 마키스에게 여자가 있었군.

하지만 더 이상한 일이 벌어졌다. 마키스의, 흠, 뭐라고 부를까, **동반자**처럼 보이는 여자 옆에 또 다른 사람이 있었다. 키가 채 1m도 안 되어 보이는, 4살 정도? 이 작은 아이가 여자의 왼쪽 다리를 붙잡고 안전하게 지탱하고 있었다.

마키스에게 아내와 아이가 있다고? 그래서 그들을 데려왔다고?

"마키스가 얘기하고 싶답니다." 리사가 무의미한 목소리로 말했다.

"안 돼." 톰이 말했다.

리사는 질문도 하지 않았고 결정을 내릴 일도 아니었기에 톰의 대답은 아무 의미가 없었다. 그러나 톰은 "안 돼, 마키스가 빌어먹을 아내와 아이를 내 지하벙커로 데려올 수 없어" 소리치고 싶었으나, 너무 놀라서 말을 잇지 못한 거였다.

보스의 얼굴을 본 마키스는 누가 봐도 그의 배우자처럼 보이는 여자에게 고개를 돌려 안심시키는 말을 하고, 미소와 윙크로 소녀의 머리를 쓰다듬은 다음 톰을 향해 걸어갔다.

톰은 그가 반쯤 걸어오자 물었다. "지금 뭐 하자는 거야, 마키스?"

"문제가 생겼어요, 보스."

"결혼했어?"

"그녀의 이름은 베스입니다. 함께한 지 2년 됐어요. 지난 7월에 집들이 선물을 보내주셨죠."

톰은 고개를 끄덕이며 생각에 잠겼다. 그는 이 사람이 필요했다. 인정머리 없는 보스처럼 굴지 않는 게 중요했다. "그래, 좋아. 어, 축하해. 하지만, 그……, 결혼한 건 아니지?"

마키스는 선글라스를 벗었다. "제가 말했듯. 우린 2년을 함께 했어요." 선글라스를 벗고 눈을 마주치는 순간부터 말의 의미가 강렬해졌다.

톰은 몸을 곧추세웠다. 군대나 공식적인 항공사와는 아무런 관련이 없더라도, 마키스의 키, 깊은 곳에서 올라오는 목소리, 제복이 주는 도덕적 권위에 맞설 수 없었다. 견장이 달린 장교 제복은 여전히 어깨를 정사각형으로 보이게 만들어 특히 더 인상적이었다.

"문제는 말이지." 톰이 말문을 열자 마키스는 "그래, 개자식아? 뭐가 문제지?"라고 말하는 듯 턱을 치켜들었다.

톰은 목청을 가다듬고 다른 각도를 바라보며 말했다. 그의 시선이 어린 소녀에게 닿았을 때, 그는 미소를 지으며 입술을 양옆으로 갈게 늘어트렸다. "저 귀염둥이는 누구지?" 그가 손을 흔들자 소녀는 엄마 다리 사이에 머리를 묻었다.

"이름은 키어리, 네 살이고요."

"그렇군. 그리고 당신과……." 젠장 이름을 벌써 잊어버렸네.

"베스."

"그래, 막 말하려고 했는데, 당신과 베스, 둘이 함께한 지 얼마나 됐다…… 그랬지?"

"2년이요. 키어리의 아빠는 키어리가 태어나고 얼마 지나지 않아 죽었어요. 이제 제가 키어리의 아빠예요. 알아요, 보스. 우리가 이 일에 대해 의논한 적도 없었고, 보스가 따로 염두에 둔 적도 없었다는 거. 하지만 이게 현실이에요. 나 혼자 이 둘을 남겨두고 떠날 수는 없어요. 가능하다면 다른 조종사를 구해 보세요. 이 둘이 안 가면 저도 비행하지 않으니까요."

"빌어먹을 이런 **사회 붕괴 상황**에서 미친놈처럼 자정 2분 전에 다른 조종사를 구할 수 없다는 거 알잖아, 마키스."

이런, 기어코 한 방을 날렸다. 하지만 타당한 지적이었고, 붕괴 현상은 일어나고 있었다.

마키스는 모자를 벗고 이마를 닦았다. 그는 베스와 키어리를 돌아보며 억지로 미소를 담아, 조금만 버텨줘, 아직 해결할 일이 남았어, 의미를 담은 손짓을 했다. 그는 톰을 다시 바라보았다. "맞아요. 조종사를 구할 수 없어요. 그 이유뿐인가요? 그럼 베스와 키어리가 타도 된다는 의미죠?"

톰은 최대한 빨리 생각하며 시간을 끌었다. "잠깐만, 잠깐만 차분하게, 이건 돌발 상황이잖아."

"알아요. 그리고 사과드립니다."

"합의했잖아. 언제 어디서든, 빌어먹을 일이 터지면, 그게 우리가 나눴던 얘기야. 당신은, 나와 함께 끝까지, 안전하게, 돌볼 책무가 있어. 나는 당신에게 안전한 곳을 제공할 의무가 있고. 그게 조건이었어."

"알아요. 그리고 항상 감사하게 생각하고 있습니다."

"날 목적지까지 데려다주기만 한다면. 그렇게 우리가 말했잖아."

"그렇게 하려고요."

"그런데 나는 당신 한 명만 가는 줄 알았어. 싱글인 줄 알았다고, 마키스? **당신이 싱글이라서 고용한 거야.**"

마키스는 그를 바라보았다. "제가 탁월한 조종사 능력을 갖추고 있어서 고용하신 줄 알았어요."

"그것도 그렇지만…… 모르겠어, 난 그냥 당신이 싱글인 줄 알았으니까."

"싱글이었죠, 그러다 바뀐 거고. 그리고 보스도 그걸 알고 있었어요."

"난 진짜 그건 몰랐어!" 다시, 톰은 자신을 진정시켰다. 이제 어깨 너머로 뒤를 돌아볼 사람은 톰이었다. 앤 소피는 가슴에 팔짱을 낀 채 톰을 쳐다보았다. 리사는 고개를 숙이고 두 손을 앞으로 모은 채 이 상황이 끝나기를 기다리고 있었다. 톰은 두 사람을 향해 걱정 마세요, 제가 알아서 할게요, 의미를 담아 손짓하고는 다시 마키스를 향해 고개를 돌렸다.

"테라스 가구 세트였어요." 마키스가 말했다.

"무슨 말이지?"

"1년 전 베스와 제가 함께 이사했을 때, 집들이 선물로 보내주신 거요. 티크우드 테라스 가구. 정말 아름다워요. 다시 한번 고마워요. 정말 사려 깊은 선물이었어요." 그는 자신이 말하고자 하는 요점을 증명하듯 시선을 고정했다. **우리에 대해 이미 알고 있었어요. 아니면 알고 있었다는 사실을 기억하지 못하거나, 그것도 아니라면 형식적으로 그냥 비서를 시켜 값비싼 선물이나 보냈다면 그건 당신이 인간미 없는 보스라는 증거고요.**

톰은 마지막으로 한 가지 방법을 떠올렸다. "이렇게 하면 어때? 베스랑 키어리는 여기 내 차에서 기다리라고 해. 당신이 우리를 프로보까지 데려다주고 다시 여기로 돌아오면 브래디가 당신네 세 사람을 어디든 원하는 곳으로 데려다주는 거."

마키스는 이마를 찡그리며 잠시 생각에 잠겼다. "어디로 데려다준다는 거죠?"

"어디든지."

"정확히 무엇을 제안하는 건가요?"

"앞으로 어떤 일이 벌어지든 나와 내 가족 곁에 머물러야 한다는 의무를 면제해 주겠다는 제안이지. 내 비행기에 대한 의무에서 완전히 벗어나라고, 다시 이동해야 할 일이 뭐 있나. 내 발을 거기 묶어놓으라고 제안…… 아, 아니야, 안돼. 없던 말로 하지. 그런 제안은 전혀 안 한 것으로, 그 제안은 유효하지 않아. 협상안으로도 올려놓지 않겠어."

마키스는 눈동자를 굴리지 않으려고 애썼다. 그는 시계를 바라보았다. "보스. 시간 다 됐어요."

"자리가 없다고."

"자리가 돼요." 그의 뒤에서 흘러나온 목소리였다. 톰은 고개를 돌렸다. 앤 소피는 마키스를 바라보며 고개를 끄덕였다. "공간은 충분하니, 우리가 알아서 할게요."

마키스는 활짝 웃는 얼굴로 고개를 끄덕이며 그녀에게 고마움을 표시한 후, 톰에게 시선을 옮겨 최종 승인을 기다렸다.

톰은 어깨를 으쓱했다. "내 결정만 남았군."

"그냥 조금 이해해 주길 바랐을 뿐입니다."

"오, 꺼지라고, 마키스, 나를 곤경에 빠뜨려놓고, 내 아내라는 사람은 방금 당신과 당신의 사실혼—가족에게 재수 없는 폭풍우를 피할 피난처를 제공했어. 근데 그것만으로는 충분하지 않아? 내 입으로 직접 진심을 담아 그 말을 지금 하라는 거야?"

마키스는 주머니에서 선글라스를 꺼내 펼쳐 다시 썼다. "4분이면 출발할 수 있습니다, 보스."

앤 소피는 승강기 계단 밑으로 들어가더니 몸을 구부려 어린 소녀의 뺨을 쓰다듬고 일어서서 한쪽 팔로 베스의 허리를 감았다. 그녀가 몸을 기울여 베스에게 무언가를 속삭였는데, 톰은 자기가 다가가기 전에 아내가 모든 게 잘 될 거라고 그녀에게 말했을 거라는 확신이 섰다. 앤 소피는 의미심장한 표정으로 두 사람을 계단 쪽으로 안내한 후 베스의 등에 부드럽게 손을 얹으며 비행기에 먼저 타라고 권했다.

톰은 뒤돌아서며 마키스를 보았다. 더 이상 할 말이 없었다.

마키스는 승자의 너그러운 몸짓으로 어깨를 으쓱했다. "고마워요, 보스." 그는 돌아서서 서둘러 계단을 올랐고, 가족을 따라 비행기 문을 열고 왼쪽으로 돌아 조종석으로 향했다.

톰은 분노에 찬 눈빛으로 리사를 향해 돌아섰다. 리사는 그에게 제본된 가죽 폴더를 건넸다. "이게 우리가 논의한 모든 서류예요. 나머지는 말씀드린 대로 지하벙커에 있는 서버를 통해 다운로드되고 있어요. 전 사무실로 가서 전기가 끊길 때까지 평소와 같은 방법으로 연락하고, 그 이후에는 위성으로 연락할 겁니다. 모든 연락처 번호는 폴더에 있습니다. 중요한 문서들은 보관함에 그대로 보관되어 있을 거고요."

"미리 알려줄 수도 있었잖아." 톰이 말했다.

"그렇다고 뭐가 바뀌지 않았을 거예요."

"리사, 당신이 **처리**할 수 있었잖아."

"네, 톰, 난 괜찮을 거예요." 그녀는 그가 처음이라고 기억할 정도로 짜증스러운 표정을 지으며 말했다. "제 걱정은 하지 마세요. 물어봐 줘서 고마워요. 행운을 빌어요." 그녀는 돌아서서 비행장을 가로질러 차들이 줄지어 주차된 곳을 향해 서둘러 갔다.

톰은 주위를 둘러보았다. 활주로에 남은 사람은 여전히 시동을 켜고 차 안에서 기다리던 브래디를 제외하고 톰이 유일했다. 브래디는 그를 쳐다보고 있었다.

톰은 비행기 엔진 소리가 점점 커지는 가운데 혼잣말로 중얼거렸다 "뭐야, 내가 나쁜 놈이야?"

하지만 대답해 줄 사람도 없었고, 어차피 그는 대답에 관심조차 없었을 것이다. 그는 서둘러 계단을 올라 비행기에 탑승했다. 그는 늘 앉는, 왼쪽 통로, 식탁과 마주 보는 자리에 앉았다. 주위를 둘러보았다. 그의 자녀인 안야와 루카스가 뒤쪽 소파에 앉아 서로에게 과자를 던지며 "아빠!"를 외쳤고, 학교를 벗어나 멋진 곳에 간다는 사실에 흥분한 표정이었다. 베스(그녀의 이름이 베스였나? 어디에 적어 놓는 게 좋겠군)와 그녀의 딸은 화장실 옆에 있는 훨씬 떨어진 뒤쪽 공간에 있었고, 어린 소녀는 엄마의 무릎에 웅크리고 있었다.

톰은 그들을 한참 바라보며 생각을 다시 가다듬었다. 생각의 틀을 바꾸는 것은 언제나 가능한 일이었다. 다만 시간이 좀 걸릴 뿐. 그래, 이 상황은 분명 재구성이 가능했다. 그는 자신의 조종사를 강하게 제압하지 못했다. 아니, 아니다, 그렇게 볼 필요가 없다. 사실 그는 다른 관점을 선물처럼 가지고 있었다. 중서부 중산층 가정에서 성장한 어린아이에 불과했던 그가, 지금은 전 세계적인 재난 속에서 호화스럽게 다른 가족까지 돌볼 수 있다는 사실이 얼마나 놀라운 일인가. 그는 얼마 후 마키스의 아내와 딸에게 다가가 이야기를 나누고, 아이를 조종석으로 초대하고, 처음엔 놀랐으나 함께 가게 되어 기쁘다고 말해주었다. 그는 예상치 못한 상황에 조금 놀랐으며, 신중하게 생각하고 세운 계획을 변경하는 데 항상 시간이 걸린다는 말도 했다. 하지만 그는 그들이 이곳에 온 것을 진심으로 환영한다고 분명하게 말했다. 모든 것이 잘 될 거라고. 톰은 자신이 자랑스러웠다. 옳은 일을 한 것이었으니까.

조종석에 잠시 들러 마키스와 이야기를 나누려던 앤 소피가 고개를 뒤로 돌렸다. 그녀는 안도감과 실망감이 얼굴에 어린 톰을 보더니 평소 그녀가 앉던 그의 바로 맞은편 좌석에 앉았다.

그녀는 앞으로 몸을 숙이고 화해의 제스처로 그의 무릎에 손을 얹고 꼭 쥐었다. "그렇게 하길 잘했어."

톰이 미소 지었다. "나도 그렇게 생각해."

"동생은 어떻게 대처하고 있대?" 앤 소피가 안전벨트를 매고 비행기 문이 쾅 닫히자 물었다.

톰은 멍하니 그녀를 바라보았다.

젠장.

그는 종일 오브리를 생각하지 않았다.

7

카유가 골목

오브리는 카유가 골목에서 급하게 코너를 돌다가 자전거를 탄 아이와 부딪힐 뻔했다. 스캇이 비명을 지르며 대시보드에 몸을 기댔고 오브리가 브레이크를 밟자 차가 갑자기 끽 소리를 내며 멈췄다. 아이는 뒤도 돌아보지 않고 더 세게 페달을 밟으며 도로를 벗어나 노을빛으로 물든 서쪽을 향해 내달렸다.

스캇과 오브리는 한숨 돌렸다.

"저 애는 대체 밖에서 뭐 하는 거야?" 오브리가 물었다.

"토네이도가 아니라 정전이에요." 스캇의 목소리는 조금 떨렸고 확신 없이 말했다.

오브리는 집을 향해 질주하는 10대 미치광이들이 더 있을지도 모른다는 생각에 조심스럽게 액셀을 밟고 길 안쪽으로 들어갔다. 동네는 여전히 붐볐다. 먼저 빠져나갔던 차들이 되돌아와 각자의 집 앞 주차장에서 차 트렁크와 문을 열어 놓고 짐을 내리고 옮기느라 분주하게 보였다. 사거나 빌리거나 다른 방법으로 모을 수 있는 것은 무엇이든, 차에 가득 실려 주방과 지하실로 옮겨졌다. 사재기가 본능적으로 이루어지는 상황이었고, 대부분은 꽤 능숙하게 그 일을 해냈다.

노먼 레비의 집 앞을 지날 때, 오브리는 그 교수의 안부가 문득 궁금해졌다. "일이 터지면 노먼을 한번 들여다보라고 내게 말해줘. 필요한 게 있는지 살펴봐야 하니까."

스캇이 투덜거렸다. "진짜 일이 터지면, 저라면 노먼에게 신경 안 쓸 거예요. 거의 100살이잖아요."

오브리는 몸을 돌렸다. 다시 한번, 따귀를 날리고 싶은 충동이 강렬하게 일었다. 가까스로 그녀는 목소리를 낮췄다. "그건 너무 심한 표현이야."

"나의 심한 표현."

"그런 표현 정말 싫다."

"나의 심한 표현."

그녀는 그를 쳐다봤다. 그녀를 화나게 만들려는 수작일까?

스캇은 반쯤 웃는 표정을 지었다. 예전에도 그랬다. 가끔 재밌게 웃기도 했다.

"노먼을 잊으면 안 돼. 어찌 되었든 노먼이 누구보다 이 상황을 잘 통제할 사람이라는 건 알잖아."

스캇은 한때 노먼에 대한 존경심을 부끄러워하지 않았다. 노먼

은 할아버지 같은 존재로, 스캇은 제자 같지 않은 모습으로 서로 잘
어울렸다. 노먼의 집은 지적인 유희 장소였다. 그곳에서는 항상 흥
미로운 일이 벌어졌다. 스캇은 몇 년 동안 거의 매일 그의 집에 가
곤 했다. 망원경을 조립한 이야기며 라디오 장비를 이용해 노먼이
오랜 관계를 유지하고 있는 영리하고 흥미로운 사람들과 몇 시간
동안 긴 대화를 나눴다는 자랑을 늘어놓기도 했었다. 하지만 스캇
이 열네 살이 되던 해, 아버지는 집에서 쫓겨났고 그는 모든 사람에
게 날을 세우고 대들기 시작했다.

"내게 예전처럼 말하듯 해라." 노먼이 말하자 스캇은 그때부터
더 이상 노먼의 집에 가지 않았다.

"네가 노먼을 한번 들여다보는 게 좋겠어." 오브리가 제안했다.

하지만 스캇은 얼굴이 붉어진 채 그녀 너머를 쳐다보고 있었다.
"그가 왔어요."

"누구?"

"아빠요, 저기요."

오브리는 고개를 돌려 그들의 진입로를 다 차지한 채 주차된 검
은색 픽업트럭을 바라보았다. 그녀는 숨을 참고 침착하게 집 앞에
서 크게 유턴한 후, 러스티가 방충문을 밀고 밖으로 나오고 있을 때
산책로 주변에 주차했다. 그는 그녀에게 후한 값을 받고 팔아넘긴
후 쫓겨난 **그녀**의 집을 왈츠를 추듯 걸어 나오고 있었다.

"현관문을 활짝 열어 놓았더라고." 러스티가 인사 대신 말했다.

스캇은 차에서 내려 문을 쾅 닫고 주머니에 손을 찔러넣은 후 사춘기 소년 걸음걸이로 러스티를 지나치려 했으나, 오브리가 그를 불러세웠다.

"물건들 좀 안으로 갖고 들어갈래?"

스캇과 러스티는 동시에 "물론이지" 대답하며 그녀에게 다가갔다.

"스캇에게 부탁한 거야."

러스티는 걸음을 멈추고 눈동자를 굴렸다. "미안."

오브리는 트렁크를 열고 스캇과 함께 화장지, 파스타, 청소 용품, 통조림 등으로 채워진 장바구니를 집어 들었다. 러스티는 못마땅한 표정으로 가까이 다가가 그것들을 훑어보며 얼굴을 찡그렸다.

"상하기 쉬운 음식들이 많네. 우유를 좋아하길 바라."

스캇과 오브리는 그를 무시하고 계속 손을 움직였다. 스캇은 오브리에게 "내가 더 들고 갈 수 있어요"라고 말했다.

"괜찮겠어?"

"네, 이 밑에 넣으세요." 그는 팔꿈치를 들어 왼쪽 엉덩이 쪽에 공간을 만들었고, 그녀는 그곳에 세제 한 봉지를 끼워 넣었다. 그는 다른 팔을 들어 올리며 더 달라고 했다. 그녀는 그의 말을 따랐다. 러스티가 둘을 쳐다보며 서 있는 동안, 두 사람은 지난 몇 달의 시간보다 더 잘 협력하는 모습을 보여주었다.

러스티는 냉동식품이 가득 담긴 비닐봉지를 보며 고개를 끄덕였다. "다 녹을 거야."

오브리는 반응하지 않았다.

스캇은 아버지와 눈을 마주치지 않으려고 애써 피하며 안으로 들어갔다.

러스티가 연석에서 내려와 트렁크로 다가오더니 장바구니를 집으려고 손을 뻗었다.

오브리는 그를 말렸다. "내가 할 수 있어."

"제발, 그만해. 당신이 스캇보다 더 나빠."

"원하는 게 뭐야, 러스티?"

"내가 뭘 원할 것 같아? 그냥 잘 있나 확인하러 왔어."

"우린 괜찮아. 당신도 집에 가 준비해."

"뭐 때문에 준비해? 그들이 또 우리를 속박하려는 짓이야. 태양이 폭발한다고? 원시인 시대로 돌아간다고? 정신 차려, 오브리. 기껏해야 3일 정도 정전되고 끝날 거야."

그녀는 세상을 바라보는 러스티의 태도를 어떻게 받아들여야 할지 난감했다. 모든 기관과 기업에 대한 병적인 그의 불신, 공적이든 사적이든 우연이든 같은 생각을 하는 사람들 사이에서 이미 느슨해진 그의 소속감에 대해서도. 그녀는 혀를 깨물었다. "당신의 생각이 옳았으면 좋겠어."

"내 말이 맞다고."

"거기 팔 좀 치워줘." 그녀는 마지막 장바구니를 집어 들며 트렁크를 닫으려다 러스티 때문에 멈췄다. 러스티는 그녀를 위해 트렁크를 닫았고, 그녀는 돌아서 걷기 시작했다. 그가 뒤를 따랐다. 그녀는 어깨 너머로 뒤를 돌아보았다. "아무 일도 안 일어날 거라면, 왜 굳이 우릴 확인해야 할 필요성을 느꼈지?"

"그냥 당황하지 않았는지 알고 싶었어."

"당황하지 않아. 우리는 대비책을 따랐으니까. 큰 차이가 있어."

그녀는 앞 계단으로 올라갔고 러스티는 급히 그녀를 앞질러 방충문을 열었다. 오브리는 잠시 멈칫했다. 다음으로 이어지는 상상은, 그가 그녀를 따라 집 안으로 들어오고, 물건들 정리를 돕고, 평소대로 그녀가 간절히 막고 싶은 상황이 펼쳐질 것이었다.

"문 좀 닫아줄래?" 그녀는 뒤로 물러나 장바구니를 발밑에 내려놓았다. 러스티는 순순히 응하며 방충문을 닫았다. 안에 있던 스캇이 TV를 다시 켰고, 업데이트 뉴스가 흘러나오는 소리가 들렸다. 오브리는 러스티를 바라보았다. "확인하러 와줘서 고마워. 우린 괜찮아."

러스티는 슬픈 표정으로 그녀를 바라보았다. 아일랜드인 어머니를 닮은 날카로운 그의 눈매는 어느새 눈꼬리가 처졌고, 40대가 되면서 눈꺼풀도 무겁게 내려앉았다. 그런 인상 때문인지, 그가 마치 큰 슬픔을 짊어지고 사는 것처럼 보는 사람들이 많았다. 사실 크게 틀린 말은 아니었으나, 정확하지는 않다. 그는 자신이 견뎌낸 것보다 훨씬 더 큰 고통을 남에게 주었으니까.

"자연스럽게 보이지 않아." 그는 말했다.

"뭐?"

"당신, 내 아이. 둘이 같이 사는 거. 더 이상 가족도 아니잖아."

"그 아이 선택이지, 내 선택이 아니었어. 난 그게 용감하다고 생각했고."

"스캇이 나랑 같이 살았으면 좋겠어."

"그럼 때리지 말았어야지."

그녀는 즉시 후회했다. 불친절하거나 무례해서가 아니라, 이 대화가 예상보다 훨씬 더 길어질 것 같았기 때문이었다.

"말했잖아, 난 그런 기억이 없다고."

"글쎄, 스캇과 내가 기억해."

"내가 당신 때린 적 있어?" 그녀는 대답하지 않았다. "내가 당신 때린 적 있어?"

오브리가 고개를 돌려 실내를 바라보았다. 스캇도 고개를 돌리고 어깨 너머로 그들을 보고 있었다. 그의 감각은 대화 속에 감도는 미세한 적대감 수치 변화에도 예민하게 반응했다. 오브리가 그를 불렀다. "스캇, 여기 냉동식품들을 지하실 냉동고에 좀 넣어줄래? 한 번에 다 넣고, 냉동실 문 오래 열어두지 말고, 알았지?"

스캇은 고개를 끄덕이며 주방으로 향했다. 오브리는 팬데믹 때 톰이 선물한 관 크기의 냉동고 안에 5파운드짜리 얼음 한 봉지를 제외하고는 텅 비어 있다는 것을 알고 있었고, 가능한 한 그곳을 가득 채우고 싶었다. 며칠 후 전기가 끊기면 모두 녹을 수밖에 없지만, 현재로서는 그 계획이 전부였다.

러스티는 여전히 그녀를 바라보고 있었다. "나, 끊었어, 술. 당신도 알잖아."

"다행이네. 러스티, 난 할 일이 많아."

"정신을 잃었을 때였어. 그때 말하는 거지? 다른 때는 전부 제정신이었고, 내가 자신을 통제할 수 있었어. 당신도 알잖아. 하지만 기억이 나지 않는 건 기억할 수 없어. 통제할 수도 없고. 내가 아니었어."

오브리는 고개를 돌려 길 건너편 서쪽을 바라보았다. 해는 집 뒤 학교와 경계를 이루는 단풍나무 뒤로 완전히 떨어지고 있었다. 아직 서늘한 4월 중순이고, 주변은 곧 어두워질 것이었다. 어쩌면 **정말** 어두워질지도 모른다. 그녀는 어서 빨리 이 일을 마무리하고 싶었다.

러스티의 말은 끝나지 않았다. "만약에 내가 미쳐 날뛰면, 이제 내가 느낄 수 있어. 아무리 많이 마셔도 항상 통제 가능하다고. 술이 올라오는 것을 느낄 수 있다고. 술잔을 내려놓을 수도 있고, 다시 들 수도 있어. 그런 상태에서는 절대로 다른 사람을 때리거나 물건을 부수지 않아."

"하지만 당신은 그렇게 했어, 러스티."

"그땐 **블랙 아웃 상태**였다는 말이야. 몸의 전원 버튼이 꺼져 있을 때니, 기억이 안 날 수밖에. 내 정신이 아니었으니 멈출 수 없었고. 바보처럼 들리겠지만 사실이고, 그래서 이 모든 것이 내겐 불공평해."

그는 마지막 문장에서 몸을 안쪽으로 기울였고, 그가 '블'이라고 발음할 때 그녀는 술 냄새를 맡을 수 있었다. 서던 컴포트인가? 매콤하고 흙냄새가 나는 술. 아무도 술잔을 들고 앉아 마시지 않는 술, 캐비닛에 남은 마지막 술이 오직 그거뿐이라는 걸 듣는 빌어먹을 순간에 마시게 되는 그런 술. 그녀는 그때 그의 눈에 붉은 줄이 선명하게 서 있는 것을 보았고, 보고 싶지 않은 것은 무심코 지나치는 자신의 방어 능력에 스스로 감탄했다. 지난 2년 동안 러스티의 술 취한 모습을 보지 **않았기** 때문에 예리했던 관찰력이 무뎌진 결과였다. 당연히 그는 엉망진창이었고, 당연히 겁에 질려 있었고 후회로 가득 차 있었으나, 이제 그녀는 그것들과 아무 관련이 없기를 바랐다.

그녀는 무심한 어조로 말했다. "잘 있나 확인하러 와줘서 고마워. 이 사태를 바라보는 당신의 추측이 맞았으면 좋겠어."

"오, 제발. 마치 애를 때리고 싶은 적이 단 한 번도 없었던 것처럼 왜 이래?"

"절대 그런 적 없어." 그녀는 장바구니를 집어 들고 흘끗 쳐다보았다. "문 좀 열어줄 수 있어?"

그는 과장된 용맹함을 담아 손을 뻗더니 그녀를 위해 문을 열어주었다. 그녀가 들어갔는데도, 러스티는 문을 닫는 대신 문틀에 기대며 시간을 질질 끌었다.

"이봐, 지금 시기가 이상해."

"이상한 때지."

그녀는 장바구니를 여전히 든 채 현관문 문을 닫기 위해 문틈 아래로 발을 집어넣었다.

"그리고 최악의 순간에 그게 나를 옭아맸어." 그렇게 그는 결론지었다.

그녀는 그가 여기에 온 진짜 이유를 깨닫고는 잠시 멈칫했다. 그녀는 한숨을 쉬었다. "얼마?"

"지갑에 20달러와 10달러 지폐가 있는데 ATM이 작동을 멈췄어. 얼마나 줄 수 있어?"

"여기서 기다려."

그녀는 집 안으로 들어갔다. 그는 그녀가 주방으로 들어가 장바구니를 카운터 위에 올려놓고 지하 계단으로 통하는 반쯤 열린 문으로 향하는 모습을 지켜보았다. 오른쪽으로 살짝 몸을 젖힌 그는 아래층 냉동고에 물건을 정리하고 있는 스캇과 얘기하는 그녀의 뒷모습을 볼 수 있었다. 러스티는 미간을 찌푸리며 도대체 왜 오브리가 그녀의 지갑을 열기 전에 스캇에게 물어야 하는지 궁금했으나, 그건 절대 풀 수 없을 수수께끼였다. 스캇이 일곱 살이나 여덟 살 때, 그녀를 처음 집에 데려온 날부터 둘은 친하게 지냈고, 그 이후로 그를 반대하는 음모를 계속 꾸몄다.

계속 지켜보고 있자니, 러스티는 둘의 대화가 점점 마음에 들지 않았다. 오브리는 계단 꼭대기에서 손짓으로 스캇에게 뭔가 설득하려고 했고 스캇은 이를 거부하고 있었다. 그는 놀랍도록 단호한 목소리로 그녀에게 반박하는 아들의 목소리를 들을 수 있었다. 잠깐만, 이게 실제 상황인가? 러스티는 한때 자기 집이었던 곳 문턱에 서서 전처가 열다섯 살짜리 자기 아들에게 **20달러 몇 개** 줘도 돼? 설득하고 있다는 게 믿기지 않았다.

젠장, 완전히 체면 구겼네.

또 한 번 격렬한 대화가 오간 후, 러스티는 오브리가 문을 향해 몸을 돌리는 것을 보았고, 계단 몇 개를 쿵쾅거리며 내려갔다가 멈추고 돌아서서 다시 올라오는 발소리를 들었다. 그녀는 거실을 가로질러 오른손에 무언가를 들고 그에게로 돌아왔다. 그녀는 그에게 가까이 다가오면서 팔을 뻗었다.

"스캇이 준 거야?"

"당신이 상관할 바 아니야. 원해?"

"그래, 여기선 당신이 모든 걸 통제하고 있군."

"원해, 안 원해?"

그는 그녀의 손을 내려다봤다. 지폐 세 장이 들려 있었다. 하지만 20달러가 아니었다. 백 달러짜리 지폐였다.

러스티는 최선을 다해 반응을 억누르면서도, 그녀의 마음이 바뀌기 전에 돈을 낚아채고 싶어 오른손을 재빨리 움직였다. 그는 지폐를 손으로 감싸자마자 바로 주머니에 밀어 넣었다. 그녀가 지폐를 빼앗아 갈지도 모른다고 두려워하는 것처럼.

"아버지가 이렇게 말했다고……."

하지만 오브리가 현관문을 막 닫으려고 했다. "내가 여기 없을 때 다시는 이 집에 들어오지 마."

"망할 문을 열어 놓고 나갔으니. 걱정돼 들어갔지."

그녀는 멈췄고 문은 여전히 한두 발짝 넓이만큼 열려 있었다. "그리고 당신의 질문에 답하자면, 그런 적 없었어. 당신이 날 때린 적 없었다고. 당신이 그런 기회를 얻기 전에 내가 당신을 먼저 내쫓았어." 주머니에서 오브리의 핸드폰이 울렸다. 그녀는 입을 다물고 문을 닫았다.

러스티는 웃지 않으려 애쓰며 고개를 돌렸다. 두 멍청이가 세상이 곧 멸망할 거라고 확신하고 있을 때 그 꼬마는 무슨 이유에서인지, 신은 그 이유를 알겠지만, 300달러 현금을 건넸다. 그 말은, 그 버르장머리 없는 꼬마가 최소한 그보다 세 배는 더 많은 현금을 가지고 있다는 뜻이었다. 무슨 이유로 그의 멍청한 전 부인은 10대 꼬마에게 재정을 맡겼는지 알 수 없었고, 그건 중요하지 않았다.

오래 생각할 필요가 있는 꽤 흥미로운 발견이었다.

8

오후 4시 26분

집 안에 있던 오브리는 한숨을 내쉬며 귀까지 추켜 올라간 어깨를 조금 늘어트렸다. 그녀는 어깨를 한 번 뒤로 젖힌 다음 주머니에서 휴대폰을 꺼내 통화 버튼을 눌렀다.

"안녕, 톰."

"히이."

오빠의 입에서 나온 한마디가 오브리를 훌쩍 다른 세상으로 넘어가게 할 수 있다는 게 웃겼다. 그가 낮은 음색으로 "히이"라고 말하는 건, 상대를 동정하는 말투였다. "오브리, 알겠어, 네가 돈도 없고, 이혼하고, 사랑도 떠나고, 마흔을 바라보고, 실패한 사업을 이끌고 있다는 건 알지만, 난 그런 너를 전혀 **비난**하지 않아"라는 식의 인사였다.

그녀는 그런 생각을 흘려버렸다. "문득 오빠 생각 중이었어." 그녀가 말했다.

"**내** 걱정은 하지 마. **너**는 어때?"

"난 괜찮아." 그녀가 말했다. "그냥 먹을 거 잔뜩 챙겨 놓았어." 그녀는 조금 전에 가졌던 짜증이 가라앉는 것을 느꼈다. 그들은 함께 어려움을 겪으며 성장했다. 그의 개인적인 결점, 짜증 날 정도의 개입, 은하계에서 온 듯한 자존심은 제쳐두고, 오직 그녀를 돕고 싶어 한다는 것도 알고 있었다. 다만 그 방식에 화가 났을 뿐.

"냉동고 채웠어?"

그녀는 주방으로 향하며, 빠끔히 열려 있는 지하실 문을 힐끗 쳐다보았고, 이제 10% 정도 채워진 거대한 냉동고를 상상했다.

"응, 문 닫기 힘들 정도야."

"좋아. 꼭 필요한 경우가 아니면 열지 마. 해동돼도 너무 예민하게 빨리 내다 버리지 말고. 고기를 제외한 거의 모든 냉동식품은 얼리지 않고도 먹을 수 있어."

오브리는 톰이 누누이 부탁한 재난 대비 계획을 세우지 않았다는 대화를 어떻게 피할지 고민했다. 톰은 어느 날 잘생기고 근육질 남자 세 명을 그녀의 집으로 보냈고, 그녀가 원하는 것과 필요한 것을 파악한 후 3일 이내에 '모든 걸 처리'해 주겠다는 제안도 했었다. 그들은 시카고에 본사를 둔 〈재난 대비〉 회사에서 온 직원들이었지만, 그녀는 그들을 돌려보냈다. 노! 그녀는 냉동고를 채우지 않았고, 노! '생존 전문가'들이 집에 식량을 채우는 것도 허락하지 않았고, 노! 지하실 선반 또한 채우지 않았다. 알았어?

"지금 어디야?" 그녀는 화제를 돌리려고 물었다.

"비행기 탔어."

"**총통 벙커**로 가는 중?"

"나를 히틀러와 비교하지 마. 다시 한번 부탁해야 해?"

"오빠를 히틀러와 비교하는 게 아니라 오빠의 벙커를 히틀러 벙커와 비교하는 거지. 하지만 이런 내 말도 취소. 오빠 거가 훨씬 더 좋을 거야."

"이번엔 **심각한** 일이야." 그가 말했다. "현재 **일어나고** 있는 일이라고. 20분 전까지만 해도 국립과학위원회와 통화를 하고 있었어."

"뭐래?"

"전 세계적으로 90%의 전력 서비스 중단. 4~18개월의 복구 시간 소요."

"그게 사실이라고 믿어?"

"내 생각은 중요하지 않아. 사람들이 그렇게 믿는다는 걸 나는 믿으니까."

그녀는 오빠가 옳다는 것을 알았고, 그 점이 항상 오빠를 존경했던 이유 중 하나였다. 오빠의 자존심은 언젠가 그의 배가 부딪치고 가라앉을 빙산이었지만, 자기 분야에 대해 자신보다 더 잘 아는 사람들 앞에서는 그런 자존심을 내려놓을 수 있을 정도로 지적인 사람이었다. 무지를 인정하고, 입을 다물고 경청하는 태도는 톰이 어릴 때부터 터득한 능력이었고, 그가 엄청난 성공을 거둔 가장 큰 이유라고 오브리는 생각했다. 그러나 그는 그녀가 인정한 마지막 사람이었다.

"내가 비행기를 보내줄 수 있게 해줘."

"아니, 괜찮아."

"너를 위해 따로 마련한 곳이 있어. 적어도 한 번은 와서 봐."

"사진으로 봤어. 그게 뭔지 알아. 거기서 살고 싶지 않아."

"2주."

"하루도 그곳에 살고 싶지 않아."

"아니, 아니야. 2주 동안 비행기를 탈 수 없어. 나뿐만 아니라 모든 비행기가 자기권에서 에너지가 소멸할 때까지 착륙 상태에 있게 될 거야. 너무 위험해. 하지만 2주 후에 데리러 갈 수 있어."

"고맙지만 난 여기도 괜찮아."

"이 상황을 긍정적으로 바꿀 수도 있어. 오로라를 영원히 떠날 수 있는 완벽한 기회가 될 수 있어."

"여기가 내 고향이야. 오빠도 그랬고."

"맞아, 하지만 난 떠났어. 너도 그럴 줄 알았어. 그게 이성적인 사람들이 하는 행동이니까."

"난 이성적이지 않아. 난 여자야."

그는 신음에 가까운 숨을 뱉어냈다. "**한 번**, 내가 **딱 한 번** 그렇게 말했어."

"그리고 나는 그것을 받아적었어."

"내 인생에서 너만큼 내게 적대적인 사람은 없어."

"글쎄, 다른 이들도 그럴걸. 바로 앞에서는 안 그렇겠지만."

잠시 대화가 멈췄다.

"제발 너를 돕게 놔둬." 그가 부드럽게 말했다. "네게 빚이 있어."

"옛날 일이야, 톰. 이젠 우리 괜찮아."

지하실에서 올라온 스캇이 그녀에게 고개를 끄덕였다. "누구랑 통화하는 거예요?"

"내 오빠."

"누구랑 얘기하는 거야?" 톰이 물었다.

"스캇." 맙소사, 그녀가 한 일이라고는 그녀의 인생에 끼어든 남자가 물어보는 것에 답한 것뿐인데, 그리고 정확히 한 명을 선택했을 뿐인데, 그 남자가 바로 알고 보니 폭력적인 술주정뱅이라니.

"스캇에게 여기로 오는 게 어떤지 물어보지 그래?"

그녀는 점점 인내심을 잃었다. "톰, 스캇은 나 대신 결정을 내리는 사람이 아니야. 오빠도 마찬가지고. 선택은 **내가** 해. 얼마나 오래 걸리든, 나는 여기를 선택했어."

사실 그녀는 아직 그런 선택을 한 적이 없지만, 톰이 제안하는 것들을 오랫동안 거절해 왔기 때문에 반사적으로 그런 선택을 했다. 평범했던 어린 시절의 분노에서 비롯된 행동이었고, 그럴 만한 충분한 이유가 있었지만, 자신의 선택에 대한 책임은 오로지 자신에게만 있었다. 사춘기 시절의 10분이 두 사람의 남은 인생에 영향을 끼쳤다. 어쩌면 그녀는 그의 비도덕적인 부를 공유하지 않음으로써, 자신이 그 부를 축적하는 데 도움을 준 것에 대한 양심의 가책으로부터 자유로울 거라고 믿었다.

"좋아, 현실 인식 시간, 설명해줄까?" 톰이 말했다. "오랫동안 전기가 끊길 거야. 몇 달이 될 수도. 단기적으로는 휴대폰의 배터리가 다 떨어질 것이고, 기지국이 다운되니 어차피 작동되지 않을 거야. 장기적으로는 식량 공급망에 문제가 생겨 공급이 중단되고, 물도 안 나오고, 세상은 무법천지가 될 거야. 발전기를 산 적이 있는지 네게 물어볼 필요도 없다는 거 알아, 네 추측이 맞을 거라고 확신하니까. 나는 솔직히 네가 지하실의 냉동고를 채웠는지도 의심스럽고, 철학적인 이유로 총기 소지 반대하기 때문에 어떤 종류의 무기도 가지고 있지 않다는 것도 알아, 그리고 미국에서 세 번째로 인구 밀도가 높은 도시에서 한 시간 떨어진 곳에 살고 있다는 것도. 이들 모두 곧 굶주리고 패닉에 빠져 도망칠 거야. 너는 법 없는 무법천지에 살게 될 거고. 이런 현실을 좋아하지 않겠지만, 오브리, 현실은 현실이야. 너를 안전한 곳으로 데려다줄 사람을 보내겠다고 내가 다시 한번 다음에 제안한다면, 지금보다 더 나은 결정을 하길 바래."

"너무 많이 대비했다는 생각은 안 들어?"

"그런 일은 없어. 이전에 일어난 적이 없다고 해서 앞으로도 일어나지 않을 법은 없으니까. 네 생각이 고착화되었어. 최초 발생

증후군이라고 부르지. 하지만 나는 상황이 얼마나 쉽게 통제 불능 상태가 되는지 봐왔고, 너도 알겠지. 다시는 그런 일이 일어나지 않도록 할 거야."

"난 괜찮아, 톰. 가뭄도 견뎌냈으니, 이제 홍수도 견뎌내겠지."

"무슨 가뭄? 홍수라니?"

"노래 가사야."

"앞으로 1년 반 동안은 그 노래를 들을 수 없을걸."

스캇은 궁금증을 참지 못하고 다시 거실로 돌아와 채널을 돌렸다. 앞으로 일어날 사건에 대해 각기 다른 끔찍한 뉴스들이 채널마다 흘러나왔다. 시간이 지날수록 동부 쪽부터 어둠이 깔리기 시작하는데, 정치적으로 가장 부정적인 관점을 가진 사람들 사이에서도 이미 비관적인 분위기로 팽배하게 바뀌었다. 불안에 떠는 페리 대변인은 NASA, 또는 NOAA, 혹은 NSA의 누군가와 너무 늦기 전에 전국의 전력 시설을 폐쇄해 달라고 공개적으로 호소하고 있었다.

"끊어야겠어, 톰."

"돈은 받았어?"

"돈 보냈어? 오늘 입금은 안 봤어."

톰은 잠시 멈칫했다. 그는 화가 났지만 차분한 어조로 말했다. "작년 가을, 이런 상황이 발생할 경우를 대비해 2만 달러를 보냈잖아. 은행에 가서 20달러짜리로 찾아 집안 네 군데에 나눠두라고 했었지. 사회가 붕괴하면 현금이 가장 가치 있는 상품이 될 거야. 그리고 1965년 이전의 은색 동전 얘기는 하지 않을게. 하라는 대로 했어?"

오브리는 주방에 〈이안 던 오크〉 캐비닛을 바라보았다. 톰의 돈이 계좌에 들어온 날 주문한 아름다운 캐비닛이었다. 훌륭한 목공 예품이 주는 묵직하고 견고한 느낌이 물잔을 꺼낼 때마다 그녀를 행복하게 만들었다. 그랬다. 그녀는 톰이 보낸 **모든** 것을 거절한 것은 아니었다.

"응, 현금 있어."

"거짓말이야."

"맞아. 실은 내게 주방 캐비닛을 선물한 셈이 되었어."

"오브리, 이건 농담이 아니라고. 진짜야, 실제로 일어나고 있다고."

"알아. 무서워. 하지만 우린 괜찮아. 전화해줘서 고마워."

"내가 보낸 위성 전화기는 갖고 있지? 여분의 배터리가 세 갠데, 모두 충전되어 있어. 확인해 봐. 내일 아침에 전화할게. 다시 얘기하자. 너와 나뿐이잖아, 기억나?"

"다른 사람들은 다 죽었으니까." 그녀가 자동으로 대답했다. 그것은 그들의 일상이었고 한때는 재미있었지만, 지금은 아니었다.

"한 번에 하나씩 해결해 나가자고." 그가 말했다.

"그럴 계획이야."

"조심해."

"오빠도 조심해."

그가 먼저 전화를 끊었다. 그녀는 거실로 걸어 들어와 스캇과 함께 TV 앞에 앉았다. 그들은 소파 가장자리에 긴장한 자세로 앉아 재난 자세를 취한 채 채널을 계속 넘겼지만, 어디에도 만족할 만한 좋은 뉴스도, 나쁜 뉴스도 없었다.

9

프로보, 유타주

모나크 항공은 예리코(미국 웨스트버지니아주 햄프셔카운티에 있는 자치구) 외곽에서 86마일 떨어진 프로보 공항에 전용 터미널을 두고 있었다. 톰이 원했던 것보다 더 먼 거리였다. 가까운 공항을 여러 군데 알아봤으나 관제탑이 있는 다른 공항이 없었다. 톰은 비행기를 착륙시킬 마땅한 장소가 없다는 이유로 공중에 머무는 위험을 감수할 마음은 없었다. 프로보 외곽의 교통 체증이 심각하지 않았던 것도 그들이 그곳을 착륙지로 택한 이유 중 하나였다. 지금까지는 마키스의 일로 계획에 약간의 차질을 빚은 것 외 모든 것이 예상대로 정확히 진행되고 있었다.

앤 소피와 아이들은 비행기에서 가장 먼저 내려 그들을 기다리는 두 대의 서버 밴으로 향했다. 차 뒷좌석에 놓인 아이패드의 앱과 도어 포켓에 들어 있는 손 소독제 브랜드까지, 집에서 타고 다니던 것과 세밀한 부분까지 똑같이 맞춤 제작된 차였다. 톰은 마키스,

베스, 그리고 그녀의 아이와 함께 차를 타지 않기 위해 미리 전화로 다른 차를 주문했다. 톰의 선행에는 한계가 있었고, 오브리와의 통화는 그를 여전히 신경 쓰게 만들었다. 사람들을 배려하고, 그들을 위해 미리 계획을 세우고, 잘 발달된 그의 결과—예측 전두엽의 무한 사용까지 허용하는 데도 불구하고 그의 충고를 무시한다면, 무슨 소용 있을까? 겨우 주방 캐비닛을 새로 바꿨다고? 좋다. 올겨울, 난방을 위해 그것들을 땔감으로 사용하게 될 테니.

그는 여동생 생각을 잠시 밀어내고, 비행기 뒤쪽 화물칸에 서서 수화물 내리는 것을 살피며, 카트에 실리는 가방들을 세어보았다. 마키스가 비행기를 타기 위해 활주로로 다시 돌아올 때까지 비행기는 며칠 동안 이곳 격납고에 머물며 정비를 마칠 것이다. 톰이 간과했던 세부 사항 중 하나가 자격을 갖춘 정비사를 구하는 것이었는데, 일이 터지면 그런 정비사를 찾는 것은 그다지 어렵지 않았다. 불확실한 상황 속에서 안전한 작업 환경을 제공하고 편안하고 높은 보수를 준다면, **누가** 거절할까? 톰은 이번에는 결혼 여부를 두 번, 세 번 확인하겠다고 단단히 마음먹었다. 자신과 내기를 걸어도 좋을 정도로.

수화물 처리 담당자가 비행기 뒤쪽의 문을 쾅 닫고 차가 주차된 쪽으로 걸어갔다. 톰은 눈살을 찌푸렸다.

"가방 하나가 빠졌는데요."

담당자가 돌아섰다. "뭐라고요?"

"가방이 네 개밖에 안 보여요. 다섯 개가 있었는데."

담당자는 뒤돌아 화물칸을 다시 열고 안을 들여다보았다. "아무 것도 없어요."

"파란색 가방은 어디 있죠?" 톰이 물었다. 담당자는 멍하니 그를 바라보았다. 화물칸에는 정말 아무것도 없었다. 톰은 앤 소피를 불렀다. "여보!"

그녀는 아이들이 차 뒷좌석에 타는 걸 돕다가 몸을 돌렸다.

"파란색 가방 어디 있지?"

"무슨 파란색?"

톰은 차분한 어조를 유지했다. "우리 가방이 다섯 개야. 빨간색 두 개는 애들 거고. 검은색 두 개는 당신과 내 것. 파란색, 그 하나 가 없어졌다니까."

"미안, 못 봤어."

"차고 안에 자물쇠 채운 캐비닛에서 가방 모두 꺼내라고 했는 데, 했어?"

"응."

"전부 다?"

"그런 줄 알았는데. 모르겠어, 톰, 난 화가 났었어. 당신 전화 때 문에. 학교로 애들 데리러 가려고 했었거든."

"당신은 학교에 갈 **필요**가 없었다니까." 그가 단호하게 말을 끝 맺다가 목소리를 가다듬었다. "안토니오가 데리러 갈 거니까 당신은 학교에 갈 필요가 없었다고. 모두 그렇게 계획된 것이었어."

앤 소피는 낯빛이 서서히 차갑게 변하더니 몸을 곧게 폈다. "아이들을 내가 직접 보고 싶었다고."

"그건, 우리가 합의한 내용이 아니잖아. 기억나? 재난 상황에 대처하는 계획 회의?"

"미안해, 귀 기울여 듣지 않았나 봐. 중요한 가방이야?"

"가방이 아니라, 그 안에 든 물건이 중요해. 내가 직접 사고 챙긴 것들이야. 지난 3년 동안 체계적으로 다시 풀고 쌌던 것들이라고. 일정을 짜서 정리하고 일일이 성능을 테스트했어. 그런데 안 중요하냐고?"

"그만 빈정대." 그녀는 그보다 1인치 반 정도 큰 자신의 키만큼 목소리를 끌어올렸다. 수화물 담당자는 고개를 돌리고 차 뒷좌석에 있는 가방들을 불필요하게 다시 정리하느라 바쁜 시늉을 했다.

앤 소피는 말투를 부드럽게 바꿨다. "여기까지 온 건 당신 덕분이야, 톰. 당신이 큰일을 했어. 가방 안에 있던 물건이 무엇이든, 우리에게 똑같은 물건들이 수십 개는 있을 거야."

그녀의 말이 맞았다. 잃어버린 가방은 장기적인 고립 시간에 필요한 식량은 아니었다. 비행을 할 수 없어 부득이하게 운전해야 할 경우에만 사용할 수 있는 개인 비상 이동 키트(PERK)였다. 그리고 운전뿐만 아니라 제한된 연료 공급으로 험난한 지형에서 비행기가 멈췄을 때 쓸 것들이었다. 장시간 사용 가능한 보디 워머, 정수용

알약 상자, 냉동 건조된 스트로가노프(샤워크림 소스를 넣고 조린 고기 요리)와 마카로니 앤 치즈, 탐폰(기존 용도와 함께 상처로 인한 지혈용), 땔감을 자를 때 사용할 전기 톱날, 그리고 콘돔이 있었다.

알다시피, 어찌 될지, 알 수 없으니까.

물론 이 모든 것이 없어도 괜찮을 것들이었다. 근본적으로 짚고 넘어가야 할 게 있을 뿐이다. 세계 최고의 사전 계획 작전이 허술한 사후 관리로 무용지물이 될 뻔한 상황이 어처구니없게도 실제로 벌어졌다는 사실이다. 톰은 그 가방 없이도 큰 지장이 없을 거라는 건 알고 있었다. 그는 철저한 자립 전문가가 되기 위해 스스로 연마했고, 필요하다면, 말 그대로 소나무도 먹을 수 있는 사람이었다. 하지만 그는 주변 사람들을 걱정했다. 그는 이 시련을 헤쳐 나가기 위해 그들을 모두 등에 업고 직접 모든 걸 짊어져야 했다. 좋다. 그는 해낼 것이다.

"화내서 미안해." 그들은 차를 향해 걸었다.

86마일은 80분이 조금 넘게 걸리는 거리였다. 길은 길고 평지였다. 프로보에서 스페인 포크(미국 유타주 유타카운티에 있는 도시), 유레카, 예리코를 거쳐 한때 미국 연방 정부 소유였던 500에이커 규모의 부지에 이르기까지 남서쪽으로 거의 일직선으로 뻗어 있었다. 80년대 초, 리틀 시에라 미사일 렌지 지역을 미국 최초의 덴스 팩(Dense Pack—전력 미사일 밀집 배치)으로 전환하자는 의견이 나왔을 때

여론이 좋지 않았다. 덴스 팩은 레이건 정부 시절에 개발된 미사일 배열 패턴으로, LGM-118 피스키퍼 ICBM을 위한 10~12개의 지하 저장고를 몇 마일 이내에 남북 선을 따라 균등하게 배치하는 방식이다. 러시아에서 날아오는 미사일이 북극 상공에서 남쪽으로 향할 가능성을 염두에 두고 계획되었는데, 표적이 되기 쉬운 일회성 미사일을 전국에 분산 배치하는 것보다 동일한 미사일을 길게 배치하는 것이 선제공격 시나리오에서 생존할 가능성이 더 크다는 이유였다. 이 전략은 12개의 지하 저장고를 같은 장소에 배치하면 적의 공격이 한 지역에 집중될 가능성이 크다는 지적에 따라 격렬한 반대에 부딪혔다. 지역 주민과 다른 지역 주민들까지 반대하자 결국 이 계획은 폐기되었다. 따라서 리틀 시에라 미사일 렌지는 단 하나의 핵미사일 지하 저장고 역할만 했기 때문에 상징성 있는 이름을 얻지 못했다.

하지만 제대로 설계된 지하 저장고다. 이 저장고는 1960년대 초 미국이 만든 ICBM 가운데 가장 크고 무거운 타이탄 2호 미사일을 탑재하기 위해 만들어졌다. 이 미사일은 높이가 약 30m, 무게가 약 136,000kg에 달했으며, 미국 최초로 완전히 지하에 위치한 저장고에서 발사할 수 있도록 설계되었다. 저장고는 깊이 약 45m 지름 약 17m였으며, 사방이 약 3.5m 콘크리트와 강철 벽으로 둘러싸인 초강력 구조였다. 이 저장고는 지상에서 보면 약 90cm 높이의 머리 부분만 눈에 들어왔다. 그것은 커다란 입술 모양으로 매우 두껍고 넓은 맨홀 뚜껑을 연상시키는 거대한 구조물이었다.

1991년 미국 정부가 기지 기반 시설을 덜 필요로 하는, 더 작고 가벼운 미사일로 전환하면서 리틀 시에라 저장고는 폐기되었다. 저장고와 그 주변 500에이커의 땅은, 미군들 가운데 가장 지루한 임무를 수행했을지도 모르는, 24시간 교대 근무 해병대 경비병들을 제외하고 사람이라고는 찾아볼 수 없을 정도로 텅 비었다. 정부는 90년대 후반이 되어서야 이런 폐허의 땅을 살 만큼 미친 사람들이 있다는 사실을 알게 되었다.

부동산 투기꾼들이 제일 먼저 달려들었다. 주변의 황무지를 주택 개발지로 만들 계획으로 리틀 시에라를 매입했는데, 무모한 계획은 큰 실패로 끝났다. 그가 파산하자 인근 오클라호마주의 치카소 부족이 다음 구매자로 나섰는데, 그들은 카지노에서 벌어들인 수익의 일부를 인근 주에 있는 대규모 부동산에 투자하려던 참이었다. 리틀 시에라를 방문한 그들은 검토 후 다른 부지로 결정했고, 거래는 결국 무산되었다. 마침내 정부는 9·11 테러 이후 서바이벌 벙커 시장이 주목할 만한 가치가 있다고 정확히 예측한 톰 배닝이라는 구매자를 찾았다. 그는, 아무리 황량한 땅이지만, 에이커당 1,000달러라는 파격적인 가격에 땅을 매입했고, 3,000만 달러를 들여 리모델링을 마친 후 세계 최고의 종말―이후―생존주의자―거주지 중 하나를 소유하게 되었다.

두 대의 서버 벤이 정문 앞에 멈춰 섰다. 한때 타이탄 2호 바로 코앞에 있던, 대형 맨홀 같던 덮개는 제거되고 눈에 잘 띄지 않는 콘크리트 경비소 건물이 경사가 완만하고 아름다운 조경과 관개시설이 잘 어우러진 언덕에 자리 잡고 있었다. 위풍당당한 입구였지만 위압적이지는 않았다. 다른 유일한 지상 구조물은 게이트 하우스 옆 인공 언덕에 자리 잡은 약 170평 규모의 현대적인 큰 저택이었다. 이 저택은 세상이 어느 정도 안정기를 회복할 동안 톰의 가족을 보호할 수 있도록 설계된 피난처였다.

하지만 사람들이 **진짜** 찬사를 보낸 걸작은 세심하고 치밀하게 설계된, 지하에 있는 저장고를 개조해 탄생한 14층짜리 지하벙커였다.

선두에 선 톰의 차가 정문 앞에 멈췄다. 편안해 보이는 작업복에 방탄용 케블라 조끼, 선글라스, 그리고 반자동 소총을 가슴에 차고 있는 지미 러틀랜드 전 소령이 그들을 맞이했다. 지미 전 소령은 톰의 차 문을 열어줄 어떤 움직임도 보이지 않았다. 그는 톰이 직접 문을 열도록 내버려 둬야 한다는 걸 알고 있었다. 톰은 차에서 튕겨 나오듯 나오더니 지미에게 다가가 비장한 표정으로 말했다.

"지미."

"배닝 씨 반갑습니다. 이런 일이 생겨 안타깝습니다." 그러나 지미는 사실 전혀 안타까운 마음이 없었다. 그는 이날을 위해 태어난 사람이었다. 열여덟 살 생일에 해병대에 입대해 대테러 보안부대에서 극강 훈련을 받았고, 톰이 그를 영입했을 때는 이미 민간 부문 사업에서 상당한 돈을 벌 때였다.

"어때 보여요?" 톰이 물었다.

"안전하고 괜찮습니다. 무사히 오셔서 다행입니다."

톰은 뒤를 돌아보며 차에서 내려도 좋다는 손짓을 보냈다. 그러자 아이들은 기다렸다는 듯 차에서 모두 내리더니 비포장도로를 가로질렀다. 그 도로는 진짜 흙으로 덮인 게 아니라 사용하지 않는 농촌 고속도로처럼 보이고 느껴지도록 내후성 소재인 드라이크리(DryCrete)로 포장한 길이었다. 아이들은 상관하지 않았다. 곧장 언덕으로 뛰어가 무성한 풀밭 위를 뒹굴며 굴러 내려왔다.

지미는 베스와 그녀의 딸을 보고 잠시 얼굴을 찡그리더니 앞에 놓인 클립보드를 내려다보며 그곳에 적힌 명단을 눈으로 훑었다. "거주자 명단에 변동이 있는 건가요?"

"있어요. 친구 몇 명을 포함하기로 했어요. 잘 대해주자고요."

"네, 알겠습니다, 보스."

"여기 또 누가 있나요?"

"모든 현역 경비원이 보스 전화 받은 후 한 시간 이내에 보고를 마쳤습니다. 보드웰 박사는 프로보에 살고 있어서 가장 먼저 도착한 거주자 중 한 명이고요." 그는 잔디가 깔린 언덕을 향해 손짓했는데, 카키색 바지에 파란색 셔츠가 허리춤 밖으로 나온 중년 남성이 황량한 풍경을 바라보며 그곳에 앉아 있었다. 지미는 톰의 귀에만 들리도록 몸을 숙이고 작은 목소리로 말했다. "B박사에게 약간의 매력 공세가 필요해요. 제 생각엔, 셸 쇼크(shell shock—전쟁신경증의 한 형으로 심한 불안 상태)증세로 봐야 할 것 같아요."

톰은 미간을 약간 찌푸리며 잔디밭 위에 앉은 남자를 힐끗 쳐다보았는데, 그는 정말 상실감에 빠진 표정이었다.

"왜 그럴까?" 톰이 물었다. "우리 치과의사 선생이 혹시 방이 마음에 안 들어 그러신가?"

"아니요, 걱정하지 마세요. 다들 불안하게 만드는 상황이라 그렇죠. 적응할 겁니다." 그가 계속 소식을 전했다. "거의 모든 다른 계약직 직원들로부터 어떤 형태로든 연락이 왔습니다. 라만 박사는 10분 뒤에 도착, 프리드먼 가족과 하일랜드 씨는 지금쯤 프로보에 도착했을 거예요. 다른 사람들은 여러 단계로 이동 중이고요. 대체로 모두 두 배로 동원된 것 같습니다."

톰은 고개를 끄덕였다. 톰은 마키스가 차에서 내려 그들에게 다가와 대화의 마지막 부분을 엿듣고 있었다는 걸 알아차렸다. 톰은 그를 힐끗 쳐다보며, 다시 짜증이 일었고, 지미를 향해 고개를 돌렸다. "우리 짐들을 본관으로 가져가고 손님들은, 가만, 9번 방으로 안내해 주세요. 괜찮겠죠?"

"오늘 계획은 모두 좋은 것 같습니다. 보스, 그게 바로 최고의 계획이죠." 지미는 마키스를 바라보았다. "5분 안에 다시 올게요." 왠지 모르게 그는 장갑을 낀 손으로 손가락을 벌려 정확한 시간을 표시해야 한다고 느꼈다. "그리고 숙소를 보여줄게요."

지미는 그렇게 말하며, 군화를 신은 발로 관리실 쪽으로 향했다. 마키스는 의아한 표정으로 톰에게 돌아섰다. "정확히 몇 명이 여기에서 지내게 되는 거죠?"

"커뮤니티가 장기적으로 차질 없이 운영되는 데 필요한 인원만큼만 있으면 돼. 치과의사, 내과 의사, 요리사 2명, 트레이너, 교사 2명, 물리 치료사, 요가 강사, 농업인, 영성가, 그리고 항공 조종사인 당신까지. 모두 어두워지기 전에 도착할 거네. 그런데 베스는 뭘 하지?"

"무슨 뜻이죠?"

"생계를 위해 무슨 일을 하는지? 모두가 이바지해야 하니까."

"아, 맞아요. 부동산 중개인이에요."

톰은 한참 동안 그를 바라보았다. "잘 기억해 두었다가, 우리가 팔 때 되면 알려주겠네." 그는 대궐 같은 집을 향해 걸으며, 지하벙커 입구 쪽을 가리켰다. "지미가 당신 숙소를 안내해 줄 거야. 체육관, 영화관, 수경 재배 시설이랑 다른 부대 시설들도 보여달라고 부탁해. 지미가 사람들에게 소개하고 설명하는 투어를 좋아하거든. 제대로 된 조랑말에 올라탔다는 걸 알게 될 거야."

톰이 언덕 위로 올라가자, 마키스는 주변을 둘러보았다. 집의 규모, 설계와 건축의 수준, 무장한 민병대 경비병, 인상적인 조경─톰이 갑부라는 것은 이미 알고 있었고, 그 말이 무슨 의미인 줄 알고 있다고 생각했는데, 자신만의 커뮤니티 전체를 건설할 정도의 부자라니? 마키스는 생각조차 못 해본 일이었다.

마키스는 베스와 키어리가 놀고 있는 짧은 언덕길로 올라갔다. 그는 미소를 지으며 베스의 허리에 팔을 감고 그녀를 살짝 끌어당 겼다.

그녀는 고개를 들어 그의 눈을 바라보며 조용히 물었다. "어떻 게 되고 있어요?"

"잘 되고 있어요. 괜찮을 거예요."

"미안해요, 당신을 이런 일에 휘말리게 해서요." 그녀가 말했다.

"그러지 말아요. 내가 제안한 거니까요."

그는 그녀에게 짧게 키스했다. 그녀는 예상하지 못했고, 어색했다.

그는 뒤로 물러서더니 그녀의 머리카락을 한쪽 귀 뒤로 넘겨주 었다. "미안해요. 다음에는 그렇게 반응하지 않을게요. 톰이 우리 를 보고 있었어요."

베스는 그의 어깨 너머로 두 사람을 쳐다보고 있는 톰을 보았 다. 그녀는 다시 마키스를 향해 고개를 돌리며 미소 지었다. "괜찮 아요." 그녀는 몸을 기울여 그의 입술에 자기 입술을 포개고, 조금 더 익숙한 느낌과 함께 자신이 먼저 키스를 시작했다는 사실 때문 에 덜 신경 쓰였다. 그녀는 마음속으로 다섯까지 세며, 부드러운 키 스를 나눈 뒤, 뒤로 물러서더니 그의 가슴에 이마를 기대었다. "받 아들일게요. 실은 나도 이유가 궁금했었어요. 혹시 당신이 뭔가 기 대하고, 무슨 말인지 알죠?"

"그런 거 아니에요. 난 바닥에서 잘게요."

"고마워요."

그가 미소 지었다. "키어리에게 나한테 좀 더 애정을 쏟으라고 전해주세요."

"겁에 질려 그래요."

"누군들 안 그래요?"

톰은 지상에 있는 대저택 안으로 걸어 들어가 주변을 둘러보았다. 거실은 황량한 황무지와 멀리 눈 덮인 산을 바라볼 수 있는 커다란 각진 판유리 창문이 있는 멋진 집이다. 집은 단층 구조였는데, 침실들은 '위대한 방(The Great Room—가족실, 거실, 서재를 하나의 공간으로 결합해, 집 중앙에 건축한 방)'과 주방을 중심으로 부챗살 모양으로 뻗어 있다. 놀이방, 가족 공간, 도서관, 체육관부터 비상구 터널까지 모든 다른 공간은 지하에 있다. 1인 가구를 위한 50평형부터 그보다 두 배 정도 큰 벙커 펜트하우스까지 겹겹이 쌓아 올린 아파트 형태의 단지 중앙으로 내려갈 수 있는 승강기가 터널로 연결되어 있다. 상황이 더 심각해지고 어려워지면 톰의 가족들도 지하로 피신할 것이다. 그때까지는 대저택의 주인과 그의 가족은 지하에 갇히지 않은 채 지상에서 생활하게 될 것이다.

톰은 먼저 주방으로 가서 음식과 기타 물품들을 확인했다. 미리 의논하고 승인된 대로 정확하게 배치되어 있었다. 모든 준비가 완료된 상태다. 안방에서 앤 소피가 물건 정리하는 소리가 들려왔다. 그는 심호흡한 후 그녀의 감정 온도 변화를 다시 한번 살펴보기 위해 다가갔다.

그는 문 앞에서 걸음을 멈추고 그녀가 짐을 푸는 모습을 지켜보았다. 옷장은 이미 제법 꽉 차 있었다. 사막 기후에 적합하고 그녀가 좋아하는 옷들을 두 배로 준비해 세탁해 걸어두었으며, 정기적으로 환풍을 시켰다. 사실 그녀가 해야 할 일은 딱히 없었다.

톰은 오늘 처음으로 자신이 무엇을 해야 할지 몰랐다. 준비는 취미 그 이상이었다. 그것은 톰의 열정이었고, 톰과 그의 동료, 억만장자 친구들 사이에서는 경쟁 게임이었다. 누가 가장 큰 기대를 받았을까? 누가 실제로 계획을 실행에 옮겼고, 그 계획은 얼마나 견고했을까? 하지만 이제 준비는 끝났고, 게임 전략은 실행 단계로 넘어갔다. 상황이 어떻게 진행되는지 지켜보고 게임이 다 끝났을 때, 누가 가장 많은 칩을 갖고 있는가 확인하는 것 외 할 수 있는 일이 없었다.

침대와 옷장 사이에 서 있던 앤 소피는 한 손에 자줏빛 캐시미어 카디건을, 다른 한 손에는 코코넛 생수 한 병을 들고 있었다. 그녀는 문을 등지고, 톰은 그녀의 머리가 카디건에서 생수병으로 번갈아 움직이는 것을 볼 수 있었는데, 도대체 다른 물건들은 다 놔두고 어떻게 이 두 가지 물건을 들고 있는 것인지, 왜 다른 모든 물건보다 이 두 가지 물건인지, 그리고 이제 어떻게 해야 하는지 혼자 혼란스러워했다. 그녀는 뒤로 물러나며 무릎 뒤쪽에 침대 가장자리가 닿자 침대 위로 축 늘어졌다.

"궁금해……."

그녀는 깜짝 놀라며 고개를 돌렸다. 문 쪽에 있던 그의 인기척을 못 느꼈기 때문이었다. 약 60cm 두께의 벽, 12인치 방음 유리, 원목과 콘크리트 마감재 위 카펫 바닥이라 녹음실처럼 조용했다. 손가락을 튕기면 주변 공기가 증발하는 것이 느껴질 정도였다.

톰은 미안하다는 손짓을 하며 말을 이어가려고 시도했다. "이건 좋은 기회가 아닐지도 모르지만."

"무슨 뜻이야?"

"우리를 위해. 다시 시작하기 위한."

그는 방으로 한 걸음 들어와 등 뒤 문을 닫았다. 그러자 그녀는 무슨 뜻인지 바로 알아차리고 침대에서 일어났다.

그는 한숨을 쉬었다. "그런 뜻이 아니었어."

"무슨 뜻이었어?"

"당신도 알잖아. 지금까지 엉망이었어, 맞지?"

"그래, 그랬지."

"음, 나는 사과를 했어. 여러 번. 이제 세상은 무너질 거고 우리가 가진 전부는 우리야."

그녀는 그를 바라보았다. 그녀는 언제쯤 그가 옷을 벗는 모습을 다시 볼 수 있을지 궁금해졌다. 그런 날이 온다면, 과로한 복부 근육을 보는 것만으로도 지금 느끼는 혐오감과 같은 감정일지 궁금했다. 그녀는 그가 벌거벗은 채 흥분한 모습을 다시 볼 수 있을지도 의문이었다. 집요하게 사라지지 않는 그의 복근과 땀에 젖은 긴장된 근육. 집 헬스장 한가운데 서서 그가 고개를 떨구고 한 손으로 트레이너의 검은 머리칼을 쓸어내리던 모습. 그녀가 막 그의 몸을 끌어당기며…….

그 기억은 영영 사라지지 않을 것이다. 그녀는 그가 옷을 벗는 모습까지 다 지켜보았다. 영원히 다시 보고 싶지 않은 순간. 그녀를 가장 격분하게 만든 것은 순수한 성적인 감정을 폭발하는, 그의 거칠고 과장된, 진부하지만 너무도 솔직한 몸짓이었다. 그냥 당신 **트레이너**라고? **농담**하는 거야? 그냥 정리하는 일만 남았다. 아이들은 스톡홀름을 좋아할 것이다. 그녀는 그가 자기와 싸울 생각조차 하지 않을 거라고 확신했다.

"원하는 게 뭐야?" 그가 물었다. 그녀는 대답하지 않았다. "여보, 원하는 게 **뭐야?**"

여전히 대답이 없다. 그는 돌아서서 방을 나갔다.

갈등은 사람을 지치게 했다. 대부분의 성인 시절, 그런 감정들을 피하려고 애썼던 앤 소피는 톰과 반대 방향으로 몸을 돌리며 창가로 다가갔다. 그녀는 움직임을 멈추고 창밖을 바라보았다. 멋진 풍경이 아니라, 안야와 루카스와 함께 놀고 있는 마키스, 베스, 키어리를 보는 것이다. 아이들은 풀이 무성한 언덕을 뛰어 올라갔다가 즐겁게 낄낄거리며 뒹굴며 땅바닥으로 다시 내려와 누가 더 어지러웠는지 자랑하며 술 취한 사람처럼 비틀거리며 다시 꼭대기로 올라갔다.

마키스와 베스도 구르기를 시도했지만 대부분 옆으로 굴러떨어지거나, 중간에 서로 부딪히며 웃음을 터트렸다.

앤 소피는 그들을 지켜보았다. **저게** 바로 가족의 모습이라고, 그녀는 생각했다.

저 너머, 해가 산 아래로 지고 있었다.

10

오로라
오후 10시 37분

아직 정전은 아니었다. 스캇은 계속 TV 뉴스를 지켜보고 있었다. 오브리는 치명적인 충돌 시점을 정확히 예측할 수 없는 상황에 지쳐갔다. 상충하는 견해와 태양열 변화에 대한 복잡한 설명도 혼란스러웠다. 예상 시간이 4시간에서 7시간, 9시간으로 늘어나자 사람들은 이 모든 ─수치─가 틀렸을지도 모른다는 생각으로 점점 들끓었고, 더 많은 말과 비난, TV를 향한 손가락질이 이어졌다. 자정이 넘은 시각, 오브리는 결국 위층으로 올라가 뜨거운 물로 샤워를 하고 침대에 누워 불을 껐다.

새벽 2시에 잠들 때까지, 3~4분마다 한 번씩 눈을 떠 침대 옆 조명 스위치를 켜 보곤 했다. 그때마다 전구에 불이 켜졌다. 그녀는 모두가 틀린 건 아닌지 의문이 들었다.

결국 그녀가 틀렸다.

CME(코로나 질량 방출)가 태양 표면에서 분출하여 행성 간 공간으로 진입했을 때, 반대 방향으로 흐르는 전자 광선이 포함된 거대한 자기 구름이 형성되었다. 이 거대한 구름 덩어리는 중부 표준시 오전 3시 37분, 지구의 자기권 바깥층 경계선과 처음으로 접촉했다.

일반적으로, 태양풍의 플라스마는 지구 주위를 돌면서 긴 자기 꼬리 모양으로 방향을 바꿔 우주 공간으로 흩어지거나 큰 충격 없이 대기 중으로 방출된다. 이 경우 엄청난 양으로 뿜어져 나오는 코로나 빛이 차지하는 면적이 압도적이다. 100억 톤에 달하는 하전(전기적으로 양성이나 음성 전하를 가진 이온 입자) 전자 입자가 몽골리안 유목민의 대이동처럼 지구 자기장으로 밀려 들어오더니 극지방을 향해 연쇄적으로 돌진했다. 극지방에 도착한 전자 입자들은 극지방의 거울점(The Mirror Points—자기장에 갇힌 하전 입자의 운동이 방향을 바꾸는 지점) 사이를 오가며 전례 없는 강력한 전류 흐름을 만들어냈고, 고도 10만 미터 상공에서 굉음을 내며 지구 상공에 울려 퍼졌다. 전류 흐름이 대기권에 진입하자 지표면의 전압 전위(전기적 위치 에너지)가 급격히 상승했고, 그 결과로 압도적인 직류 파동이 접지 접속(Ground Connection—화재와 감전을 방지하기 위한 시설) 연결부를 통해 전력선을 침범했다.

오로라 발전소—878mW, 단순 연소 주기, 도시 외곽과 중서부 상부 전력망 일부의 천연가스 화력 설비—는 전자 입자들이 극지방에 닿은 지 90초 만에 전하(양성자와 전자가 가지는 고유한 성질)를 흡수했다. 오로라 발전소에서 발생한 초강력 전력 급증은 듀페이지,

케인, 켄달 카운티의 지상과 지하 전선을 통해 퍼졌고, 60마일 반경 내에 있던 모든 차단기, 변압기, 전력선이 그로 인해 녹아버렸다.

오브리의 집 거실에 있던 77인치 소니 TV 화면이 예고도 없이 깜박이다 갑자기 어두워졌다. 소파에서 잠들어 있던 스캇은 눈치채지 못했다.

빛이 오브리를 깨웠다. 빛의 강렬함이 아니라 기이함 때문이었다. 잠든 상태에서도 그녀의 뇌가 뭔가 잘못되었다는 것을 감지할 정도였다. 그녀는 눈을 깜빡이며 침실 커튼 옆으로 흐릿하게 보이는 이미지를 바라보았다. 그녀는 커튼 치는 것을 싫어했는데, 자연광이 그녀를 깨우는 아침을 선호했기 때문이었다. 지금도 그렇지만, 침실 창문을 통해 들어오는 붉은 빛은 자연스럽지 않았다.

그녀는 한쪽 팔꿈치에 기대어 몸을 일으켜 앉으며 창밖으로 시선을 모았다. 하늘빛이 환해서 일어날 시간을 의미했지만, 휴대폰이 가리키는 시간은 새벽 4시 11분이었다. 4월이라고 해도 너무 이른 시간이었다. 그녀는 침대 옆으로 다리를 모으며 자리에서 일어났다. 그녀는 핏빛으로 물든 창밖의 하늘을 멍하니 바라보다가 다시 휴대폰을 내려다보며 시간을 다시 확인했다. 휴대폰 신호가 끊겨 있었다.

그녀의 숨소리가 빨라졌다. 그녀는 침대 옆 스탠드를 향해 손을 뻗어 스위치를 눌렀다. 전등이 켜지지 않았다. 두 번, 세 번 네 번 더 클릭했지만, 결과는 똑같았다. 그녀는 멀리 벽에 걸린 TV를 흘꼿 쳐다보았다. 전원이 꺼져 있어도 왼쪽 아래 모서리에 항상 작은 빨간 불이 집요하게 남아 있던 게 기억났다.

지금은 아니다. 지금, 아무 불빛도 보이지 않는다.

"일어나. 스캇, 어서 일어나."

그는 소파에 몸을 구부린 채 오브리를 노려보았지만, 그녀는 이미 뒷모습만 보이며 밖으로 나가고 있었다. 그녀는 바지를 올리며 셔츠를 반쯤 집어넣고 있었다. 방은 붉은빛으로 가득 차 있었고, 오브리가 현관문을 열자 더 많은 색이 바닥으로 스며들어왔다. 밤이었지만, 밤이라고 부를 수 없었다.

스캇은 일어나 그녀를 따라나섰다. 그녀는 고개를 뒤로 젖힌 채 앞쪽 길을 따라 걸으며 머리 위에 펼쳐진 거대하고 기묘한 하늘을 올려다보았다. 빨강, 파랑, 그리고 지금까지 본 것 중 가장 환상적인, 전기가 흐르는 듯 반짝이는 녹색까지, 여섯 가지 선명한 색이 어우러진 하늘에 장엄하고 아름다운 굵은 줄무늬가 펼쳐져 있었다. 오로라가 하늘을 가로질러 크고 부드러운 원을 그리며 퍼져나갔고, 구름처럼 부풀어 오른 표면도 있었다. 하지만 그것들은 달빛이 내려앉은 구름과는 완전히 달랐고, 그 사이로 멀리 있는 별들이 선명하게 보였다. 밝은색과 어두운색의 줄무늬가 물결치며 하늘을 가로질러 위로 퍼지며 지상에서 멀어질수록 강도가 약해지기는커녕 점점 더 강렬해졌다. 하늘이 불길이 일듯 소용돌이쳤다.

스캇은 오브리 옆으로 다가갔고, 두 사람은 인도 가장자리에 서서 믿을 수 없다는 듯 하늘을 올려다보았다. 오브리는 웅성거림이 들려오는 길 끝쪽을 바라보았다. 카유가 골목이 낮도 아니고 밤도 아닌 곳으로 변했다. 이웃 주민들 몇몇은 시야를 확보하기 위해 나무 밑에서 벗어나 거리로 나왔다. 첸 부인과 아들들은 놀란 듯 더 이상 나오지 못하고 현관 앞에 머물러 있었고, 여전히 집 안에 있는 몇몇은 유리창에 비친 무지갯빛 반사광 덕분에 턱을 괴고 있는 얼굴이 창문 너머로 보였다.

그들은 모두 하늘을 올려다보다가 서로의 얼굴을 잠시 바라보며 자신들이 본 것이 헛것이 아니라는 걸 확인하고 다시 하늘을 올려다보길 반복했다. 스캇은 길 건너편에 사는 40대 중반의 싹싹한 대마초 중독자 필에게 다가가 얘기를 나눴다. 오브리는 친밀해 보이는 둘의 관계가 마음에 들지 않지만, 지금 당장은 그런 생각할 여유가 없었다.

노먼 레비는 찢어진 카키색 바지와 플란넬 셔츠, 끈이 풀린 커다란 등산화 장화를 신고 길 한가운데 서서 두 손을 엉덩이에 올린 채 하늘을 올려다보며 미소 짓고 있었는데, 오브리가 본 그의 표정 가운데 가장 환한 어린아이 같은 미소였다.

"괜찮아요, 노먼?"

노먼은 그녀를 바라보며, 입을 벌린 채, 적당한 표현을 찾으려 애썼지만 헛수고였다. 그는 "**봤어?**"라고 묻듯 하늘을 다시 가리키는 손짓을 했다. 그러고는 다시 그녀에게서 눈을 돌려 하늘을 바라보았다.

"노먼? 괜찮아요?"

그는 그녀를 쳐다보지도 않고 부드럽게 대답했다. "오, 그건 잘 모르겠어." 그가 말했다. "하지만, 정말 장엄하지 않나?"

길 아래와 위, 그리고 오브리가 모든 방향에서 볼 수 있는 곳에 있는 모든 창문, 문, 가로등 그 어느 하나도 불 켜진 곳이 없었다.

일리노이주 오로라, 정전이다.

일리노이주 오로라에서 729마일 떨어진 NOAA 본부 주차장. 페리 세인트 존은 태양 관측소 동료들과 어깨를 나란히 하고 같은 하늘을 바라보고 있었다. 동부 시간으로 새벽 5시가 조금 지난 시각이었고, 페리는 그의 연구원 경력 중 가장 길고, 가장 무섭고, 가장 짜릿한 하루의 24시간을 일터에서 보냈다고 고백했다.

그는 말없이 서 있었고, 그 양옆에는 머태와 피츠, 그리고 아침부터 그곳에 있던 연구원들과 날이 밝으면서 몰려든 연구원들도 있었다. 그들 중 누구도 입을 여는 사람은 없었다. 하늘 위에 펼쳐지는 아름다움을 담아낼 수 있는 단 하나의 단어조차 떠오르지 않았기 때문이었다.

그들은 하루 동안의 실패를 표현할 수 있는 단어 또한 찾지 못했다. 그들은 이전에 한 번도 시도하지 않았던, 사태의 긴박함을 담아 사회적 경종을 울리기 위해 고군분투했었다. 텍사스주 크리스틴에 있는 작은 발전소의 말단 관리직원부터 미국 대통령 비서실과 모든 정부 관계자에게도 전화를 걸었지만, 점점 더 절박해지는 그들의 간절한 호소는 부정적인 반응과 적대감, 그리고 전화를 끊고 싶다는 강한 열망으로 되돌아왔다. 하루가 지나고 예상했던 조짐 현상이 지연되면서 그들은 노골적인 분노에 직면하게 되었고, 그나마 풀어낸 성공 확률도 점점 더 희박해졌다. 결국 위치타의 한 작은 발전소만 오프라인으로 전환하기로 했다. 연구소 직원들은 그 작은 반응에도 열렬히 환호했다. 〈에토스 에너지〉는 연락을 주겠다고 말했고, 실제로 연락을 주었으며, 캘리포니아 중부의 모든 변압기를 전력망에서 차단하는 것을 "진지하게 검토 중"이라고 말했다. 연구소는 다행으로 여겼지만 환호할 수는 없었다. 탤러해시의 한 공장장은 상황의 위험성을 바로 감지하고 5분 후에 다시 전화하겠다고 약속했으나 연락이 없었고, 3시간 후 연구소에서 다시 연락을 시도했을 때는 이미 직원들은 일과를 마치고 집으로 돌아간 뒤였다.

CME가 지구 자기권에 진입했을 때, NOAA 기지의 직원들은 설득을 포기하고 최악의 상황에 대비했다. 자기권에 닿은 지 60초 만에 기지의 전기가 가장 먼저 끊겼고, 거대한 동부 해안 지대 공급망에 그대로 연결되었다. 해안 위아래에 있는 모든 타워가 요동치며 화재와 폭발이 감지되었다는 경고 안내가 직원들 휴대폰에 떴고,

일을 완전히 멈출 때까지 전에는 들어본 적 없는 이상한 경고음과 대피 명령이 계속 울렸으나 전기 타워가 작동을 멈추고 몇 분 후 휴대폰 네트워크까지 완전히 붕괴하자 그마저도 사라졌다. 한때 모든 비전(Verizon) 고객의 휴대폰에 "핵미사일이 접근 중"이라는 경고 메시지가 불쑥 올라왔지만, 네트워크가 마비되기 직전, "리콜 경고" 메시지로 바로 바뀌었다.

컴퓨터 화면이 꺼지고, 휴대폰이 먹통이고, 유선 전화선이 녹아내린 상황에서 직원들이 할 수 있는 일은 밖에 나가 하늘—쇼를 보는 것 외에는 없었다. 블랙 스카이 이벤트가 시작되었다.

그 순간, 페리는 경이로움에 휩싸였다. 갑자기 자장으로 인해 지구 모든 곳이 밤이 되었다. 그의 눈은 하늘을 훑어보고 그의 뇌는 세부 사항들을 소화했다. 더 높은 고도에서는 하전 입자들이 얇은 대기권에서 빠르게 움직이며 산소 원자를 건드려 하늘에 진한 핑크빛 기운을 퍼트렸고, 아래로 내려갈수록 더 빈번한 충돌로 인해 붉은색의 번짐을 막고 질소가 우세해지면서 강력한 녹색이 나타나고 있었으며, 여전히 낮은 고도에서는 질소가 빠르게 이온화되면서 많은 파장으로 인해 빨강, 파랑, 보라색 빛이 하늘에 튀는 것을 확인할 수 있었다. 페리는 의지의 힘을 빌려 눈을 지그시 감은 채 귀를 기울였다. 그의 머리 위, 약 60m 상공에서 반전층의 하전 입자가 밤하늘에 흩어지면서 쉭쉭, 소리를 내며 갈라지는 듯한 오로라 소음을 들을 수 있었다.

접촉에 관한 모든 것이, 원래 그랬어야 할 것처럼, 너무나도 완벽하고 정확하게 이루어졌다.

페리는 깊게 심호흡을 하고 억지로 시선을 돌렸다.

그는 할아버지가 물려준 아날로그형 시계를 내려다보았다. 시계는 여전히 똑딱거리며 오전 5시 26분을 가리켰다. 그는 잠시 생각에 잠겼다. 더 이상 여기에서 그가 할 수 있는 일이 없다는 것을 깨달았다. 그 누구라도 할 수 있는 일이 없었다. 예측도, 대비도, 경고도 아무 쓸모가 없어졌다. 이제 생존과 복구만이 남았다. 보스턴에서 뉴욕을 거쳐 워싱턴 DC까지 이어지는 동부 해안 지역인 노스이스트 해안가에는 5천만 명의 인구가 살고 있다. 페리는 앞으로 3시간 이내에 이 거대 도시를 벗어나지 못하면 그곳에서 죽을 가능성이 매우 크다는 것을 알고 있었다.

그는 주머니를 뒤져 자동차 열쇠를 찾아 거머쥐며 재빨리 주차장을 가로질러 나갔다. 작별 인사 한마디 남기지 않았다.

톰 배닝은 그의 집 거실에 서서 사방 수백 마일의 사막 지면을 물들이는 환상적인 불빛 쇼를 바라보았다. 유타주에서는 새벽 3시가 조금 넘은 시각이었는데, 유일하게 깨어 있는 사람은 톰뿐이었다. 앤 소피와 아이들은 전동식 암막 블라인드 뒤에서 잠들었고, 에어컨 소리, 봄비 내리는 소리, 파도 소리가 톰의 취향에 맞게 부드럽게 섞인 채 편안한 기계음으로 흘러나와 지금 벌어지고 있는 일에 전혀 방해받지 않았다. 저녁에 도착한 지하벙커의 다른 주민들은 모두 지하 침실에서 잠들었으며, 집 LED '창문'은 여전히 각자의 수면 공간과 취향에 맞춰 설정한 편안한 경치가 펼쳐져 있었다.

톰은 6층 아래에서 들려오는 둔탁한 소리에 잠이 깼었다. 그는 늘 선잠을 자는 편이었고, 지하 저장고에서 시험 삼아 몇 번 잠을 잔 적이 있었기 때문에 둔탁한 소리는 수냉식(水冷式) 제너랙 프로텍터(Generac Protector—백업 발전 시설) 디젤 발전기가 돌아가는 소리라는 걸 바로 알 수 있었다. 이 소리는 단 한 가지, 에리코에 있는 주요 발전 단지에서 저장고로 전력을 공급하는 지하 전력선이 끊어져 보조 전원 공급 장치가 계획대로 작동했다는 것을 의미했다.

아무것도 바뀌지 않았고 중단된 것도 없었다. 디지털 시계 하나도 재설정할 필요가 없었다. 모든 시설은 백업 전원으로 자동 전환되었다.

창밖을 내다보던 톰은 안경에 작은 얼룩을 발견했다. 그는 안경을 벗어 티셔츠 자락으로 닦아냈으나, 얼룩이 아니라 흠집이라는 사실을 깨달았다. 그의 안경에 대한 집착은 나약함이고 의존적이라는 걸 안다. 그는 라식 수술을 고려했으나 안구 모양이 수술 성공에 적합하지 않다는 말을 들었다. 안타까웠지만 결과에 적응했다. 그는 시력에 맞는 안경 열두 개를 여유 있게 준비해 협탁 안 두 번째 서랍에 깔끔하게 정리해 놓아두었는데, 이는 그가 예전에 **〈트와일라잇 존〉** 에피소드를 보면서 떠올린 아이디어였다. 그는 아침이면 흠집이 난 안경을 새것으로 바꾸곤 했다.

그는 깊고, 만족스럽게 심호흡을 했다. 모든 것이 순조로웠다.

한 가지만 빼고. 아직도 그의 목록에서 다림질을 거부하는 주름처럼 해결되지 않은 한 가지 세부 사항, 그의 여동생.

그는 테이블에서 위성 전화를 집어 들고 그녀에게 전화를 걸었다. 반대편에서는 전화벨이 울리지도 않았다. 그녀는 전화기를 켜는 것조차 귀찮게 여긴 게 분명했다.

고집불통이었다. 그는 순간적으로 치밀어 오르는 화를 억누르며 골똘한 표정을 지으며 전화기로 입술을 두드렸다. 오브리는 준비가 되어 있지 않았다. 오브리는 그의 모든 배려와 설명에도 불구하고 준비하는 걸 거부했다. 오브리는 어떤 식으로든 그를 괴롭히기 위해 그렇게 행동했다.

하지만 오브리는 보호받아야 한다. 꼭 보상받아야 하고. 항상 그래왔고 지금도 다르지 않다. 상황은 점점 더 강력한 조치를 요구했다. 냉동고, 전화기, 무장 경호원, 평생 쓸 수 있는 전력 공급 등 그어떤 것도 상황이 나아지지 않았고, 앞으로 며칠 또는 몇 주 안에 준비할 수 있는 것도 아니었다. 새로운 세상에서 중요한 것은 **단** 한 가지, 바로 톰이 통제권을 가지고 있다는 것이었다. 엄청난 통제력.

톰은 다시 전화를 들고 다른 번호를 눌렀다. 브래디는 첫 번째벨이 울리자마자 바로 전화를 받았다.

"괜찮으세요, 배닝 씨?"

"여긴 괜찮네. 거기 전기 나갔지?"

"네, 약 10분 전쯤요. 뭐 필요한 거 있으세요?"

톰은 활짝 웃었다. 브래디, 브래디가 있어서 다행이다. 착하고, 믿을 수 있고, **미혼**인 브래디. "실은, 당신이 여기로 와줬으면 좋겠어. 가능한 한 빨리. 나한테 현금을 받아 국토를 가로질러 내 동생에게 가져다주면 좋겠어."

브래디는 잠시 멈칫했다. "지금요?"

"그래, 가능하면, 오늘 밤에 떠나줘. 그녀가 걱정돼."

"현금, 얼마를 말씀하시는 건가요?"

"25만 달러는 돼야 해."

브래디는 아무 말 없었다.

"전화 안 끊었지?" 톰이 물었다.

"네, 듣고 있어요."

"왜 말이 없지?"

"25만 달러는 지금 당장 운반하기 너무 큰 돈입니다."

"알아, 그래서 무척 고마워할 거야. 그녀가 받았다는 말만 들으면 그 두 배의 금액이 당신의 은행 계좌로 이체될 거야."

"어떻게 이체를요, 보스?" 브래디는, 당연하게, "전기가 나간 상태에서 어떻게요?"라고 물었다.

"백업 시스템이 있네. 괜찮을 거야. 지금 서면으로 작성해 둘까? 그런 거 내가 잘하는 거 알잖아."

농담이라도 재미없고, 그 자체로도 싱겁다고 브래디는 생각했다. 자칭 문제 해결사라고 생각했던 그는 문제가 바로 감지되거나, 만들어지거나, 긴급한 상황이 최악의 상황으로 이어질 게 너무 뻔한 일은 업무로 인정하지 않았다. 의심할 여지 없이, 전 세계적인 정전 사태 초기 단계에 25만 달러 현금을 **지금 당장** 운반할 필요는 없었다. 상사의 의견과는 달리 그에게는 자신만의 삶이 있었다. 그는 자신의 삶과 그에 대한 우려를 직업에 대한 가치와 자부심 사이에서 저울질하며 상사에게 그만 닥치고 잠자리에 들라고 말하고 싶은 충동을 억눌렀다.

브래디가 다시 말했을 때 그의 어조는 부드러웠지만 단호하게 변했다. "내일까지는 안 되고요, 하지만 가능한 한 빨리 갈게요." 그는 전화를 끊었다.

톰은 소파에 전화를 던져 놓고 다시 창밖을 바라보며 기뻐했다. 브래디의 반응은 약간 못마땅해했지만, 그래도 한다고 했다. 브래디는 아무리 불쾌한 일이라도 항상 해냈다. 브래디는 그의 남자였고, 그의 남자가 이 일을 처리할 테고, 오브리도 이번만큼은 도움을 거절할 처지가 아닐 것이다.

그는 대낮처럼 환하게 빛나는 장엄한 서쪽 하늘을 바라보았다.

그는 가장 가까운 탁자 위에 놓인 스테인드글라스 티파니 램프를 내려다보았다. 방안은 창밖의 찬란한 자연 빛이 스며들어 환하게 빛나고 있었다. 톰은 손을 뻗어 램프의 스위치를 켰다.

반투명 전구가 빛을 발하며 손으로 불규칙한 유리 조각들을 물들였다.

톰이 웃었다.

그는 여전히 힘을 가지고 있었다.

러스티 휠러는 집 앞 접이식 야외용 의자에 앉아 어두컴컴한 동네를 둘러보았다. 사람들은 밖에 나와서 시끄럽게 떠들며 자신들에게 야유를 던졌다.

러스티는 〈팹스트 블루리본〉 맥주 캔을 손에 들고 길게 한 모금 마셨다. 한참 동안 마실 수 없을, 아마도 마지막 차가운 음료수라는 생각에 잠겼다. 그는 도로 위아래, 동네 전체, 도시 전체, 주 전체, 국가 전체, 어쩌면 전 세계에 걸쳐 있는 어두운 가로등의 긴 줄을 떠올렸다. 또는 사람들이 그렇게 말했던.

맞다, 태양열 사태에 대한 그의 판단이 틀렸다. 하지만 러스티는 너무도 확실하게 한 가지를 배웠다. 기회는 곧 스스로 자신에게 찾아온다는 것을.

아무것도 되는 게 없을 때는, 오히려 뭐라도 할 수 있다는 말이다.

2부

혼돈

11

샌프란시스코

샌프란시스코에서 프로보까지는 도로 상황이 좋아도 11시간 걸리는 먼 거리였다. 브래디는 톰의 호출을 받고도 바로 떠나지 않았다. 출발 전 집에서 처리해야 할 일이 몇 가지 있었다. 그는 아내나 자녀가 없는 대신 오랫동안 사귄 여자 친구 폴라가 있다. 그녀는 그에게 거의 유일하게 의미 있는 관계였다. 두 사람은 몇 주에 한 번씩 만났다. 몇 년 동안 성적인 관계조차 없어서, 뜨거운 연애 감정의 불씨라고는 거의 찾아볼 수 없는 사이가 되었다. 브래디조차 그들이 어떤 연인 관계인지 정의 내리기 어려웠으나, 습관적인 관계에 익숙해져 있다는 것만 알 뿐이다. 그는 정전 직후 폴라의 안부가 걱정되어 밀 밸리 외곽에 있는 그녀의 집에 들렀고, 그녀는 괜찮다고 자신 있게 말했다. 폴라는 브래디보다 훨씬 더 외톨이였다. 정전 때문에 외출이 줄어드는 것 말고는 생활의 큰 변화가 없을 거라는 그녀의 말을 브래디는 의심하지 않았다. 톰의 지나친 프레퍼

족(종말에 대비해 생존을 위한 준비를 하는 사람들) 성향이 브래디에게 영향을 미쳤고, 폴라에게도 옮겨갔을 것이다. 그녀의 지하실에는 식료품 통조림들이 가득했고, 뒷마당 창고에는 가스를 채운 발전기와 돌봐야 할 고양이들도 있었다.

폴라는 어디에도 갈 생각이 없었으므로, 브래디는 굳이 그녀의 고집을 꺾고 싶지 않았다. 그는 그날 오후, 문득 그녀를 볼 수 있는 마지막 날이 될지도 모른다는 불길한 예감을 애써 떨쳐버리려고 했으나 쉽지 않았다.

하지만 브래디의 어머니 매들린은 또 다른 문제였다. 브래디와 그의 형은 치매 중기 단계에 접어든 어머니를 2년 전부터 시설 좋은 양로원에 모셨다. 대형 모기지 기관의 재무 부서를 담당하던 형 데니스가 대부분 비용을 부담했지만, 브래디도 재정적으로 보탰고, 전화와 방문은 그가 주로 했다. 장기적인 위기 상황이 찾아온다면, 양로원이 가장 먼저 인명 피해가 발생할 가능성이 큰 곳이므로, 브래디는 상황이 악화되기 전에 매들린을 데리고 나왔다.

매들린은 지난 2년 동안, 주변 산책 말고는 건물 밖을 나가지 않았는데도, 의외로 질문이 거의 없었다. 그녀는 브래디가 가방 싸는 모습을 기분 좋게 지켜보았다. 그가 퇴소 서류에 서명하는 동안, 매들린은 로비에 앉아 핸드백을 무릎 위에 올려놓고 환자 가족들이 분주하게 드나드는 모습을 바라보았다. 그녀는 호기심 가득한 눈빛으로 혼돈에 빠진 거리를 살피다가, 브래디의 팔에 안겨 대기 중인 차로 다가갔다. 공중에 무언가가 떠다니고 있었으나 매들린은 그것이 무엇인지 깨닫지 못했다.

"테런스 보러 가는 거지?" 브래디가 안전벨트를 매줄 때 그녀가 물었다.

"아니요, 엄마. 더 이상 신경 안 쓰기로 했잖아요, 기억나요?"

"아, 맞다." 그녀는 그가 무슨 말을 하는지 전혀 알지 못한 채 대답했다. "더 이상 아니야. 신경 쓰지 마." 그녀는 상관하지 않겠다는 듯 과장되게 손을 내저으며 미소를 지었다.

세 형제 중 막내인 테런스는 마약 중독으로 고생하다 10년 전 연락이 끊겼다. 몇 년 동안 미친 듯이 조사하고, 휴대폰 내역을 추적하고, 사설탐정까지 고용했으나 그의 흔적을 끝내 찾을 수 없게 되자 가족들은 결국 포기했다. 어쩌면 테런스는 항상 원하던 대로 스스로 목숨을 끊었을지도 모른다. 브래디는 그를 애도하고 현실을 살아냈다. 묵묵히 앞으로 나아가는 것밖에 다른 도리가 없었다.

양로원에서 마린 드라이브에 있는 데니스의 집까지, 차가 안 막히면 20분 거리였는데, 정전 혼란스러움 때문인지 거의 2시간이 걸렸다. 모두 어딘가로 향해 이동하고 있었다. 어떤 사람들은 병적으로 서두르고 있어 브래디는 조심스럽게 운전대를 잡아야 했다. 그는 어머니가 차에 타고 있다는 사실을 의식하며, 온 세상이 불안하고 공격적이어서 사고 위험성을 염두에 두었다.

데니스와 그의 아내 홀리는 아무 연락 없이 작은 여행용 가방

두 개를 들고 온 브래디와 매들린의 모습에 전혀 놀라는 기색이 없었다. 그들의 집은 뒷마당에 맑은 개울물이 흐르는 타말파이스산 바로 앞에 있었다. 어떤 세계적 전염병도 이겨낼 수 있는 특별한 위치라고 부부는 농담하곤 했다. 미생물 감염이 아닌, 태양 에너지의 대혼돈으로 초래된 재난이 닥쳤지만, 데니스와 홀리는 어머니를 받아들이는 데 문제가 없었다. 사실 이 집은 매들린이 의료 시설로 들어가기 전까지 살 수 있도록 계획된 곳이었다. 이제 부부는 그 계획을 실천에 옮기면 되었다. 홀리가 시어머니를 위해 마련한 1층 게스트룸으로 매들린을 안내하는 동안, 데니스와 브래디는 거실에 서서 복도 쪽을 바라보며, 서로를 처다보지 않고 대화하는 것이 익숙한 사람들처럼 얘기를 나눴다.

"너도 여기 머물 거니?" 데니스가 물었다.

"최대한 빨리 유타에 가야 해요."

"네 보스는 너 없이 코도 못 닦는구나."

브래디는 어깨를 으쓱했다.

"뭐야, 깜박 잊고 틱택(유아용 게임이나, 상큼한 과일 향이 나는 휴대용 민트)이라도 놓고 왔대?"

"제게 특별 업무를 시켰어요."

데니스는 동생과 눈을 맞추려고 고개를 돌렸다. 쉽지 않았다. 브래디는 형보다 키가 5인치 정도 큰 193cm로, 고개를 숙이고 내려다봐야 했다. "무슨 업무?"

브래디는 고개를 돌리며 형의 눈과 마주치자 얼굴을 찡그렸다.

데니스는 더 이상 묻지 않겠다는 의미로 두 손을 들었다. "네가 해야 할 것은 해야지."

"해야 할 일이에요."

톰은 브래디에게 26만 달러의 연봉을 지불했는데, 샌프란시스코 경찰 출신이며 아버지 또한 경찰 출신인 그에게는 6자리 숫자의 연봉이 익숙하지 않았다. 처음에는 엄청 많은 액수처럼 들렸다. 그런데, 세금을 제하고, 톰의 요구대로 10분 내 차로 올 수 있는 거리에 살자니 렌트비가 엄청났다. 결과적으로 텐더로인에 살 때보다 재정적으로 한 발짝도 나아진 게 없다는 것을 알게 되었다. 물론 자동차, 완벽한 건강 보험, 매력적인 은퇴 연금 등의 혜택이 있었지만, 마흔일곱 살의 나이에 모든 돈이라고는 채 3만 달러도 되지 않았다. 만족하기에 충분한 상황은 아니었다. 특히 톰의 집 차고를 둘러볼 때면 그런 감정이 더 들었다. 모두 열일곱 대의 다양한 모델과 종류의 차들이 있었는데, 대부분 그가 한 번도 핸들조차 잡아본 적 없는 고급 차들이었다.

"그 일 끝내고 얻는 게 뭔데?" 데니스가 물었다.

"형은 사람들에게 압류 걸어서 얻을 수 있는 게 뭐죠?" 브래디는 이렇게 대답했고, 더 이상의 질문은 없었다.

브래디가 형의 질문에 솔직하게 대답했다면, "상상도 할 수 없는 부와 권력에 한 발짝 가까이"가 가장 정확했을지 모르지만, 그것도 브래디가 가끔 느끼는 감정에 불과했다. 설령 허끝으로 그런 말을 뱉었다고 해도, 그는 이미 부의 부조리함을 알고 있었고, 백만장자 형은 그런 통찰을 공유할 수 있는 마지막 사람이었을 것이다. 상상도 할 수 없는 부와 권력에 **가까이** 다가가는 게 무슨 소용 있으며, 거기서 얻을 수 있는 이득은 대체 뭘까? 그저 부유한 이웃의 울타리 너머를 엿보는 것뿐이다. 그렇다면 브래디의 직업은 소파에 누워 **카다시안 가족**(부와 명성을 고루 갖춘 카다시안 가족들의 삶을 보여주는 미국의 대표적인 리얼리티 쇼) 프로그램을 보는 업무라고도 할 수 있을 것이다.

물론, 엿볼 수는 있다. 비밀유지계약서에 서명하지 않았다면, 사람들이 믿지 않을 이야기를 발설할 수도 있고, 가끔 밤잠을 설치며, 브래디와 같은 처지에 있는 사람들이 종종 그랬던 것처럼, 현명하고 친절한 억만장자를 떠올릴 것이다. 현명하고 친절한 억만장자가 **그들**을 위해 강렬한 유언장을 남기고 예기치 않은 죽음을 맞는 꿈을 꾸기도 할 것이다. 브래디는 갑작스러운 죽음을 맞은 억만장자가 놀랄만한 유산을 직원에게 남겼다는 구체적인 사례에 대해 아는 건 없었지만, 사람들이 그런 희망까지 버릴 수 없다는 건 안다.

브래디는 아버지가 가르쳐준 대로 묵묵히 자기 일을 하는 사람일 뿐이다. 필요한 임무는 끝까지 해냈고, 나중에 다른 사람이 다시 손대지 않도록, 깔끔하게 처리했다. 브래디는 톰의 여동생에게 25

만 달러의 현금을 전달하기 위해 국토를 가로지르는 일은, 어렸을 때 차고를 청소하는 것과 다르지 않다고 여겼다. 물건을 검은색 쓰레기봉투에 넣고 단단히 묶어 도로변에 잘 놓으면 된다. 빗자루도 깨끗하게 치우고.

이 일도 다르지 않다. 안전하게 돈을 전달하고, 톰 동생의 안부를 확인한 다음, 돌아오는 것.

그 누구도 업무를 방해하지 못하도록 확실하게.

톰은 지난 몇 년 동안, 일 년에 한두 번씩, 브래디에게 꼴사나운 부탁을 하곤 했었다. 반듯한 회사 사무실에서 대놓고 이야기할 수 없는 부적절한 종류의 일이었다. 고해성사를 제외하고는 그 어떤 곳에서도 솔직하게 말할 수 없는 것들이었다. 물론 브래디는 충분한 보상을 받았으나, 꼭 완수하라는 압박이 늘 뒤따랐다. 브래디의 큰 덩치가 일을 쉽게 해결하는 데 한몫했고, 사람들은 그의 말을 따랐다. 브래디는 그런 일을 할 때마다, 자신의 영혼이 상처받지 말기를 간절히 기도했다.

감정 없는 업무에 제법 익숙해진 브래디는 어머니와 형에게 작별 인사를 한 후, 톰의 집을 향해 곧장 출발했다. 경비원은 검문 없이 브래디를 바로 통과시켰다. 브래디는 문득 지금 사태가 지속된다면, 경비원들이 얼마나 버틸 수 있을지 궁금해하며 거대한 차고를 향해 차를 몰았다. 아무리 승차감이 좋아도, 쉐보레 서버 밴을 타고 장거리 운전할 생각은 없었다. 기름만 의존하는 것도 문제지만, 개방형 전기 충전소를 찾는 것도 큰 문제다. 그는 톰이 소유한 차량 중 위의 두 가지 문제를 충족시킬 수 있는 차가 어떤 것인지 정확히 알고 있었다.

검은색 BMW X5 하이브리드는 한 번 충전으로 54마일을 달릴 수 있는 24kW 배터리가 장착되어 있을 뿐만 아니라, 3L 터보차지 가스 엔진까지 갖춰 주행 거리를 300~400마일 더 연장할 수 있었다. 트렁크에 1년에 3번 갈아끼는 또 다른 여분의 충전된 배터리가 있고, 바퀴집 안에는 맞춤 제작된 여분의 연료 탱크가 엔진과 연결되어 있었다. 이렇게 개조한 덕분에 트렁크 공간은 좁아졌지만, 위기 상황을 모면할 수 있는 비상용 차량으로서는 이상적이었다. 배터리를 교체하는 방법만 안다면, 주유나 재충전 없이 700마일 가까이 달릴 수 있다. 배터리 교체는 브래디에게 큰 걱정은 아니었다. 유타주까지 운전 거리가 781마일이니, 네바다주 배틀마운틴 근처 주유소에서 주유를 한 번 해야 목적지까지 갈 수 있을 것이다. 주유를 위해 차를 멈춘다는 것은 위험을 감수해야 한다는 의미도 포함되었다. 톰이 건네는 현금을 가지고 일리노이까지 가는 동안 강도를 피하거나 살해당하지 않을 방법까지 염두에 둬야 한다는 말과 같았다.

브래디는 서버 벤으로 다가가 백미러에 매달려 있던 성 크리스토퍼 메달을 떼어냈다. 톰의 시선에 띄지 않으려고 단단히 감아두었기 때문에, 겨우 풀 수 있었다. 그는 그 메달을 몸에 꼭 지니고 떠나고 싶었다. 성 크리스토퍼는 여행자들과 운전자들의 수호성인으로 알려져 있고, 그는 매우 위험한 운전을 앞두고 있었다.

메달을 손에 쥔 그는 BMW로 다가가 운전석 문을 열었다. 작은 스포츠 가방을 뒷좌석에 던져 넣은 다음 운전석에 앉았다. 가죽이 기분 좋게 바스락거렸다. 브래디는 톰이 이 차를 궁극의 이동 수단으로 여길 수 있도록 무척 공을 들였고, 어찌 되었든, 그 노력이 헛되지 않기를 바랐다.

이 빌어먹을 BMW가 딱 그 쓸모로 눈**앞에** 있었으니까.

브래디가 두 개의 앞좌석 사이에 있는 수납함의 뚜껑을 열자 세 자리 숫자로 열 수 있는 잠금장치가 보였다. 톰이 정한 비밀번호 0-4-4로 번호를 맞추고, 그가 설치해 둔 마이크로볼트(MicroVault) 총기 보관함을 열었다. 그는 보관함에서 글록 G23을 꺼냈다. 글록은 40구경의 견고하고 정밀한 소형 권총으로, 16발의 탈착식 탄창이 장착되어 있었다. 도중에 어떤 일이 벌어질지 아무도 모르는 상황의 대비책으로 충분했다.

브래디는 이중 불가침 원칙을 믿었으나, 다시 시도했다. 그는 운전석 문의 왼쪽 팔걸이를 한 손으로 쥐고 다른 한 손으로 팔걸이 가장자리 바로 아래 레버를 잡아당겨 열었다. 방법이 까다로워 두 번이나 다시 디자인해 달라고 돌려보낸 일이 있을 정도로 여전히 불편했다. 예전에 마라케시의 수크(폴라가 초기 연애 시절에 고집해 갔던 곳인데, 맛없는 음식에 땀을 뻘뻘 흘리던 기억만 남은 끔찍한 추억의 장소)에서 샀던 미스터리 상자처럼 팔걸이도 **방법을 알아야 한 번에** 조정할 수 있다.

이제 그는 방법을 알았다. 그는 그곳에 보관하고 있던, 해머가 밖에 달린 특별 주문한, J-프레임 M&P 스칸디움을 꺼냈다. 때로는 방아쇠만 당기고 발사하는 간단한 작동 방식의 총을 원할 때도 있다. 그가 꺼내든 총은 실수할 일이 전혀 없는 바로 그런 종류의 총이었다.

M&P는 총알이 장전되어 있었으며, 최근에 정비하고 기름칠을 한 상태였다.

브래디는 두 총을 다시 넣고 뚜껑을 닫았다. 그가 운전석 문을 잡아당기자 부드러운 소리와 함께 문이 닫혔다. 그는 성 크리스토퍼 메달을 백미러에 매달았다. 그가 원하는 높이에서 메달이 흔들리는 걸 확인한 후, 의자와 사이드미러를 살핀 다음 시동을 걸었다.

11시간 후면 톰이 있는 지하벙커에 도착할 것이다.

네바다주 배틀 마운틴은 톰의 지하벙커가 있는 유타주와 실리콘밸리 사이 중간, I-80 고속도로에서 조금 벗어난 곳에 있다. 지자체로 인가되지 않은 곳이지만, 전성기에는 약 3,000명의 인구가 메마른 황무지에 둘러싸인 평지에 흩어져 살았다. 사막이라 낮에는 덥고 밤에는 추웠으나 인구 밀도가 낮은 곳을 좋아하는 사람들에겐 문제 되지 않았다. 배틀 마운틴이나 그 주변에 정착하는 세 가지 이유는, 그곳에서 태어났거나, 그곳에서 죽을 계획이거나, 사람들의 시선은 견디기 힘들지만, 여전히 흐르는 물을 동경하는 마음을 좋아했기 때문이다.

마을에서 2마일 떨어진 곳에 오래된 아르코 주유소가 있다. 주와 주 사이를 연결하는 51번 고속도로 개통 전까지 번창했었는데, 지역 광산 시설이 서서히 쇠퇴하기 시작하자 사양길에 접어들었다. 더 이상 구리나 광석을 채굴하여 트럭으로 운반할 일이 없어지고 한적한 곳이라 기름 수요가 거의 없다는 게 이유였다. 톰이 개인 소유로 주유할 장소를 찾고 있을 때, 아르코의 위치, 저렴한 토지 가격, 깨끗한 지하 탱크는 그에게 완벽한 조건으로 다가왔다.

브래디가 BMW 시동을 끄고 차에서 내려 허리를 쭉 폈다. 오후 햇살이 눈이 시릴 정도로 푸르렀다. 그는 580번 도로에 몰려든 사람들을 피해 일반 도로를 타고 샌프란시스코를 쉽게 벗어날 수 있었다. 밀 밸리에서 동쪽이 아닌 북쪽으로 향했고, 교통 상황에 따라 37번 도로를 타고 빠져나갔다가, 29번 도로를 타고 다시 북쪽으로 나와 12번 도로를 타고 동쪽으로 이동하며 마침내 코델리아에서 I-80 도로로 진입했다. 경로를 탐색하기 위해 휴대폰 대신 기억력을 발휘했다는 사실이 신선한 충격이었으며, 수년 만에 기능을 발휘해 달라는 요청을 받은 기억회로가 왠지 고마워할 것만 같았다. 마치 오랜만에 수동 타자기에 손가락을 다시 얹는 기분이라고나 할까. 타자기를 치는 행위가 얼마나 즐거운지, 그리고 그 후에 얼마나 기분 좋게 육체의 피로를 느꼈는지, 오래 잊고 살았던 감각들이 되살아났다.

브래디는 오면서 딱 한 번 소변을 보았고, 그 후 너무도 오랫동안 참은 탓에 눈앞에 보이는 작은 구름 속으로 숨이 빨려 들어가는 것만 같았다. 그는 서둘러 자갈이 깔린 주차장을 가로질러 낡은 아르코 건물 안으로 들어갔다. 그는 항상 도시를 벗어나는 것을 좋아했다. 샌프란시스코에서 조금만 차로 벗어나면 이렇게 아름다운 자연이 많은데 왜 더 자주 나오지 못했는지 후회스러웠다. 그는 낡은 주유소 정문 자물쇠에 열쇠를 넣고 돌리면서, 사람들은 위기를 맞닥뜨렸을 때 작은 것들의 소중함을 떠올린다고 생각했다. 바로 그때였다. 타일 바닥에 드리워진 검은 그림자가 움직였다. 발밑에서 그것이 점점 커지는 순간, 그 그림자가 자신의 그림자가 아니라는 것을 막 깨달았을 때, 갑자기 지렛대가 허공을 가르며 그의 정수리를 향해 바로 날아들었다.

마지막 몇 마이크로초 차이로 브래디의 두개골과 목숨을 건진 순간이었다. 뇌의 경계경보가 일제히 울리자, 도시를 더 자주 벗어나 자연을 즐기자는 무의미한 공상이 자취를 감추었고, 입구에서 먼저 안전을 확인하지도 않고 어두운 곳으로 들어간 게 가장 기본적인 과실이었다는 사실을 다시금 떠올렸다. 자신의 태만에 화가 난 그는 경찰 훈련으로 단련된 몸을 시계 방향으로 즉시 각도를 틀어 고개를 숙이고 상체를 회전시켜 타격을 피할 수 있었다. 지렛대가 두개골이나 쇄골이 아닌 회전근개의 두껍고 울퉁불퉁한 근육을 강타했다. 그 충격은 섬광이 내리치듯 그의 눈앞을 번쩍이게 만들었다. 그는 고통과 놀라움에 쓰러지면서 딱딱한 바닥에 무릎이 먼저 닿았다. 그는 간신히 손으로 바닥을 짚으며 온몸이 무너지는 것을 막았으나 충격으로 인한 통증은 손목까지 퍼졌다. 공격을 당한 지 2초 만에 그는 어깨, 양쪽 무릎뼈, 왼쪽 손목 등 중요한 부위 4곳에 심한 부상을 입었다.

하지만 그 어떤 것도 그를 완전히 무너트리지는 못했다. 그는 재빨리 고개를 돌렸다. 한때는 최고급이었을지 모르지만, 지금은 낡고 찢기고 오랜 세월의 흔적과 악취로 너덜너덜해진 검은색 하이탑 신발이 눈에 들어왔다. 맨살의 더러운 정강이가 썩은 신발 끈이 늘어진 신발 위로 불쑥 솟아 있었다.

브래디가 이번에는 왼쪽으로 한 번 구르자, 타일 바닥 한가운데를 강타한 지렛대 옆으로 하얀 타일 조각들이 튀었다. 평소 같았으면 캔버스 재킷 안쪽, 왼쪽 어깨에 차고 있던 권총집에 오른손을 잽싸게 집어넣었을 텐데, 이번에는 총이 없었다. 공격이 있은 지 불과 몇 초도 지나지 않았을 때, 그는 잠시 숨을 골랐다. 전 세계적인 비상사태에 무기도 없이, "여보세요, 집에 아무도 없나요?" 하고 말처럼 주위를 살필 생각도 잊고, 오랫동안 방치된 주유소에 걸어 들어간 자신의 어리석음을 뒤로하고 일단 숨을 돌리기로 마음먹었다. 만약에 그가 운 좋게 이 곤경에서 벗어난다면, 나태해진 자신의 행동을 냉정하게 꾸짖어야 할 것이다.

브래디는 공격자와 눈을 마주친다는 자체가 치명적일 수 있다는 것을 알고 있었다. 세 번째 지렛대가 내려올 때 고개를 숙이고 낮은 자세로 시선을 거둔 채, 딱딱한 타일 바닥을 가로질러 현관문을 향해 게처럼 기어서 빠져나갔던 것도 그 때문이었다. 그는 욱신거리는 손목과 쑤시는 무릎을 부여잡고 문턱을 넘은 후 몸을 일으켜 세우고는, 공포 영화에 나오는 열일곱 살짜리 야영객처럼 차를 향해 달려갔다.

그는 급히 운전석 문을 열고, 차에 올라 팔걸이에 양손을 얹어 플라스틱 커버의 바깥쪽 가장자리를 쥐는 동시에 앞부분 가장자리를 위로 잡아당길 때까지 추격자를 향해 고개를 돌릴 엄두를 내지 못했다. 수납함이 딸깍 소리를 내며 열리자 브래디의 오른손이 그대로 안으로 들어가 헤머가 달린 차갑고 까끌까끌한 M&P 스칸디움의 손잡이를 그러쥐었다.

열린 문과 차 몸체 사이 틈으로 총을 들이밀면서 그는 마침내 범인의 눈과 똑바로 마주쳤다. 마약 중독자임을 한눈에 알 수 있었다. 스무 살이 넘었을 리 없는, 흙먼지가 잔뜩 묻은 채 면도도 하지 않은 얼굴은 가죽 주머니 같아서 꼬박 20년을 중독자로 살아왔다고 해도 믿을 성싶었다. 그의 용모도 놀라웠지만, 그의 악취는 바람에 실려 온 파도처럼 브래디를 덮칠 정도로 끔찍했다.

"빌어먹을 놈."

브래디는 욕을 잘하는 편은 아니었으나, 필요할 때 그가 유일하게 내뱉는 욕이었다. 더 이상 반론의 여지를 남기지 않는 명령적인 목소리로 그가 소리쳤다. 중독자는 브래디의 태도가 갑자기 바뀐 것을 느끼며 멈칫했다. 약에 취한 몽롱한 상태였지만 죽일 듯 달려들었던 남자가 이제 자신에게 총을 겨누고 있다는 사실을 깨달은 것이었다.

브래디가 지렛대를 내려놓고 바닥에 엎드리라고 막 외치려던 찰나, 마약 중독자의 친구 두 명이 주유소에서 비틀거리며 다가왔다. 둘은 첫 번째 남자보다 몇 살 어려 보이는, 10대처럼 보이는 커플이었다. 그들도 첫 번째 남자처럼 흥분하며 비이성적으로 행동했다. 주유소 문이 활짝 열려 있어서 브래디는 내부를 볼 수 있었다. 헝클어진 침대보와 빈 참치 캔, 쓰레기 더미 같은 것들을 빠르게 눈으로 쓸었다. 여기서 무슨 일이 일어났는지 짐작할 수 있었다. 주유소는 몇 달 동안 방치되어 있던 곳이었다. 그곳을 살펴보는 것이 브래디의 임무는 아니었지만, 그래도 누군가 살펴보길 간절히 바랐던 적은 있었다. 결국 3인조 중독자들이 주유소를 발견하고 침입해 눌러앉았다.

이번에도 브래디는 한순간의 방심 때문에 죽을 뻔했다. 브래디가 막 다가온 두 사람과 열린 문틈으로 시선을 빼앗긴 사이, 첫 번째 남자가 지렛대를 높이 치켜들며 브래디를 향해 달려들 태세였다. 채 2m도 안 되는 거리라 브래디가 즉각 움직임을 감지하고 놈의 머리를 향해 발사했다.

하지만 M&P의 방아쇠는 그가 마지막으로 사격 연습을 했을 때 보다 훨씬 헐렁하게 설정되어 있었다. 휘파람 소리를 내며 중독자의 머리 위를 지나 주유소 지붕을 명중시키며 만족스러운 경고음을 기대했는데, 총알은 그 남자의 왼쪽 귀 연골을 뚫었다.

남자는 고통에 울부짖으며 지렛대를 떨어뜨렸고, 귀에 손을 대자 피가 뿜어져 나왔다. 문간에 있던 10대 커플은 비명을 지르고, 마약 중독자는 낑낑거렸고, 브래디는 다시 한번 자신이 즐겨 쓰는 욕을 내뱉었는데, 이번에는 숨을 헐떡이며 자신에게 퍼붓는 저주였다.

"빌어먹을 놈."

그 후 20분은 그가 기억할 수 있는 가장 어색한 순간이 되었다. 세 명의 노숙자 청년들은 마약 중독과 끔찍한 판단력은 둘째치고 사실상 아직 어린아이에 불과해서, 자책, 후회, 두려운 감정에 금세 빠져들었다. 브래디는 최선을 다해 귀에 붕대를 감아주며 현재 전 세계에서 급박하게 전개되고 있는 재난 상황에 대해 경고했다. 필요한 만큼 주유소에 머물도록 권유했으며, **절대** 지렛대로 공격하지 말라고 강조했다. 그리고 집으로 돌아가는 길에 다시 한번 그들을 살펴보겠노라고 다짐하며 약속했다.

"도대체 무슨 일이 벌어지고 있는 거죠?" 그들 중 한 명이 물었다. "폭동이나 약탈 같은 건가요?"

"아직은 아니지만, 언젠가는 그럴 거로 생각해. 누구든 확실하게 안다고 말하는 사람은 거짓말을 하는 거야. 모르는 상황에 익숙해져야 해. 당분간은."

30분 후, 그는 기름을 가득 채운 BMW를 타고 엉망이 되었던 정신을 가다듬고 출발했다. 그는 무기도 없이 낯설고 잠재적인 위험이 도사리고 있는 환경에 무작정 뛰어들었고, 겁주려고만 했던 사람을 쏴서 다치게 했고, 그리고는 자신 또한 뜻하지 않은 상처를 입었다.

위기가 시작된 지 24시간도 채 지나지 않았다. 지금 당장 정신을 바짝 차리지 않으면 위기의 결말은 살아서 볼 수 없을 것이다.

12

오로라

카유가 골목은 처음에 조용했다. 빛의 향연이 펼쳐지던 날 밤, 이상하고 멋진 하늘 아래 서 있던 오브리와 이웃들은 서로에게 인사를 건넸는데, 그건 몇 년 동안 나누지 않았던 방식이었다. 그들은 서로의 이름을 알게 되거나 기억해냈고, 이 모든 것이 매우 기이하다는 느낌에 사로잡힌 채 미소를 나누었으며, 거의 모든 사람이 이틀, 사흘, 길어야 닷새면 이 상황이 끝날 거라는 기대를 품었다.

둘째 날은 상황이 더 현실적으로 다가왔다. 오브리는 멀리서 계속 울리는 사이렌 소리를 들었다. 피해 현장으로 급히 달려가는 다용도 트럭과 금방이라도 상황을 수습할 유능한 사람들의 움직임이었지만, 울부짖는 사이렌 소리가 진짜 무엇을 의미하는지 오브리는 알고 있었다. 패닉과 혼돈이었다.

둘째 날 밤, 북극광이 다시 보이기 시작했고, 줄무늬와 물결 모양이 처음처럼 강렬하고 기묘한 색채를 띠었다. 지구 대기권을 뒤

덮고 있던 이상한 전기 장막이 무엇이든 간에, 둘째 날 밤에도 사라지지 않고 셋째 날 밤에도 지속되었다. 첫날 밤에는 동네의 모든 남자, 여자, 아이들이 그 모습을 보러 나왔지만, 셋째 날 밤에는 천문학자 노먼과 대마초 애호가 필만 보였다. 필은 매일 밤 집 앞 잔디밭에 누워 베개 위에 손을 찔러 넣고 하늘을 올려다보며, 가끔 담배 연기를 내뿜었다.

톰의 예상대로 오브리의 냉동고에 있던 음식은 걱정했던 것만큼 빨리 상하지 않았다. 다음 날 고기를 구워 먹으려고 했지만, 전기스토브여서 불가능했다. 그녀는 혹시 다른 음식까지 상할 것 같아 결국 고기를 모두 버렸다. 쓰레기 수거가 곧 멈출지도 모른다는 생각은 하지 못했고, 집 진입로에 있는 커다란 플라스틱 쓰레기통은 악취가 진동했다. 냉동실에 있는 나머지 음식은 아직 멀쩡했다. 7~8일 동안은 편안하게, 불편하더라도 최대 3주 이상은 버틸 것 같았다. 그 빌어먹을 검은콩 통조림을 먹는다는 가정 아래. 그 후로는 아무 계획이 없었다.

셋째 날 아침. 오브리는 필이 그의 반지하실 깨진 창문을 판자로 막는 것을 목격했다. 그녀는 이유를 물어보기 위해 다가가지는 않았으나, 필이 옆집에 사는 데릭과 자넬과 대화하는 소리를 어렴풋이 들을 수 있었다. 둘째 날 밤에 무단 침입자가 있었다는 얘기였다. 그들이 왜 하필 필의 별 볼 일 없는 집을 골랐는지, 그도, 그들에게도 큰 미스터리였다. 필은 도둑들이 그냥 지하실을 뒤졌을 뿐

별다른 도난품은 없다고 말하면서도, 도둑들을 막느라 눈에 멍까지 들었다고 했다. 필은 결국 도둑들이 사라질 때까지 집 안의 어둠 속에 몸을 숨길 수 있어서 오히려 전기가 없는 것에 감사했다고 말했다.

폭력이 카유가 골목 가까이 다가온 것만 같았다. 어쨌든 그랬다.

4일째 되는 날 아침. 오브리는, 스캇이 잠에서 깨어나기 전, 현관 계단에 앉아 몰래 피우던 마지막 담배를 즐겼다. 그녀는 두 해 전 크리스마스 때 톰이 선물한 이리듐 익스트림 위성 전화기를 꺼내 배터리가 40% 정도 남아 있음을 확인했다. 그녀는 지금까지 하루 다섯 통 정도 온 톰의 전화 중 한 통도 받지 못한 걸 후회했다. 톰은 분명 동네에 사는 얼간이들보다 더 좋은 정보를 가지고 있을 터였다. 하지만 솔직히 그녀는 그와 통화하고 싶은 마음은 없었다. 그가 그녀에게 했던 말은 모두 틀리지 않았다. 하지만 그것만으로는 성이 차지 않았는지, 그는 그녀가 그것을 숙지하고 인정하는 것까지 기대했다. 그녀는 큼지막한 휴대폰을 주머니에 다시 집어넣었다. 통화는 좀 미루자고 생각했다.

그녀가 솔직히 다른 세상에서 무슨 일이 일어나고 있는지 안다고 해도 무슨 상관이 있을까? 달라질 게 뭘까?

그녀는 오늘 아침 머리가 좀 맑아진 것 같았다. 생각하고 계획하는 것이 점점 더 쉬워지는 느낌이었다. 커피를 갑자기 끊은 게 분명 이유 중 하나였다. 그녀는 그동안 커피를 얼마나 많이 마시고 있었는지 깨닫지 못했으나, 갑자기 끊으니 중독성이 고개를 들었다. 48시간이 지나자 극심한 두통은 가라앉았고, 감정적인 고통이 찾아왔다. 그동안 고마움을 깨닫지 못했던 소소한 것들과 지금은 불가능해진 것에 대한 그리움이었다.

그녀는 끔찍한 상황과 극심한 불안감에도 불구하고 지난 며칠 밤 더 깊은 잠에 빠져들었다. 해가 뜨면 일어나고 해가 지면 졸리고, 그 사이 전자기기의 방해도 없었다. TV를 즐겨 보는 편은 아니었으나, 인터넷 사용과 그에 대한 불만은 그녀의 삶에서 큰 부분을 차지했다.

더는 아니다. 그런 세상이 갑자기 사라졌고, 오랫동안 돌아오지 않을 것이다. 오브리는 온라인 세계에 무한정 빠져있던 자신이 얼마나 빠르게 그것으로부터 정신적으로 분리되었는지 놀라웠다. 그녀는 최면에서 깨어난 것처럼, 빠른 속도로 인터넷을 끊어버렸고, 자신이 얼마나 알고리즘의 포로가 되어 살아왔는지 깨달았다. 커피도 안 마시고 인터넷도 안 하는 사람이라면? 신께 감사하면 될 일이다.

스캇의 적응은 좀 더 점진적으로 나타났다. 그는 항상 정오까지 잠들 정도로 오래 자는 편이었는데, 이제 밤 10시면 침대에 누웠다. 깨어 있는 시간보다 정식으로 잠든 시간이 더 많다는 의미였다. 오브리는 그의 무관심과 단음절의 대화가 초기 우울증의 위험 신호라는 걸 알아차렸다. 게다가 그는 전 계모와 함께 '빌어먹을 대초원 위의 작은 집'에서 1년 이상 살고 있었다. 그것만으로도 우울증 걸릴 이유는 충분했다.

자동차 엔진의 굉음이 오브리의 귀로 날아들었다. 낡은 검은색 닷지 램이 아침의 무거운 정적을 깨고 시끄럽고 무례하게 모서리를 돌았다. 그녀는 눈살을 찌푸렸다. 러스티의 트럭이었다. 그것은 그녀가 끝까지 마주치고 싶지 않은 것 중 하나였다. 그는 그녀의 집을 빠르게 지나쳐 운전대를 꺾었다. 그는 트럭의 뒷부분이 집의 진입로에 바짝 닿을 때까지 큰 원을 그리며 보란 듯 유턴을 했다. 그리고는 급정거를 한 후 후진하면서 덜컥하더니 진입로에 주차했다.

오브리는 한숨을 내쉬며 현관에서 일어섰다. 이건 뭐지?

"진정해요, 여러분, 정의의 기사가 왔어요." 러스티가 트럭에서 내리며 매력 없이 말했다. 그는 뒷문을 열고 트럭 뒷좌석 짐칸으로 다가와 몸을 숙이더니 장갑 낀 손으로 커다란 노란색 기계 양쪽에 튀어나온 금속 손잡이를 잡았다.

오브리가 다가와 그것을 바라보았다. "저건 뭐고 왜 여기 가져온 거지?"

"고마워할 필요 없어." 러스티는 기계를 자기 쪽으로 끌어당기며 무릎을 구부리더니 트럭 밖으로 들어 올렸다. 그는 힘이 세긴 했지만, 47kg에 가까운 무게를 견뎌야 했다. 그는 오리걸음으로, 힘을 끌어모아, 집 옆으로 옮긴 다음 주방 창문 아래 시멘트 바닥에 그것을 내려놓았다.

"진지하게 묻는 거야, 이게 뭐지, 러스티?"

"어떻게 보여? 발전기지."

그는 트럭 뒤 칸으로 뛰어 올라가더니, 트럭 앞좌석 쪽으로 다가가 뒷유리창 아래에 있는 장비 캐비닛을 열었다. 그리고는 2갤런짜리 가스통을 꺼내 트럭 뒤로 다시 나오더니 발전기가 있는 곳으로 갔다.

"내가 일하는 현장에 여분으로 있던 거야. 당분간 작업도 하지 않을 테니, 여기에서 쓸 수 있을 것 같아서."

오브리는 그의 친절한 행동이 익숙하지 않았고, 무슨 말을 해야 할지도 몰랐다. "고마워"라는 말이 분명하면서도 러스티에게 부적절한 것만 같았는데, 그녀는 그냥 그렇게 말했다.

그녀는 그가 발전기 뚜껑을 열고 가스통을 들어 올려 탱크를 채우는 것을 지켜보았다. "이게 돼지처럼 가스를 먹어 치워. 1갤런 가스로 한 시간 이상 가동은 힘들어." 그가 말했다. "2갤런 탱크니까 다 채우고, 원하면 며칠에 한 번씩 다시 올게. 한 번에 한 시간 이상 사용하지 마, 아마 이틀에 한 번 정도가 좋을 거야."

"와우." 그녀가 말했다. "그래, 음…, 고마워."

"마음 단단히 먹어."

탱크를 채우고 가스통을 트럭에 다시 넣은 후, 그는 케이블 한 세트를 꺼내 주방 창문 아래 나무로 된 전기 배선함을 열어 발전기와 연결하기 시작했다. 패널이 끼어 문제가 생겼으나, 그는 허리춤

주머니에 넣어둔 사냥용 칼 벅을 꺼내 칼 끝부분을 이용해 패널을 제자리에 끼워 넣었다. 그는 손재주가 좋았고 자신이 뭘 해야 하는지 잘 알고 있었다.

오브리는 처음에 그의 독창성을 높이 평가하며 지켜봤지만, 갈등이 밀려왔다. 무언가 매우 옳지 않은 것 같았다. 그녀가 그를 알고 지낸 8년 동안, 그는 단 한 번도 대가를 바라지 않고 무언가를 해준 적이 없었다는 사실 때문이었을 것이다.

맞다, 바로 그런 이유 때문이었어.

"녀석은 아직 안 일어났나?" 러스티가 전기 설치 작업에서 물러서며 도로변에 접한 스캇의 창문 쪽을 힐끗 바라보며 물었다.

"몇 시간은 더 잘 거야." 오브리가 말했다.

"지하실에 저걸 갖다 놓으려면 녀석이 필요해. 사용하지 않을 때는 거기에 놔야 해. 절대 **잊지 마**, 남들 손에 안 닿게 하라고. 지금 사람들이 이걸 손에 넣으려고 무슨 짓을 하는지 알지?"

"상상할 수 있어."

그는 그녀를 바라보며 미소 지었다. 그녀는 그가 치아가 보이게 웃고 있다는 걸 알았다. "작동하나 해볼래?"

오브리는 어깨를 으쓱했다. "그러지, 뭐."

그는 집을 향해 손짓했다. "켜져 있는 건 다 꺼."

그녀는 그가 그녀에게 명령하는 방식이 싫었다. 그는 항상 실패했지만, 보스가 되고픈 욕망까지 버리지 못한 듯했다. 그녀는 그가 시키는 대로 따랐다. 이런 상황에서도 그녀에게 아직도 권력이 먹히는지 궁금하기도 했지만, 한편 누군가의 **현명한 명령**을 기다렸을지도 몰랐다. 그녀는 지난 며칠 동안, 지금도 물론이고, 내일도, 그리고 아주 오랫동안은, 그녀에게 권력을 휘두를 사람은 없을 거라고 여겼는데, 갑자기 누군가 나타나 이렇게 군림하다니? 그녀는 흥분과 실망을 동시에 느꼈다.

그녀가 안으로 들어가면서 방충문이 쾅 닫히는 소리가 났고, 스위치를 껐는지 켰는지 알 수 없는 상태라, 여기저기 스위치를 만지작거리던 그녀는 아예 플러그를 다 뽑았다. 그녀는 주방으로 가서 식탁 옆 창문을 열었다. 러스티의 정수리가 눈에 들어왔다.

"준비 완료."

발전기 앞에서 허리를 굽히고 있던 그는 창문 너머로 소리쳤다. "앞쪽에 검은색 동그란 연료 밸브가 있어. 그걸 돌려서 열어. 인덕터를 오른쪽에서 왼쪽으로 움직인 다음 스위치를 누르면 돼." 그는 그렇게 손을 움직였고, 잠시 후, 발전기가 검고 작은 구름을 뱉어내더니 덜컹거리는 소리와 함께 윙윙거리며 되살아났다. 그는 계속 목소리를 높였다. "시동이 켜지면 인덕터를 오른쪽으로 다시 움직여."

주방에서 싱크대 위의 조명이 깜빡거리다 켜졌다. 오브리는 감탄하지 않으려고 애썼지만, 기쁨을 감추지 못했다.

"다 됐다." 러스티가 뒤로 물러나 손을 닦고 웃으며 말했다.

오브리는 주방 카운터로 달려가 방전된 아이폰을 집어 들더니,

싱크대 옆에 있던 충전기에 연결했다. 그녀는 숨을 참았고, 잠시 후 휴대폰 화면이 깜빡이더니 충전 중임을 알리는 애플(Apple) 로고가 나타났다.

그녀는 무의식적으로 손으로 입을 틀어막았다. 젠장, **눈물이 나네?** 그녀는 정말 그랬고, 젠장, 그게 그녀를 화나게 했다. 빌어먹을 전화기. 그게 없어서 더 행복하다고 생각하지 않았었나?

"고맙다니, 천만의 말씀." 러스티는 지금 집 주방과 거실 사이의 문간에 서 있었기 때문에 작은 목소리로 말했다. 그녀는 그가 들어오는 소리를 듣지 못했고, 그를 집안으로 초대하지도 않았다. 하지만 그는 그들에게 전기를 다시 연결해 준 사람이다.

"30분만 작동하는 게 어때?" 러스티가 말했다. "훈기만 돌게. 그리고 어두워지기 전에, 원한다면 30분 더 돌리면 돼. 밤이 되기 전에 반드시 지하실에 넣어두고."

그는 다시 허락을 구하지 않고, 돌아서서 계단 밑으로 걸어가더니 꼭대기를 향해 소리쳤다. "스캇! 야, 망할 놈의 자식아!"

"그러지 마."

"스캇! 얼른 이불 걷어차고 나오라고. 보여줄 게 있어."

"러스티." 그녀는 주방 입구에서 목소리를 높였다. "계단에서 소리치지 마."

하지만 스캇은 파자마 차림으로 문을 열고 계단 꼭대기에 서서 눈을 가늘게 뜨고 러스티를 내려다보다가 오브리를 향해 고개를 돌렸다. "저 인간, 여기에서 뭐 하는 거야?" 그가 물었다.

오브리는 그 순간 심한 데자뷰를 느꼈다. 스캇은 계단 꼭대기에, 러스티는 아래쪽에, 그리고 그녀는 모서리를 돌아 주방으로 가는 문에 있었던 그들의 위치 때문이었다. 스캇이 완전히 마음의 준비되지 않은 새엄마와 함께 인생의 선택을 하던 날, 그들은 바로 같은 장소에서 그렇게 서 있었다.

"막 가려던 참이었어." 그녀는 차분한 목소리로 스캇에게 말하려고 애썼다.

스캇은 눈을 깜빡이며 주위를 둘러보다가 계단 꼭대기에 있는 램프가 켜져 있는 것을 발견했다. "전기 다시 들어왔어요?" 그는 믿을 수 없다는 표정으로 물었다.

"내가 여기 있는 한은." 러스티가 말했다.

스캇은 오브리를 내려다봤다. "무슨 말이에요?"

오브리가 앞으로 나와 스캇을 올려다봤다. "네 아빠가 발전기에 연결해줬어. 그래서 지금 몇 가지를 충전하고, 잠시 전기가 들어온 거야."

"여기 오는 거 따로 규칙을 정한 줄 알았는데. 전화 먼저 하라던가."

"전화가 안 돼, 멍청아." 러스티가 말했다. "내가 어떻게 전화할 수 있겠어?"

"좋아, 이제 더 이상 규칙 따위는 **없어**." 스캇이 단호하고 선언적인 투로 말했다. 그는 역겨운 표정으로 돌아서서 방으로 들어가 문을 닫았다.

러스티는 오브리를 향해 몸을 돌렸다. "한 시간 정도 작동하게 놔둘게. 필요한 거 충전하고, 원하면 요리도 해. 그리고 내가 다시 싸서 가져갈게. 내일모레 다시 가져올 수 있어."

"여기 놔두고 간다고 하지 않았어?"

"마음이 바뀌었어. 저런 놈이 어떻게 매일 밤 지하실로 옮기겠어, 당신 혼자 힘으로는 못 옮길 거고."

오브리는 고개를 저었다. 그 정도면 충분했다. "충전하는 동안 밖에서 기다려 줄 수 있겠어?"

"원하는 대로." 그는 문으로 걸어 나가다 멈추고, 생각했다. "기름값과 시간, 그 외 노동력, 등등, 200달러면 괜찮을 것 같네."

오, 맙소사, 어떻게 그녀는 이런 일이 일어날 줄 몰랐을까? 그가 아들과 전처를 걱정해 왔다는 말이, 실은 더 많은 돈을 뜯어내려는 계략에 뿌리를 두고 있을 거라고 어떻게 생각이나 할 수 있었을까? 다시는 속지 않겠다고 수없이 다짐해도, 거짓말쟁이 앞에서는 속수무책이었다. 그들은 계속 새로운 방법을 생각해 냈으니까.

"200달러?" 그녀가 물었다. "기름 몇 갤런 값이 그 정도야?"

"기름이 거의 바닥나기 **직전**인데, 기름 몇 갤런 값이라니. 그리고 여기까지 오는 동안 발전기가 닳고 닳아서 내 전문 기술이 필요했어. 이런 젠장, 오브리, 지금 나하고 가격 **협상** 하자는 거야? 전기를 끌어다 준 사람에게? 대체 뭐가 문제야? 진짜로, 너 사람이 변했구나."

오브리는 말려들고 싶지 않았다. "여기서 기다려." 그녀가 위층으로 올라가며 말했다. 러스티는 그녀가 방으로 들어가는 소리를 들었고, 한때 **그의** 방이었던 방이라는 생각을 하며 기다렸다. 그녀가 문을 닫지 않았다면, 어느 서랍장을 열고 현금을 꺼내는지 알 수 있었을 것이다. 하지만 위치만 안 것으로도 충분했다. 시작에 불과했다.

잠시 후 그녀는 다시 계단을 내려오더니 200달러가 든 손을 내밀었다. 그는 눈을 마주치지 않은 채 그녀에게서 돈을 가져갔다.

"트럭에 있을게." 그는 집 밖으로 나가더니 마치 큰 범죄의 희생양이라도 된 양 거리낌 없이 앞 화단을 가로질렀다. 그녀는 그가 트럭 문을 열고 안으로 들어가 문을 쾅 닫는 모습을 지켜보았다.

정확히 54분 후, 그는 예고도 없이 작동기를 끄고 발전기를 챙겨 들더니 껄껄 웃으며 멀어졌다.

트럭이 골목 모서리를 돌자마자, 오브리는 주방으로 들어가 아무 쓸모 없는 핸드폰을 충전기에서 분리해 전원을 끄고 서랍에 던져 넣었다. 자신에게 화가 치밀어 견딜 수 없었다. 송신탑이 작동을 멈췄으니, 빌어먹을 핸드폰도 쓸모없을 거라는 걸 미처 몰랐다.

그녀는 위층으로 올라가 점점 얇아지는 현금 더미를 안전하게 숨겨둘 새로운 장소를 찾았다.

몇 분 후, 스캇은 말끔한 모습으로 옷을 차려입고 계단을 쿵쾅거리며 내려왔다.

"차 타도 돼요?" 그는 오브리를 쳐다보지도 않고 물었다.

"어디 가는데?"

"누굴 좀 살펴봐야 해요."

아직 오전이었지만, 그녀는 이미 방전 상태였다. "탱크 반밖에 기름 없어. 그걸로 몇 마일도 못가지?"

"네." 스캇은, 눈앞에 있는 멍청이를 상대하기 위해 내면에 있는 모든 도의상 의무를 수행하는 귀족처럼 참을성 있는 태도로 말했다.

그녀는 자동차 열쇠를 건네며, 그가 연습생 면허증만 있다는 말을 언급하는 걸 정중히 피했고, 그는 고맙다는 말없이 자리를 떠났다. 오브리는 여전히 그날그날을 넘기는 상태에 있었는데, 스캇이 약간의 자유를 느끼고 분노를 조금이나마 억누를 수 있는 방향으로 나아갈 수 있다면 기름값은 아깝지 않다고 스스로를 타일렀다.

그녀는 다시 집 앞으로 나가 계단에 걸터앉았다. 그녀는 러스티의 잔꾀에 맥없이 휩쓸린 자신을 자책했다. 그녀는 진지해져야 했고 미래를 계획해야 했다. 전기가 없는 **긴** 미래를.

그녀와 스캇이 산 식료품을 모두 따져보니, 아마도 7일 치 식량은 될 듯했다. 그들이 조금만 먹는다면. 만약 그렇지 않다면? 음식은 더 빨리 바닥날 것이고, 오래 굶으면 죽게 될 것이다.

그녀는 러스티에게 한 가지 감사할 일이 있었다. 그는 그녀를 화나게 했다. 근본적으로 변한 세상에서 여전히 낡은 사고방식에 젖어 사는 것이 얼마나 위험한 일인지 깨우쳐준 것이다.

그녀의 시선은 길 건너편을 향해 있었다. 필은 여느 때와 마찬가지로, 집 앞에 있는 야외용 플라스틱 접이식 의자에 앉아 아침 햇살을 받으며 오래된 책을 읽다가 때때로 발견하는 '한 방'에 유난을 떨지 않으려고 애쓰고 있었다. 필은 정원 일을 멈추고 잠시 휴식을 취하는 듯했다. 그의 왼쪽에는 새로 고랑을 낸 흙밭이 있고, 날이 납작한 정원용 공구가 그의 의자에 비스듬히 기대어 있었다.

오브리는 눈을 가늘게 뜨고 필을 바라보며 생각에 잠겼다. 그녀는 길 위아래로 고개를 돌리며, 자갈돌이 깔린 정원과 다년생 식물들과 생뚱맞은 트램펄린(스프링이 달린 캔버스로 된 도약용 운동 도구) 한두 개가 놓여 있는, 모든 집의 비슷비슷한 뜰을 바라보았다. 머릿속에 무언가 아이디어가 떠오르던 중, 맞은편 집에서 두 집 아래에 있는 노먼의 집이 눈에 들어왔다.

그의 현관 입구 천장에 전등불이 켜져 있었다. 그녀는 자신의 눈을 의심하며 눈을 깜빡였다. 어떻게 노먼의 집에 불이 켜져 있지?

맞아, 그도 발전기가 있었을지 모른다. 하지만 오전 9시였다.

왜 노먼의 집에 불이 켜져 있는 거지?

13

서머셋 카운티, 펜실바니아주

그날 이른 아침, 페리 세인트 존은 베데스다에서 약 150마일 떨어진 I-80 고속도로를 타고 서쪽으로 향하던 중 노먼 레비를 떠올렸다.

페리는 베데스다 NOAA 주차장을 출발할 때만 해도, 비행기를 타는 게 더 안전하다고 직감했으나, 전략을 바꾸려 노력했다. 도시를 탈출하려는 사람들로 도로는 혼잡했고, 아파트 정원에 모여든 주민들은 동부 주요 도시로 가는 모든 길이 이미 꽉 막혔다고 웅성거렸다. 도로변에는 기름과 물이 바닥난 사람들로 가득할 것이고, 페리는 어떻게든 그런 상황을 피하고 싶었다.

그는 문득 침착하게 자리를 지키는 것이 무작정 탈출하는 것보다 구조에 유리할 거는 생각이 들었다. 상점과 창고를 정리할 기회도 없이 떠나는 대신, 베데스다에 요새를 만드는 게 더 유리할 것 같았다. 페리는 그가 가장 좋아하는 책 〈나는 전설이다〉에 나오는 지구 최후의 인간 로버트 네빌처럼 매일 뱀파이어와 외로운 싸움을 벌이는 상상을 했다. 네빌은 낮에 수렵과 사냥을 하고, 집 둘레에 부비트랩(문 위에 물건을 얹어 놓았다가 열고 들어오는 사람 머리 위에 떨어지게 하는 위장술)을 설치하며 버텼다. 사실 그 책은 꽤 재미있었고, 결말까지도 흥미로웠다.

하지만 며칠 후, 페리는 대부분의 일이 그렇듯 자신의 직감이 옳았다는 것을 바로 깨달았다. 사람이 빠져나간 도시는 여전히 혼돈 속에 있고, 전력 공급이 끊겨 인프라가 급속도로 무너졌다. 인적이 드문 외곽에는 더 심각한 범죄와 폭력이 급속도로 번질 것으로 예상되었다.

페리는 아이오와 시티 외곽에 있는 부모님 집으로 가기로 했다. 기름을 세 탱크 이상 넣어야 하고, 900마일이나 떨어져 있는 것도 모자라, 부모님이 집에 있을지 확신할 수 없었다. 부모님은 평소에도 집과 플로리다에 있는 콘도 사이를 오가며 생활했고 이런 상황에 연락 자체가 불가능했다. 그래도 그곳으로 가는 게 최선의 계획이었다. 페리는 재난 3일째 되는 날, 앞 유리가 깨진 채 잠겨 있는 철물점에서 가스통을 훔치고, 동네 길가에 주차된 차량에서 기름을 빼냈다. 운 좋게도, 재난 3일 전 아마존에서 주문한 땅콩버터 프로틴 바 두 상자가 있었다. 그는 옷과 함께 자비로운 그 선물들을 큰 여행 가방에 쑤셔 넣었다.

이렇게 모든 준비를 마친 그는, I-80 서부 고속도로에 들어서면서 길이 막히지 않다는 사실에 깜짝 놀랐다. 완벽한 시기의 출발이었고, 계획이 잘 들어맞았다는 안도감이 밀려왔다. 아이오와 고향 땅에서 1년 정도 지내는 것도 나쁘지 않다는 생각이 들면서, 노먼을 불쑥 떠올렸다.

노먼 레비 교수는 일리노이주 오로라에 혼자 산다. 페리는 이런 상황에 스승을 잊고 있었다는 사실에 부끄러워하며 얼굴을 붉혔다. 전기도 물도 없는 독거노인일 텐데?

페리는 가스 게이지를 먼저 훑어보고, 여전히 3/4이 남아 있는 것을 확인한 뒤, 옆 좌석에 있는 지도를 찾았다. 실제 지도를 보고 목적지를 찾아가는 게 길 떠나기 전 준비했던 그 어떤 것보다 더 어려웠다. 오로라가 아이오와로 꺾어지는 곳에서 불과 20~30마일 떨어진 곳이라는 걸 알았다. 가는 길에 노먼의 안부를 확인할 수 있는 거리였다. 하지만 조바심이 났다. 시간을 오래 끌 수 없었다.

그는 다음 경사로를 벗어나 가장 먼저 눈에 들어온 언덕 위에 차를 세우고, 가방에 넣어둔 휴대용 무전기를 꺼냈다. 노먼은 그에게 처음으로 단파(전자파로 연결되는 원거리 무선 전신) 수신기의 즐거움을 알려준 사람이었고, 이런 상황에 그도 수신기를 잡고 있을 게 분명했다.

노먼은 많은 취미와 관심사 중에서 전파 신호 잡기를 가장 좋아했고, 거의 60년 동안 그 일에 빠져 있었다. 노먼은 누군가 조금이라도 이에 관심을 보이면, 심지어 관심이 없는 사람에게도, 즐겨 이야기하곤 했다. 몇몇 친구와 옛 제자들은 향수를 불러일으키는 그 이야기에 일시적인 관심을 보이며, 단파 수신 주제로 저녁 식사 자리가 채워지는 걸 마다하지 않았다.

"빌어먹을 그들은 단파 수신자들이 아니야." 노먼은 그들을 몰아세웠다. "나는 담요 따위를 뒤집어쓰고 고속도로 순찰대원 위치나 알려주는, CB(Citizens Band—개인용 무전기 주파수대)를 가진 트럭 운전사가 아니라고. 나는 HAM(아마추어 무선)이야. 짧거나 긴 전파를 **다** 잡는다고. 이걸로 오스트레일리아 캔버라까지 연락할 수 있어."

페리는 안테나 줄을 풀어 차 위에 있는 루프바에 감은 다음, 무전기의 L자형 손잡이를 수십 바퀴 돌려 전원을 켰다. 그리고 노먼이 가장 자주 사용하는 주파수에 맞춰 무전기를 켜고 통화를 시도했다.

"CQ, CQ, 여기는, 어……." 그가 지도를 내려다보며 위치를 확인했다. "펜실베이니아주, 서머셋 카운티, 당신을 찾습니다. 일리노이 주, 오로라, 213MHz에서, 응답하세요."

치직— 소리만 들렸다.

그는 다시 시도했고, 이번에는 신호 중에 누군가 짜증을 내며 키를 누르는 것처럼 무전기가 세 번 연속으로 획— 소리를 냈다. 노먼의 목소리가 크고 또렷하게 들렸다.

"'오버'라고 끝맺어야지, 멍청아."

노먼은 어느 때와 마찬가지로 새벽에 깨어 수신 중이었고, 목소리 또한 그대로였다. 페리가 다시 무전기에 말했다. "노먼, 페리에요. 좀 어떠세요?"

"예상했던 대로 최고야. 동쪽 상황은 어때? 오버."

"좀비 영화의 초반부처럼, 뇌가 날아가기 전입니다." 페리가 말했다. "아이오와에 있는 집으로 가는 길이에요. 잠깐 들러도 될까요?"

응답이 없다. 잡음만 들리다, 드디어……

"제발, 규칙대로 끝맺을 수 없나?"

"아, 오버! 죄송, 잠깐 들를까요? 오버?"

"와서 뭐 하려고? 오버."

페리는 한참을 생각했다. 그냥 가보려고요. 오버."

"날 생각해줘 고맙네, 꼬마. 난 괜찮아. 가족들이나 챙겨. 넌 참 좋은 사람이다. 오버."

페리는 한참 생각한 후 다시 무전기를 잡고 마이크를 켰다. 노먼의 무심한 말 한마디가 항상 그의 부드러운 면을 건드렸다. 그는 스승의 목소리만 들어도 그런 감정이 솟구쳤다.

"이제 우리는 어떡하지요, 노먼?"

잠시 멈칫한 후 페리가 "오버"라고 덧붙이자 노먼이 마침내 응답했다.

"인류가 해낸 유일한 일. 기다림과 희망."

페리가 미소 지었다. 그는 노먼이 오래전부터 그런 말을 해왔다는 것을 알고 있었다. 여전히 힘이 되었다.

"집이 꽁꽁 얼어붙었어." 노먼이 말했다. "한 시간 동안 발전기를 돌리러 가야겠어. 몸조심해. 오버. 끊는다."

"오버 앤 아웃."

14

오로라

노먼의 집 현관에 불이 켜진 것을 보고 오브리는 잠시 조용히 앉아 귀를 기울였다. 노먼의 집 진입로에서 흘러나오는 소음이 희미하게 귀에 닿았다.

그녀는 일어나서 그 집을 향해 걸었다. 소음에 대한 걱정이 솟구치자 걸음이 빨라졌다. 그녀는 지난 몇 년 동안 그 집을 여러 번 방문했었다. 노먼은 사교적이고 유능한 엔터테이너로, 옛 제자, 옛 동료, 그리고 가끔 이웃들을 그의 집으로 초대했다. 그들과 긴 시간 동안 술과 함께 저녁 식사를 하는 자리는 오브리에게 어색했다. 솔직히 노먼이 왜 그런 자리에 자신을 초대했는지 의아했다. 그녀는 노먼을 이웃으로, 일대일로 보는 게 오히려 더 자연스럽게 느껴져 초대를 거절하려 했었다. 노먼은 오브리가 형편없는 남편과 동행하지 않는 한, 그녀가 어울리기 딱 좋은 자리라며 고집을 꺾지 않았다. 오브리가 이혼 전에 그런 말을 한 노먼에게 화가 나기도 했지만, 동시에 기쁘기도 했었다. 누가 감히 **그런** 말을 할 배짱이 있단 말인가?

그러고 보니, 노먼은 오브리가 도움이 필요할 때 꼭 옆에 있었다. 그녀가 콘퍼런스 사업을 망설이고 있을 때, 시작하라고 용기를 준 것도, 러스티를 집에서 쫓아내려고 고민할 때도 그가 꼭 그렇게 해야 한다고 충고했다.

"처음부터 그와 엮였다는 사실 자체가 믿기지 않아요." 그녀는 이렇게 말했다.

"낮은 자존감." 노먼이 어깨를 으쓱하며 말했다. "이제 알았으니, 극복해야 해."

오브리는 노먼의 집 진입로에 이르자마자 뭔가 잘못되었다는 것을 바로 알았다. 현관 불만 켜져 있는 것이 아니었다. 창문을 통해 햇빛이 쏟아져 들어오는데도 주방과 거실까지 불이 켜져 있었다. 오브리가 큰소리로 노먼을 불렀다.

"노먼?"

대답이 없었다. 그녀가 진입로를 걸어 올라갔을 때, 희미하던 윙윙거림이 점점 크게 들렸다. 집 옆쪽에서 들려오는 소리였다. 그녀는 노먼의 이름을 다시 불렀지만, 대답이 없자 차고로 향했다.

문이 활짝 열려 있었고, 오브리의 눈은 바로 문제를 발견했다. 개방된 차고 문에서 불과 몇 미터 떨어진 곳에 설치된 작은 빨간색 혼다 발전기는 이동이 간편한 그런 종류였다. 발전기는 작동 중이었고,

오브리가 손을 갖다 대자 열기가 느껴질 정도로 꽤 오랫동안 켜져 있었다. 오브리는 눈을 크게 뜨고, 폐가 수축하는 느낌에 사로잡혔을 때, 벽 한쪽 꼭대기, 발전기 바로 위에 있는 통풍구를 보았다.

"노먼!" 그녀는 큰소리로 외치며, 세 번의 빠른 동작으로 발전기를 끄고 차고 밖으로 그것을 밀어낸 다음, 집 안으로 들어가는 문을 열었다. 일산화탄소가 찬 실내로 들어서면서 그녀는 기침을 하며 주방으로 이어지는 짧은 복도를 뛰어갔다.

"노먼!" 그녀는 소리를 지르며, 주방 모서리를 돌아 바로 거실로 들어섰다. 노인은 플란넬 파자마 하의와 티셔츠 차림으로 소파에 누워 있었다. 그는 고개를 뒤로 젖힌 채 숨을 헐떡이며 입을 벌리고 팔과 다리를 늘어트린 모습이었다. 오브리는 무슨 일이 일어났는지 순식간에 알아챘다. 노먼은 해가 뜨기 전 한기를 느끼며 침대에서 일어나, 온도를 높이기 위해 발전기를 켰을 것이다. 차고 문이 활짝 열려 있으니, 일산화탄소가 바깥으로 바로 빠져나갈 거라고 기대했으나, 바람의 방향이 바뀌어 차고에 있던 가스가 통풍구를 통해 집안으로 스며들었던 것 같았다. 그리고 독가스가 노먼의 정신을 혼미하게 만들어 그대로 잠들게 했을 거라는 추측으로 이어졌다.

유일하게 남은 질문은 그가 언제부터 이 상태였을까 하는 것이다. 오브리는 황급히 달려가 소파에 누워 있는 그의 겨드랑이 밑으로 두 손을 넣어 일으켰다. 체온이 여전히 따뜻했다. 그녀는 그를 주방 복도 쪽으로 부축하다가 실수로 문틀에 그의 머리가 부딪쳤다. 신음이 들렸다. 그는 살아 있었다.

오브리는 차고 계단 아래로 노먼을 끌고 내려가, 시멘트 바닥을 가로질러 집에서 15m 떨어진 나무껍질이 쌓인 곳에 눕혔다. 그녀는 영화에서 익사할 뻔한 사람을 건져낸 사람처럼 노먼의 팔과 다리를 위아래로 흔들었다. 노먼이 마침내 헐떡이며 숨을 몰아쉬더니 신선한 공기를 들이마셨다.

몇 시간 후, 신선한 공기로 집안이 채워졌다. 노먼은 오브리로부터 '일산화탄소: 침묵의 살인자'라는 제목으로 10분간의 친절한 강의를 들으며 미소 지었다.

"오브리지, 나를 구해준 건 당연히, 오브리야."

"왜 당연히, 라고 말하죠?"

"오브리는 모든 사람을 돌보니까. 그런데 누가 오브리를 돌보지?"

"오브리가 오브리를 돌봐요."

"글쎄, 그 일은 좀 서툰 것 같은데."

그녀는 지루한 대화를 거두고 집 안을 둘러보았다. "가구를 재배치하셨군요."

"6개월마다. 새로움을 유지하기 좋지. 저녁 식사 모임에 계속 왔으면 알 수 있었을 텐데."

"난 그런 모임에 어울리지 않아요, 노먼."

"말도 안 돼. 내가 가르친 학생 90%보다 당신이 더 똑똑해. 왜 대학에 안 갔어?"

"저를 받아주는 학교가 없었어요."

"아, 맞다. 소위 비극이라고 말했던."

그녀는 참을 수 없다는 표정으로 그를 바라보았다. "당신한테서 모욕적인 말을 **많이** 들었지만, 내가 들어본 말 중에 그 표현이 가장 무심한 표현이네요."

"솔직히 100년 전에 일어난 일을 누가 신경 쓰겠어? 당신은 자신의 잠재력을 낭비하고 있는 거라고."

"잊고 있었네요. 사실 당신을 그렇게 좋아하지 않아요."

"시간이 없어, 오브리. 우리 중 누구도 시간이 많지 않다고. 주위를 둘러봐. 언제까지 더 기다릴 수 있겠어?"

"이만 갈게요. 이런 상황에 전혀 대비하지 못했어요."

그는 어깨를 으쓱했다. "어떤 사람들은 준비하고 또 어떤 사람들은 준비하지 않아. 둘 다 무덤에 가는 건 마찬가지야."

"네, 하지만 어떤 사람들은 훨씬 더 빨리 무덤에 들어가요. 정말 이제 가야겠어요."

"잠깐, 보여 줄 게 있어."

그는 책상에 라디오가 놓인 서재로 그녀를 안내했다.

그는 공간의 대부분을 차지하고 있는, 1950년대 제니스 트랜스오션 라디오 장비가 있는 곳으로 몸을 돌렸다. 라디오는 박물관에 전시된 작품처럼 훌륭했고, 은색의 마이크가 스탠드에 얌전하게 걸려 있었다.

"라디오는 작동돼요?" 오브리가 물었다.

"최신 장비라면 금방 녹아내렸을 테지만, 이 장비는 정말 대단해. CME가 닥쳤을 때도 이 장비를 사용했어. 진공관이 EMP(Electromagnetic Pulse―전자기파)―아킹(Arcing―전류가 공기를 통해 흐를 때 발생하는 발광, 방전)과 서지(Surges―회로에 순간적으로 가해지는 큰 전압, 전류)에 매우 강해. 손상이 전혀 없었어."

"스캇이 들으면 기뻐할 거예요. 그 라디오를 좋아하거든요."

"이리 오라고 해, 다른 사람들하고 얘기 좀 하자고."

"노력 중이에요, 노먼." 그녀는 다시 라디오를 가리켰다. "누구 목소리 잡힌 거 있어요?"

"처음 48시간 동안은, 지글지글, 펑펑, 그거 말고는 없었어. 하지만 자기권에서 서지가 완화되자 3~10헤르츠의 낮은 주파수 안에서 괜찮은 신호가 잡히기 시작했어. 오늘 아침에는 장파가 잡혀서 정말 멀리까지 가는 줄 알고 놀랐는데, 갑자기 속이 메스껍고 어지러워져서 소파에 가 잠시 누웠던 거였어."

"진짜 조심 좀 하세요."

"알았어요, 사모님." 그가 장난스럽게 말했다.

"문제는." 노먼은 라디오를 가리키며, "내가 전파로 들어보니, 놀라운 이야깃거리가 넘쳐"라고 말했다. "모두 저마다의 무서운 이야기를 하고 있지만, 제대로 된 수치로 나오긴 아직 무리고, 전 세계 상황을 대략은 파악하겠는데 실제로 정리하려면 며칠 걸릴 거야."

"지금까지 전기 나간 나라는 어디죠?"

"전기가 여전히 들어오는 곳이 어딘지 말하는 게 더 빠르고 쉬워." 그는 메모가 빼곡히 적힌 작은 노트를 집어 들더니 돋보기를 머리 위에서 끌어내리며 코에 걸쳤다. "콜롬비아, 브라질, 우간다, 케냐, 몰디브, 인도네시아 일부."

"다 적도 근처네요."

"최고점이지."

"전기 끊긴 적이 없었다고요?"

"1초도 중단 없었대. 자기파가 극지방에서 남과 북으로 파동을 일으키면서 상대적으로 약해졌어. 파괴력을 잃은 거지. 그래서 적도대 전체가 무사한 거야. 하지만 그 남쪽과 북쪽, 양쪽 반구의 모든 지역은? 인프라가 거의 완전히 사라졌어. 그리고 도미노 현상처럼 터지고 있지."

오브리는 생각에 잠겼다. "다음은 어떤 일이 닥칠 거라고?"

노먼은 갑자기 격렬하게 흥분하며 고개를 저었다. 자신의 요점을 완전히 이해하지 못하는 학생에게 하는 버릇이었다. "요점을 놓치지 마, 오브리. 차분하게 깊게 생각해봐. 미국, 캐나다, 스칸디나비아, 영국, 프랑스, 독일, 러시아, 중국 대부분, 일본, 글쎄, 다른 부유한 제1세계 국가 이름들을 말해봐. 우리는 지금 석기 시대로 돌아간 거라고. 그게 아니라면 청동기 시대일 수도 있고. 그리고 우리는 그런 환경에서 **1년 동안** 살아야 해. 어쩌면, 그 이상이거나. 하지만 콩고? 소말리아? 상투메 프린시페? 빌어먹을 **키리바시?** 그런 곳은 아무 일도 없었다는 듯 잘 돌아가고 있어." 노먼의 얼굴에 믿을 수 없는 미소가 번지기 시작했다. 그는 손을 뻗어 오브리의 손목을 잡았다. 그의 눈은 지적 흥분으로 활활 타오르고 있었다. "그리고 또 무슨 일이 벌어지고 있는지 알아, 오브리? 지금 정전 속에 갇힌 개자식들에게 수천 년 동안 학대받고 허덕이며 낙후된 곳에서 살아온 그들이 지금 무슨 일을 진행하고 있는지 아냐고? 갑자기 세계의 왕이 되어버린 이 빈곤한 나라에서 그들이 무슨 일을 하고 **있는지** 알기나 해?"

오브리는 고개를 저었다.

"구호 활동을 조직하고 있다고." 노먼은 다시 고개를 절레절레 흔들며 메모장을 책상 위에 던져 놓고 콘솔을 등지고 앉았다. "그들이 사람들을 먹여 살리기 위해, 식량 생산 능력을 높여줄 단체들에 비행기를 제공한다는 거야. 인도주의적 활동을 기반으로 하는 모든 국가나 기업에 토지를 무상으로 임대하고, 면세 혜택과 무제한 전력을 끌어다 쓸 수 있게 해준다는 거야. 그리고 생산된 물품은 **자국** 내 소비를 위한 것이 아니라, 모두 수출용이야. 그들은 대가를 바라지 않아. 그저 돕고 싶어 한다고."

그는 손등으로 눈을 가리며 말했다. "내가 평생 들어본 것 중에 가장 감동적인 일인 것 같아."

오브리는 고개를 끄덕였고, 마음이 벌써 뛰고 있었다. "돈과 권력은 중요하지 않아요."

"글쎄, 그렇게 말하진 않겠어."

"모든 것이 결국 식량에 달려 있어요."

그녀는 일어서서, 한 시간 전 자기 집 앞 계단에서 대마초 흡연자를 바라보며 품었던 생각의 끈을 다시 잡아당겼다.

"식량."

노먼이 웃었다. "잘 알아들었군."

"지금 그 생각 중이에요."

"때가 됐어."

15

예리코 외곽

4월 18일 오전 8시, 사건 발생 4일 후. 정전은 86시간 동안 지속되었고, 백마를 탄 미군은 사태를 수습하러 오지 않았다.

톰은 그 이유를 이해할 수 없었다. "관할권 문제인가요?"

"우선순위의 문제죠." 디브야 싱이 대답했다. 그녀의 모습은, 일부 군용 벙커에서만 허용된 신호 연속성을 갖춘 6평 규모의 패러데이 케이지(외부 정전계의 영향을 차단하는 요새) 지하 통신실 대형 스크린 위에 띄워졌다.

톰은 젖은 머리를 세우고 목에 턱받이를 두른 모습으로 인체공학에 맞게 설계된 사무용 의자에 앉아 있었다. 싱 박사가 애쓰지 않아도 충분히 그만의 소중한 시간을 만끽하는 모습이었다. 그는 이틀 동안 브리핑을 해달라고 요구했으나, 싱 박사는 톰의 부탁을 받은 리사와의 통화 후에 마지못해 응했다. 싱 박사가 선택한 연구 프로젝트에 톰이 천만 달러를 지원하기로 약속해 이뤄진 일이었다.

그녀는 그 대가로, "위기 상황과 재난 직후 임기응변"에 대해 톰에게 계속 조언해주기로 했다. 싱 박사는 이제 그녀가 받은 혜택을 갚기 위해 스크린 위에 나타난 것이다. 그녀는 소박한 산장 거실처럼 보이는 곳에서 원망에 찬 표정으로 노트북 화면을 응시했다. 그녀의 어깨 너머로 램프의 불빛이 환했다. 그녀가 어디에 있든, 여전히 전력을 사용하고 있다는 증거였다.

그녀는 톰의 혼란을 잠재우려고 노력했다. "전력 공급은 국방 준비에 영향을 미친다는 점을 제외하면 국방부의 우선순위는 아닙니다. 지금과 같은 시기에는 오직 국가 주권 유지에 초점을 맞추고 있어요."

"뭐, 지금 시민들이 들이닥치기라도 할까 겁먹은 겁니까? 전 세계 곳곳에서 일어나는 일이지 않나요?"

"90%에서 일어나고 있는 일이죠. 하지만 국방부의 첫 번째 임무는 핵심 인프라를 유지하는 것입니다. **국방부**의 핵심 인프라 말입니다. 군대 시설도 전력망에 연결되어야 하니까. 군대의 주요 임무는 자체 자산을 보호하고 복구하는 것이죠."

"식량은요?" 그가 물었다. "물은? 사회 질서는?"

싱 박사는 대답하려다 눈을 가늘게 뜨며 카메라를 바라보았다. "죄송한데, 지금 뒤로 손이 자꾸 들락날락 보이네요……. 혹시 지금 이발 중이신가요, 톰?"

짜증이 난 톰은 클로이의 손을 뿌리쳤다. 요가 강사인 그녀는 두 가지 업무를 맡기 위해 톰이 직접 12주 과정의 헤어스타일링 강좌까지 보내고 데려온 사람이었다. 그녀는 헤어스타일링에 전혀 관심이 없는 사람이었다. 현재 커트 실력만 봐도 알 수 있듯, 미용 과정을 마친 후 2년 동안 단 한 번도 연습조차 하지 않았다.

"죄송합니다. 좀 덥수룩해서요. 이제 끝났어요." 그는 턱받이를 걷어내고 클로이를 노려보다 즉시 후회했다. 클로이는 불과 20대 중반의 나이였고, 인종차별, 소득 불평등, 성차별 문제에 연관된 비난에 예민했으며, 눈살을 찌푸리곤 했다. "미안, 클로이. 정말 고마워요. 나중에 다시 다듬어 줘요." 그녀의 표정을 읽은 그는, "멋져, 정말 잘 다듬었어. 타고난 재능이 있군" 부드럽게 덧붙였다.

클로이는 연한 금발의 머리카락이 얼굴 앞으로 흘러내리는 걸 쓸어올리지도 않은 채 말없이 짐을 챙겼다.

클로이는 기획 단계부터 문제였다. 앤 소피는 클로이가 적어도 그녀보다 10년은 젊어 보인다는 것 말고도, 피부색과 체형 모두 자신과 닮았다는 사실을 모르지 않았다. 분위기에 민감한 클로이는 상사가 그녀에게 관심을 보이는 만큼, 상사의 아내가 자신을 싫어한다는 것을 바로 알아차렸고, 그녀는 최선을 다해 미묘한 분위기를 헤쳐나가고 있었다.

톰은 다시 화면으로 돌아갔다. "미안해요. 뭐라고 하셨죠?"

싱 박사는 브리핑을 이어갔다. "군대는 몸을 낮추고, 시설을 지키며, 만약을 대비해 전투태세를 유지하려고 노력할 거라고 말하는 겁니다."

"정부의 연속성은요? 거대한 계획들이요. 대통령, 의회, 덴버 공항 밑에 있는 거대한 벙커 등. 다 어디들 있죠? 전기는 들어와요?"

"아마도요. 톰이 이해해야 할 것은, 연방 정부는 더 이상 기능을 발휘하지 못한다는 겁니다. 연방 정부는 주정부가 **직접** 대처할 수 있도록 자원을 지원하는 것 외에는 도움을 줄 수 있는 능력이 없어요. FEMA(미국연방비상관리국)는 10년 전에 공급망 복원력 감독을 멈췄어요. 광범위한 식량 위기가 발생했을 때 정부가 어떤 유통 조직을 사용할 계획인지 알고 계십니까?"

"아니요."

"월마트."

"농담이죠?"

"생각해 보세요, 말이 됩니다. 월마트보다 저렴한 상품을 대량으로 유통할 수 있는, 더 나은 인프라를 갖추고 있는 데가 어디 있어요? 지역 사회에 그보다 더 넓은 체인망을 갖춘 데가 있을까요? 연방 정부는 월마트에 돈을 주고 식량과 물품을 나눠주면 됩니다. 연방 정부가 **할 수 있는** 일은 그것뿐이에요."

톰은 잠시 골똘해졌다. "지금 미국에는 상부 지휘 체계가 없거나, 곧 **없어질** 거라는 건가요?"

싱 박사는 힘차게 고개를 끄덕였다. "이미 수년 전 FEMA가 개발한 뉴 마드리드 메가 시나리오(미래에 큰 지진을 일으킬 가능성이 있는 뉴 마드리드 지진대 가상 시나리오)에서 상세히 설명한 대로 상황이 무너지기 시작했어요.”

“그걸 놓쳤어요. 시나리오에서 뭐라고 했었죠?”

“핵심만 말할까요? 시장님께 잘해드리세요. 그녀가 앞으로 필요할 겁니다. 커뮤니티는 점점 지역화되고 고립될 거니까요. 다시 말씀드리지만, 그게 꼭 나쁜 것만은 아니에요. 인터넷이 무기한 중단되면, 소문과 허위 정보가 훨씬 더 느리게 전파될 테죠. 온라인이 얼굴을 보고 거짓말을 하는 것보다 빠르니까요. 현지의 진실만이 유일한 진실이 될 것이고, 어쨌든 그럴 것이 틀림없어요.”

톰은 그녀의 단순하고 러다이트(Luddite—기계화 자동화에 반대하는 사람)적인 정보관에 이의를 제기하지 않았다. 그녀는 잠시 멈춘 틈을 타 시계를 흘끗 쳐다보았다. “이만 끝내야겠어요. 이 정도면 이해되셨나요?”

“아직 충분치 않아요.” 톰은 천만 달러 지원 약속을 했으니, 마음 놓고 자세한 대화를 끌어가고 싶었다. “대도시는 어떤가요?”

“종말론 이후 현상도 아니고, 적어도 아직은 괜찮다는 말이죠. 뉴욕과 뉴저지에서의 탈출 흐름은 예상보다 좋고요. 그래도 여전히 문턱에 서 있는 상태에요. 대부분 72시간 동안은 생존을 위한 평정심을 유지하는 데 큰 문제가 없겠지만, 그보다 더 긴 시간, 즉 첫 주가 지나면 우리는 한 번도 경험해보지 못한 세계로 들어서게 될 겁니다.”

"시카고 지역에 대해 뭐 들은 건 있나요?"

"아뇨, 왜 그러시죠?"

그는 양방향 정보 교환에는 관심이 없었다. "싱 박사는 지금 어디 있다고 하셨죠?"

"펜실베이니아 서부, 앨러게니에 있는 우리 가족 통나무집이에요. 이곳의 전력이 가장 오래 지속될 줄 알았는데, 앞으로 며칠 안에 바닥날 것 같아요."

"전반적인 복구 작업은 어떻게 진행되고 있어요?" 그가 물었다.

"그런 말 하기 너무 일러요. 아직 대응 모드 상태죠. 회복 모드로 전환하면, **그때** 복구에 대해 생각할 수 있어요. 하지만 복구의 스펙트럼은 다양할 겁니다. 우선 복구가 —손가락으로 헤아리고 말하면서— 물 펌프장, 하수 처리, 병원. 순서대로 집중될 거예요. 깨끗한 식수를 공급하는 것과 병원이나 양로원에 전력을 공급하는 것 중 하나를 선택해야 한다면, 정부는 매번 물을 선택할 거고요."

"당연히 그래야 하죠." 톰이 덧붙였다.

"다양한 의견들이 있어요." 그녀는 어깨를 으쓱했다. "풍부한 물의 공급은 낭비로 이어지니까요. 합의된 시간에. 현명하게, 제한적인 공급이 필요하다는……." 그녀는 그가 점점 주의를 기울이지 않는 걸 느끼며 멈췄다. "그 얘기까지 할 필요는 없겠군요."

톰의 뒤에서 지미 전 소령이 통신실로 들어오더니 톰에게 손짓했다. 톰은 다시 카메라를 향했다. "오늘은 여기까지요. 24시간 후에 다시 이야기하고 싶습니다."

"최선을 다하겠습니다만, 여기도 암흑으로 변하면 저도 생존 모드로 전환할 거예요, 톰."

"천만 달러가 예전처럼 큰돈이 아니네요."

싱 박사는 평온한 눈빛으로 카메라를 응시했다. "그런 것 같아요."

톰은 실망하며 회의 종료 버튼을 눌렀다. 그는 앞에 놓인 두 대의 전화기 중 투박한 위성 전화기를 집어 들며 스크린을 확인했지만, 텅 비어 있었다. 그가 전화기를 다시 내려놓자 딸깍 소리가 났다.

"내 동생이 세상에서 제일 나쁜 사람이라는 거야, **뭐야?**"

지미는 어떻게 대답해야 할지 몰라 그를 바라보며 서 있었다.

"수사학적인 질문이에요. 근데 무슨 일이죠?"

"브래디 준비 완료입니다."

"때가 됐군." 톰은 일어나서 숨을 죽이고 중얼거리며 나갔다. 지미는 몇 마디밖에 하지 않았다. 누군가를 구하기 위해 그렇게 열심히 일할 필요가 없다는 말이었다.

브래디였다. 없어서는 안 될 브래디. 그는 샌프란시스코에서 48시간 전에 도착했지만, "철저한 준비"가 필요하다며 오로라로 떠나는 것을 계속 미뤘다.

"드디어 떠나겠다는 결심이 섰나?" 톰이 밖으로 나오자마자 물었다. 브래디는 검은색 BMW 옆에 기대어 눈을 감고 햇볕을 쬐고 있었다. 날은 맑고 밝았으며, 하늘엔 구름도 보이지 않았고, 멀리 블랙 크룩 피크 산에 있는 소나무를 식별할 수 있을 정도로 공기도 청명했다. 브래디는 다시 눈을 뜨며 바로 섰다.

"제가 더 빨리 떠나길 바랐다는 거 알아요."

"지금쯤 **거기 도착만** 했어도 좋았을 텐데. 오브리에게 3일 동안 아무 소식도 못 들었어. 위성 전화는 꺼져 있고 숨겨둔 돈도 없을 거야. 무슨 일이 벌어지고 있는지 전혀 모르겠고, 당신은 꾸물거리고."

"오로라까지는 꽤 먼 거리입니다, 회장님." 브래디가 말했다. "1,500마일, 멈추지 않고 달려도 20시간에서 22시간이 걸립니다. 고려해야 할 일들이 많아요."

"뭐가 그렇게 걱정되지?" 톰이 물었다. 그는 여전히 피곤한 모습으로 반자동 소총을 가슴에 차고 있는 지미를 돌아보며, "이 친구는 뭐가 그렇게 무섭대?" 하는 표정을 지었다. 지미 전 소령은 어깨를 으쓱했다. **어떤 사람들은 그렇죠.**

브래디는 "개인 안전이죠"라고 대답했다. "여기까지 오는 길이 조금 위험했어요." 브래디는 배틀 마운틴에서 겪었던 일을 자세히 말하지 않았다. 이유는 있었다. 어려운 일을 고용주에게 시시콜콜 알린다는 것은 괜히 부담만 안겨주는 일이라고 믿었기 때문이었고, 솔직히 창피함도 깔려 있었다. 그는 어리석고 부주의한 행동으로 머리가 함몰될 뻔했던 일을 겪었다. 긴장을 늦추고 경계심이 낮아 벌어진 일이었다. 계획이 복잡할수록 스트레스가 더 심해져 결국 일을 그르칠 수도 있다는 사실에 충격을 받았다. 집에서 대피하는 것도 안전하지 않지만, 800마일 거리를 차에 연료를 유지하면서 지하벙커까지 이동하는 긴 여정은 얼마든지 예기치 않은 일이 일어날 수 있는 상황이었다.

그는 이 경험을 통해 배우겠다고 다짐했다. 그는 단지에 도착한 후 48시간 동안 많은 일을 했다. 차의 모든 케이블과 접촉부를 점검하고, 총을 분해해 청소하고 기름칠하고, 배터리를 충전하고, 탱크를 채우고, 잘 먹고 잘 잤으며, 멍든 관절은 볼타렌과 얼음으로 치료하고, 남북으로 길게 뻗어 있는 대평원의 날씨와 주변 사회상황에 대해 얻을 수 있는 모든 정보를 수집했다. 그는 이 여정에서 두 번 주유가 필요했는데, 두 번 모두 볼드 마운틴 주유소는 제외했다. 그 결과는 참담하게 끝맺었던 걸 잊지 않았기 때문이었다. 그는 이번엔 아무 일도 일어나지 않을 거라는 기대감을 갖고 만반의 준비를 했다.

"동생분은 걱정하지 마세요. 제가 잘 살피고 올게요."

톰은 고개를 끄덕였지만, 집중할 수 없었다. 클로이가 단지 밖으로 나와 지미와 함께 대화를 나누고 있는 모습이 눈에 들어왔다. 지미는 반쯤 고개를 돌린 채, 낮은 톤으로 그녀에게 말했다. 그는 그녀의 어깨에 손을 얹고 그녀는 그를 올려다보며 희미하게 웃었다. 이게 대체 뭐지? 지미가 그녀를 위로라도 하는 걸까?

그는 신경 쓰지 않기로 결심하고, 대수롭지 않은 표정으로 브래디를 향해 돌아섰다. "운전 잘하게." 그는 몸을 돌렸다.

"한 가지만 더요, 배닝 씨."

톰은 인상을 조금 찡그리며 돌아섰다.

"돈은요?" 브래디가 물었다.

톰과 지미는 현금보관함이 있는 곳으로 내려갔고, 브래디는 위에서 기다렸다. 지하의 가장 아래층에 있는, 견고하게 만들어진 방은 두 개의 잠금장치로 된 문 너머에 있었다. 대여 금고처럼, 주요 금고는 두 개의 공인 열쇠가 있어야 열 수 있고, 그 너머에 있는 네 개의 작은 방들은 각각 추가 열쇠가 필요했다. 톰은 지미를 누구보다 신뢰했지만, 현금을 보관하는 방 중 첫 번째 방 열쇠만 지미에게 허락했다. 건축가는 첫 번째 방 안 끝까지 들어가기 전까지 추가로 만들어진 방의 존재를 알 수 없도록 설계했다.

복도 없이 서로 연결된 방들이 이어져 있었다. 톰의 이론에 따르면 누군가 첫 번째 방에 들어가 그 안에 있는 현금의 양을 대략 추정해(외실의 경우 100만 달러가 20달러와 100달러 지폐로 보관), 나머지 방의 개수만 곱하면 바로 총액을 알 수 있고, 큰 금액은 종종 심각한 문제를 불러일으킬 수 있다고 말했다.

이런 이유 때문인지, 톰은 추가 방에 대한 정보를 제한함으로써 현금 보유액을 숨길 수 있다고 생각했다. 다섯 개의 방에 있는 현금의 양은 이전 방보다 백만 달러씩 더 많이 저장했고, 총 1,500만 달러라는 사실은 톰만이 알고 있었다. 톰이 가장 두려워했던 건 돈을 운반할 때의 문제였다. 그는 철저하게 한 번에 200만 달러 이상을 옮긴 적이 없었고, 같은 보안 요원들을 고용하지 않아서 총액에 대해 아는 사람은 톰밖에 없었다.

톰과 지미가 20달러짜리 지폐로 25만 달러를 작은 파란색 더플백에 담는 데 채 몇 분밖에 걸리지 않았다. 돈의 무게는 약 12kg이 조금 넘었다. 두 사람이 상자에서 더플백으로 조심스럽게 돈을 옮기는 동안 톰은 최대한 자연스러운 대화를 나누려고 노력했다.

"클로이는 괜찮죠?"

"클로이요? 물론입니다, 왜요?"

"아까 둘이 밖에서 이야기하는 것을 봤는데 화난 것 같아서요."

지미는 손을 흔들었다. "아, 그냥 클로이처럼 행동하는 거예요. 클로이 아시잖아요."

톰은 고개를 끄덕였다. "오, 알죠." 그는 계속 더플백에 돈을 담으며 지미를 올려다보았다. 그가 하고 싶었던 말은 "그래, 나 클로이 알아. **당신**은 클로이를 얼마나 잘 알아?"였다. 그러나 그는 침묵했다. 그의 주변에 있는 젊고 매력적인 여성에게 다가오는 남자들에게 질투심을 느끼던 버릇을 고치려고 노력했다. 그는 더 이상 언급하지 않기로 결심했다.

하지만 지미는 불편한 주제가 툭 튀어나오자 괜히 헛기침을 했다.

"그런데 보드웰 박사가 여기를 떠나는 모양이던데요." 그는 최대한 자연스럽게 화제를 돌렸다.

톰은 고개를 들었다. "뭐라고요?"

지미는 은빛 상자에 담긴 20달러 지폐를 계속 파란색 더플백으로 옮겼다. "아버님에게 문제가 생겼다던데요. 정전 직전에 심장 발작을 일으켰대요. 아마 스트레스 때문일 겁니다. 며칠 동안 연락이 안 되니까, 보드웰 박사가 걱정이라며 프로보로 돌아갔어요."

"그가 **떠났다**는 말인가요?"

"네, 회장님. 9백 달러, 아, 오늘 아침에요."

"그래서 그가 **떠난다**는 말이 아니라, 이미 **떠났다**는 말이네요. 우리 치과의사가."

"맞아요. 보드웰 박사는 떠났어요."

"치아 농양이라도 생기면 어떻게 하라고 떠나요?" 톰이 물었다. 그리고 그는 자신에게 똑같이 되물었다. "애들이 농양에 걸리면? 아니면 앤 소피? 아니면 당신, 지미? 우리는 어떻게 해야 해, **죽어야** 해요?"

"글쎄요, 회장님, 긴급 상황이 발생하면 언제든 다시 오겠다며, 사과하고 갔어요." 지미가 말했다. 사실 데이비드 보드웰은 지하벙커를 보자마자 좋아하지 않았고, 도대체 어떻게 귀신에 홀린 듯 계약을 했는지 자신을 원망했다. 그는 지하 숙소에서 며칠 밤을 지냈다. 호화롭게 꾸며졌지만, 1년 동안 두더지처럼 살 가치가 없는 궁전이라고 판단했다. 사실 그는 아무런 설명도 없이 떠났다. 지미는 톰이 놀랄까 봐, 타격을 받을까 걱정되어 그에게 아픈 아버지가 있다는 얘기를 부러 꾸며댄 것이다. 하지만 소용이 없었다.

"**돌아온다**고요?" 톰은 믿을 수 없다는 표정으로 말했다. "비상시 문자를 보내거나 이메일을 보내거나 전화를 걸면 되겠네요. **하지만 전기가 안 들어온다고요.**"

지미는 대답하지 않았다. 그는 다시 현금을 세어 더플백을 채웠다. 잠시 후 그는 목을 가다듬고 입을 열었다. "어쨌든, 그가 떠나고 빈자리가 생기니까, 뭔가 스치듯 떠올랐어요. 그의 아파트가 지금 비어 있고, 아무도 사용하지 않은 채 비워두기 정말 아깝다는 생각 끝에……."

톰은 몸을 움찔하며 마음을 다잡았다.

"그래서 지금 제 사촌 마이크의 상황을 이야기하기에 좋은 순간이라고 생각했다는 말씀을 드리고 싶어요, 회장님."

톰은 눈을 감았다. 다들 왜 **이러는** 걸까?

"더 이상 새로운 사람은 안 돼요." 톰이 소리쳤다.

16

오로라

대마초를 즐기는 필이 그의 집 잔디밭에서 야외용 철제 의자에 앉아 잠들어 있었다. 오브리가 그의 집을 향해 다가가자, 인기척을 느낀 그가 고개를 들었다. 그녀는 뭔가 단단히 결심한 표정이어서, 필은 그녀가 다른 사람을 향해 가고 있을지도 모른다는 생각에 힐끗 뒤를 쳐다보았다. 하지만 그녀는 분명한 목적이 담긴 눈빛으로 필을 향해 곧장 다가왔다. 그녀는 그를 보며 손을 흔들었다.

"안녕하세요."

필은 어색하고 불편한 표정으로 엉거주춤 일어섰다. 필이 그런 기분을 느낀 이유는 여러 가지가 있지만, 그녀가 길 건너편에 사는 매력적인 이웃이라는 점이 가장 컸다. "안녕하세요."

"일어날 필요 없어요." 그녀가 다가가며 말했다.

"알았어요." 그는 나노초(10억분의 1초) 동안 잠시 앉았다가, 더 불편함을 느끼며 즉시 다시 일어섰다. "어떻게 지내세요?" 그가 물었다.

"알잖아요. 엉망이죠. 댁은 어때요? 마당에서 일하고 있었나 보죠?" 그녀는 그의 옷차림을 보며 고개를 끄덕이면서 물었다. 필은 지저분한 카키색 작업용 팬츠와 약간 두툼한 배를 감싸는 빛바랜 〈I like pi〉 티셔츠를 입고 있었다. 그는 허수아비 같은 낡은 밀짚모자 챙 그림자가 그대로 깃든 얼굴로 그녀를 향해 미소 지었다. 필은 꽤 우스꽝스러운 모습이었지만, 그는 그닥 신경 쓰지 않았다. 어찌되었든, 모두 그가 만들어낸 모습이었다.

"네, 일 좀 하다가, 깜박 잠들었어요."

오브리는 의자에 기대어 있는, 손잡이가 긴 정원 도구를 바라보았다. "저게 뭐죠?"

필은 그것을 집어 들고 뒤집더니 바깥쪽 가장자리가 날카로워 보이는 반달 모양의 칼날을 보여주었다. "사드 리프터, 잔디 파내는 도구에요."

"왜 잔디를 파내요?"

"뭐 좀 심으려고요." 그는 막 파헤치기 시작한, 작지만 잔디가 풍성한 앞마당을 손으로 가리켰다. "우리에게 이런 일이 일어나서 정말 다행이에요."

"우리에게요?" 그녀가 물었다.

"그렇다니까요. 4월 중순이잖아요? 생각해 보세요, 이보다 시기가 더 좋을 순 없죠. 이제 심기 시작해야죠. 뒤쪽에 큰 텃밭이 있는데 허브 같은 걸 주로 키우려고 했어요. 지금은 별로 쓸모가 없지만요."

"**어떤** 허브요?"

필의 뺨이 붉어졌다. "아, 무슨 뜻으로 그렇게 묻는지 알겠는데, 난 그런 거 안 좋아해요."

"그렇군요." 그녀가 말했다.

"어쨌든 저는 뭔가 좀 심고 싶어서, 잔디를 걷어내고 있었어요. 그런데 일이 엄청나게 많아요. 2m 정도 하다가 낮잠을 자야 할 정도죠." 조급함이 묻어 있는 목소리로 필이 말했다.

"텃밭 일에 대해 좀 아세요?"

"꽤 많이 알고 있어요." 그가 들뜬 목소리로 말했다. "그런데 지금까지는, 어, 아시죠……? 주로 실내에서 키우는, 작은 식물들."

오브리는 한참 동안 그를 바라보며, 머릿속의 그림이 더욱 선명해지는 걸 느꼈다. 그녀는 고개를 돌려 지하실 창이 반쯤 보이는 그의 단층집을 바라보았다. 지상으로 고개 내민 지하실 창문 위쪽이 정전이 된 것처럼 어둡게 보였다. 창문 하나는 판자로 막혀 있었다. 그녀는 다시 필을 향해 고개를 돌리며, 상태를 확인하려는 듯, 눈언저리의 검푸른 부위를 뚫어지게 바라보았다.

"눈은 어때요?"

그는 무의식적으로 바로 눈을 만졌다. "오, 보시다시피, 괜찮아요. 좋아요. 운이 좋았나 봐요."

"필, 지하실에서 수경 재배를 하시죠?"

"네. 조금요. 약간. 채소 같은 거요."

"대마초. 그건 아주 많고요."

"뭐요? 말도 안 돼!"

"얘기해봐요."

"무슨 의미로 하는 말인지 모르겠어요." 필이 분노가 섞인 건조한 목소리로 말했다. "난 우리가 **채소**랑 텃밭에 관한 대화를 나누는 줄 알았어요."

"여기서 스캇이 대마초 받아다 팔잖아요. 당신한테서요. 댁이 지하실에서 키우면, 스캇이 팔아주고, 수익을 나누는 거죠. 그리고 당신에게 사 간 사람이, 대마초를 어디에서 키우는지 아니까, 정전이 되자 바로 와서 훔쳤고요. 맞죠?"

"이건, 이건 말도 안 돼요. 저는 강도를 당했고, 제가 **피해자**인데, 당신은, 당신은, 내가 더 이상 이야기 들을 필요도 없고……." 그는 말을 채 끝맺지 않고 돌아서더니 의자를 집어 들고 접기 시작했다. 반쯤 낡은 가죽끈이 의자 철망에 끼어 그는 끙끙거렸다. 오브리는 인내심을 갖고 그를 지켜보았다.

"이제 합법인 거 알아요. 다만 판매만 안 하면 안 될까요?"

필은 포기한 듯 의자를 바닥에 내동댕이치고는 그녀를 향해 돌아섰다. "그 애가 **저에게** 먼저 **제안**했어요, 알겠어요? 전 오로지 제 개인적 용도로만 키우고 있었다고요. **당신** 아들이 내게 와서……."

"의붓아들."

"상관없어요. 그 아이가 어떻게 알았는지는 모르겠어요."

"그야, 창문이 어둡고 매일 밤 댁이 마당에서 대마초를 피우는 것 때문이 아닐까요?"

"스캇이 저를 압박하기 시작했어요. 스캇은, 정말, **야망**이 대단한 아이예요."

스캇에 대해 설명하는 단어 중 처음 듣는 거였다. 오브리는 그 표현에 은근 으쓱한 마음도 들었다. "어쨌든, 그 나쁜 놈들이 거의 싹 가져갔고, 나머지는 조명이 없어 죽어가고 있어요." 필은 판자로 막은 창문을 침울하게 바라보았다. "더 최악인 건, 글쎄 놈들이 나를 트럭에 그것들을 싣는 일까지 시켰다는 거예요."

그녀는 그를 바라보았다. 동정심을 느끼지는 못했지만, 억울함은 전해져 왔다. 필은 자기가 키운 식물에 대단한 자부심이 있는 사람이었다.

"직업이 뭐예요, 필?"

"CRB(국제적인 상품 가격 조사하는 회사)의 데이터 분석가라는데, 맞나요?" 그는 그녀에게 자신의 직업을 확인하듯 질문처럼 말했다.

"글쎄요, 아마도 오랫동안 분석할 데이터는 없을 테니." 그녀가 말했다. "그럼 이제 농부가 된 거네요. 여기 흙을 다 뒤집으면, 다음 주 정도에 어떤 식용 작물들이 살게 될까요?"

필은 그녀를 힐끗 쳐다보았다. "필요하게 될까요? 정말 1년 동안 정전이 될 거로 생각하냐고요?"

"우린 완전히 망한 것 같아요." 오브리가 말했다. "어느 정도 망했는지는 모르겠어요. 답을 알기 위해 정말 그때까지 기다려야 할까요?"

필은 고개를 돌리고 파헤친 흙더미를 바라보며 생각에 잠겼다. "터가 작으니 열매가 큰 것이 좋겠죠. 토마토는 당연히 거의 뭐든지 만들 수 있고, 생으로 먹을 수도 있어요. 소금과 식초만 충분히 구할 수 있다면, 토마토를 잔뜩 키워 통조림으로 만들고 싶어요."

"이제야 제대로 된 대화를 하네요." 그녀가 말했다. "또 뭐가 있을까요?"

필은 새로운 도전에 몸이 뜨거워지는 걸 느끼며 생각에 잠겼다. 그는 앞마당을 둘러보더니 상상 속 작물의 위치를 손짓으로 가리켰다. "쥬키니(서양 호박), 맛있고 두툼하고 썩지 않아서 오래 두고 먹을 수 있죠. 당근, 동물들이 못 들어오게 철조망을 쳐놓을 수 있다면 당연히 최고죠. 시금치, 가지, 호박, 스쿼시(호박 종류). 그 이상을 심을 공간은 없어요."

"만약 심는다면요? 마당을 모두 텃밭으로 바꿔버리면 어떨까요?"

"글쎄, 그럼, **그럽시다.** 하늘에 달렸죠. 우선, 땅에 심을 수 있는 모든 종류의 콩부터 시작해야죠. 단백질이니까."

"옥수수?" 오브리가 제안했다.

필은 큰 소리로 웃다가, 농담이 아니라는 것을 깨달았다. "아니, 옥수수는 안 돼요. 옥수수는 공간을 너무 많이 차지하고, 영양가가

제로에 가까워요. 옥수수 로비 얘기는 꺼내지도 마세요."

오브리는 절대로 그에게 옥수수 경작 로비에 대해 다시 언급하지 않겠다고 다짐했다.

"우리가 지금 현금 작물을 찾고 있는 것이 아니에요." 그는 말했다. 그는 고개를 돌려 동네를 둘러보며 생각을 키워갔다. "저 아래, 자넬과 데릭의 집 근처, 반쯤 그늘진 땅이 있다면? 아마도 주황색 수박을 심을 수도 있어요. 정말 맛있지 않을까요? 오렌지 수박 먹어본 적 있어요?"

그녀는 고개를 저었다.

"그 맛을 모르다니. 8월이면, 하루에 수박 한 통씩 먹을 수 있을 만큼, 정말 달콤해요."

그녀는 바로 눈앞에서 생동감으로 들떠있는 그를 바라보았다. 나흘 전만 해도, 둘은 종말에 대비해 앞마당을 갈아엎고 씨앗을 심겠다는 미친 생존주의자의 터무니 없는 대화라고 여겼을 터였다. 그런데 오늘은 달랐다. 비행기도 뜨지 않는 하늘 아래, 이상하리만치 조용한 이곳에 서 있는 지금, 그녀에겐 일생에 가장 이성적인 대화처럼 다가왔다.

그녀는 그의 흙 묻은 손에 들려 있는 잔디 기계를 내려다보았다. "사용하기 어렵나요?" 그녀가 물었다.

"전혀요. 해봐요." 그는 그녀에게 기계를 내밀었고, 그녀는 손잡이 부분을 두 손으로 감싸 쥐었다. "내가 방금 시작한 줄 끝에서, 이렇게 똑바로 위, 아래로 잡아보세요." 그녀는 그의 말대로 둥근 칼날의 끝을 잔디 위에 똑바로 올려놓았다. "이제 손을 이렇게 돌려요."

그는 그녀의 등 뒤에서 손을 뻗어 그녀의 손을 잡는 대신, 손을 허공에 대고 손잡이를 비트는 시늉을 했다. 오브리는 남자가 그녀에게 몸을 가까이 대려고 할 때면 즉각 소름이 돋는 반응이 나타났는데, 필은 약 60cm 정도 떨어져 있어서 괜찮았다.

"이제 이걸 양손으로 꽉 잡고, 잔디밭 아래로 기계를 밀어 넣고, 발바닥으로 깊숙이 누른 다음 기계를 위로 끌어올리면서 밀어요. 그러면 잔디가 흙과 함께 깔끔하게 떨어지게 됩니다."

오브리는 그가 시키는 대로 발을 디디는 곳에 힘을 주었다. 아니나 다를까, 바닥에 닿은 반달 모양의 칼날이 만족스러운 듯 사각사각 소리와 함께 땅을 갈랐다.

"좋아요. 이제 뒤로 물러나서 손잡이를 바닥에 평평하게 대고 아래로 밀어 넣으세요. 한 번에 모든 뿌리를 잘라낼 수 있거든요."

오브리는 그의 말대로 했고, 힘도 들이지 않았는데, 눈앞의 잔디가 흙에서 분리되어 적당한 크기로 떨어져 나갔다. "수레 같은 거라도 있나요?"

"우리는 이런 거 안 버려요. **사용**해요. 비료로. 그냥 뒤집어 놓으면 돼요."

그녀는 그렇게 했다. 잔디 덩어리를 뒤집어 놓자 잔디는 다시 흙으로 들어가고, 땅속에 있던 검붉은 흙이 드러났다.

필은 몹시 만족스러워 보였다. "잘했어요, 농부님! 오늘 이걸 다 파헤치고, 호스가 아직 작동하는 동안 물을 주고, 비가 조금만 온다면 이번 주말까지 뭔가 심을 수 있겠군요."

"씨앗은요?" 그녀가 물었다.

"네, 좋은 게 필요해요. 고품질의 유기농으로요. 몬산토 프랑켄씨드(유전자 변형으로 대량 생산을 꾀함) 말고요. 그게 우리의 가장 큰 과제예요. 농자재 판매점에 가서, 남들보다 빨리 구매해야 할 텐데."

길 위쪽에서 자동차 엔진 소리가 들려서 둘은 대화를 멈추고 몸을 돌렸다. 스캇이 운전대를 잡은 오브리의 차였다. 오브리는 차가 너무 빨리 진입로로 들어오는 모습을 불안한 듯 바라보았다.

그녀는 잔디 기계를 필에게 다시 건네주었다. "고마워요. 이따 나중에 얘기하기로 해요."

"그래요, 베루 숙모."

이미 길을 건너고 있던 오브리는 혼란스러운 표정으로 뒤를 돌아보았다. "누구요?"

"베루 숙모 몰라요? 유명한 수분 재배 농부요?"

"유명한 뭐요?"

"라스 가족 수분 농장? 오웬 삼촌과 베루 숙모가 루크를 키우던 곳?" 그는 그런 길로 가지 않기를 바라며, 그녀에게 잘 가라고 인사했다. "스타워즈 영화에 나오는 얘기예요. 즐거운 하루 보내세요."

그래, 필은 데이터 분석가가 맞다. 오브리는 미소를 지으며 손을 살짝 흔들고 돌아서서 스캇을 보기 위해 집으로 향했다. 그녀가 진입로에 가깝게 다가갔을 때 차 안에 스캇 혼자가 아니라는 것을 알았다.

10대 소녀가 앞좌석에 타고 있었다.

17

예리코 외곽

앤 소피는 지하 30m 아래에 있는 9A호의 문을 두드렸다. 그녀는 야생화 한 다발과 오른쪽 팔에는 천으로 된 장바구니를 들고 문이 열리기를 기다렸다. 다시 노크했지만 여전히 대답이 없자, 그녀는 패널에 붙어 있는 작은 초인종 버튼을 눌렀다. 몇 초 후 청바지와 티셔츠 차림의 마키스가 문을 열었다. 그는 뜻밖이라는 듯 미소를 지었다.

"누가 노크하는 소리를 들었다고 **생각**했는데, 실내가 너무 조용해서 믿기지 않았어요."

"무슨 말인지 저도 알죠." 앤 소피가 미소 지었다. "이상하지 않아요? 엘리베이터 타면 귀가 먹먹하고?"

"네! 미치겠어요. 지난 3일 동안 씹은 껌이 평생 씹은 것보다 더 많아요. 죄송해요, 들어오실래요?"

앤 소피는 그의 어깨 너머 실내를 둘러보았다. "베스랑……, 미안해요, 딸아이 이름을 잊어버렸어요."

"키어리."

"키어리! 모두 여기 있어요?"

"아니요, 베스가 몸 좀 움직이라고 애를 데리고 헬스장에 갔어요. 어쨌든 들어오세요." 그가 문을 열자 그녀는 안으로 들어왔다.

9A 호실은 작은 평수 중 하나였는데, 침실 1개와 욕실 1개, 그리고 거실 한쪽에 작은 다용도실 공간이 있었다. 단지 내 다른 집처럼 전체적으로 파스텔톤이었다. 한 사람이 태어나 평생 볼 수 있는 것보다 더 많은 베이지색 변주의 인테리어였는데, 베이지색이 심리적으로 가장 편안한 색이라는 심리 적응력 테스트를 읽은 톰의 의견이 반영된 결과였다. 앤 소피는 싫어하는 색이었다.

"원한다면 다른 색으로 칠해도 돼요." 그녀가 말했다.

"아뇨, 아뇨, 멋져요."

"오, 그렇지 않아요. 저는 스칸디나비아 사람이에요. 어둠을 알죠. 연한 색이 아닌 강렬한 색깔에 끌려요. 그리고 양초도요. 그래서 나눠드리려고 가방에 몇 개 넣었어요." 그녀는 장바구니를 작은 식탁 위에 놓았다.

"와, 마음 써주셔서 고맙습니다." 그는 진심이었다. 지금까지 시설의 분위기는 적대적이고 불만스러웠는데, 그녀의 배려는 처음 접하는 친절이었다.

"그리고 창고에 없는 향신료와 소스 몇 가지도 추가했어요. 졸

룰라, 매운 겨자, 기본적으로 향이 나는 걸로요. 그리고 아이들이 이 꽃들을 꺾어 왔어요."

마키스는 그것들을 받아들고 무슨 말을 해야 할지 몰랐다. "정말 감사합니다."

앤 소피는 고개를 끄덕이며 불편한 표정으로 주위를 둘러보았다. 며칠 동안 이곳에 내려오는 것을 미뤄왔는데, 막상 와 보니 더 심란했다. 그녀는 톰과 결혼한 지 거의 10년이 지났고, 그를 알고부터 싹텄던 감정적 혼란을 추스르느라 보낸 시간과 맞먹었다. 예전엔 깨진 접시를 치우는 데 익숙했으나, 결혼 생활에서 벗어나고 싶다는 사실을 알게 된 지금은 이 작은 일조차 점점 더 힘들었다. 톰의 지나친 자기애 때문에 그녀가 매일 문제를 안고 살 수는 없었다. 그녀가 마키스 가족과 함께 지하벙커에서 살게 된다면, 부담감을 안겨주는 일이 생기지 않기를 바랐다.

"그는 꽤 형편없는 사람일 수 있어요." 그녀가 말했다.

"무슨 말씀이신지?" 마키스가 물었다.

"톰 밑에서 일한 지 얼마나 됐어요?"

"4년이요."

"그럼, 사실이라는 거 알죠?"

마키스가 웃었다. "노코멘트입니다."

"그가 경계성 인격 장애 검사 테스트를 해본 적이 있는데. 10점 만점에 7점 나왔어요. 진단을 내릴 정도는 아니지만, 확실히 문제가 있는 건 맞아요."

"그렇게 보이지는 않아요. 우리가 그를 놀라게 했으니까요. 상황을 강요한 셈이 돼버린 거죠. 저라면 과연 다르게 반응했을까, 잘 모르겠어요."

앤 소피는 어깨를 으쓱하며 다시 주위를 둘러보았다. 그녀의 눈은 거실 옆 다용도실에 닿았다. 아파트 거주자에게 아이가 있을 경우를 대비한 여분의 수면 공간이었다. 잠잔 흔적이 없을 정도로 침대가 깨끗했다. 그녀는 침대를 두 번이나 바라보다 뭔가 이상하다고 느꼈다. 인형이나 아이의 물건들을 전혀 찾아볼 수 없는 반듯한 침실을 딱히 뭐라 꼬집어 말할까? 그녀는 고개를 돌리고 다시 마키스를 바라보았다.

그는 갑자기 허둥대는 것 같았다. "커피 한 잔 만들어 드릴까요? 큐리그 커피 메이커 사용에 익숙해졌어요."

"아니요, 괜찮아요. 가봐야겠어요. 애들은 지금쯤 밖에서 방울뱀과 놀고 있을 거예요."

마키스는 조금 큰소리로 웃었다. "저희는 사막에 익숙한 사람들이 아니에요. 키어리는 계속 산책을 하고 싶다고 조르고, 베스는 가서 카우보이 부츠만 구해오면 같이 가겠다고 말하죠."

부츠. 그거였다. 앤 소피는 고개를 옆으로 돌려 다시 침대를 바라보았다. 침대 옆에는 부츠 한 켤레가 있었는데, 앞부분이 협탁 밑으로 들어가 있었다. 아동용 신발이 아닌 남성용 부츠였다. 침대 옆 탁자 위에는 남성용 두툼한 손목시계가 놓여 있었다.

앤 소피는 키어리의 침대가 아니라는 걸 바로 깨달았다. 성인 남자가 사용하는 침대라는 게 분명했고, 그 남자는 마키스였다. 키어리는 엄마와 함께 침실에 있다는 뜻인데, 부부가 싸우지 않았다면 왜 그런 식으로 잠자리를 정했을까? 하지만 앤 소피는 마키스와 베스가 함께 다정하게 있는 걸 본 적이 있었고, 그들이 한 침대에서 같이 자지 않겠다며 티격태격하는 커플이라는 느낌은 전혀 없었다.

그녀는 의혹이 묻은 표정을 감추지 못한 채 마키스를 쳐다보았다.

그는 그녀와 침대를 번갈아 가며 보았다. "왜 그러시죠?"

"뭐죠?"

"죄송합니다."

서로 질문의 의미를 너무 잘 알고 있는 터라 두 사람의 대화는 무의미했다.

마키스의 얼굴이 갑자기 너무 밝아졌다. "오, 젠장. 또 이런 실수를 했군." 그는 대담하게 침대로 걸어가더니 부츠를 집어 들고 옷장 쪽으로 가져갔다. 그는 옷장을 열고 부츠를 안으로 던지고 고개를 저으며 웃었다. "제가 물건을 여기저기 둬서 늘 아내를 미치게 만들죠."

"그렇군요." 그녀는 생각에 잠겼고, 그는 그녀가 뭔가 생각하고 있다는 걸 알 수 있었다.

"제가 좀 코를 골아요." 그가 덧붙였다. "꽤 시끄러워요. 문제가 되죠."

"저희는 테라스 가구 세트를 집들이 선물로 보내드리지 않았어요." 그녀가 말했다.

"네?"

"고위직 직원들을 위한 모든 선물은 제가 준비해요. 결혼식, 유대인 성인식, 집들이, 돌잔치 등 모든 것을요. 하나도 빠짐없이 제가 직접 하죠. 누구에게도 티크우드 테라스 가구 세트를 보낸 적이 없어요. 그랬다면 제가 기억하고 있었죠."

마키스는 충격을 받은 표정이었다. "정말 이상하네. 젠장, 그럼 누가 보낸 걸까? 그 누군가에게 감사 편지를 써야겠어요!"

"나는, 말 그대로, 당신이 톰에게 거짓말을 해도 신경 쓰지 않는 지구상의 마지막 사람입니다."

마키스는 주위를 둘러보더니, 고개를 끄덕이며, 생각할 시간을 벌었다. 그가 앤 소피를 향해 돌아섰을 때, 모든 가식은 사라졌다. "다행입니다. 정말 힘들었어요."

"베스는……, 그럼 무슨 관계죠?" 앤 소피가 물었다.

"옆집 이웃이에요."

"연인 사이세요?"

"아니요. 그녀는 레즈비언이에요."

앤 소피는 몇 달 만에 가장 큰 소리로 웃음을 터트렸다. "그냥 당신 차에 올라탄 거예요?"

"아니, 아니, 그녀가 아니라, 전적으로 제 생각이었어요. TV에서 말하는 모든 일이 일어날 거라고요? 그녀가 놀라서 제게 묻는 거예요. 정말 어떻게 해야 할지 모른다고요. 딸과 함께 혼자거든요. 그래서 제가 거의 강제로 같이 가자고 했어요."

"아기 아빠가 죽었다고 하셨죠?"

"키어리의 아빠는 정자 기증자였어요. 두 사람 직접 만난 적이 없대요. 젠장, 마음이 훨씬 가벼워졌어요. 미안해요, 전 거짓말을 잘 못 해요."

"그건 좋은 점이지 나쁜 점이 아니죠."

"원하시면, 우린 나가겠습니다."

"그런 생각은 하지 마세요." 그녀가 말했다. "당신이 한 일은 영웅적인 일이라고 생각해요."

"젠장, 마음이 정말 편해요. 한잔할래요? 음료수 같은 술이요?"

앤 소피는 의자를 빼고 테이블 앞에 앉았다. "음료수 같은 술 한잔 마시고 싶어요."

27m 위, 지하 3층 통신실. 톰은 제어실 모니터 중 하나를 통해 그들의 모습을 영상으로 지켜보았다. 모든 유닛의 거실에 있는 LED 스크린의 왼쪽 상단 모서리에 설치된 핀도트 카메라(렌즈 없는 간단한 조리개만 달린 카메라)는 모든 유닛에 안전 목적으로 설치된 것으로, 입주자들이 그 사실을 알 필요는 없었다. 톰은 응급 상황이

발생했을 때만 사용할 계획이었으며, 사생활 감시 장치로 사용할 생각은 전혀 없었다. 그런데 지난 며칠 동안 톰에게 차갑게 대하며 거의 말을 걸지 않던 앤 소피가 음식이 든 장바구니와 꽃다발을 들고 엘리베이터에 타는 것을 보게 되었다. 톰의 자연스러운 호기심이 발동했고, 수년간의 신뢰가 깨진 부부의 모델처럼 여겨져 톰의 기분을 상하게 했다. 그는 통신실로 와서 그녀가 9층까지 내려가 마키스의 아파트로 들어가는 과정을 지켜보았다.

이제 그는 그녀가 가져간 좋은 레드 와인을 따르고 소파에 앉아 건배하는 모습을 볼 수는 있었지만, 대화는 들을 수 없었다. 다정하신 주의 이름으로 무슨 일이 있었던 걸까?

그때 통신실에는 다른 사람이 없었고, 앞으로도 없을 것이었다. 톰은 그날 통신실을 나가면서, 그의 허락 없이 아무도 그 방에 들어가지 말라는 분명한 지시를 내렸고, 허락하더라도, 그가 제일 먼저 들어가 보고 싶지 않은 모니터를 직접 끌 수 있도록 조치했다.

만약에 그의 아내가 그의 파일럿과 바람을 피운다면, 오직 그만이 그 사실을 알 것이다.

18

오로라

오브리는 집 앞 계단을 오르며 차 안을 바라보았다. 짙은 갈색 긴 머리를 질끈 묶은 10대 소녀가 스캇과 함께 앞좌석에 앉아 있었다.

오브리는 애써 짜증을 숨기고 가볍게 손을 흔들었지만, 두 사람 모두 그녀를 보지 못했다. 스캇은 여자아이의 팔에 손을 얹은 채 말하고, 손짓하고, 고개를 끄덕였다. 두 사람은 마침내 어떤 결말에 도달한 듯 차에서 내렸다. 스캇은 여자아이가 뒷좌석에 있는 꽉 채워진 백팩을 꺼내는 것을 도와주었다.

그들은 인도에 서 있는 오브리를 향해 다가갔다. 여자아이 바로 뒤에 있던 스캇은 오브리에게 손을 내밀며, "제가 설명할게요"와 "제발 이 일을 망칠 생각은 마세요" 의미를 담은 제스처를 취했다.

오브리는 억지로 미소를 지었다. "안녕, 오브리라고 해." 그녀는 이 정도면 트집 잡힐 여지가 없을 거라 여기며 말했다.

여자아이는 그녀 앞에 멈칫하더니 발끝을 내려다보며 말이 없었다. 스캇이 나서서 그녀를 소개했다.

"셀레스트라고 해요."

오브리는 잠시, 상황 파악을 하려고 노력했다. 스캇이 최근에 만나는 여자친구를 직접 본 적도 없고, 별 의미 없이 그의 인스타그램을 살펴보았을 때도 여자친구로 보이는 사진은 없었다. 여자친구가 스캇과 같은 학년이고, 불행한 가정에서 크는 흑인이라는 것 외 아는 것이 거의 없었다. 그녀는 자신이 알고 있는 이 세 가지 모두가 맞다고 확신했다. 셀레스트와 마주 선 지금 그녀가 실은 흑인이 아니라는 점에 주목한 이유도 그 때문이었다. 셀레스트는 흑인도 아니었고, 갈색도 아니었고, 크림색도 아니었다. 셀레스트의 피부는 너무 하얗고 거의 반투명했다. 만약 오브리가 그녀의 인종적 배경을 추측해야 했다면, 에스토니아인이라고 했을지도 모른다.

"안녕, 셀레스트. 드디어 만나서 반가워." 오브리는 자연스러운 억양으로 말하려고 노력했다. "고백할게, 네 이름을 혼동해서 계속 카프리스라고 불렀어. 스캇이 그것 때문에 내게 얼마나 잔소리를 퍼부었는지. 진짜 웃겼어." 그녀는 스캇을 바라보며 말했다. "너 정말 웃겼다고."

스캇은 오브리를 뚫어지게 쳐다보았다. 셀레스트는 머리카락을 귀 뒤로 넘기며 두 사람 사이를 바라보면서 무언가 잘못되었다는 것을 감지했지만, 그것을 언급하고 싶지는 않았다. "재밌네요." 그녀가 말했다. 정작 재미없을 때 하는 말이었다. "여기에 같이 있게 해줘서 고마워요."

오브리는 눈썹 하나 까딱하지 않고 포뮬러 원 드라이버(경주용 자동차 운전자)처럼 기어를 변경하듯 빠르게 말했다. "편하게 있어. 안으로 먼저 들어가 짐을 좀 내려놓을래? 스캇과 할 얘기가 있어서."

셀레스트는 고개를 돌려 스캇을 바라보았다. 그는 미소를 짓더니 보란 듯이 그녀의 입술에 키스했다. 그녀는 안으로 들어갔다.

스캇은 오브리가 입을 열기 전에 공격적인 어조로 먼저 말했다. "나랑 함께 내 방에서 지낼 거니까, 그렇게 아세요."

"나한테 딱딱하게 할 필요 없어, 스캇. 난 상관없으니까."

"어떻게 지내나 확인하러 집에 갔더니, 거긴 정말 엉망이더라고요. 항상 엉망이지만, 지금은 더 심해졌어요."

"유감이네, 그런데 둘은 어떻게 알게 된 거야?"

"아빠가 셀레스트 아빠와 함께 일해요. 무슨 일을 하는지는 모르겠지만. 아무튼 셀레스트 아빠는 인간말종이에요. 우리 아빠는 항상 거기 죽치고 있고요. 셀레스트는 그 집에 머물 수 없어요. 농담 아니에요."

"괜찮다고 말했잖아. 여기 있어도 돼."

"허락을 구하는 게 아니에요."

"제발, 싸우는 것도 아닌데 싸우는 것처럼 말하지 마. 지금은 이것 말고도 모든 게, 충분히 힘들어."

"나한테 물어볼 게 뭐예요?"

"왜 저 애가 흑인이라고 말한 거야?"

스캇은 고개를 돌리더니 깊은 생각에 잠긴 듯 먼 곳을 바라보았다. 그리고는 다시 고개를 돌렸다. "단지 인종에 대한 생산적인 대화를 끌어내려고 노력했을 뿐이에요."

그리고 그는 안으로 들어갔다. 그는 아마도 오브리가 만난 사람중 가장 꼬인 사람일지도 모른다.

그녀는 거실이 보이는 현관 앞에 서 있었다. 스캇이 거실에 어색하게 서 있는 셀레스트에게 다가갔다. 그는 그녀의 팔을 쓰다듬으며 부드럽게 말했다. 그 어떤 위압적인 모습이 느껴지지 않는, 부드러운 제스처로 셀레스트를 안심시키고 있었다. 오브리는 갑자기눈물이 솟구치는 자신을 이해할 수 없었다. 감정을 제어하는 데 익숙하지 않고, 첼로처럼 키 크고 여윈 모습의 청년이 어떻게든 상대를 안심시키기 위해 침묵과 배려의 언어를 골라 위로와 부드러움을 전달하는 순간이었다. 그의 그런 모습은 한 번도 본 적 없었다. 그녀의 시선은 스캇과 비슷한 또래인 셀레스트에게로 옮겨갔는데, 셀레스트는 여자가 아닌 여자아이였고, 그녀가 받을 수 있는 모든도움이 필요해 보였다. 그녀를 조금이라도 돌봐줄 수 있고, 이래라저래라 통제하거나 큰소리치는 남자가 아닌, 가끔 모든 것이 그녀의 책임이 아니라고 말해줄 수 있는 그런 사람.

오브리는 집 앞 계단에 걸터앉았다. 그녀는 톰에게 전화를 걸기위해 주방에서 소형 위성 전화기를 들고나왔다. 그녀는 전화를 꺼내 전원을 켠 뒤 신호가 잡히기를 기다렸다. 신호가 잡혔다. 그녀는 톰의 부재중 전화 열네 통 중, 가장 최근에 걸려 온 번호를 눌렀다.

전화기가 우스꽝스러운 클릭 소리를 내더니, 신호음이 한 번 울리자 오빠의 목소리가 들렸다.

"제발 다시는 내게 이러지 마."

"미안해, 오빠." 그녀가 말했고, 정말 미안했다. "그동안 이상했어."

"난 네가 걱정돼. 병들 정도야."

"난 괜찮아."

"그곳 상황은 어때?"

"오늘은 조용해. 처음 며칠 동안은 사이렌이 많이 울리고 거의 매일 밤하늘에 불꽃이 치솟았어."

"오로라야."

"아니, 불꽃이었어. 난 오로라가 어떻게 생겼는지 알아. 지구상의 모든 사람이 오로라가 어떻게 생겼는지 알아. 이거랑 달라. 발전소가 계속 폭발하고 있다고, 길 아래 사는 남자가 말한 걸 들었어. 외출을 많이 안 해서, 난 모르지만."

"그래. 외출은 하지 마. 토드는 어때?"

그녀는 멈칫했다. "스캇, 말하는 거야?"

"그래. 러스티 아들."

"괜찮아. 여자친구랑 함께 지내겠다고 데리고 왔어."

"그런 비슷한 얘기가 많이 돌더라." 톰이 말했다. "할 얘기가 있어. 지금 내가 남자를 한 명 보냈는데, 네 집으로 가는 중이야. 이름은 브래디. 17시간 안에 도착할 거야." 손목시계를 확인하는지, 오브리의 귀에 소매가 바스락거리는 소리가 들렸다.

"뭐라고, 누가 여기로 온다고?"

"내 밑에서 일하는, 전직 경찰이야. 내가 절대적으로 신뢰하는 사람."

"**왜** 여기로 온다는 거야?"

"오브리, 너 현금 없잖아."

"오, 맙소사, 난 괜찮아. 돈 있어."

"어떤 일이 닥쳐도 감당할 수 있을 만큼 충분히 보냈어. 전에 돈 보낼 때 말했던 대로, 이번에는 꼭 따라줘. 네 개의 개별 보관함에 나눠 집안 곳곳에 잘 숨기라고. 알았지?"

"집에 현금이 쌓여 있는 거 싫어." 그녀는 혹시 누가 엿들을지 걱정하며 주위를 둘러보았다. 밖에 있는 사람은 두어 명뿐이었고, 그들은 뚝 떨어져 있었다. 어쨌든 그녀는 목소리를 낮춰 말했다. "진짜 고맙긴 한데, 우린 이 문제에 대해 철학적으로 생각이 다를 뿐이야. 현금 2만 달러는 도움보다 문제를 만들 수 있다고 생각해."

"2만 달러가 넘어. 그냥 받아둬."

"왜 이러는 거야?"

"널 그냥 도우려는 거야, 제발." 그가 의도했던 것보다 더 큰 소리가 나왔고, 중간에 신호가 끊겼다. 그는 더 부드러운 목소리로 다시 말했다. "그래도 넌 절대 나를 용서하지 않을 거지?"

"그만해. 이상한 데로 말이 빠지네." 하지만 그녀는 수화기 너머로 들려오는 그의 목소리가 이미 젖어 있다는 걸 알 수 있었다. 그녀는 그가 의자에 주저앉아 손으로 눈을 가린 채 눈물이 솟구치던 곳으로 다시 밀어내는 그의 모습을 상상할 수 있었다.

"무슨 일 있는지 말해줘." 그녀가 물었다.

"아무것도 아니야. 난 괜찮아. 다 괜찮아."

"앤 소피와 아이들은 괜찮지?"

"잘 있어. 모두 괜찮아. 여긴 다 괜찮아."

"**괜찮다**는 말을 너무 많이 하네."

"성공적이야. 끝내준다고. 더 뭘 바래? 여긴 완벽하고, 고기능적으로 계획된 커뮤니티야. 10여 년간 이걸 계획해왔고, 네가 머물 곳도 마련해뒀어, 받아주기만 한다면. 이제 가족 중 남은 사람은 너와 나뿐이잖아, 기억나?"

그는 오브리의 반응을 기다렸지만, 그녀는 나머지 문장을 채우지 않았다. 그래서 그가 침울하게 말했다. "다른 사람들은 다 죽었으니까. 브래디가 돈을 가지고 오면 그냥 전화하겠다고만 말해줄래?"

"오빠는 나를 구하고 싶구나. 난 구원이 필요 없어."

"**그럼 그냥 돌려보내!**" 그는 그녀의 귀가 아플 정도로 크게 소리쳤다. 그녀가 전화기를 떼어냈다 다시 귀에 갖다 댔을 때는 전화가 이미 끊긴 뒤였다. 그녀는 그가 통화 중에 전화를 먼저 끊은 적이 있는지 기억해 보려고 잠시 전화기를 쳐다보았지만, 그런 적이 없는 게 분명했다. 그녀는 항상 그의 전화를 피하는 사람, 전화 걸거나 뭘 준다는 그로부터 항상 도망가는 사람이었다. "이만 전화 끊어야겠어." 이번엔 그렇게 말할 기회조차 없이 끊겼다.

"오빠랑 동생 사이가 엉망이네요."

그녀는 흠칫 놀라며 돌아섰다. 스캇은 그녀의 등 너머 문 쪽에 서서 마지막 대화를 듣다가 갑작스럽게 대화가 끝나는 것을 목격했다.

오브리는 위성 전화기를 끄고 옆 계단에 내려놓았다. "셀레스트는 어딨어?"

"위층에요. 환영 인사에 좀 놀랐나 봐요."

"난 예의를 갖추고 친절했어."

"그런 것에 익숙하지 않은 친구예요."

그는 밖으로 나와 그녀가 앉아 있는 계단 옆으로 다가와 걸터앉았다. 오브리는 고개를 돌리며 손으로 입을 가렸다. 톰과의 대화가 그녀를 여전히 흥분하게 만들었고, 무의미한 사춘기 시절 논쟁은 그녀가 가장 지긋지긋해 하는 것이었다.

스캇은 그녀를 한참 동안 쳐다보았다. "부모님은 언제 돌아가셨어요?"

"그런 거 묻지 말고, 가서 피아노든 뭐든 연습하며 오늘을 즐기면 안 되겠니?"

"궁금해요. 내가 언제 이런 거 물어본 적 있어요? 오늘이라도 얘기해줘요. 궁금증도 오래 가지 않겠지만."

그녀는 그를 바라보며 반쯤 미소 지었다. 그는 자신이 원할 때 매력을 발산할 수 있는 아이였다. 그녀는 그 점이 마음에 드는지 아닌지 결정하지 않았다. "15년 전. 엄마가 먼저 암에 걸려 돌아가셨고, 아버지는 6개월 후에 돌아가셨어."

"와, 아버지는 뭐 때문에 돌아가셨어요? 실연?"

"넌 너무 감상적이야. 자살하셨어."

"맙소사, 나한테 그런 말 한 적 없잖아요."

"네가 물어본 건 이번이 처음이니까."

그는 잠시 생각에 잠겼다. "젠장, 자살, 사랑하는 아내가 죽고 나서. 어떻게 릴케를 따라 해요?"

"릴케는 결혼하지도 않았고 자살하지도 않았어. 백혈병에 걸렸지. 전혀 릴케가 아니야. 이보다 더 릴케랑 다를 수 없을 정도로."

"상관없어요. 아버지는 결국 실연으로 돌아가신 거네요, 오브리. 그건 사람으로서 할 수 있는 로맨틱한 결정 같아요."

"그런 것 같아."

스캇은 고개를 끄덕이며 좀 더 생각에 잠겼다. 그는 그녀를 돌아보았다. "그래서 오빠랑 사이가 그렇게 엉망인 거예요? 둘 다 아버지가 자살한 게 상대방에게 책임이 있다고 생각하는 건가요? 그런 걸 미리 눈치채지 못한 서로를 비난하는 거냐고요? 사람들은 항상 그렇게 생각하잖아요."

오브리는 고개를 돌려 그를 바라보았다. "넌 더 이상 필의 대마 초를 팔지 않을 거야."

"잠깐, 뭐라고요? **누구** 대마초요?" 어색하게 잡아떼는 연기였다. 오브리는 무시했다.

"대신 필이 우리가 먹을 수 있는 농작물을 심을 거니까, 도와야 해. 쉽지는 않을 거야. 내일부터 시작하자."

스캇은 고개를 돌려 길 건너편을 바라보았다. 필은 스캇이 전에 본 적 없는 건강한 모습을 뽐내며 앞마당의 잔디를 열심히 뒤집고 있었다. 필은 고개를 들어 스캇이 자신을 바라보는 것을 알아채고, 재빨리 다시 기계 돌리는 일에 열중했다.

스캇은 오브리를 향해 돌아섰다. "알았어요." 그가 말했다.

오브리는 고개를 끄덕이며 집 안으로 들어가기 위해 일어섰다. "셀레스트도 여기서 지낼 거면 함께 도와도 좋을 거야."

"좋은 계획이네요."

"근데 성이 뭐야?"

"젤린스키요."

오브리는 왠지 익숙한 성이라고 생각했다. 그러나 정확히 누구 의 성인지는 기억나지 않았다.

그녀가 들어가고 나서, 등 뒤로 방충문이 쾅 소리를 내며 닫혔다.

19

오로라

브래디의 목표는 출발 다음 날 어두워지기 전에 도착하는 것이었는데, 카유가 골목 코너를 돌았을 때는 해가 지려면 아직 30분이나 남아 있을 정도로 환했다. 운전은 예상보다 훨씬 순조롭게 진행되었다. 사실 그는 전날 밤 네브래스카주 커스터 카운티에서 차를 세우고 편안히 잠들었다. 네브래스카주 커스터 카운티보다 더 외진 곳은 드물었다. 브로큰 보우 외곽의 NE-40번 도로에 접어들자, 어둠에 잠긴 1차선 도로가 길게 이어져 있었고, 차를 세우고 문을 잠근 채 안심하고 잠들 수 있었다. 네바다의 아르코 주유소에서 겪었던 사건으로 예민해진 그는 몸과 마음이 다시 민첩한 상태로 돌아왔다. 4시간 30분 후, 그는 깊이 잠들었다가 팔에 쥐가 난 채 깨어났는데, 여전히 25만 달러가 들어 있는 더플백을 끌어안고 있었다. 몇 달 만에 최고의 숙면이었다.

가는 길에 주유하는 것은 큰 문제가 아니었다. 출발 전에 수집

한 보고서에는 심각한 상황이 담겨 있었지만, 그가 통과하는 와이오밍, 네브래스카, 아이오와와 같이 인구가 적고 외진 곳에 대한 게 아니라, 미국 전체에 대한 평가에 가까웠다. 인구가 적고 대평원의 광활한 지형과 결합 된 지역은 송전선이 길고 변압기 간 거리가 수십, 수백 마일에 달해 피해를 어느 정도 완화할 수 있었다. 실제로 와이오밍주 알바니 카운티는 브래디의 눈에 전혀 영향을 받지 않은 것처럼 보였는데, 한 번이 아닌 두 번씩이나 주유소에서 주유할 수 있었다는 사실이 충격적일 정도로 믿기지 않았다. 바가지요금은 끔찍했지만, 브래디는 두 번 모두 기꺼이 비용을 냈다. 일리노이주 경계를 넘을 때쯤, 배터리가 한 번 충전되었고 기름도 8분의 5 정도 남아 있었다.

브래디는 카유가 골목에 들어서며 주소를 확인하기 위해 속도를 늦췄다. 바퀴가 인도의 갈라진 틈에 빠지지 않도록 살피며 오브리 휠러의 집 진입로에 천천히 진입했다. 아무 사고 없이 1,500마일을 달렸으니, 마지막 6m를 남겨둔 지점에서 차가 긁히는 일은 만들고 싶지 않았다. 브래디는 차를 주차한 후, 운전대에 손을 얹고 크리스토퍼 성인과 단 한 번도 문제를 일으키지 않은 BMW에게 감사의 기도를 올렸다.

"솔직히 말씀드릴게요, 이건 제가 전혀 예상했던 결과가 아닙니다." 브래디는 오브리의 거실에서 그녀와 마주 보며 말했다. 두 사람 사이, 커피 테이블 위에 놓인 파란색 더플백이 둘 대화의 주제이자 관심의 중심이었다.

"알아요." 그녀가 말했다. "미안해요. 먼 거리를 운전해 오신 게 쉽지 않았을 거예요."

"이제 뭘 어떻게 해야 할지 잘 모르겠어요." 그가 말했다. "아니요, 안 받겠습니다'라고 대답하실 줄은 상상도 못 했어요."

"미안해요. 오빠에게 말했지만 제 말을 듣지 않더군요. 가끔 그렇게 고집을 부릴 때가 있어요."

"그래서 지금과 같은 성공을 거둘 수 있으셨겠죠." 브래디는 특별한 의미 없이 말했다.

"바로 보셨어요." 오브리가 되뇌었다. 젠장, 쿨 에이드(미국의 향미 음료. 대의명분이나 목적에 대한 극단적인 헌신이나 아부를 의미하는 속어)를 마신 사람이네. "그냥 돈을 가져가시면 안 될까요?" 그녀가 물었다. "제 말은 손님용 방은 없지만 소파라도 괜찮으시면 오늘 밤은 여기서 자고 가세요. 언제든 떠나고 싶을 때 가서서 오빠에게 돌려주세요. 고맙다는 말 전해주시고요."

"베닝 씨가 받아들일 일이 아닌 것 같습니다."

"제가 원하지 않는데 자꾸 받으라고 하시면, 죄송하지만, 성함이 브래디…… 뭐라고요?"

"브래디는 제 성이지 이름이 아닙니다."

그녀는 혼란스러워하며 얼굴을 찡그렸다. "오빠가 이름을 안 부르고 성으로만 부른다고요?"

"배닝 씨는 제 이름을 모르는 것 같아요."

완벽한 쿨 에이드가 아닐 수도. "이름을 물어도 될까요?"

"패트릭이요."

"좋아요, 제 말을 들어보세요, 패트릭. 다른 제안을 할게요. 당신이 이런 일에 관심이 없는 사람처럼 제게 보이지만, 지금 우리 모두 정신없는 상황이라 이 제안을 꼭 고려해 주셨으면 좋겠어요."

브래디는 그녀를 쳐다봤다. 그는 그녀가 무슨 말을 하려는지 짐작이 갔고, 그녀의 예상대로 그는 별 관심이 없었다. "난 그 돈 안 가져요." 그가 말했다.

"잠깐만요, 기다려요. 오빠와 나는, 말하기 좀 복잡한데, 당신이 신경 쓸 필요는 없어요. 난 단지 그가 주는 돈을 원하지 않을 뿐이에요. 그게 다예요. 당신은 이게 직업이고, 최선을 다하고 있다는 걸 알아요. 내가 제안하는 건, 당신과 나 사이의 일로 해요. 오빠에겐 내가 돈 받았다고 할 테니, 이 돈은 가져가서 마음대로 하세요. 둘이 무덤까지 가져가야 할 비밀이고요. 어때요?"

브래디는 매우 불편한 표정으로 미소를 지었다. "제안은 감사하지만, 저는 이미 돈 받고 하는 일이에요."

"그럼 받는 금액에 이 금액을 더해 받는다고 생각하시면 되죠. 그런데 이 가방에 얼마가 담긴 거죠? 아뇨, 됐어요. 알고 싶지 않아요. 그냥 받아요. 아무도 모를 거예요."

"전 못 해요. 당신을 위한 돈이에요."

"그래, 알았어요. 받을게요." 그녀는 손을 뻗어 가방을 탁자 위로 가까이 끌어당기는 시늉을 했다. "고마워요, 패트릭, 돈 잘 받았어요. 그런데 잠깐만요. 내겐 필요 없어요. 새 친구에게 주고 싶은 생각이 드네요." 그녀는 두 손으로 가방을 다시 브래디 쪽으로 쭉 밀어냈다. 그녀는 어깨를 으쓱했다. "내가 받고 다시 건네주는 건 어때요?"

"사모님, 정말 관대한 제안이시고, 정말 감사하게 생각합니다. 이제 막 진부한 말이 튀어나올 것 같아서 미리 사과드리지만, 어쨌든 말씀드릴게요. 아무도 모를 거라고 하셨지만, 저는 알아요. 그리고 우리 어머니도 알 거예요. 80대 중반 나이에 제 이름도 제대로 기억하지 못하기 때문에 어떻게 알았는지는 알 수 없지만, 다음에 만나면 제 눈을 들여다보고 '오, 패트릭, 무슨 짓을 **한 거야?**'라고 말씀하실 것 같아요."

오브리는 웃었고, 브래디는 미소를 지었다. "농담이 아니라, 장담하건대, 제 어머님은 분명 그럴 거예요. 저는 현재 매우 높은 보수를 받고 있고, 그 가방에 들어 있는 돈은 단지 제 보수보다 더 많을 뿐이에요. 제 경험상 더 많은 돈이 더 나은 것을 의미하지는 않더라고요. 그냥 더 많은 것을 의미할 뿐이죠. 더 많은 돈을 벌게 되면, 예전에 없던 더 많은 것들이 필요해질 거예요. 그러니 됐어요. 소파를 내주겠다는 제안은 받아들일게요. 그리고 저녁 식사라도 대접해주신다면, 감사히 먹을게요. 하지만 가방을 다시 갖고 돌아가야 한다면, 하나는 약속하죠. 오빠분께 어떤 사람은 자력으로 살고 싶어 한다는 걸 최선을 다해 설명할게요. 괜찮죠?"

"네, 감사합니다."

"사적인 질문 하나 해도 될까요?"

"지금까지 사적인 질문이 아니었나요?"

"왜 안 받아요? 진짜 이유요."

그녀는 숨을 고르며 먼 곳을 바라보았다. "오빠가 빚진 사람은 전 세계에 단 한 명뿐이에요. 저요. 계속 그걸 유지하고 싶어요." 그녀는 브래디를 다시 바라보았다. "유치한 거, 맞죠?"

브래디는 어깨를 으쓱했다. "글쎄요, 둘이 유년기를 같이 보내 그렇겠죠."

"간단히 설명하면 그렇죠."

"여전히, 고착된 뭔가가 있죠. 제게 잘사는 형이 있어요. 매년 제 생일에 100달러짜리 지폐가 든 생일 카드를 보내요. 나를 미치게 합니다. 제가 알아서 벌어먹는데도 말이죠."

"그만두라고 말했나요?"

"아뇨, 우린 그런 식으로 말하지 않아요. 저는 그날 처음 만나는 노숙자에게 줘요. 그의 하루를 즐겁게 만들어 주죠."

오브리는 더플백을 가리켰다. "만약에 당신 형이 정전 중에 보내준 거라면 받겠어요?"

"**당연히** 그러겠죠. 난 바보가 아니에요. 기분 나쁘진 않아요."

"누가 그런 일에 기분 나빠할 수 있겠어요?"

"아침 일찍 떠날 거예요. 생각할 시간을 좀 주려고요. 밤새 다시 생각해 보는 건 어때요? 어느 쪽이든 괜찮아요."

그녀는 미소 지었다. "내가 당신의 배려심이 마음에 든다고 하면 기겁할까요, 패트릭?"

"그럴 리가 없죠."

"배고프세요?" 그녀가 물었다.

"배고파요."

"땅콩버터 바른 식빵 괜찮아요?"

"식빵에 땅콩버터. 제 꿈이 실현된 거죠." 브래디는 그렇게 말했고, 그 말은 진심이었다.

30분 후, 어스름한 빛이 부엌 창문을 물들였다. 오브리, 브래디, 스캇, 셀레스트는 땅콩버터 바른 식빵과 해동한 냉동 완두콩, 수돗물을 컵에 받아 저녁 식사를 하기 위해 자리에 앉았다. 식사하기 위해 아래층으로 내려온 십 대들은, 최근 혼전 성관계의 즐거움을 알게 된 젊은 커플처럼 더없이 행복에 겨운 표정이었고, 오브리는 어떻게든 최소한 100개의 콘돔을 구해야 한다고 생각했다. 정전 상태가 길어질 것 같았고, 의붓손자가 식탁 위에서 태어날 때까지 '리틀 하우스' 놀이를 즐길 마음은 전혀 없었다.

"감사 예절을 올려야 하지 않을까요?" 그들이 식사를 시작하자마자, 셀레스트가 물었다. 다른 사람들은 그녀를 쳐다보았다. 밖에서 자동차 엔진이 굉음을 내며 급히 언덕을 내려오는 것처럼 갑자기 큰 소음이 들렸다.

"감사, 아시잖아요." 그녀가 다시 언급했다. "우리는 돌아가면서, 생각이 안 나도, 감사한 것을 한 가지씩 말해야 했어요. 바로 떠오르지 않으면 계속 감사한 순간에 대해 생각하는 거, 그게 바로 중요한 점이에요. 우리 엄마는 팬데믹 기간 동안, 매일 밤 감사의 순간을 말하게 하셨는데, 지금은 더 이상 안 해요."

스캇의 팔이 움직였고, 오브리는 그가 그녀의 허벅지에 편하게 손을 얹고 있다는 것을 알 수 있었다. **콘돔, 콘돔을 구해야겠어.** 밖에서, 차 문이 쾅 닫히는 소리가 들렸다.

브래디는 셀레스티를 바라보며 환하게 웃었다. "좋은 생각이야. 내가 먼저 해도 될까?" 반대하는 사람은 아무도 없었다. "여러분과 함께할 수 있어서 감사해요. 제가 불쑥 왔는데, 저를 먹여주고, 재워주니 저한테는 정말 감사한 일이죠."

셀레스트는 그의 커다란 팔을 가볍게 쳤다. "내가 할 말인데, 다 하시면 어떻게 해요?" 그녀는 오브리에게 시선을 돌렸다. "여기 있게 해주셔서, 고마워요. 정말이에요."

"빵을 주서서 감사합니다." 스캇이 빵을 한 입 베어 물며 무뚝뚝하게 말했다. "빵이 얼마나 더 있죠? 빵이 계속 **있을까요?** 언제쯤이면……."

"안녕하세요?"

그들은 모두 고개를 돌렸고, 식탁에서 중앙 복도를 따라 방충문만 닫힌 현관까지 그대로 볼 수 있었다. 두 손으로 빛을 차단하는 모습으로 집 안을 들여다보고 있는 사람의 실루엣이 거기 있었다.

러스티.

"안녕, 애들아, 잘들 지냈어?"

스캇은 분노에 찬 눈빛으로 오브리를 노려보았다. "이건 뭐죠, 오브리? 저 인간이 원할 때마다 여기 오는 건 있을 수 없는 일이에요. 당신이 그 얘기를 이미 한 줄 알았어요."

브래디는, "언어가 너무 거친데"라고 말했다.

"누가 물어봤어요?" 스캇이 코웃음 쳤다.

"물은 사람은 없어. 그냥 의견을 말한 거야."

"여기서 다 뭐 **하는** 거야?" 러스티가 문 앞에서 소리쳤다. "날 들여보낼 거야, 말 거야?"

"내가 알아서 할게." 오브리가 테이블에서 일어나며 말했다. 스캇은 러스티와 마주치지 않으려고 고개를 돌렸다. 이제 셀레스트가 그를 위로할 차례였다. 세상에나. 오브리는 젊은이 둘이 세상을 상대로 싸우는 상황에 금방 마음이 무너져내릴 것 같았지만, 한 번에 한 가지 문제씩 해결하기로 했다. "무슨 일이지."

그녀는 거짓 미소조차도 짓지 않겠다고 의식적으로 노력하며 현관으로 다가갔다. 그녀는 지긋지긋한 그런 관계는 이미 끝냈다고 생각했다. 그녀는 문 앞에 서서, 방충문을 열지 않은 채 러스티를 마주 보고 섰다. "무슨 문제야, 러스티?"

그는 그녀를 바라보며 얼굴을 찡그리고 혼란스러워하며 손을 들었다. "**무슨 문제라니?** 먼저 노크하라며. 노크했어."

"여긴 무슨 일로 왔지?"

그는 목을 세게 긁으며 트럭을 향해 손짓했다. "주스 같은 기름 채워주러 왔지." 브래디의 BMW가 이미 집 옆에 주차되어 있었기 때문에, 그는 다시 후진해 들어와 차도에 반 걸친 채 트럭을 세워두었다. 오브리는 트럭 뒤쪽에 있는 노란색 발전기를 볼 수 있었다.

"캘리포니아 번호판을 단 BMW는 누구 차야?" 그가 물었다.

오브리는 그의 헛소리 같은 대화에 끼어들 기분이 아니었다. "아니, 필요 없어."

"무슨 말이야?" 러스티가 물었다.

"지금 당장은 전력이 필요하지 않다고."

"앞으로 4~5일 정도는 이 지역을 지나갈 것 같지 않아서 그래. 지금이 아니면 더 이상은 없을 걸, 여보."

"그럼 그 기회를 버릴게." 그녀는 현관문을 닫으려 했지만, 러스티가 방충문에 바짝 기대며 몸을 밀었다.

"도대체 뭐가 **문제**야?"

"제가 뭐 도울 일이라도 있나요?"

오브리는 고개를 돌렸다. 193cm, 90kg, 건장한 브래디가 그녀의 바로 뒤에 한쪽으로 비스듬히 서 있었다.

"러스티가 막 떠나려던 참이었어요."

브래디는 러스티를 향해 고개를 돌리더니 무표정한 얼굴로 그를 바라보았다.

러스티는 웃으며 브래디를 위아래로 바라보았다. "당신 도대체 누구야?"

"대답해 드리고 싶지만, 가셔야 한다고 들었습니다."

"오, 맙소사." 러스티가 오브리에게 말했다. "이 근육질 남자는 뭐야? 맙소사, 이 믹(근육질 남자를 일컫는 속어) 좀 봐. 맥주에 떠다니는 콘비프 덩어리 같아." 러스티는 강박적으로 다시 목을 심하게 긁었다.

메타암페타민. 브래디는 속으로 중얼거렸다. 사방이 마약이다. 형 테런스, 사막에 있던 애들, 이젠 이 남자까지. 마약이 그를 괴롭히고, 스토킹하는 것 같았다.

오브리는 어깨 너머로 스캇과 셀레스트가 그들을 쳐다보고 있는 것을 보았다. 그녀는 대화를 끝내기 위해 러스티를 향해 돌아섰다. "톰과 함께 일하는 분이야. 오늘 우리를 도와주러 왔어." 톰의 이름이 입 밖으로 나오는 순간, 그녀는 그 이름이 러스티의 귀에 닿기 전에 다시 낚아채고 싶었다. 겉으로 보기에 단순하고 구체적이지 않은 그 정보는 오브리가 저지르게 될 두 번의 치명적인 실수 중 첫 번째였다.

러스티와 오브리의 결혼 생활 중에도 둘은 사이가 좋지 않았다. 러스티는 경제적으로 그들을 도와주려는 톰의 잦은 시도에 왠지 모르게 화가 치밀면서도, 한편 톰의 제안이 완벽하기에는 불충분하다는 생각도 들었다. 물론 오브리가 오빠의 돈을 계속 거절한다는 사실도 러스티를 미치게 했다.

정전 사태가 벌어지고 상황이 좋지 않은 어느 밤, 그녀는 러스티가 자신을 사랑한 적이 있는지, 아니면 오빠의 돈이 목적은 아니었는지 궁금해졌다. 그리고 날이 밝자, 그녀는 그것이 사실이라는 것을 **깨달**았다. 톰에 대해 언급하는 것은 러스티에게 단 한 가지 의미였다. 돈.

오브리는 짜증이 일었다. 여전히 방충문 건너편에 있는 러스티를 바라보던 시선을 거두었다. 전남편의 얼굴이 아닌 다른 곳으로 고개를 돌리던 그녀의 시선이 거실을 지나 커피 테이블 중앙에 있는 파란색 더플백에 떨어졌다. 그녀의 시선은 잠시 그곳에 머물렀다가, 황급히 시선을 돌려 현관 입구에서 나누던 대화로 돌아왔다.

그녀가 잠시 한눈을 파는 순간 이미 러스티는 눈치챘다. 그녀의 무의식적인 작은 행동은 그녀의 두 번째, 더 치명적인 슬픈 실수였다. 바보가 아닌 러스티는 그녀가 고개를 갸우뚱거리는 것을 알아차렸고, 그를 향해 바로 고개를 돌리는 게 아니라, **무언가로부터** 멀어지며 다가온 순간을 바로 포착했다. 그녀의 시선이 지나간 곳을 따라가던 그의 눈은, 그녀가 그에게 들키지 않기를 바랐던 것이 **무엇**인지 발견했다. 커피 테이블 위에 장식품처럼 놓인 파란색 더플백.

수년간의 마약 성분 남용으로 인해 사고의 개연성과 깊이가 떨어졌지만, 러스티의 머릿속은 여전히 추리적인 사고가 가능했다. 가방은 똑바로 세워져 있었고, 포장 라인이 그대로 남아 있는 새것이었으며, 무언가로 꽉 채워져 있었다. 가방은 브래디와 함께 온 것이 분명해 보였고, 새로운 변수였다.

왜 사설 경호원이 터질 듯 꽉 채워진 작은 더플백을 직접 가져와야 했을까. 대규모 정전 사태에 억만장자가 국토를 횡단하면서까지 보내려고 했던 것은 무엇이었을까. 그리고 그 더플백 안에 뭐가 들었길래 전처가 그토록 노골적으로 절박하게 그를 밀어내고 있는지, **뻔한 것 말고 뭐가 있을까?** 다른 상상이 불가능했다.

러스티의 머릿속에 새로운 지평이 열렸고, 그는 전술의 변화가 필요하다는 것을 즉시 깨달았다.

"사과할게." 그는 부드럽고 차분한 목소리로 오브리에게 말했다. "다시 오라고 당신이 청하지 않는 한, 다시는 오지 않을게. 예의는 지켜야지. 스캇?" 그는 최고의 아버지 같은 태도로 주방 쪽을 향해 소리쳤다. "잘 지내라, 아들. 언제든 내가 필요하면 주저하지 말고. 내가 어디 있는지 알잖니."

그는 눈을 가늘게 뜨더니 스캇 옆에 있는 소녀가 누구인지 알아차렸다. "셀레스트? 아빠가 널 찾고 있단다, 빨리, 집으로 가자."

셀레스트는 대답하지 않았다. 그녀는 그냥 돌아섰다. 스캇은 몸을 비스듬히 기울여 러스티의 시야에서 그녀를 가렸지만, 효과보다는 상징적인 제스처에 가까웠다.

러스티는 브래디를 향해 돌아섰다. "농담 던진 거 미안해, 친구. 노래 가사를 중얼거렸을 뿐이야. 조심히 지내자고." 그는 트럭으로 돌아가 운전대를 잡고 안전하고 차분한 속도로 차를 몰았다.

세 블록 떨어진 곳에서 러스티는 정지 신호에 차를 세우고 얼굴을 쓸어내리며 생각했다. 까다로운 일이 될 거라고. 하지만 그만한 가치가 있는 일이 될 거라고. 돈 피냐타(아이들이 파티 때 눈을 가리고 막대기로 쳐서 넘어뜨리는, 장난감과 사탕이 가득 든 통)가 곧 터질 것 같다고.

오브리는 문을 닫아 잠그고 브래디를 바라보았다. "전남편이에요."

"그렇게 보였어요."

"미안해요."

브래디는 고개를 저었다. "제가 끼어들지 말았어야 했어요. 잘 처리하셨어요."

네 사람은 감사 인사를 마치는 것도 잊은 채 조용히 저녁을 먹었다.

20

예리코 외곽

톰은 일이 예상대로 풀리지 않을 때 낮잠이 필요했다. 낮잠이 모든 문제를 해결해 줄 것 같았다.

간이침대는 토마스 에디슨의 것을 거의 그대로 복제했다. 톰이 어렸을 때 플로리다에서 보았던 에디슨의 칙칙하고 꽤 불편해 보였던 침대가 아니라, 에디슨이 뉴저지주 웨스트 오렌지에 있는 그의 서재 구석에 놓았던 크고 넓은 간이침대였다. 시트와 담요, 푹신한 베개 두 개가 항상 위대한 사람의 머리가 닿기를 기다리고 있었다. 톰(에디슨이 아닌)은 지하벙커 본관의 작은 사무실 바로 옆 골방에 에디슨의 서재 전체를 재구성하는 데 큰 공을 들였다. 서가에 꽂힌 책 제목까지, 모든 것을 그대로 배치했다. 세상은 종말을 향해 치닫고 있지만, 톰은 여전히 아이디어를 얻기 위해 낮잠이 필요했다.

톰은 낮잠을 자기 위해 누울 자리를 살폈다. 두 개의 백색 소음기 중 하나는 사무실 문 근처에 두고 집안에서 흘러나오는 소음을 차단하는 역할을 했고, 다른 한 대는 예상치 못한 소리가 그의 몽환적인 영감을 방해할 경우를 대비해 간이침대 옆 협탁 위에 놓았다. 톰은 언제나 4개의 베개를 고집했다. 베고 자는 용 두 개, 그리고 다른 두 개는 얼굴 위에 텐트를 치듯 맞물려 세워두는 킹사이즈 베개를 원했다. 베개 밑은 귀 가까이 바짝 붙이고, 텐트 역할을 하는 베개가 만들어낸 삼각형 꼭짓점은 빛은 차단하되 산소는 차단하지 않을 정도로 머리 가까이 둬야 했다. 그는 한때 낮잠용 수면 안대를 사용했지만, 기능이 너무 뛰어나 렘수면 상태가 지속되는 게 아니라, 너무 깊이 수면의 늪으로 빠져든다는 사실을 깨달았다. 톰이 천재적인 영감을 떠올리는 지점은 바로 뇌파의 움직임이 최고점에 달할 때였다.

톰이 오늘 간이침대에 누운 이유는, 현재 상황이 통제 불능 초기 단계로 치닫기 때문이었다. 지구 회전축의 작은 편차를 예측할 수 없어서 불규칙적으로 회전하는 챈들러의 흔들림 현상처럼, 톰이 꼼꼼하게 계획한 재난 상황에서 감지한 불균형은 관찰하기 매우 어렵고, 예측도 힘들었다. 하지만 톰은 예측할 수 없는 일을 예측할 수 있는 사람이 있다면, 바로 자신이라고 생각했다. 그는 이에 맞게 절대적인 정신적 집중이 필요했다. 그는 간이침대에 누워 베개 텐트로 얼굴을 가리고 백색 소음기가 주위의 산만한 소음을 빨아들이자 눈을 감았다. 렘수면의 첫 주기가 가장 중요했으며, 침대 옆에는 항상 메모할 수 있는 작은 수첩이 놓여 있었다. 혹시라도 침대에서 일어나 책상으로 걸어가는 동안 영감이 사라지는 걸 방지하기 위해 준비한 것이었다.

그는 긴장을 풀고 마음이 편하게 흘러가도록 내버려 두었다. 무엇이 잘못되었고, 그 이유는 무엇일까? 가장 중요한 것은, 진행 중인 계획을 수정하기 위해 무엇을 할 수 있을까? 그것이 바로 당면한 꿈의 과제였다.

톰이 인생의 향후 10년을 규정하게 될 엄청난 성공을 누리기 시작했던 20대 중반, 월튼 스커터라는 데이터 저장 분야의 억만장자와 친분을 쌓게 되었다. 부자들이 흔히 하는 방식대로, 당신도 부자고 나도 부자니까 '친구'가 되자는 식이었다. 그들은 샌프란시스코에서 열린 테크크런치 디스럽트 행사(업계에 파장을 일으키는 유명 리더들과 함께 최신 기술, 뉴스, 개발에 초점을 맞춘 3일간의 콘퍼런스)의 대화에 빠져들었는데, 그 행사는 당시 미국의 모든 야심 찬 고등학생들 입에 아무렇지도 않게 **붕괴**라는 단어가 오르내리기 전이어서 **혁신**의 대명사로 자리한 것처럼 보였지만, 사실은 그렇지 않았다. 월튼 스커터는 데킬라를 좋아했고, 톰은 그날 밤 스커터 곁에 있는 것 자체를 즐기며, 그의 주량을 따라가려고 애썼다.

"억만장자가 되면 뭐가 문제인지 아나?" 스커터는 그날 밤 스물여섯 살의 톰에게 물었다.

"모르겠습니다." 톰이 대답하며 "하지만 알고 싶습니다" 덧붙였다.

"기다릴 필요 없이 지금 말해줄게." 스커터가, 네 번째 또는 다섯 번째, 1800 콜로세온을 들이키며 말했다. "문제는 예상치 못한 상황에 대처할 수 있는 능력을 잃는다는 거야."

"어떻게요?"

"예를 들어보겠네." 노인이 말했다. "일주일 전, 타이어가 펑크 났어. 어떻게 펑크가 났는지는 모르겠지만, 그건 상관없고, 고속도로를 달리고 있었는데 이상한 느낌이 들기 시작하더니 쿵쿵 소리가 나기 시작했지. 하지만 내 차에서 그런 소리가 나고, 타이어가 펑크 났다는 게 있을 수 없는 일이었기 때문에, 1, 2분 정도 계속 운전했어. 내 인생에서 타이어가 펑크 난 게 당연히 처음이 아니야. 수없이 겪었어. 하지만 부자가 된 이후로 펑크가 난 적은 단 한 번도 없었어. 그냥 부자가 아니라, 정말 **부자**."

톰은 자신도 **부자**에 대해 이렇게 가벼운 투로 말할 수 있을지 궁금했다. 그는 당연히 그러길 바랐다.

"그래서 차를 세우고 직원에게 전화를 걸어서, 그 친구를 막 몰아세웠어. 정말 엄청나게 혼냈다고. 정말 화가 났어. 난 차를 **좋아해**. 서른여섯 대가 있을 정도로. 엄청난 차 중독자야. 차 관리만 전담하는 5명의 풀타임 직원이 있어. '어떻게 내게 이런 일이 일어날 수 있어?' 나는 전화로 버럭버럭 소리 질렀어. '이런 실수를 하다니! 당신은 이 일 말고는 신경 쓸 일도 없잖아!' 그렇게 계속 퍼부었어. 내가 무슨 말을 했는지 정확히 기억나지 않지만, 내가 개자식처럼 말했던 건 확실해. 그 직원은 거듭 사과했고, 견인차(내 차고에 있던 내

견인차)가 20분 만에 왔어. 그런데 길가에 앉아, 그냥 펑크가 났을 뿐이라는 걸 깨달았어. 내가 못이 있는 걸 못 보고 달렸나 봐. 아니면 금속 조각이나 깨진 유리겠지. 누가 이런 일이 일어날 거라는 걸 미리 알겠어? 숱하게 일어나는 일이고. 그런데도 난 예상치 못한 일이었다는 이유만으로 감당할 수 없었어, **이 비용을 다 내가 냈는데 절대 내게 일어나서는 안 될 일이야**, 라는 생각뿐이었어."

그는 다시 샷을 입에 털어 넣고, 시계를 확인한 후, 의자에 걸쳐 있던 캐주얼 코트를 집어 들었다. "나는 더 이상 아무것도 감당할 수 없어. 솔직히 말하자면, 나는 노력하는 데 별로 관심이 없어. 그게 억만장자의 문제야. 만나서 반가웠소."

톰은 노인이 자리를 뜨는 모습을 지켜보았다. 톰은 스커터가 초창기 데이터 저장 분야에서 얼마나 획기적인 업적을 남겼으며 그의 생각이 얼마나 참신했는지를 되돌아보았고, 지금의 그가 얼마나 늙고 연약하고 기고만장한 사람이 되었는지 생각했다. 톰은 절대 그렇게 되지 않겠다고 다짐했다.

침대에 누워 호흡이 느려지고 한낮의 잠에 빠져들기 시작하면서, 톰은 자신이 월튼 스커터처럼 사는 건 아닌지 문득 궁금했다. 예상치 못한 상황을 감당할 자신이 없었다. 하지만 다행히도 톰은 그보다 서른 살이나 젊었고, 일찍 무덤으로 걸어 들어가는 자신을 마냥 방치하는 그와는 다른 사람이었다.

지금이야말로 예상치 못한 일이 벌어지고 있다고, 그는 생각했다. CME나 정전 사태를 말하는 건 아니었다. 그에 대한 대비는 끝냈다. 하지만 인간의 행동은 지구 회전축의 작은 편차처럼 예측할 수 없었고, 이제 본격적으로 시작되었다. 톰은 자신이 계획한 커뮤니티를 위협하는 6개의 예기치 못한 사건들을 하나씩 떠올렸다. 어떤 사건은 다른 사건보다 더 심각했다. 모두 공동체의 안정성을 위협하는 공통점이 있었고, 상상할 수 없는 수많은 결과를 예고하고 있었다. 그는 그 사건들을 시간순으로 마음속으로 떠올렸다.

1. *마키스가 가족과 함께 공항에 나타났다.*
2. *오브리가 그의 조언을 하나도 따르지 않았다.*
3. *치과의사는 잘못된 선발이라는 결과를 안겼다.*
4. *지미는 검증되지 않은 낯선 사람을 단지 안으로 데려오고 싶다고 했다.*
5. *앤 소피는 어제 저녁 식사 시간에 볼이 붉어지고 말이 어눌해진 채로 집에 돌아왔고, 잠깐 어디 갔다 왔다고 거짓말을 했다.*
6. *브래디는 일리노이에서 위성 전화 문자 메시지로 소식을 전했다. 하지만 불완전한 내용이었다. "오로라에 도착, 접촉 완료. 아침에 출발."*

돈 전달이 완료되었는지 묻는 톰의 메시지에 브래디는 답장하지 않았다. 톰이 뭔가 모르는 일이 더 있는 것 같았다. 도대체 무슨 일이 있었던 걸까? 브래디도 믿을 수 없는 사람이라는 말? **브래디가?** 상상도 할 수 없는 일이었지만, 이 순간에도 상상할 수 없는 일들이 연달아 벌어지고 있었고, 6개의 목록에 추가할 수 있는 일들도 있을 것만 같았다.

위기 발생 5일째 되었지만, 톰은 지하벙커 거주자들이 꼼꼼하게 작성된 일정을 따르지 않고 있다는 사실을 눈치챘다. 성공적인 공동생활은 운동, 기여 노동, 빈번한 격리 상태 등을 균형 있고 엄격하게 준수하는 일정에 따라 이루어진다. 하지만 거주자 대부분은 지하벙커 밖에서 아무것도 하지 않거나, 더 이해할 수 없는 건, 목적 없이 사막을 차로 돌아다니며 '주변 탐험'을 하며 기름을 낭비하고 있었으니, 톰의 계획은 이미 물 건너간 것이나 다름없었다.

클로이는 사막 명상을 시작하면서, 요가 수업에 습관적으로 늦게 오곤 했으며, 은둔형 외톨이 주치의인 라만 박사는, 30m 떨어진 곳에 있는데도 줌 예약을 고집했다. 그리고 부부 셰프 프리드먼은, 메뉴 게시를 중단하고, 원 에이커 크기의 대형 창고에서 냉동 건조된 재료를 재가열해 제공하거나, 때로는 매점을 열어두고 사람들이 스스로 알아서 끼니를 때울 수 있게 내버려 두었다.

톰의 아내이자, 지하벙커의 '영부인'인 앤 소피는 최악의 범법자였다. 오늘 아침, 그녀는 자신과 아이들의 가방을 챙기더니 마키스, 베스, 키어리와 함께 하루를 보내겠다고 톰에게 말했다. 그녀는 더 이상의 질문에 대답하지 않았고, 톰은 그 자리에 초대받지 못했다.

붕괴. 일이 이렇게 벌어졌다. 진동이 발생하면 흔들림이 뒤따르고, 흔들림은 빠르게 가속되어 통제 불능 상태가 되어 전체 구조물을 무너뜨릴 수 있다. 이렇게 해서 산업이 무너지고 재건되며, 이런 식으로 부를 축적하고, 크든 작든 사회가 무너졌다.

아니야, 톰은 생각했다. 여기선 무질서, 무가치, 취약성은 용납되지 않아. 이 혼돈의 원숭이들을 풀어주지 않을 거야.

그가 갑자기 일어나는 바람에 베개가 얼굴 위로 떨어졌다. 언제나 그렇듯, 낮잠은 문제뿐만 아니라 해답도 알려주는 역할을 했고, 그는 펜을 클릭한 다음 노란색 메모지 상단에 대문자로 된 두 단어를 모두 써넣었다. 질서 확립.

그리고 그는 이미 그 방법을 정확히 알고 있었다.

시스템을 통제하는 가장 간단한 방법은 시스템 자체를 위협하는 것이라는 걸.

21

오로라

러스티가 새벽 2시가 조금 지난 시각에 도보로 오브리의 집에 도착했을 때, 검은색 BMW는 여전히 진입로에 주차되어 있었다. 차가 거기 있다는 것은, 전직 경찰로 보이는 덩치 큰 남자도 여전히 그곳에 있다는 뜻이다. 이로 인해 모든 것이 더 복잡해졌다. 러스티는 그 남자가 이미 떠났을 거라고 기대하면서도, 또 다른 그의 똑똑한 한 쪽은 그러지 않을 거라고 예상했었다.

좋아. 그 남자가 아직 거기 있었군. 그게 계획을 포기해야 할 이유가 돼? 아니, 처음부터 계획 자체가 없었다고 자신을 타일렀다. 이 작은 미완성의 계획이 어떤 결과를 가져올지 궁금했다.

그는 계획을 **세울** 필요가 없었다. 텍사스 홀덤(가장 인기 있는 카드 게임 중 하나)을 하듯 한 번에 한 단계씩 상황을 탐색하고 카드가 어떻게 떨어지는지 확인하듯 치르면 될 일이었다. 만약 그가 재수 없는 카드를 받으면, 즉 집에 들어갈 수 없거나, 쉽게 찾을 수 있는 곳에 돈이 없는 경우와 맞닥트리면 그냥 되돌아나가면 될 것이다. 빠져나갈 기회는 무수히 많을 것이다. 그는 나쁜 카드면 던져버리고 다음 기회를 기다려야 한다는 걸 알 만큼 포커를 잘하는 사람이라고 자신을 부추겼다.

사실, 러스티는 그에게 없는 기술과 지혜까지 스스로에게 공을 돌리는 최악의 포커 플레이어였다. 그는 작은 행운도 신에게 의존하는 카드 플레이어였으며, 그저 여왕(Queen)이 나오기를 바라는 것이 아니라 **빨간** 여왕(Red Queen)이 나오기만을 고대하며 패를 들고 있는 사람이었다. 하지만 상대가 그의 본심을 알아챈 순간, 러스티는 이미 패했다. 수년 동안 그는 포커에서 수십만 달러를 잃었고, 갈수록 잃는 돈이 계속 줄어든 이유는 단지 더 많은 돈을 끌어올 수 없었기 때문이었다.

러스티의 쌍둥이 악습인 마약과 도박은 파괴적인 조화를 이루었다. 둘 중 하나만 중독돼도 거지꼴로 전락하기 십상인데, 습관성 마약 사용자의 흐린 판단력과 강박적 도박꾼의 비이성적 낙관주의가 합쳐진 결과는 마치 돈을 손가락으로 집어 버리는 것처럼 재산이 날아갔다.

러스티는 현금이 필요했다. 그보다 더 중요한 것은, 돈 때문에 목숨이 위협받고 있었다. 젤린스키와 에스피노자는 확실하게 못 박았다. 오브리 집에 돈이 있다는 걸 러스티는 직감적으로 알아챘다. 잠시 시간을 내서 정확하게 왜 누구로부터 온 돈인지 확인하고 빌리면 된다. 그는 그냥, **살펴보려는 것**뿐이다.

차도로 들어선 그는 발소리를 죽이며 집 옆으로 다가갔다. 하늘에 녹색 오로라 빛이 희미하게 내려와 감사했다. 그는 며칠 전 발전기를 연결했던, 주방 창문 아래 시멘트 바닥을 지나 집의 남쪽 가장자리 좁은 길을 따라 걸었다.

BMW가 여전히 그곳에 있다는 것은 나쁜 카드지만, 러스티가 손을 털기에 아직 이르다. 진짜 시험대는 지하실로 통하는 스톰도어(Storm Door—재난에 대비해 기존 문 위에 설치하는 철문)였다. 몇 년 전, 오브리의 잘난 척하는 오빠가 황송하게도 집을 방문했었다. 그는 지하실로 바로 연결되는 문의 허술한 자물쇠가 보안상 위험하다는 것과 열쇠를 분실했을 때 집에 들어갈 수 있는 다른 방법이 필요하다고 지적했다. 러스티와 오브리가 동의하기도 전에, 톰은 생체 인식 잠금장치를 몇천만 원—러스티와 오브리가 다른 곳에 사용할 수도 있었을 큰돈—을 주고 설치했다. 바로 러스티가 톰에 대해 가장 싫어하는 행동, 그냥 돈으로 주는 것이 아니라, 항상 원하지 않는 물건을 사주고, 고장 나지 않은 물건을 멋대로 고치는 것이었다.

이제 하나의 질문이 남았다. 이혼 후, 오브리가 메모리 시스템에서 러스티의 지문 스캔을 지웠을까?

러스티는 스톰도어로 다가갔다. 그는 문과 문이 맞닿는 부분 틈으로 손을 넣고 밑에서부터 수직으로 밀어 올렸다. 생체 인식 잠금장치의 납작한 정사각형 패널은 약 1m 위에 있었다. 그는 잠시 숨을 참았다. 딜러가 세 장의 카드를 뒤집는 순간, 승패가 달린 진짜 베팅이 시작되는 순간이었다. 그의 지문이 작동해 자물쇠가 열리면, 그는 집에 들어가 자신의 운이 얼마나 오래 지속되는지 확인할 것이고, 오브리가 그의 지문을 삭제했다면, 카드를 버리고 집으로 돌아갈 수밖에 없는 상황이었다.

그는 엄지손가락으로 패널 중앙을 눌렀다.

녹색 불이 켜지고 잠금장치가 딸깍 소리를 내며 열렸다.

러스티는 성큼 안으로 들어섰다.

러스티는 그가 수년 동안 살면서 남겼던 흔적을 오브리가 청소해주었기를 바라며, 조용히 지하실을 가로질렀다. 마치 호수 바닥을 걷는 것처럼 **흙빛**이었다. 그는 바닥에 있는 물건들을 발로 차내며 걷는 것보다, 발가락으로 살짝 밀어내는 것이 낫다고 생각하며 싸구려 카펫 위를 조심스럽게 발을 끌며 걸었다. 바닥 한가운데 있는 계단에 도착할 때까지 발에 아무것도 닿지 않은 걸로 짐작건대, 그녀는 그의 오래된 물건들을 죄다 버린 것이 틀림없었다.

그는 살금살금 위층으로 올라가, 계단 꼭대기에 있는 문을 열고 주방 바로 뒤쪽 복도로 들어갔다. 그는 잠시 생각했다. 자신의 행동이 무단 침입에 해당하는지 궁금했다. 그는 아무것도 부수지 않았고, 문 몇 개만 열었을 뿐이지만, 자신의 집은 물론 아니었기에, 들어오면 안 된다는 것을 잘 알고 있었다. 언젠가 레이 리오타의 영화에서 본 것처럼 '불법 침입'이라고 생각했지만, 잠깐만, 그 사람은 경찰이었고, 러스티는 잠시 멈춰 서서 고개를 저으며 생각을 정리하려고 노력했다. 이것은 일종의 훈련되지 않은, 주의력 결핍 같은 버릇이었다. 카드 게임에서 그를 곤경에 빠뜨리는 덫이기도 했다. 저녁으로 무엇을 먹고 싶은지, 혹은 맞은편에 앉은 멋진 갈색 머리 여인에 대해 너무 오래 생각하다 보니, 어떤 카드가 나오고 누가 어떤 걸 들고 있는지 집중하지 못했다.

간단한 계획이었다. 집에 들어가서, 돈이 있는지 확인한 다음, 가져갈 수 있는지 결정하는 것. 그 과정에서 몇 가지 간단한 결정만 내리면, 10명 중 1명은 성공할 수 있는 기회였다. 다른 모든 잡생각은 버려야 한다.

그는 발소리를 죽이며 주방 바닥을 가로질러 천천히 움직였다. 반대편 문에 다다랐을 때, 그는 창문으로 들어오는 빛에 의해 초록빛이 감도는 거실을 살짝 엿볼 수 있었다. 그는 빈 소파와 커피 테이블 중앙에 그대로 놓여 있는 더플백을 보고 싶었지만, 그건 무리한 요구라는 것을 바로 알아차렸다.

그래도 두 번째 행운은 있었다. 더플백이 테이블 위에 있지는 않았지만, 여전히 거실에 있었다는 점이다. 그는 소파 옆 바닥에 덩그렇게 놓여 있는 더플백의 윤곽을 선명하게 볼 수 있었다.

문제는 소파 자체에 있었다. 덩치 큰 남자가 팔을 아래로 늘어뜨린 채 잠들어 있었는데, 팔이 더플백에 닿지는 않았으나 손끝과의 거리가 채 30cm도 안 되었다. 러스티는 몸을 바짝 웅크리고, 심호흡한 뒤, 다시 조용히 내뱉었다.

좋은 상황은 아니었지만, 불가능한 상황이라고 말할 수도 없었다. **가방은 거기 있었다.** 가방이 왜 아직 거기 있었는지 의문이었지만 상관없었다. 돈이 든 가방이 바로 3m 떨어진 곳에 있었고, 그 가방을 지키던 남자는 곯아떨어졌다.

거리를 좁혀들어가는 게 가장 중요했다. 소파는 거실에서 약 2m쯤 들어가 벽에 나란히 기대어 있었고, 덩치 큰 남자의 머리는 주방에서 멀리 떨어진 쪽에 있었다. 만약 그가 눈을 뜬다면, 러스티를 똑바로 바라볼 수 있는 방향이었다. 주방 입구에서 가방까지는 3m가 되어 보였으나 마룻바닥에서 나는 소리도 신경 써야 했다. 그 개자식이 자신을 똑바로 바라본다면, 제자리에서 얼어붙은 듯 서 있는 건 좋은 방법이 아니라고 러스티는 생각했다.

간단하게 러스티는 다짐했다. 주방과 현관문 사이 짧은 복도를 따라 들어가, 소파 맞은편 쪽 거실로 재진입해 남자의 머리 뒤쪽에서 가방을 집어 들면 되었다. 먼저 손가락을 가방 손잡이 쪽으로 뻗치고, 최악의 상황이 발생하면 바로 가방을 낚아채 주방 쪽으로 뛰어가 들어온 대로 집을 빠져나가면 되었다. 덩치 큰 남자가 벌떡 일어난다고 해도, 어둠이 깔린 낯선 집에서 실수로 벽에 부딪히지 않는 것만도 행운이었다. 러스티는 그가 무슨 일이 있었는지 눈치채기도 전에 지하실을 가로질러 바로 거리로 도망칠 수 있을 것이었다.

유일하게 고민이 되는 건, 가방에 현금이 든 게 아니라 아일랜드 남자의 더러운 속옷이 들어 있을 수 있었다. 러스티는 잠시 고민했으나, 이내 고개를 저었다. 남의 집 커피 테이블 한가운데, 그것도 새것 같은 깨끗한 가방 안에 누가 더러운 빨랫감을 넣어 둔단 말인가.

그럴 리가 없다. 그 잘난 척하는 개자식 톰은, 정전 기간 동안 오브리에게 현금 가방을 보냈고, 패디 맥다니엘(아일랜드계 뚱뚱한 경찰을 의미하는 속어)을 이곳에 보내 감시하게 한 것이다.

하지만 근육질 남자는 깊이 잠들어 있었고, 러스티는 정신이 말짱하고 술도 마시지 않았으니, 일은 곧 **해결**될 판이었다.

러스티는 주방과 현관문 사이 복도를 따라 발소리를 죽여가며 살그머니 걸었다. 영원처럼 길게 느껴졌다. 마침내 그는 거실의 다른 쪽 끝, 현관문에서 가장 가까운 지점에 이르렀다. 그는 천천히 기둥을 돌아, 거실 안이 바라다보이는 곳으로 다가갔다. 이쪽에서 보면, 남자의 등 뒤에서 그의 머리가 훤히 들여다보이는 지점일 테니, 몰래 가방을 집어 들고 지옥 같은 이곳을 빠져나올 일만 남은 셈이었다.

헉, 소파가 텅 비었다.

담요는 바닥으로 떨어져 있었고, 베개는 머리를 기댄 자국이 멜론 모양으로 푹 꺼진 채 그대로 남아 있었으며, 그 망할 놈은 완벽하게 **사라졌다.**

러스티는 잠시 멈칫한 채 텅 빈 자리를 바라보며 머리를 감싸 안으려는 순간, 뒤에서 딸깍, 하는 총소리가 들렸다.

그는 숨을 뱉어내려 했지만, 가슴에서 숨소리가 나오지 않았다. 그는 브래디가 비상용으로 준비한 M&P 스칸디움의 딱딱한 총구가 두개골 아래쪽을 누르는 것을 느낄 수 있었다.

도대체 그가 **어떻게** 한 걸까? 러스티의 눈에는 키가 3m에 몸무게가 450kg 되는 괴물로 보이는데, 어떻게 그런 육중한 몸으로 벌떡 일어나 주방으로 몰래 들어가, 바스락거리는 소리도 없이 뒤에서 총을 겨눌 수 있었던 걸까? 어떤 괴물이 그런 짓을 **할 수 있지?**

"팔을 천천히 위로 올려." 브래디가 조용한 목소리로 말했다.

망할 것. 러스티가 생각했던 것보다 더 심각할 정도로, 그의 목소리에 잠기가 묻어 있지도 않았다. 놀란 것도 아니고 자고 있던 것도 아니었다. 러스티가 집에 들어온 순간부터 이미 그는 깨어 있었는데, 그걸 몰랐을 뿐이었다. 그는 시키는 대로 두 팔을 어깨 위로 들어 올렸다. 그는 시선을 아래로 떨구며 브래디의 발이 뒤에 있는 것을 볼 수 있었다. 그는 심지어 **신발**까지 신고 있었다.

"왼발부터 앞으로 내밀고 걸어." 브래디가 속삭였다.

"어디로 가는 거지?" 러스티가 조금 더 큰 소리로 물었다.

"밖으로. 얘기하러. 소리 내지 마."

러스티는 얼어붙은 채, 생각에 잠겼다.

"움직여." 브래디는 러스티의 머리 뒤쪽에서 총구로 두개골의 중심부를 아프도록 세게 누르며 말했다.

러스티는 낑낑거리며 움직였다. 그는 아무런 계획이 없었다. 이제 모든 카드를 보여줬고, 그는 아무 쓸모 없는 '2-7 off suit'(카드 게임에서 최악의 카드를 의미)만 남은 심정이었다. 그는 다시, 깨끗이 졌고, 남은 기회 따위는 없었다. 그는 시키는 대로 했다.

현관문에 이르자, 브래디는 부드럽고 명령하는 듯한 목소리로, 문을 열라고 말했다. 러스티는 그렇게 했다. 브래디는 방충문을 60cm 이상 열지 말라고 말했다. 러스티는 그대로 따랐다. 두 사람은 함께 밖으로 나갔고, 러스티는 여전히 두 손을 올린 채 정면을 응시하며 무기력하게 명령을 따랐다. 다시 구타당한 개 신세였다.

밖으로 나가자, 등 뒤에서 현관문이 '딸깍'하는 소리를 내며 중문과 함께 잠겼다. 총구가 다시 그의 두개골 위쪽을 바짝 누르자 그는 움찔했다.

"제발 그만 좀 누를 수 없나요?" 명령을 따를 수밖에 없는 상황이라, 그는 계속 앞으로 걸어가며 말했다. 어떻게 터무니없이 이렇게 단순한 계획을 갖고 일을 저지를 수 있었을까? 그래서 그는 파산했고, 그래서 뭐? 빚을 졌고, 젤린스키는 빚을 받아내지 못하면 그의 이빨 하나라도 뽑겠다는 식인데, 누가 신경이나 쓰겠어? 다른 이빨도 있고. 그런데 도대체 왜 그는 이런 위험을 감수하는 걸까?

"잔디밭 위에 멈춰." 브래디가 말했다.

러스티는 그렇게 했다.

"좋아." 덩치 큰 남자가 그에게 말했다. "이제 당신이 이 집에 **다시는** 오지 않는 방법을 의논하자. 나한테서 한 발짝 떨어져서, 천천히 돌아서."

러스티가 순종적인 몸짓으로 발걸음을 막 떼기 시작했을 때, 모서리에서 불빛이 번쩍거렸다. 세단 한 대가 시속 60마일 이상의 속도로 교차로를 질주하고, 바로 뒤에는 경찰차가 빨간 불빛을 번쩍이며 바짝 따라붙었다. 도주하던 차는 교차로 한가운데 움푹 팬 곳에 세게 부딪히더니 사방으로 불꽃이 튀었다.

다음 장면은 너무 빨리 지나갔기 때문에, 러스티가 나중에 기억하려고 아무리 애써도 선명하게 되살릴 수 없었다. 그가 기억하는 건, 두 손을 들고 브래디에게서 한 발짝 떨어져 돌아서며 결과를 직시하려는 순간, 자동차의 불빛과 굉음으로 주의가 갑자기 산만해졌고, 눈 깜짝할 사이 그의 오른손이 혁대에 닿더니 그대로 혁대에 매달린 Buck GCK 사냥용 칼의 검은 칼자루를 빠르게 낚아챈 뒤 브래디의 왼쪽으로 몸을 돌리며 잽싸게 손을 위로 움직였다.

눈 깜짝할 사이, 칼날이 덩치 큰 남자의 복부 바로 아래, 벨트 라인 근처를 끔찍하게 스치는 소리와 함께 브래디의 입에서 놀란 헐떡임이 가늘게 흘러나왔다. 땅콩버터 냄새가 나는 그의 입김이 희미하게 러스티의 얼굴을 스쳤고, 덩치 큰 남자의 몸이 그대로 앞으로 기울었다. 러스티는 거의 반사적으로 그 남자가 바닥에 쓰러지기 전에 그를 붙잡았고, 100kg 가까이 되는 브래디의 몸이 그대로 그에게 안겨 왔다.

도주하는 차와 추격하는 경찰차가 굉음을 내며 어둠 속으로 사라지자, 브래디와 러스티는 마당에 쓰러질 듯 잠시 서 있었고, 브래디는 소리를 삼키는 듯 입을 벌렸다가 다물었다. 그의 눈동자가 혼란스러운 듯 흔들리다가 러스티에게 집중되었다.

"테렌스?" 그가 묻더니 이내 정신을 잃었다.

러스티는 머리끝이 욱신거리며 몸이 빠져나가는 느낌이 들었다. 전처의 집 앞마당에서 방금 내장 깊숙이 칼에 찔린 채 피를 흘리며 죽은 남자의 시신을 안고 서 있는 자신의 모습이 눈에 보이는 것만 같았다. 그는 여생을 감옥에서 보내게 될 터였다.

하지만 그는 마음을 가다듬고 생각을 정리했다. 아직 끝나지 않았다. 그는 패배하지도 않았다. 그에게 필요한 것은 평생의 불운이 정확한 순간에 기적적으로 변하는 것이었고, 도박꾼의 '때가 왔다'라는 개념은 가장 절실할 때 스스로 찾아온다는 것이었다.

그는 덩치 큰 남자를 계속 일으켜 세우는 것이 급선무라고 생각했다. 100kg에 가까운 거구가 앞마당에 쓰러지면 게임은 끝났다. 러스티는 결코 그를 다시 일으켜 세울 수 없을 것이고, 아침이면 그가 칼에 찔려 죽은 채, 정확히는 러스티의 칼, 엉망진창인 모습 그대로 발견될 것이다.

힘들더라도 차에 도착하는 데 걸리는 단 10초 동안만이라도 그가 쓰러지는 걸 막을 수 있다면, 러스티에게 기회는 여전히 있었다.

그는 두 팔로 브래디를 힘겹게 감싸 안으며 차분하게 귀에 대고 속삭였다.

"괜찮아, 괜찮아, 조금만 참아, 조금만 참으라고."

그 말은 사실 아무 의미도 없었지만, 러스티는 쇼크 상태에 빠진 남자가 완전히 의식을 잃지 않기를 간절히 바랐다. 러스티는 왼손을 최대한 뒤로 뻗어 남자의 오른쪽 바지 주머니에 손을 뻗어 넣으며, 행운을 빌었다.

BMW 열쇠가 손끝에 닿았다. 그는 열쇠를 꺼낸 뒤, 브래디의 겨드랑이 밑으로 손을 옮긴 다음 잔디밭을 가로질러 차를 향해 갔다. 겨우 차에 다다랐을 때, 러스티는 차 트렁크에 두 사람의 몸을 뒤로 기대며 잠시 호흡을 가다듬었다. 브래디는 빠르게 의식을 잃었고 곧 죽은 몸이 될 것이다.

러스티는 BMW 리모컨의 알람 버튼을 눌렀다. 부드럽게 잠금 장치가 해제되는 소리와 함께 문이 열렸다. 불빛이 깜빡였으나, 한 번뿐이었고, 새벽 2시에 외출하는 사람은 아무도 없었다. 그에게 찾아온 두 번째 행운은 알람이 설정되어 있지 않았다는 점이다.

러스티는 차 문을 열고, 그의 어깨와 엉덩이를 한 번 세게 비틀어 뒷좌석에 그대로 밀어 넣은 다음, 뒤쪽으로 가 그를 안쪽으로 바짝 끌어당겼다. 그는 부드럽게 문을 닫고 돌아섰다.

1단계가 끝났다. 2단계는 더 어렵다.

다시 집 안으로 들어가야 한다.

러스티는 숨을 들이마시고 겨우 발을 떼기 시작했다. 목표물을 눈앞에 두고 이렇게까지 느리게, 게다가 자신을 온전히 헌신해 본 적이 없었다. 그는 마당을 가로질러, 현관문을 열고, 복도를 지나 거실에 있는 더플백을 집어 들고, 다시 집 밖으로 나와 살며시 등 뒤의 문을 닫았다.

그는 잔디밭을 가로질러 오던 대로 발걸음을 옮겼다. 머리 위로 흘러내리는 초록빛에 의지해 눈을 가늘게 뜨며 핏자국이 있는지 살폈다. 그는 아무것도 발견할 수 없었지만, 그렇다고 핏자국이 없는 것은 아니었다. 그는 평소 자신을 밀어내던 행운의 신에게, 적어도 인도가 아닌 잔디밭 위에서 일이 일어난 것에 대해 감사한 마음으로 기도를 했다. 아침에 일어나면 핏자국이나 발자국이 눈에 띄지 않을지도 모를 일이었다.

러스티가 차를 향해 다가갈수록 그의 계획은 머릿속에서 더욱 선명해졌다.

그는 BMW의 운전석에 앉아 운전대를 잡고 시동을 걸려는 순간 스티어링 휠 중앙에 있는 EV 스티커를 발견했다. 운 좋게도, 하이브리드 차량이었으며, 전기 모드로 놓고 시동을 걸 수 있었다. 그는 제어판을 검색하여 모드 선택 버튼을 찾은 후, 시동을 걸기 전에 모드가 EV로 설정되어 있는지 확인했다. 시동이 켜져도 가스 모터는 작동하지 않았다.

러스티가 후진하자 검은색 차가 조용히 진입로를 빠져나갔다.

여덟 블록 떨어진 곳에서 러스티는 한적한 장소에 차를 세웠다. 그는 계획의 다음 부분을 머릿속으로 생각하던 중, 뒷좌석에서 흘러나오는 작은 신음을 들었다. 그는 빠르게 고개를 쳐들고 백미러로 뒷좌석을 살폈다. 바스락거리는 움직임이 보였다.

맙소사. 그는 브래디가 당연하게 피를 흘리며 죽을 거로 생각했었지, 회복할 가능성에 대해서는 전혀 생각하지 않았었다. 러스티는 뒷좌석으로 급히 고개를 돌렸다. 브래디가 눈을 뜨고 운전석 쪽 뒷문에 부자연스러운 각도로 머리를 기대고 있는 것을 확인할 수 있었다. 그의 손에 러스티가 찔러넣은 사냥용 칼자루가 쥐어져 있었는데, 칼은 여전히 그의 중앙에 꽂혀 있었다. 그는 안간힘을 쓰며 칼을 빼내려 하고 있었다.

러스티는 차에서 내리자마자, 양방향으로 도로의 위아래를 살피더니, 뒷문 쪽으로 다가와 차 문을 열었다. 브래디의 머리가 차 문밖으로 조금 삐져나왔다. 브래디가 고개를 내밀고 눈을 깜빡이며 러스티를 쳐다보았다. 러스티는 브래디의 눈을 피하며, 몸을 숙어 브래디의 손을 칼자루에서 떼어낸 다음, 거구의 배에 찔려있던 칼을 빼 그대로 가슴을 찔렀다.

러스티는 이 동작을 네 번 더 반복했고, 찌를 때마다 더 깊게 찔렀으며, 마지막엔 뼈가 부러진 상태에서 한 번 더 비틀었다. 그리고는 브래디의 머리와 몸통을 최대한 차 안으로 밀어 넣고 뒷문을 쾅 닫은 다음, 다시 운전석에 앉았다.

오로라 동부 메디컬 센터는 카유가 골목에서 1마일 반 떨어진 곳에 위치한 대규모 복합 병원으로, 3개의 자치주에 의료 서비스를 제공했다. 직원, 환자, 방문객으로 인해 주 주차장에는 하루에도 7~800대의 차량이 주차되어 있었다. 러스티는 주차 공간을 찾기 위해 상어처럼 칠흑같이 어두운 주차장을 헤집고 다니다가, 빈자리를 발견하고 바로 후진해 차를 세웠다.

그는 고도의 집중력으로 빠르게 작업했다. 그는 전면 대시보드와 앞 유리가 만나는 지점 코너에서 BMW 차량 ID 태그를 뜯어냈다. 그리고는 차량 번호판을 떼어낸 다음, 브래디의 주머니에서 지갑과 위성 전화를 꺼냈다. 그는 엔진 블록에 새겨진 차량 등록 번호로 차량의 신원을 확인할 수 있다는 것을 이미 알고 있었지만, 경찰이 미국 역사상 가장 큰 공공 비상사태 한가운데서 죽은 신원 미상의 사람을 식별하기 위해 실제로 그렇게까지 노력할 확률이 과연 얼마나 될까 의심스러웠다.

게다가 러스티는 자신이 지금 일이 척척 진행되고 있는 운이 들어왔다는 것을 알고 있었다. 한 번 원하는 대로 일이 풀리기 시작하면, 계속 원하는 대로 흘러가는 경향이 있다. 이번에도 그랬다. 그는 차 앞좌석에서 파란색 더플백을 꺼내 움켜쥐고 BMW 문을 잠갔다. 3층 아래로 내려가 열쇠를 쓰레기통에 던진 다음, 그의 트럭이 주차된 곳을 향해 한 시간 동안 걸었다.

거의 반쯤 이르렀을 때, 그는 마지막이자, 최고의 행운을 만났다. 비가 내리기 시작한 것이다. 잔디밭 위 핏자국을 말끔히 씻어 줄 비라고 러스티는 생각했다. 그는 스스로에게 미소를 지으며, 믿지 못하겠다는 듯 고개를 저었다.

16년 동안 되는 일 없이 살아온 거리에서, 러스티 휠러는 드디어 괴물의 손을 갖게 되었다.

22

예리코 외곽

톰은 침대에 누워 천장을 바라보며 시간을 재고 있었다. 정확히 언제 일이 터질지 알고 싶지 않았지만, 자신의 반응이 자연스럽고 너무 놀라는 것처럼 보이지 않기를 바랐다. 그는 새벽 3시 35분에 깨어 누워 있자니 **창문**이라도 있었으면 좋겠다는 생각이 들었다.

그는 옆으로 돌아누웠다. 화장실 야간등의 은은한 푸른 빛이 베개에 기댄 앤 소피의 연한 금발 머리카락에 흩어졌다. 톰은 밤에 어슬렁거리며 돌아다니는 것을 싫어했다. 이런 성향은 사라지지 않았으며, 10대 때 겪은 사고 이후부터는 어둠 속에 잠드는 것에 대한 심각한 두려움으로 이어졌다. 사고 이후 적어도 1년 동안은, 그를 보고 웃는 카일 루데트케(남자 농구선수)의 사진을 거꾸로 놓고 보지 않으면 밤에 눈을 감을 수 없었다. 불을 켜고 자면 좀 안정되었다. 눈을 떴을 때 사고 현장의 이미지가 환한 불빛에 지워졌기 때문이었다. 그래서 18세 성인이었던 그는 다시 침대맡에 조명등을 켜고 잠자리에 들기 시작했다.

톰의 여자친구 중 앤 소피가 유일하게 그의 그런 행동에 의문을 제기하지 않았다. 그녀와 처음 밤을 함께 보내던 날, 그가 더듬거리며 변명을 늘어놓자 그녀는 어깨를 으쓱거리며 미소를 보냈다. "그게 더 편하게 느껴지는 사람들도 있어." 그녀가 말했다. 그리고 그 얘기를 다시 꺼내지 않았다. 톰은 때때로 그녀와 사랑에 빠졌던 순간이 바로 그때가 아니었을까 혼자 생각하곤 했다. 성욕 부분은 그녀를 만나기도 전에 이미 느꼈었기 때문에 분명하게 따로 정의 내릴 수 있었다. 잡지 광고에서 그녀의 사진을 보고 만나고 싶은 생각이 들었으니, 시각적으로 매력을 느꼈던 건 분명했다. 하지만 사랑은, 상냥함, 감사함, 그리고 한 점 의혹 없이 상대를 받아들이고 있다는 느낌을 느꼈던 바로 그 순간에 찾아왔을지도 모른다. 그의 의식 깊은 곳에서는 또 다르게 이해되는 부분도 있었다. 바로 앤 소피가 스칸디나비아 사람이고, 백야 현상이 자주 일어나는 곳이라 그도 단순히 어둠을 싫어하는 것으로 이해했을 수도 있다. 하지만 언뜻 생각해 보면, 그녀가 이미 뭔가를 알고 있을 거라는 상상도 가능했다.

뭘 알고 있다고? 그가 뭔가 잘못을 저질렀고, 절대 바로잡을 수 없다는 걸? 그럴지도. 그녀가 혹시 수년 동안 톰과 오브리와의 사이를 지켜보면서, 톰의 집착에 가까운 버릇(밤에 전등을 켜 놓은 채 잠드는)이 그의 여동생과 관련이 있다는 것을 직감했는지 궁금해졌다.

앤 소피가 그 정도로 느꼈다면, 실제로 톰과 오브리 사이에 무슨 일이 일어났는지 추측하는 것은 비약이 아닐 것이다. 그의 '고자질하는 심장'(앨런 포의 소설. 완전 범죄인 줄 알았던 범인이 불안감과 불쾌함으로 심장 소리가 뚜렷하게 들려오는 듯 격해져 모든 범행을 자백하는 결말)이 비밀을 숨기지 못할 정도로 크게 뛰었다는 말일까? 그는 의아했다.

어느 쪽이든, 그녀는 한 마디도 직접 언급한 적은 없었다. 그는 그녀의 배려심을 사랑했다. 그는 지금 당장 손을 뻗어 그녀의 머리칼을 쓰다듬고 싶은 충동을 억지로 눌렀다. 그녀를 깨우고 싶지 않았고, 왜 벌써 일어났냐는 질문에 대답하고 싶은 마음도 없었는데…… 앗, 밖에서 무슨 소리가 들린다!

총소리는 예상했던 것보다 부드러웠다. 처음 몇 발은, 톰이 베개에서 머리를 들고 실제로 자신이 총소리를 들었는지 의심하며 귀를 기울여야 할 정도로 작았다.

두 번째 연이은 충격이 시작됐을 때는 달랐다. 반자동 무기가 브랖—브랖—브랖 소리를 내며 연속적으로 주고받는 상황이라는 걸 알아챌 수 있었다.

톰은 갑자기 자리에서 벌떡 일어났다. 두 시간 반 동안 마음의 준비를 하고 기다려 왔음에도 몸이 자연스럽게 놀라는 반응을 보였다. 그는 침대보를 걷어차며 가쁜 숨을 몰아쉬었다.

밖에서는 두 차례 더 총격전이 벌어졌지만, 여전히 총성은 희미했다. 젠장, 그는 왜 더 두꺼운 방음창을 고려하지 않았을까? 그는 그들에게 더 큰 구경의 총을 쓰라고 고집했어야 했다.

앤 소피가 몸을 뒤척인 것은 밖의 소음 때문이 아니라 톰이 침대에서 벌떡 일어섰을 때 놀랐기 때문이었다.

"무슨 일이야?" 그녀는 반쯤 잠에서 깬 채로 물었다.

"모르겠어. 나오지 말고 여기서 있어!" 톰은 매우 명령하는 듯한 어조로 대답했다. 그는 의자 위에 걸쳐놓은 청바지를 급히 입고 침실 문을 열더니 짧은 복도를 따라 서둘러 거실로 향했다. 그는 먼저 큰 창문 쪽으로 다가갔다. 한쪽은 사막의 광활한 풍경이 내다보였고, 다른 한쪽은 벙커로 들어가는 콘크리트 경비실이 눈에 들어왔다.

밖에서 더 길고, 더 큰 총성이 또 터졌다. 총구에서 섬광이 뿜어져 나오는 게 그의 눈으로 보였다. 한 줄기의 섬광이 먼 곳에서부터 그의 오른쪽, 비포장도로를 따라 25~30m 떨어진 지하벙커로 이어지는 곳에 닿아 번쩍였고, 또 다른 섬광은 그 바로 아래 경비실 입구 근처에 떨어졌다.

"공격이다!" 톰은 소리쳤다. 연기할 필요가 없을 정도로 급박한 목소리였다. 총소리, 주변을 환하게 비추는 섬광, 정맥을 타고 아드레날린이 솟구치는 이 모든 것이 실제 상황이었다. 앤 소피는 침대에서 벌떡 일어나 가운을 집어 들고 톰을 향해 뛰어나갔다.

"여기로 나오지 마!" 톰이 다시 소리쳤다. "엎드려!"

그녀가 엎드렸을 때, 기다렸다는 듯 바로 밖에서 또 다른 총성이 터졌다. 톰은 도로의 총격전이 점점 이곳을 향해 가까워지고 있다는 걸 알아챘다. 그는 몸을 낮추고 돌아서서 앤 소피를 향해 쉿, 하고 소리쳤다. "애들 데리고 빨리 벙커로 내려가!"

"당신은 어쩌려고요?!" 그녀가 되받아 소리쳤다.

"금방 따라갈게. 먼저 모든 것이 안전한지 확인해야 해."

"톰……."

"**가!**" 그가 다급하고 확신에 찬 목소리로 외쳤다.

앤 소피는 몸을 숙이고 거실을 가로질러 아이들 침실로 달려갔다. 그녀가 가자, 톰은 몸을 일으키며 다시 창밖 상황을 살폈다. 그가 몸을 쭉 펴고 일어섰을 때, 또 한 차례 반자동 무기가 발사되는 소리와 함께 쿵, 하는 큰 소음 뒤로 연속적인 파열음이 길게 이어졌다.

앤 소피가 비명을 지르고, 톰은 소리를 질렀다. 갑자기 톰이 서 있는 곳 바로 앞 유리창에 거미줄 무늬 균열 세 개가 선명하게 피어오르며 뻗어 나가자, 둘 다 놀라 뒤로 넘어졌다.

"하느님, 맙소사!" 톰이 소리쳤다. "대체 뭐 하자는 거야?"

"엎드려!" 앤 소피가 소리쳤다. "거기서 떨어져 이쪽으로 와요!"

톰은 이번에는 정말 두려웠지만, 오히려 더 화를 내며 그녀를 몰아세웠다. "애들 데리고 벙커로 가라고, 당장. 내가 처리할게."

그는 돌아서서 문 쪽으로 걸어가, 부츠에 두 발을 황급히 넣었다. 앤 소피는 그의 뒤에 대고 소리쳤지만, 그는 그냥 밖으로 뛰쳐나갔다. 그의 행동은 그들이 지난 몇 년 동안 학습한 대비 훈련과 지루한 대화는 깡그리 잊은 듯 당혹스러워 보였으나, 그녀는 더 생각할 겨를이 없었다. 그녀는 안방으로 달려가 가장 가까운 곳에 있는 옷을 낚아채듯 집어 들고는 비틀거리며 아이들 방으로 달려갔다.

10분 후, A동 입주자들이 지하 4층 공용 공간에 모였다. 그곳은 스키 라운지를 본떠 만든 곳으로, 가상 벽난로 두 개, 편안한 가죽 소파 6개, 당구대, 독서 코너, 단단한 나무 테이블과 의자가 놓인 작은 주방이 갖춰져 있다. 벽에 설치된 대형 LED 스크린들은 창문처럼 보였는데, 지금은 보름달이 비치는 눈 덮인 알프스 정상 풍경을 보여주고 있다. 방 안에는 수십 명이 겁에 질린 졸린 표정으로 모였다. 톰은 평정심을 되찾은 모습으로 가장 늦게 도착했고, 사람들은 모두 그를 향해 고개를 돌렸다. 클로이는 졸린 눈으로 겁에 질린 채 혼자 앉아 있었고, 프리드먼 부부와 라만 박사, 그리고 톰이 바로 이름을 떠올릴 수 없는 다른 사람들도 있었다. 하지만 그들 모두의 얼굴에는 깊은 우려의 표정이 담겨 있었고, 톰의 통솔력을 따르겠다는 강력한 바람을 숨기지 못했다. 톰은 기꺼이 그들의 열망에 응했다.

"우린 괜찮아요." 톰이 말했다. "공격을 당했지만, 모두 괜찮아요. 누구의 소행인지 확인하는 중입니다. 보안팀은 우리 측의 사상자 없이 공격을 막아냈어요."

불만이 가득 찬 표정의 라만 박사가 먼저 입을 열었다. "도대체 누굽니까?"

"누가 알겠어요?" 톰이 말했다. "확실한 건 모르지만, 식량과 물을 원했던 누군가가 그랬을 겁니다."

"식량과 물이라고요?" 마키스가 물었다. 조종사이자 비상 대기 운전사인 그는 A급에 속하는 거주자였다. A급이 **아닌** 베스와 키어리가 왜 그와 함께 이곳에 왔는지는 톰이 나중에 알아볼 문제였다.

"그럴 것 같네." 톰이 대답했다. "그거 말고 또 무슨 이유가 있겠어?"

"재난 4일째로 접어든 건데, 벌써요?" 마키스가 물었다.

"5일 째야." 톰이 바로 잡았다.

"좋아요, 5일째라고 해도, 누가 5일 후에 식량과 물을 찾아 무장 시설을 공격할까요?"

"배고프고 목마르면, 나라도 그랬을걸." 톰이 딱 잘라 말했다. 그는 점점 더 집요하게 반응하는 조종사의 질문에서 벗어나고 싶어 다른 사람들을 향해 고개를 돌렸다. "가장 중요한 건, 혹시 다친 분은 없나요?"

아무도 없었다. 지상에 있었던 사람은 아무도 없었다는 말이기도 했다.

"좋아요. 다행이에요. 확실한 건, 우리가 예상했던 것보다 훨씬 더 빠르게 세계 상황이 악화하고 있어요. 상황을 좀 더 안전하게 관리해야 할 것 같습니다. 그래서 이렇게 제안하고 싶습……."

그는 앤 소피가 자신을 쳐다보고 있다는 것을 알아차리고 갑자기 말을 멈췄다. 그녀의 눈은 그가 지금 뭔가 일을 꾸미고 있다는 것은 알지만, 정확히 무엇인지 모를 때처럼 약간 찡그리고 있었다. 톰에게는 익숙한 표정이었다. 그녀가 그의 PT 시간에 불쑥 방문하기로 결정 내리기 전 일주일 정도, 꼭 저런 눈으로 그를 바라보았었다.

톰은 억지로 그녀에게서 고개를 돌렸다. 그녀가 무슨 생각을 하고 있는지 상상할 수 없었지만, 방금 공격을 당했다는 사실은 명백하므로, 누구도 이의를 제기할 수 없을 것이었다. 이제 그에 맞는 조치를 내리는 순서를 밟으면 되었다.

그가 필요한 조치에 대해 막 말하려던 순간, 라운지 문이 윙 소리를 내며 열리더니 지미 전 소령이 들어섰다. 그는 땀에 흠뻑 젖은 채, 가쁜 숨을 몰아쉬며, 전투로 인한 피로로 완전히 지친 모습이었다. 그는 카바 나이프가 부착된 케블라 조끼를 입고 있었는데, AR-15의 매캐한 화약 냄새가 그보다 먼저 실내로 스며들었다. "여기 다들 무사한 거죠?" 그가 물었다.

지미의 질문에 동의하는 웅성거림이 터져 나왔고, 심지어 몇몇 사람의 입에서 "네, 선생님"이라는 칭호가 붙자, 사람들은 자동으로 그에 따르는 권위를 존중하게 되었다. 클로이는 혹시 지미가 앉을 곳이 필요할지도 모른다는 생각에 조금 옆으로 옮겨 앉으며, 그의 자리를 마련했다. 하지만 지미는 근무 중이어서 꼿꼿하게 서 있었다.

"지미, 벙커 밖 상황을 볼 수 있게 조명등을 밝혀줄 수 있나요?" 톰이 물었다. 그가 지미를 향해 쏟아낸 분노를 진정시킨 지 겨우 5

분밖에 되지 않았다. 조금 전, 본관을 나오며 지미와 마주쳤을 때, 톰은 지미의 실수로 거실 유리창이 거의 깨질 뻔했고 사람이 죽을 뻔했다며 고함을 지르고 팔을 휘두르며 극도로 흥분했었다.

지미는 1, 2분 후 톰을 진정시켰다. "3인치 두께의 단단한 렉산(내충격성이 뛰어난 폴리카보네이트 제품)이 막아줄 테니, 걱정하지 마세요, 보스. 가시적인 증거를 원한다고 분명히 **말씀**하셨죠, 맞죠?" 그러나 톰은 여전히 못마땅했다. 나중에 지미에게 찾아가 그의 실수를 추궁할 계획이었다.

"상황은 통제되고 있어요." 지미는 사람들을 안심시켰다. "가해자들은 도주했습니다. 저격병들이 야간 투시경을 통해 그들이 후퇴하는 걸 확인했고, 도망가는 두 명에게 부상을 입혔다는 보고가 들어왔습니다."

멋지게 해냈군. 톰은 인정해야 했다. 전체적인 상황을 설명하기 위해 약간의 시각적 증거를 남긴 것도 훌륭했다. 지미는 타고난 재주꾼이었다.

"고마워요, 지미. 여기 계신 분들 모두, 당신과 당신 팀의 노력에 감사하고 있다고 확신합니다." 지미는 고개를 끄덕이며 클로이에게 갔다. 그는 몸을 굽혀 클로이에게 중얼거리며 그녀의 뺨에 손을 얹었다. **멋지군.** 톰은 생각했다. 그래 그거**였구나.** 톰은 그게 왜 신경 쓰이는지 정확히 이유를 알 수 없었으나, 신경이 쓰이는 건 확실했다. 예기치 않은 많은 일이 서로 복잡하게 연결되어 더 큰 혼란을 불러온 게 이유일지도 몰랐다. 톰은 잡념들을 애써 떨쳐버리며, 사람들이 자신을 지켜보고 있음을 의식했다.

"우리는 이제 괜찮습니다. 이것이 요점입니다. 우리의 시스템은 잘 작동했고, 방어 능력은 뛰어납니다. 하지만 우리는 이번 일을 경각심을 일깨우는 계기로 삼아야 합니다. 처음 며칠 동안, 사실 우리는 일정과 의례나 규제에 대해 극도로 느슨하게 대응했었는데, 이제 그런 식의 대응은 **끝났다**는 말씀을 드리고 싶습니다. 내일 이 문제에 대해 회의를 열고 더 자세히 논의하겠지만, 분명한 것은, 모두가, 매우, 정말, 진지하게 임해야 한다는 것입니다."

그는 실내를 둘러보았다. 그가 생각했던 것보다 더 성질이 급한 프리드먼 부부는 벌써 얼굴을 찡그리며 규율이 강력해질 거라는 데 불만을 드러냈고, 이 커뮤니티에 들어온 것 자체에 대해서도 그런 감정을 품고 있는 것 같았다. 하지만 그들은 토를 달지 않았다. 몇몇은 겁에 질리거나 의심스러운 표정을 지었으나, 노골적으로 그의 의견에 반대하는 사람은 없었다. 다행이군. 그는 계속했다. "먼저 제안하고 싶어요. 저는 가족이 지하 숙소로 이사하는 것이 좋겠다고 생각해요."

"어느 가족이요?"

톰은 짜증이 나서 고개를 돌려 목소리가 튀어나온 곳을 바라보았다. 마키스였다. "무슨 뜻인가?"

"어느 가족을 말씀하시는 거죠? 여기 몇 명의 가족들이 있어서요."

"당연히 **우리 가족**이죠."

"아, 알았어요." 마키스가 말했다. "퍼스트 가족 같은 거군요. 대통령의 가족 같은." 그 옆에 있던 베스가 마키스의 팔에 손을 얹고, 말없이, 그만하라고 했다.

톰은 어색한 분위기를 만회하려고 애썼다. "말이 잘못 전달되었다면, 미안해요. 현재 유일하게 지상에 사는, 우리 가족이란 의미였어요. 여기, 지하벙커로 내려올 거예요. 그리고 사전 허가 없이는 더 이상 야외 활동은 안⋯⋯."

"저는 동의하지 않아요."

톰이 다시 돌아섰다. 이번에는 앤 소피였다.

"여보, 우리가⋯⋯."

"아니, 우린 아무 말도 안 했어." 그녀가 말했다. "지하에서 살고 싶지 않아요."

"나는 지금 합리적이고 신중한 것에 대해 이야기하고 있는 거야." 톰이 목소리를 낮추며 말했다.

"합리적이고 신중한 행동은 총성이 울릴 때 무턱대고 밖으로 뛰쳐나가지 않는 것을 의미할 거야." 그녀는 딱 잘라 말했다. 여덟, 아홉 명이 고개를 돌리더니, 갑자기 작동하지도 않는 휴대폰을 꺼내들며 고개를 숙였다. 전형적인 '엄마─아빠' 싸움에 질린 표정이었다. 라만 박사는 하품을 하며 일어나더니 회의실 밖으로 나갔다. 톰은 그가 파자마에 티셔츠를 받쳐입은 모습을 물끄러미 바라보다, 셔츠에 '과학: 마법처럼 보이지만 실재하는 것'이라고 적힌 문구를 발견했다. 멋지다.

스웨터 소매의 실이 빠르게 풀리는 이미지가 톰의 머릿속을 스쳐 지나갔다. 그는 마음속으로 느슨해진 실을 단단히 잡아 조였다. 앤 소피를 향해 고개를 돌렸다. "여보, 이 이야기는 나중에 다시 하면 안 될까?"

"왜 그랬어요?" 그녀는 반쯤 잠든 루카스와 안야를 가까이 끌어당기며 계속 물었다. "왜 그 상황에 밖으로 뛰어나가서 자신을 위험에 빠뜨리냐고요?"

"나는…… 단지, 확실히 알고 싶어서……." 그는 자신이 무슨 말을 하려는지 확신하지 못한 채, 더듬거렸다.

"사모님 말씀이 옳아요." 지미가 단호하게 말했다. 그는 톰의 눈을 바라보았다. "회장님이 가족을 지키고 싶어 하는 마음이 강하고, 가족을 위해 무슨 일이든 하실 거라는 건 알지만, 총격전은 저희에게 맡기셔야 합니다. 여러분 모두를 살릴 수 있게, 저희는 저희 일을 할 거예요."

톰은 고마운 마음을 담아 그를 바라봤고, 앤 소피는 한발 물러섰다. 마키스는 더 이상 아무 말도 하지 않았다. 의심의 불길은 적어도 당분간은 꺼진 것 같았다.

"알았어요." 톰이 말했다. "다음번에는, 바로 여기로 내려올 테니."

"다음번이란 말이 필요 없기를 간절히 바라지만요." 지미가 대답했다.

톰은 고개를 끄덕였다. "오늘 밤은 여기까지입니다, 여러분."

모여 있던 사람들은 각자의 숙소를 향해 흩어졌다.

톰은 앤 소피에게 다가가 옆에 앉아 있는 아이들을 향해 팔을 뻗었다. 그는 아이들 한 명, 한 명을 감싸더니 온 가족을 가까이 끌어당겼다. 톰의 품 안에 있던 앤 소피는 그의 어깨에 머리를 기댔다.

톰은 안도의 작은 숨을 내쉬었다. 약간의 예상치 못한 일이 있었지만, 계획대로 일이 마무리되었다. 질서가 회복된 것이다. 이제 지하벙커의 일상은 예측 가능한 이전의 패턴으로 돌아갈 것이다.

톰의 어깨 너머로 앤 소피의 시선이 마키스, 베스, 키어리에게 모였다. 마키스가 그녀를 바라보자, 그들의 눈빛이 허공에서 마주쳤다.

둘 다 외면하지 않았다.

23

오로라

스캇은 평소와 달리 가장 먼저 침대에서 일어났다. 셀레스트와 함께 집에 머무는 게 흥분될 정도로 좋지만, 그녀의 존재로 인해 약간의 불편함도 있었다. 대부분의 십대 남자아이들처럼, 스캇은 사지를 대자로 벌리고 침대 전체를 차지하며 자는 잠버릇이 있었다. 누군가와 침대를 공유한다는 것은 새로운 도전이었다. 지난주, 오브리가 콘퍼런스에 참석하느라 집을 비웠을 때, 셀레스트와 함께 보낸 이틀 밤은 상대적으로 쉬웠다. 둘 다 취해 있어서 불편함을 느끼지 않고 바로 잠들 수 있었다. 하지만 어젯밤은 둘이 완전히 멀쩡한 상태였고, 셀레스트의 따뜻한 몸이 침대에 꽉 찬 느낌이 스캇을 매우 흥분시켰다.

셀레스트는 속옷과 민소매만 입고 포옹하는 것을 좋아했다. 그녀가 옆에 누워 있다는 것만으로도 스캇에겐 극복할 수 없는 잠의 방해물 같은 존재였다. 오브리의 예상과는 달리, 두 사람은 지난주 어색한 첫 시도 이후 아직 첫 성교를 하지 않았다. 두 사람 모두 섹스 경험이 없었기 때문에, 몇 달 동안 장난만 치며 놀아도 만족할 것 같았다. 하지만 한 침대에서 함께 밤을 보내다 보니 다른 문제가 있었다. 스캇은 몇 시간마다 맹렬한 발기로 잠에서 깨는 불편한 현실과 직면했다. 그날 아침 6시, 그는 어느 때와 다름없이 불편한 상태로 침대에서 일어나 옷을 입고 아래층으로 내려갔다.

밤의 한기가 아직 집안에 남아 있었지만, 아침은 더없이 아름다웠다. 스캇은 주방 창문을 통해 막 떠오르는 아침 해를 보며 현관문 쪽으로 걸어갔다. 그는 마지막으로 해돋이를 본 것이 언제인지 기억나지 않았다.

빈 소파가 그의 눈에 들어왔다. 뭔가 이상했다. 침대 시트와 담요, 그리고 베개는 아무렇게나 던져진 채 방치되어 있었다. 브래디의 인상과는 전혀 어울리지 않는 광경이었다. 그는 일어나면 항상 침대를 먼저 정리하는 스타일의 남자처럼 보였었다. 화장실에 갔을 수도 있다.

화장실에도 없었다. 화장실 문은 반쯤 열려 있었고, 안쪽에는 아무도 없었다. 산책하러 나갔을 거라고 스캇은 생각했다. 아니면 새벽 조깅일 수도 있었다. 맞다, 그게 그에게 어울리는 것 같았다.

그런데 파란색 더플백이 보이지 않았다. 스캇은 전날 밤에 그 가방에 현금이 들어 있다는 사실을 엿들었다. 누가 돈 가방을 들고 조깅을 할까?

스캇은 현관문을 열고 밖으로 나갔다. 그는 길 건너편 나뭇가지 사이를 헤집고 나오는 첫 햇살을 볼 수 있었다. 그 빛이 집 앞 잔디밭에 닿자 어젯밤 내린 비로 축축하게 젖은 잔디가 반짝거렸다. 거기서 그는 눈을 깜빡여야 할 정도로 밝은 빛의 물체를 보았다. 은빛 금속성 물체가 잔디밭 한가운데 놓여 있었다.

은색 손잡이가 있는 권총이었다. 총을 쏠 때 공이치기를 잡아당겨야 하는 종류였는데, 새것처럼 보였고 잘 관리된 상태였다. 스캇은 러스티와 함께 총을 조금 다뤄본 적이 있었지만, 총을 좋아하지 않았고, 이런 총은 본 적이 없었다. 꽤 비싸 보였다.

그는 총 옆에 쪼그리고 앉아 잠시 총을 응시했다. 그는 근처 풀숲에서 나뭇가지 하나를 집어 들고는 가지 끝으로 총을 뒤집었다. 그는 총이 풀밭에 남긴 자국을 바라보았다. 오래 그 자리에 버려져 있던 것처럼 보이지 않았다. 어쩌면 하룻밤 정도였을지도 몰랐다.

스캇은 시선을 들어 주변을 둘러보았다. 진입로에 주차되어 있던 BMW는 사라졌다. 그는 돌아서서 집 쪽을 바라보았다. 브래디가 사라졌다. 조깅을 하러 간 게 아니라, 차를 타고 떠났다. 그는 파란색 더플백을 가지고 갔고, 그 과정에서 어떻게든 총을 —그의 것 같은데, 다른 사람의 것일 수도?— 집 앞 잔디밭에 떨어뜨린 것이다.

종합해보니, 말이 안 되는 일이었다. 그 남자가 무슨 이유로 그렇게 서둘렀을까?

어찌 된 연유든, 이것은 **정말** 말이 되지 않지만, 스캇의 마음속에 한 가지 생각이 자리 잡았고, 그 생각은 사라지지 않았다.

아버지가 이 일과 관련이 있을 것이다. 분명한 이유를 댈 수는 없었지만, 어제 러스티가 나타났고, 그가 떠날 때의 이상한 행동과 그의 본질적인 '러스티**스러움**'만 종합해보아도, 그럴 가능성이 짙었다.

스캇은 총을 집어 들고 허리춤에 집어넣은 후 집으로 다시 들어갔다. 그는 충분히 생각할 시간이 필요했다.

한 시간 후, 오브리는 아래층으로 내려와 소파에 누워 있는 스캇을 발견했다. 담요와 시트는 깔끔하게 접혀서 맨 끝에 있는 베개 위에 놓여 있었다. 그녀는 브래디에 대해 물었고, 그는 그녀에게 말했다. 오브리는 정신이 흐릿했다. 전날 밤 암비엔을 한 알 반 정도 먹은 상태여서, 집중하려면 시간이 좀 걸렸다. 그녀와 스캇은 브래디의 흔적을 찾기 위해 집안을 뒤졌지만, 아무것도 찾지 못했다. 스캇은 총에 대해 언급하지 않았다. 오브리는 총기에 반대하는 입장이었고, 늘 그렇게 말하곤 했기 때문에 그런 대화를 다시 나눌 기회를 만들고 싶지 않았다.

오브리는 브래디가 더플백과 함께 사라졌다는 소식에 실망했다. 전날 밤 식사 자리가 끝나기 전, 그녀는 그 돈을 받기로 결심했다. 브래디의 온화한 설명 덕분에 쉽게 결정할 수 있었다. 그녀는 오빠에게 자신을 도울 수 있는 기회를 한 번 주고, 자신은 고마운 마음으로 받겠다고 생각했다. 브래디가 해가 뜨기도 전에 일어나 작별 인사도 없이 현금을 가지고 떠날 거라고는 상상하지 못했던 일이었다. 그녀는 가방에 얼마의 돈이 들어 있는지조차 몰랐다.

시간은 아침 8시가 되어가고 있으나, 유타주는 아직 아침 7시가 되지 않은 시각이었다. 톰은 일찍 눈을 뜨는 사람이었다. 만약에 그녀가 톰에게 전화하면, 그가 브래디를 설득해 돈을 가지고 그녀에게 되돌아올 수 있을 것이다. 약간 무안했지만, 확실하게 하기 위해 치러야 할 작은 대가였다.

오브리는 위성 전화를 꺼내 톰에게 전화를 걸었다. 그는 두 번째 벨소리가 울리자 전화를 받았다. 그녀는 상황을 설명했다.

"이해가 안 돼." 톰이 말했다.

"내가 꼼꼼하게 다 챙기지 못했을 뿐이야. 브래디에게 연락할 수 있어?"

"아니, 안 돼. 나도 어젯밤에 서너 번 시도했고, 15분 전에 또 해 봤어. 전화를 안 받아."

오브리가 미간이 찌푸렸다. "전화를 안 받는다니 무슨 뜻이지?"

"그가 전화를 받지 않는다고. 나를 피하는 거야. 그리고 지금 너는 그가 아무 말도 없이 떠났고 돈도 사라졌다고 말하고 있는 거잖아?"

"어떻게 된 일이라고 생각해?" 그녀가 물었다.

"브래디가 내 돈을 훔친 것 같다는 생각이 드네."

"그럴 리 없어. 브래디는 그럴 사람이 아니야."

"그래? 오브리, 어떻게 그를 그렇게 잘 알아? 겨우 몇 시간 같이 지내면서?"

"그렇게 공격적으로 말하려면, 전화 끊을까?"

"미안해." 그가 말했다. "지금 여기 일만으로도 스트레스가 너무 심해."

"맞아, 나는 그가 어떤 사람인지 조금 아는 것 같아. 매우 품위 있는 사람이야. 예의를 갖춘. 오빠도 알 거야, 자신의 일에 대해 엄격한 잣대를 갖고 있다는 것도."

"현재 증거들을 종합해보면, 그러한 규칙이 유연하게 다른 목적을 위해 흘러간 거네."

"내가, 두 번이나, 그에게 돈을 가지라고 **제안**했었어. 두 번이나, 돈을 가져도 된다고 말했다고. 아무 조건 없이, 그냥 들고 가져갈 수도 있었어. 오빠는 절대 눈치채지 못했을 거고. 그런데도 그는 거절했어. 이 일에 대해 충분한 보수를 받고 있고, 다른 사람은 몰라도 자기 어머니가 알게 될 거라는 말도 했다고."

"**내** 돈을 가지라고 네가 제안했다고?" 톰이 물었다.

"내 것이 될 뻔한 돈이었잖아, 안 그래?"

"너는 도움을 받아들이는 법을 배운 적이 없어. 그게 네 문제야."

"그런 거야? 고마워."

"그건 교만이라고. 그것도 죄야. 도움을 주지 않는 것만큼이나 **나빠.** 겸손이라고는 전혀 없어."

"이걸로 우리 통화는 끝."

"네가 칭찬한 그 도덕적인 남자? **그가 방금 나한테서 25만 달러를 훔친 거야, 오브리.**"

그녀는 잠시 멈칫했다. "도대체 왜 내게 25만 달러나 보낸 거야?"

"여기로 당장 와라." 톰은 단호한 어조로 말했다.

"명령이야?" 그녀는 웃었다.

"그래."

"왜?"

"넌 안전하지 않으니까! 그리고 난 널 지켜야 하고."

"언제부터?"

"아, 젠장!" 그는 격한 말투를 꾸역꾸역 눌렀다. "잠깐, 미안해." 그의 목소리에 절망감이 묻어 있었다. "스트레스를 많이 받고 있어. 어젯밤에 여기서 문제가 좀 있었어."

"오빠 항상 스스로 두 발을 딛고 일어서잖아. 행운을 빌어, 톰."

그녀는 전화를 끊더니 소파에 전화기를 던져 놓고 주위를 둘러보았다. 반대편에 앉아 있던 스캇의 모습이 눈에 들어오자 흠칫하며 놀랐다.

"와우."

"깜짝이야, 잠시 아무 말도 하지 말아줄래?" 그녀는 눈을 손으로 가리며 물었다.

"진심으로 궁금해요." 스캇이 말했다. "둘 사이에 무슨 일이 있었던 거예요."

그는 진짜 궁금하다는 듯 노골적으로 그녀를 쳐다보며 물었다. 스캇은 자신의 감정이나 불편함을 외면하지 않는 경향이 있었는데, 바로 그런 점들을 그녀는 좋아했다. 오브리는 순간적으로, 그의 질문에 대답하려고 했었다.

그러나 그녀는 손으로 다시 눈을 가리고 아무 말도 하지 않기로 작정했다.

잠시 후, 스캇은 대답 듣는 걸 포기하고 다시 위층으로 올라갔다. 그가 소파 앞에서 잠시 멈춰선 채, 베개 밑에서 무언가를 꺼내 뒤에 숨길 동안 오브리는 눈치채지 못했다.

한 시간이 흐른 뒤, 셀레스트가 눈을 떴다. 스캇은 방 한쪽 구석에 앉아 있었다. 그는 그녀에게 무슨 일이 있었는지 이야기하고 총을 보여주었다.

"오브리에게 말할 거야?" 그녀가 물었다.

"아니. 그녀는 집안에 총을 두는 걸 원하지 않을 거야."

"오브리 말이 맞을까?"

스캇은 그녀를 잠시 바라보다, 물끄러미 총을 내려다봤다. "전력이 복구되기 전에 상황이 훨씬 더 나빠질 거야. 차라리 우리가 총이라도 갖고 있다는 게 안심이 돼."

"총 쏴본 적 있어?"

"여러 번."

"지금 들고 있는, 그런 종류의 총?"

"사냥용 엽총은 많이 쏴 봤어. 내가 12살까지 아버지가 나를 사냥에 데리고 다녔거든. 오리를 쏜 적이 있었어, 죽은 줄 알았는데, 오리가 안 죽고 보트에서 펄쩍펄쩍 뛰는 소리를 들은 적도 있었어."

"스캇, 지금 손에 들고 있는 총은? 어떻게 쏘는지 알아?"

"아니."

"알았어." 셀레스트는 잠시 생각에 잠겼다. "총알이 몇 개나 들었지?"

"클립이 있어."

"맞아, 클립이 있을 거야. 클립 안에 총알이 몇 개나 들었는지 알아?" 스캇이 긴장한 모습이 보였고, 그녀는 조바심을 보이지 않으려고 애쓰며 대화를 이어나갔다.

총 옆에 있는 버튼을 누르자 클립이 튀어나왔다.

그는 금빛으로 된 총알을 세었다. 금빛으로 빛나는 총알이었다.

"16개네."

그녀는 다시 골똘해졌다. "좋아, 그럼 이렇게 하자. 오브리에게 차를 빌려 달라고 해서 쓰레기 매립지로 가보자. 거기서 각자 두 발씩 쏴보는 거야. 어떻게 쏘는지 파악하는 의미에서. 그래도 12발이 남아 있을 거야. 그런 다음 총을 숨길 장소를 정하고, 꼭 필요한 경우가 아니라면, 다시는 총 얘기를 꺼내지 말자. 그렇게 되기를 바래."

스캇은 그녀를 바라보았다. 두 가지를 확실히 알 수 있었다, 언젠가 그녀와 결혼할 거라는 것과 그 총이 꼭 필요할 거라는 것.

스톨프 섬의 철물점 위에 있는 아파트에서 러스티는 늦잠을 잤다. 그는 새벽 5시 30분에 집에 돌아왔으나 성공에 흠뻑 취한 나머지 잠을 이룰 수가 없었다. 맥주 식스팩을 통째로 마신 후에야 겨우 진정할 수 있었다. 마침내, 술에 취했고, 배는 부르고, **믿을 수 없을 정도로 부자가 되어 있었다.** 더플백에 있는 금액은 그의 최고치 예상을 뛰어넘었다. 그는 다음날 계획을 머릿속으로 그리며 잠들었다.

그는 지난 6개월 동안 그의 삶을 극도로 힘들게 만들었던, 혐오스러운 인간 젤린스키에게 진 빚을 먼저 갚아야 했다. 그 괴물 원숭이를 등에서 내려놓고, 오직 자신만을 위한, 자신만 초대받은 파티장에 술과 마약으로 조촐한 파티를 열 것이다.

그런 다음, 그의 예상대로 고객에 대한 엄격하고 고귀한 약속을 준수하며 발전기 가동을 멈추지 않은 〈럭키 스타〉 카지노로 향할 것이다.

마지막으로, 아직 여력이 있다면, 매춘이 여전히 성행하는지 알고 싶었다. 그는 지속되고 있을 거라고 예상했다. 세상의 종말과 함께 사라질 것들이었다.

아니면 매춘은 다음 날까지 기다려도 좋을 것이고. 서두를 필요는 없다.

러스티는 지금 돈이 있고, 세상에는 언제나 돈이 있었다.

예리코 외곽, 톰은 앤 소피가 잠든 모습을 다시 지켜보았다. 10년이 지나고, 두 아이를 낳은 그녀는 잡지에서 처음 사진을 봤을 때와 거의 변하지 않은 모습이었다. 한 가지 다른 점이 있다면, 예전에는 앤 소피가 톰에게 이의를 제기하거나 의견을 내는 일이 없었다는 것이다. 하지만 10년이 지난 지금, 그녀는 그를 미워하고 불신했다.

하지만 이제 상황이 나아질 것이다. 그들 가족 네 명은, 이제 더 좁고, 더 안전한 지하벙커로 이사할 계획이다. 더 이상 서로를 놓치는 날도, 멍청이 같은 짓도, 누구와 함부로 섞일 일도 없을 것이다.

그들은 모두 심각한 위험에 처해 있었으므로 이 모든 상황을 예견하고 미래를 계획하고 실행에 옮긴 한 사람 뒤에서 묵묵히 힘을 모아 이 시간을 극복해 나갈 것이다.

그들은 그를 사랑할 것이다. 만약에 그렇게 할 수 없다면, 적어도 그를 존경할 것이다. 그리고 그것조차 할 수 없다면, 그를 두려워해도 괜찮다.

그는 그들의 안전을 위해 못 할 일이 없다고 생각했다.

아이오와 시티에서 10마일 떨어진 곳, 페리 세인트 존의 부모는 외동아들을 보자 놀라움과 기쁨을 감추지 못하고 눈물을 흘리며 그를 맞았다. 다른 사람들처럼, 그들도 지난 며칠 동안의 사건으로 인해 두려움에 떨고 있었다. 그러나 앞으로 일어날 일에 대한 정보가 거의 없다는 사실 때문에 더 큰 두려움을 느꼈다. 페리의 무전기와 그가 이사할 때 지하실에 두고 간 더 크고 광범위한 장비들은 이제 너무도 필요한 도구가 되었다. 한때는 별난 취미로 보였던 것들이 갑자기 없어서는 안 될 자원이 된 것이다.

첫날 짐을 정리한 후, 페리는 밤하늘을 보기 위해 아이오와 강 위에 있는 웨스트 오버룩으로 갔다. 그곳은 인적이 드물고, 도시의 빛으로부터 멀리 떨어져 있어 페리가 어렸을 때부터 즐겨 찾던 곳이었다. 하지만 그날 밤, 차 지붕에 걸터앉아 하늘의 장관을 감상하려던 그는 어쩔 수 없이 아래를 내려다볼 수밖에 없었다.

검은 연기와 작은 불꽃이 점점이 흩어진 모습이 펼쳐져 있었는데, 일부는 질서가 잡혔고 일부는 통제되지 않았다. 간간이 서늘한 밤공기를 뚫고 총성이 울려 퍼졌다. 그는 저 멀리 20마일 떨어진 시더 래피즈에서 희미한 불빛이 흘러나오는 것을 볼 수 있었다. 그것은 인간이 만든 할로겐 불빛이 아니라, 오렌지색과 노란색의 불의 혀가 이곳에서 볼 수 있을 만큼 컸다.

페리는 머리 위에 펼쳐진 경이로운 것들을 올려다보려고 애썼다. 그러나 그의 기억 속에 처음으로, 그는 시선을 들어 올릴 수 없었다.

우주는 언제나 그곳에 있을 것이다. 인류는 또 다른 이야기이다.

3부

회상

24

들어줘

브래디가 살해당한 다음 날 아침이었다. 오브리는 거실에 앉아 있는 스캇의 눈빛과 마주치던 짧은 순간, 그 누구에게도 말하지 않았던 톰과의 이야기를 들려주고 싶었다.

"톰이 고등학교 다닐 때 일이야. 카일 루데트케는 그의 가장 친한 친구였는데, 그는 내가 본 사람 중에 가장 아름다운 사람이었어. 내가 열다섯 살 육 개월이었을 때, 이렇게 나이를 또렷이 기억하는 건 운전 연습용 면허증 필기시험을 막 치렀기 때문인데, 나는 기회만 있으면 카일과 톰과 함께 어울렸어. 카일은 열일곱 살, 톰은 열여덟 살, 둘 다 졸업반이었지만 나는 2학년이나 어렸어. 이런 표현이 쑥스럽지만, 나는 꽤 귀여웠고, 선배들에게 인기가 있었어. 게다가 또래보다 조숙했어. 항상 많은 관심을 받아서 그런지 그런 분위기도 꽤 익숙했고, 적절히 대처하는 방법도 알게 되었어. 중학교 시절은 힘들었어. 남자 선배들이 추파를 던질 때마다 의미를 헤아리느라 시간 낭비가 많았고, 학교생활도 어려웠어. 그런데 덕분에 똑똑해졌어. 고등학교 다닐 때는 그런 상황에 잘 대처할 수 있게 될 정도로. 어떤 여자애들은 견디지 못했지만, 나는 잘 살아남았어.

무슨 얘기 하려다 말았지. 아, 맞다. 카일 루데트케는 아름다웠어. 오, 세상에, 정말 그랬어. 그는 정말 완벽하게 조화로운 사람이었어. 180cm 정도의 키에 검고 아름다운 피부, 풍성한 곱슬머리, 그리고 한 번도 본 적 없는 눈부신 하얀 치아. 왠지 모르게, 나는 아름다운 그의 치아에 집착했어. 글쎄, 내가 그냥 이빨을 좋아하는 건가?

모두가 그를 인간쓰레기로 알고 있는 건 당연한 일이었어. 우리 부모님을 비롯해 어른 대부분은 그가 뻔뻔한 거짓말쟁이에 이중인격자라는 이유로 그를 싫어했거든. 게다가 톰이 문제를 일으킨 적은 카일과 함께 있을 때뿐이어서 더 그랬어. 하지만 톰은, 잘생기고 지나칠 정도로 나긋나긋한 카일을 거리감을 둬야 할 만큼 나쁜 사람이 아니라고 여겼어. 그러니까 우리 부모님은 톰의 장기적인 계획을 위협하는 존재가 바로 카일이라고 생각한 거야.

톰은 천재였어. 모두가 알고 있었어. 내가 기억나는 건 소파에서 부모님 사이에 앉아 톰의 열띤 '강의'를 들었던 거야. 기상학, 화학은 물론이고 그 주에 톰을 매혹한 현상들에 관한 얘기였어. 톰은 정말 **많은 것**에 관심이 있었는데, 부모님은 많은 불편을 기꺼이 받아들였고, 심지어 톰이 학교를 관두는 한이 있더라도 그가 추구하는 모든 것을 허락하고 격려했어. 갈라파고스에 가고 싶다고? 문제 없어. 스탠퍼드 대학에, 봄방학 프로그램 수강하고 싶다고? 물론이지. 돌이켜보면, 부모님들에겐 엄청난 재정과 에너지를 낭비하는 일이었지만, 두 번 생각하지 않고 결정하는 것 같았어. 학교도 그에 동참했어. 톰이 믿을 수 없을 정도로 똑똑한 아이라는 사실을 모든 사람이 알고 있었고, 언젠가 우리도 그의 천재성에 반사된 빛을 만끽할 수 있을 거라고 여겼던 거지.

이 일이 나를 엄청나게 질투하고 분노하게 했던 것 같아. 그때는 그랬어. 나도 어렸고, 톰의 장래가 우리 가족의 삶에서 매우 중요한 주제였다는 걸 그냥 받아들였어. 어렸을 때부터 알게 된 것들이라 그냥 반박조차 할 수 없는 것들이 있잖아. 예를 들면, 우리는 이 스포츠팀을 좋아하고, 할아버지는 주정뱅이고, 톰은 천재라는 등. 그 어떤 것도 의심할 수 없고, 그 어떤 것도 그런 것들을 방해할 수 **없었어.**

그래서 카일 루데트케가 우리 가족에겐 큰 문제였던 거야. 돌이켜보면, 내가 맹렬하게 걷잡을 수 없을 정도로 그에게 빠져들었던 이유도 그 때문이기도 해. 그는 정말 완벽하게 아름다웠지만, 톰의 위대한 여정에 방해가 되는 존재여서 더 좋았을까? 나 좀 받아줘, 소리칠 만큼!

그해 6월 2일은 여름의 시작을 알리는 첫 번째 더운 날이었어. 저녁이 되자 공기만 마셔도 취한 것 같은 습한 중서부 밤으로 변해

버렸어. 카일과 톰은 그 밤에 100번 고속도로에서 영화를 보러 간다고 했지만 나는 그게 거짓말이라는 걸 알았어. 그냥 아버지의 오래된 쉐보레 카프리스 클래식을 몰고 밤새 시내를 드라이브하러 가는 거였으니까. 이런 지루한 마을에 사는 10대에게 기름이 가득 찬 차는 그야말로 모든 악으로 통하는 문이었어. 음주, 마약, 섹스. 여름밤 달리는 차 안에서 할 수 없는 일은 없었어. 이건, 현명하지 못한 행동이었어. 이런 행동을 권장하지 않아. 단지 당시의 상황을 말하는 것뿐이야. 스캇, 그리고 누구든, 오늘날의 상황과 크게 다르지 않다는 건 잘 알고 있을 거야. 하지만 그날 밤 몹시 나쁜 일이 벌어졌으니, 내 말을 낭만적으로 해석하지 말아줘. 전혀 그런 일은 없었으니까. 양엄마로서 너에게 이 말을 하는 건 내 의무야.

어쨌든. 나는 유난히 끔찍한 하루를 보냈어. 보통은 다음 주가 되면 잊히지만, 그날 밤의 일을 떠올리면 하나하나가 너무도 생생하게 기억나. 모두 징그러울 정도로 지루한 일들이야. 누구누구가 나에 대해 이러쿵저러쿵 험담해서 그 애 이름이 뭐냐고 캐물었던 일들 같은 거. 짧게 설명하자면, 난 그날 정말 슬프고 우울해서 침실에 틀어박혀 있었는데, 톰과 카일이 차를 향해 걸어가는 걸 보고 나도 데려가라고 창문 밖으로 소리쳤어. 톰은 아무 반응도 하지 않았지만, 카일은 멈춰서서 내 쪽을 올려다보더니 톰에게 뭐라고 말했어. 나를 데려갈 거라는 희망이 솟았어.

카일과 전에 데이트한 적이 있었어. 두 번. 아마 몸도 서로 만졌을 거야. 미안, 너무 자세히 말했나? 좋아, 우린 두 번 키스했는데, 내 가슴을 만지려는 시도는 하지 않았어. **미안해**, 스캇. 하지만 이 이야기도 해야 네 궁금증이 풀릴 거야. 계속해, 말아? 내 말은, 그는 열일곱 살이었고 나는 열다섯 살이었는데, 그는 내가 원하지 않는 건 절대 시도하지 않았고 게다가 다정하고 부드럽게 나를 대했어. 그래서 내 짝사랑은 더 심해졌어. 우리가 두 번째로 키스했을 때, 나는 좀 이르다 싶을 정도로 일을 진행하려고 막 시도했는데 갑자기 그가 어디 가야 했었는데 깜박 잊었다며 멈칫하는 거야. 그리고 그는 그냥 **떠났어.** 이 남자가 진짜 거짓말쟁이고 문제아였는지 모르지만, 적어도 자기보다 어린 사람 앞에서는 어떻게 행동해야 하는지 아는 사람 같았어. 좋아, 난 그와 사랑에 빠졌어. 내가 그렇게 기억하는 걸지도 모르지만. 기억은 때때로 뒤엉키잖아.

어찌 되었든, 그들은 내가 동행하는 걸 허락했어. 우리 셋은 술을 마시고 둘은 대마초를 피웠는데, 자정이 넘자 누군가 돌로 우편함을 내리치는 게임을 하자고 했어. 구식 게임이라 들어본 적도 없을 거야. 잠깐만, 표정을 보니 너도 아는 게임인가, 그래, 좋아. 어떻게 하는지 알아? 적당한 크기의 돌을 찾은 다음, 길고 곧게 뻗은 도로에 있는 우체통을 향해 차를 시속 40마일 이상으로 달리다가 우체통을 돌로 내리치면 돼.

생각보다 훨씬 더 많은 기술이 필요해. 특히 술을 마셨다면 더 힘들어. 그 당시 둘은 적어도 맥주를 7, 8잔씩 마신 상태였어. 나는 술을 잘 못 마시는 나이여서 기껏해야 두 잔 정도 마셨고. 술 마시는 건 후천적인 기술이라는 말이 있듯이, 너도 알겠지만, 나는 술 마시고 흥청거리고 머리가 아픈 것보다 가끔 약을 더 좋아해.

그렇게 우체통을 내리쳤어. 앞좌석에서 돌을 떨어뜨리면 그 돌이 문이나 뒤쪽 쿼터 패널로 튕겨 나갈 위험이 크다는 사실을 일찍 알아챘기 때문에 카일과 나는 교대로 뒷좌석에 앉아 한 명이 창밖으로 몸을 기울여 돌을 떨어뜨리고 다른 한 명이 몸을 붙잡고 있었어. 우체통에 정확한 각도를 맞추려면 창밖으로 꽤 많이 몸을 기울여야 했고, 다치면 안 되니까 몸을 꼭 움켜잡으려고 안간힘을 썼어.

10대의 호르몬과 성적 욕망이 불편할 테니 다음 부분은 생략하겠지만, 나는 짓궂게 장난치는 행동을 했던 것 같아. 카일은 절친인 톰 바로 앞에서 그의 여동생과 장난치지 않으려고 애쓰며 게임에 열중했다는 말로 요약할 수 있을 거야. 하지만 그 일이 일어났고, 그 일을 언급하지 않으면 이야기가 안 돼. 내 손이 있어서는 안 될 곳에 있었어.

카일이 내게 그만 만지라고 했지만, 얼마나 진심인지 알 수 없었고, 내가 말했듯 나는 맥주를 두 잔이나 마신 상태였어. 내겐 너무 많은 양이었어. 카일이 내 손을 뿌리치고 나를 뒷좌석으로 밀쳤던 기억이 나. 나는 그게 꽤 재밌다고 생각했고, 게임을 멈춰야 할 때를 모르는 아이처럼 바로 다시 카일에게 몸을 기댔어. 그리고 그가 나를 다시 밀쳤어.

"톰이 앞좌석에서 우리에게 꽥 소리를 쳤는데 내가 너무 웃어서 소리가 들리지 않았어. 나는 앞을 보고 앉았고 ─물론 아무도 안전벨트를 매고 있지 않았어─ 톰에게 자기 일이나 신경 쓰라고 소리쳤어. 톰이 나에게 다시 소리 질렀고, 나도 그에게 심한 욕을 하면서 한동안 그런 식으로 주고받았어. 그때는 정말 당장이라도 싸울 것 같았어. 나는 잠시 후, 카일과 몸을 밀고 당기는 게임을 계속할 작정을 하며 의자 깊숙이 몸을 기대며 앉았어. 그와 하는 몸 게임이 **안전**하다는 것을 알았기 때문이었어. 무슨 뜻인지 알지? 세상에서 가장 좋은 느낌─내가 벼랑 끝으로 떨어지기 전에 항상 나를 꽉 붙잡아줄 누군가가 있다는 믿음 때문에 나는 정말이지 마음 놓고 창밖을 탐험하고, 정확한 곳에 돌을 내리치고, 멀리 갈 수 있었어. 10대 시절에 꼭 만나야 할 사람이 바로 이런 사람이 아닐까?

그런데 돌아보니 카일이 보이지 않았어.

차 안에 없었다고. 뒷좌석에 난 혼자였어, 차는 시속 50마일로 달리고 있었는데, 조금 전까지 같이 장난치던 남자가 **사라졌어.**

너무 혼란스러워서 비명도 나오지 않았어. 한순간 그가 옆에 있었고, 내가 키스를 하고 만지고, 밀쳤는데, 다음 순간에는 뒷좌석 창문이 활짝 열려 있고 여름 공기가 차 안을 휘젓고 다녔어.

나는 톰에게 무슨 일이 일어났다고 소리쳤지만, 말도 안 되는 말만 중얼거렸을 거야. "그가 사라졌어!"라고 계속 외쳤을 뿐이었어. 톰은 마침내 뒷좌석을 들여다보며 상황을 직접 목격했어. 그리고 나는 무언가를 보며 비명을 질렀어. 톰이 고개를 돌리더니, 두 눈을 크게 뜨고, 그도 보고 말았어.

카일의 얼굴이 거꾸로 뒤집힌 채 자동차 앞 유리에서 우리를 바라보고 있었어. 그는 차 지붕 위에 올라가 미친 사람처럼 비명을 질렀지만, 그는 정말 괜찮고 이 모든 것이 완벽하게 우스운 일이라고 생각하고 있다는 데 의심의 여지가 없었어. 그 미친 개자식, 그 **아름다운** 개자식은 우리가 시속 50마일로 달리는 동안 열린 창문으로 기어나가 아빠의 차 위에 있는 스키 랙을 붙잡고 지붕 위로 올라갔던 거야.

나는 사슴을 직접 보지 못했어. 카일만 보고 있었으니까. 하지만 톰이 사슴을 보고 브레이크를 급히 밟았어. 뇌가 사물을 판단하기 전에 반사적으로 몸이 먼저 반응하는 움직임 중 하나였어.

톰이 브레이크를 밟자 차가 심하게 미끄러졌고 카일은 한순간에 다시 눈앞에서 사라졌어. 카일의 얼굴이 앞 유리에 거꾸로 붙어 있는 모습이 일순간 뚜렷하게 보이다가……, 금방 휙 사라져 버렸어. 카일의 몸이 지붕에서 날아가 차 앞에 떨어질 때 흐릿하게 어두웠고, 차가 카일을 치자 끔찍하고 둔탁한 쿵 소리가 났어.

그리고 그게 끝이었어. 우리가 그를 죽였어.

씨발. 미안해 이런 말을 입 밖으로 내뱉은 적이 없었어. 누구에게도.

잠깐만.

좋아, 그럼 나머지는. 내가 왜 그런 행동을 했는지에 대해 많이 생각해봤고, 톰과 그 일 후에도 몇 번이나 이야기를 나누려고 했어. 하지만 전혀 의미가 없어 보였고, 어차피 설명할 수도 없을 것 같아서, 우리는 더 이상 그 얘기를 꺼내지 않았어.

내가 경찰에게 톰을 구하고 싶어서 운전은 내가 했다고 말했나? 톰이 이미 열여덟 살이었고 음주운전이기 때문에 그의 인생을 영원히 망칠 수도 있을 테니까? 그럴지도 모르지. 일단 형사 사법 시스템에 발을 들여놓으면 무슨 일이 일어날지 누가 알겠어? 합법적으로 술에 취한 성인이었던 톰보다 열다섯 살의 내가 짊어지는 게 훨씬 가볍다는 건 분명해.

아니면 죄책감 때문에 내가 그랬다고 진술했을까? 내가 뒷좌석에서 장난을 치지 않았다면 카일은 장난으로라도 창문 밖으로 탈출할 생각 따위 하지 않았을 테니까?

아니면 우리 가족 신화가 오빠를 위해 거짓말을 하라고 은근히 강요했을까? 톰은 천재니까 희망의 존재고, 나는 예쁜 여자애라서 결혼하면 그냥 잘 살 테니, 우리 운명을 방해하는 건 아무것도 허용하면 안 된다고?

지금 당장 이 모든 질문에 답해야 한다면 나는 그냥 '예'라고 대답할 것 같아.

네가 옳았어, 스캇. 아버지는 실의에 빠져 돌아가셨어. 엄마도 마찬가지라고 할 수 있어. 몸이 너 이상 견디지 못해 포기하는 것이

암이라면? 부모님 둘 다 누가 운전을 했는지 진실을 아는 것 같았어. —톰은 항상 끔찍한 거짓말쟁이였고 지금도 마찬가지야— 어쨌든 두 분 모두 그냥 무기력했어. 부모님은 오빠가 실리콘밸리에서 앱을 디자인할 수 있도록 열다섯 살 소녀의 인생을 망치게 내버려 뒀어.

부모님 덕분에 훌륭한 변호사를 구할 수 있었어. 판사는 무모한 위험 운전과 무면허 운전으로 5년의 집행유예를 선고했어. 나는 오로라에 남아서 일을 수습하려고 노력했어. 그 후 10년 동안 부모님 두 분을 이 세상 밖으로 떠나보냈어. 멍청한 남자들을 연달아 선택하면서. 그중 최악의 선택은 네 아빠였어.

오빠는 나가서 40억 달러를 벌었는데, 아마도 내게 빚을 졌다고 생각했을 거야. 그리고 인정해, 나는 오빠를 설득하기 위해 노력하지 않았다는 걸.

그래, 스캇. 네 말이 맞아. 톰과 나의 관계는 엉망이야."

오브리는 그렇게 말하려고 생각했다. 하지만 그녀는 아무 말도 하지 않았다. 그녀는 그 모든 것을 영혼에게도 말하지 않았고 앞으로도 그럴 것이다.

오브리는 모두를 돌보았다.

4부

붕괴

25

오로라
4개월 후

    염소들이 때맞춰 돌아왔다. 스트래튼에서 염소들이 돌아다니는 것을 본 첸 부인이 아이들과 함께 카유가 골목으로 염소들을 몰고 온 것이다. 몇 달 전, 앞마당의 잔디를 없애고 공동 텃밭을 조성했지만, 진입로와 인도 주변에 잡초가 무성했다. 잡초는 도로의 갈라진 틈, 나무 주변의 습지, 그리고 자연이 살아 숨 쉬는 곳이면 어디든 퍼졌다.

    쓰레기도 문제도 심각했다. 지난 4개월 동안 상점에서 버려지는 쓰레기는 급격히 줄었지만, 음식물 쓰레기를 퇴비로 활용하는 데 익숙하지 않은 주민들 때문에 여기저기 음식물 쓰레기가 쌓였다. 모두 열두 마리 정도 되는 염소들은 약 1마일 떨어진 동물원의 울타리를 뚫고 나와 이 지역을 자유롭게 돌아다니고 있었다. 염소를 식용으로 여기는 사람은 없었기에, 염소들은 주변 환경을 정화라는 중요한 역할을 했다. 염소들은 임무를 충실히 해냈다.

8월 말, 작물을 수확할 때까지 염소들의 접근을 막는 것이 카유가 골목의 유일한 문제였다. 이웃들은 모두 교대로 수확 작업에 참여했다. 누군가는 염소들이 농작물에 접근하지 못하도록 지키는 임무를 맡았지만, 염소들은 빠르고 집요하게 접근했다. 누군가는 한눈을 팔았고, 누군가는 종일 일을 했다. 노먼 레비는 4개월 전보다 눈에 띄게 느리고 쇠약해졌지만, 염소를 돌보는 일을 인생의 새로운 소명으로 여겼다.

노먼은 자신만의 오랜 방식대로 무전기를 켜고 질문하는 것부터 시작했다. 수단의 한 농부와 연락하며 유용한 팁을 얻었고, 몇 차례의 모의 훈련 끝에 염소들은 노먼의 지시에 따르기 시작했다. 염소에게 돌을 던져 통제하는 것은 널리 알려진 방법이었으나, 수단의 한 농부는 오히려 염소가 겁을 먹어 작업 속도가 느려진다고 조언했다. 막대기를 사용하는 것도 좋은 방법이었지만, 염소를 때리거나 불안하게 만드는 일은 없어야 했다. 대신 땅을 가볍게 두드려 농작물에서 멀어지도록 유도하는 것이 좋다. 6월 말이 되자 염소들은 노먼에게 순종하게 되었고, 그는 더 이상 막대기를 두드릴 필요조차 없이 큰 막대기를 그냥 들고 다니는 것만으로도 충분했다. 노먼은 새로운 직업을 사랑했고, 염소들이 돌아오는 장면을 항상 기쁨과 열정으로 바라보았다.

스캇은 더 이상 노먼을 피해 다니지 않았다. 오히려 육체적으로 힘든 일을 도맡으며 그를 도왔고, 외부 세계의 유일한 정보원이 된 노먼의 무전기에 대해 가능한 모든 것을 배웠다. 스캇이 노먼과 너무 많은 시간을 보내는 것에 대해 여전히 두려워하고 있다는 것을 오브리는 알고 있었지만, 이유는 이해할 수 있었다. 노먼은 언젠가는, 아마도 오래지 않아, 죽을 것이고 스캇은 또 다른 상실을 겪고 싶지 않았을 것이다. 그 결과 둘 사이의 깊은 대화는 기대하기 힘들었다.

"말 좀 해봐." 노먼이 애원하곤 했다. "사람들과 대화해야 해."

"왜요?" 스캇이 물었다.

"그것보다 더 가치 있는 일이 없으니까."

스캇은 어깨를 으쓱하며 생각해 보겠다고 말했다. 지금은 그냥 노인과 함께 일하는 시간을 조용히 즐겼다. 그 결과 텃밭은 사방이 아름답게 정리되었다.

막다른 골목은 완전히 변했다. 암석으로 장식된 정원, 다년생 꽃, 관목 및 기타 관상용 원예는 정전 2, 3주째 동안 조금씩 치워졌다. 처음에는 주민들이 서로 합의점을 찾지 못했지만, 오브리와 필은 먼저 자신의 마당을 텃밭으로 일구고 작물들을 심기 시작하며 모범을 보였다. 얼마 지나지 않아 이웃들이 점점 호기심을 갖고 밖으로 나왔다. 식량 공급이 줄어들고 정부 배급 일정에 대한 불신이 커지자 결국 이웃들도 동참했다.

진짜 문제는 따로 있었다. 동물들은 울타리로 막을 수 있었으나, 밤도둑들은 달랐다. 그들이 가장 많이 훔치는 품목은 가장 먼저 열매 맺고, 가장 많이 수확하는 토마토였다. 토마토를 많이 심고, 어느 정도 도난을 예상한 것도 필이었는데, 그의 예상이 적중했다. 토마토는 성숙 정도를 확인하기 쉬운 작물이고, 따는 데 가장 적은 노력이 필요하며, 특히 훔치는 경우 한 사람이 가져갈 수 있는 양은 거의 비슷하다고 그가 말했다. 필요한 양보다 많이 심고 도둑맞는 것은 버리는 셈 치면 된다고 했다. 이웃들은 그의 말을 따랐다.

보통 8월 중순이면, 텃밭을 가꾸는 사람들은 남는 농산물을 서로에게 나눠주기 시작한다. 작년 여름에는 오이 하나도 서로 나눠 먹지 못한 사람들이지만, 올해는 달랐다. 재배한 모든 작물을 수확했고, 수확한 것은 모두 먹거나 저장하거나 굶주린 이웃들에게 나눠주었다. 한 조각의 낭비도 없었고, 그런 일은 있을 수도 없었으며, 굳이 말하지 않아도 모두가 그 이유를 잘 알고 있었다.

겨울이 3개월밖에 남지 않았다.

오브리는 8월 26일 오전 10시경 이미 지친 모습으로 집에서 나왔다. 여전히 날짜를 세고 있는 사람들에게는 '블랙 스카이 현상' 137일째였지만, 오브리는 이미 오래전부터 날짜를 세지 않았다. 숫자보다 훨씬 더 중요한 것은 오늘이 목요일이라는 사실이었다. 월요일과 목요일은 오로라 시에서 해가 뜬 직후 펌프를 켜 2시간 정도 가동하는 물의 날이었다. 오브리는 그 시간 내내 주방 싱크대, 아래층 화장실, 지하실을 오가며 바쁘게 움직였다.

주방과 욕실의 수도꼭지에 짧은 길이의 호스를 연결해 물이 나오는 동안 계속 틀어놓고, 바닥에 있는 5갤런짜리 물통에 호스 끝이 닿도록 했다. 급격히 제한된 물 공급 일정의 첫 몇 주는 카유가의 주민들에게 잔인한 시간이었다. 그들은 수백 개의 빈 유리병, 믹싱볼, 욕조에 물을 가득 채우기 위해 최선을 다했지만, 항상 물이 넘치고 너무 빨리 끊겼다. 그러던 중 스캇과 셀레스트는 매일 동네를 돌아다니며 채집을 하던 중 빈 병으로 가득 찬 생수 회사 트럭을 발견했다. 물통에 물이 담겨 있을 거로 기대했던 두 사람은 처음에 실망했지만, 빈 물통 자체만으로도 가치가 있었다. 동네 수도 '관리인'이었던 오브리는 이제 5갤런짜리 플라스틱 물통 62개를 소유하게 되었고, 물통이 가득 차면 최대 5일 동안 골목 전체 주민의 물 수요를 충족시킬 수 있었다.

　그녀는 주방에서 물이 가득 찬 통은 뚜껑을 닫고, 호스를 빈 물통으로 옮긴 다음 물이 든 통들을 지하 창고로 옮겼다. 서늘한 지하실 벽 쪽으로 그것들을 내려놓고 다음 물통을 가져오기 위해 다시 위층으로 올라갔다. 물을 채우는 시간을 서로 잘 맞춰 중간에 멈추거나 물을 흘리지 않고 2시간 내내 통에 담을 수 있었다. 견딜 수 없는 건 그녀의 팔이었다.

　각각 약 18kg의 물통 62개를 들고 계단을 내려가려면 약 900kg이 넘는 물이 필요했고, 오브리는 통을 옮길 때마다 팔 근육이 타는 듯한 고통을 느꼈다. 그녀의 팔은 세상 사람들이 평생 한 번쯤 갖고 싫다고 말하는 마돈나나 미셸 오바마의 단단한 근육질 팔과는 거리가 있었다. 이 새로운 팔에는 **힘**이 있었다. 지난 4개월 동안 그녀의 몸이 변했다. 수영복이 잘 어울리게 변했다기보다, 필요한 곳에 힘을 쓰며 목적을 달성할 수 있도록 바뀌었다. 그녀는 살이 얼마나 빠졌는지도 몰랐고, 특별히 신경 쓰지도 않았다. 중요한 것은 그녀의 인생에서 정신적, 육체적 최적의 상태라는 걸 느낄 뿐이었다.

약품이 부족한 상황이 오히려 이롭게 작용했다. 그녀와 스캇은 정전 후 며칠 만에 진통제를 모두 소진했고, 그 후 처음 몇 주 동안은 아티반과 앰비엔을 번갈아 가며 복용했다. 진통제가 떨어져도 리필이 불가능했다. 약국 영업시간이 제한되었고, 경비가 삼엄하며, 위급한 처방전 약만 지었다. 그녀는 어느 날 밤 남은 약을 변기에 쏟아버리기로 결심했다. 전전긍긍하며 날짜를 세는 걸 멈추기로 마음먹었다. 물론 그 시간에는 수도 펌프가 작동하지 않는다는 사실을 잊고 더러운 변기 물에 손을 넣고 무릎을 꿇고 앉아 흠뻑 젖은 알약을 건져내려던 굴욕적인 순간, 그녀는 그냥 두기로 결심했다. 그녀는 알약이 녹도록 그대로 두었고 그 후로 약에 대해 생각하지 않았다.

그날 아침 물 공급은 3시간 가까이 이어졌다. 플라스틱 통이 다 채워지자 오브리는 예전처럼 집안을 뛰어다니며 손에 닿는 대로 용기에 물을 채웠다. 목욕을 위해 욕조에 물을 가득 채웠다. 재난 초기 시절에 그녀와 스캇, 셀레스트가 어둑어둑한 불빛 속에서 서로를 바라보며 컵에 물을 담아 암울하게 마시던 무기력했던 시간이 아니라, 이번에는 실제 **목욕**을 하기 위해 물을 받은 것이다. 온수 목욕은 아니었지만, 4월부터 온수기는 멈춘 상태고, 오늘 바깥 기온이 30도까지 올라갈 것 같았다. 욕실의 블라인드를 걷고 문을 닫아두면 오후 늦게 욕조의 물이 25도 중반까지 올라갈 것 같았다. 하루가 순조롭게 시작되었다.

아침 집안일을 마친 오브리는 밖으로 나갔다. 그녀는 분주해 보이는 골목을 둘러보았다. 첸 부인과 아이들은 호박밭에 있었고, 데릭과 자넬은 콜리플라워에서 열심히 양배추 벌레를 골라내고 햇볕으로부터 보호하기 위해 윗부분을 감싸주는 작업을 하고 있었다. 필의 말대로 선덜랜드 회사 씨앗으로 수확한 오렌지 수박은 오브리가 평생 맛본 과일 중 가장 달콤했다.

그녀는 음식 타는 듯한 매캐한 공기 때문에 자주 눈을 깜빡이거나 비볐다. 재난과 함께 찾아온 대기의 변화였다. 천연가스 공급은 5월 하순에 처음 끊긴 이후 가끔 들어왔지만, 물 공급과 달리 언제 들어올지 알 수 없었다. 구덩이를 파고 엉성하게 만든 화덕과 태양열을 이용한 오븐을 사용해 보았지만, 장작불 화력이 최고였다. 밤이면 집마다 장작불로 요리를 하는 진풍경이 곳곳에 펼쳐졌다. 매끼니 날것의 음식을 먹을 수 없다는 걸 알면서도, 오브리는 맑은 하늘을 더 이상 볼 수 없다는 아쉬움이 밀려오는 것까지 막을 수 없었다. 재난 발생 후 첫 한 달 동안, 모든 연료 공급이 끊긴 오로라의 하늘은 오브리가 살면서 본 것 중 가장 맑고 깨끗했었다.

움찔하며 눈을 가늘게 뜬 그녀는 길 건너편을 바라보았다. 노먼이 모세처럼 염소들과 함께 걸어오고 있었다. "무슨 소식 좀 있어요, 노먼?" 그녀가 물었다.

"먼 오지에서 들려오는 희망의 메시지." 노먼이 대답했다. 어디선가 희망적인 소식이 들려왔다는 뜻은 결코 아니었다. 그가 늘 하던 말이었을 뿐이었다. 부모와 함께 나치 독일을 탈출하며 삶을 시작한 88세의 노인이 어떻게 전 세계가 정전된 상황에서 이토록 낙관적인 시각을 가질 수 있는지 오브리는 짐작도 할 수 없었지만, 바로 그런 점들이 노먼을 노먼으로 만들었다.

"그래요? 무슨 메시지요?" 그녀는 노먼에게 다가가던 걸음을 멈추고 염소 한 마리를 쓰다듬으며 물었다. 그녀가 가장 좋아하는 검은 염소였는데, 항상 사람을 앞질러 가려는 것처럼 보였다. 염소는 자신이 어디로 가야 하는지 몰랐지만, 사람보다 앞서가야 한다는 것은 알고 있는 듯했다.

노먼은 나쁜 소식을 전하는 것보다 낫다고 생각했다. 지난 몇 달 동안, 그는 동부 여러 도시에서 발생한 사망자 수와 식량 폭동에 대한 소식들을 이웃들에게 들려주었다. 그러나 그런 이야기는 이웃들을 우울하게 만들 뿐이었다. 적어도 그들이 당장 알아야 할 소식은 아니었다. 이웃들과 밀접한 곳의 정보이거나 긍정적인 내용이어야 했다. 그 외의 것은 쓸모없고 환영받지 못했다.

"베데스다에 있는 내 옛날 제자, 오브리도 알 거야, NOAA에서 일하던?"

"페리, 뭐였지요, 맞죠?"

"기억력은 최고군." 그는 숨을 고르느라 잠시 멈췄다. 노먼의 호흡이 최근 들어 더 가빠졌다. 그녀는 그가 숨을 고를 때까지 기다려 줘야 했다. 그가 다시 입을 열었다. "페리는 지금 아이오와 시내 외곽에 있는 부모님 집에 몇 달째 머물고 있어. 그가 수동으로 작동하는 32G 브레넌 단파 무전기를 가지고 있는데, 아주 야무진 작은 장비지."

"그가 뭐라고 했어요, 노먼?"

"어젯밤부터 두 차례에 걸쳐 간헐적으로 전기가 들어왔다고 말하더군."

오브리는 놀라 기절하듯 그를 바라보았다. "농담이죠?"

"난 웃긴 것 아니면 농담 안 해, 이건 아니라니까."

"얼마나 오래 지속되었대요?"

"1분도 안 된대. 그 정도라면, 페리는 생후 6개월 된 아기가 갑자기 일어섰다가 아직은 걷지 못한다는 걸 깨닫고 바로 엉덩방아를 찧는 것과 비슷한 순간이라고 했어. 짧아도 실제로 전기가 들어온 거야."

"희망을 버리지 않겠어요." 오브리는 필의 집을 향해 몸을 돌리며 말했다.

"그 쉬운 표현을 사람들은 제대로 이해하지 못하고 살아왔어."

노먼이 말했다. "우리에게 희망과 기다릴 수 있는 능력 말고 또 무엇이 있을까? 염소들과 우리를 구분 짓는 유일한 요소야."

"대단한 통찰력이에요."

노먼은 어깨를 으쓱했다. "뒤마의 말이야, 내 말이 아닌."

오브리는 어깨 너머로 그에게 미소 지으며 필의 집 앞 좁은 길을 따라 빽빽이 들어선 완두콩, 누에콩, 리마콩, 풋강낭콩 사이로 걸어갔다. 그녀는 계단을 올라가 노크도 없이 현관문을 열고 안으로 들어갔다.

그녀는 필의 집 앞 창문이 남쪽을 향하고 있어서 부러 햇볕을 가린 방을 둘러보았다. 블라인드 사이로 희미한 빛이 스며들어와 공중에 떠다니는 먼지를 비추고 있었다. 방은 깔끔하지 않았지만, 봐줄 만했다. 정리하고 사는 사람은 더 이상 없었다. 해야 할 일이 너무 많았다.

"필?"

대답 대신 지하실에서 '쿵쾅쿵쾅' 소리가 들렸다. 그녀는 열린 문으로 다가가 계단 아래를 내려다보았다. 수경 재배용 틀이 놓여 있던 자리에 새롭게 만든 통조림 제조 테이블에서 작업 중인 그의 모습을 볼 수 있었다. 그는 일에 너무 몰두한 나머지 인기척을 느끼지 못했다. 그녀는 그가 놀라지 않도록 조심스럽게 목소리를 조절했다. 필은 쉽게 겁을 먹는 사람이었다.

"나, 시간 없어요, Mr."

필은 고개를 돌려 그녀를 바라보며 미소 지었다. 그녀는 두 손을 엉덩이에 얹고 조바심 나는 척하며 그를 내려다보았다.

"무슨 말씀이신지 모르겠네요." 필이 그렇게 말했지만, 그는 연기가 서툴러서 그녀가 무슨 뜻으로 한 말인지 정확히 알고 있었다. 오브리는 돌아섰다. 필은 그녀의 짐작대로 계단을 올라오더니 그녀를 따라갔다.

오브리는 필과 **관계**를 하며 깨닫기 전까지 그가 요다(스타워즈에 등장하는 인물)의 포스터를 침대 머리맡에 붙여 놓은 걸 대수롭지 않게 여겼었다. 다른 포스터였다면 필답지 않았을 것이다. 그녀가 "시도는 없고 오직 실행만이 있을 뿐이다"라는 문구가 적힌 포스터를 **침대** 위에 붙이는 순간 문구의 의미가 '침대'와 연결돼 발기부전의 징후를 암시하는 것으로 보일 수도 있다고 그를 설득했지만, 오히려 필은 그 포스터를 더 좋아했다.

그녀는 방으로 들어오며 셔츠를 벗어 의자 위로 던지고 브래지어 단추를 풀었다. 필은 그녀가 반바지의 버클을 풀고 내리는 모습을 문간에서 지켜보았다. 알몸이 된 그녀는 침대로 가다가 그가 자신을 바라보고 있다는 사실을 깨닫고 멈췄다. 그녀는 창피한 척했다. "어, 미안해요, 뭘 도와드릴까요?"

필은 고개를 저었다. "내가 무슨 기계라고 생각해요? 원하면 언제든 와서 섹스를 요구할 수 있다고 생각하냐고요?"

"네." 그녀는 흐트러진 침대의 커버를 걷어내고 누웠다.

"그래, 당신 말이 맞을 거야." 그는 옷을 벗고 그녀와 함께 침대에 누웠다. 오브리만 살이 빠진 것이 아니었다. 필 역시도 벨트를 풀자마자 바지가 그대로 흘러내릴 정도로 야위었다.

"아침 내내 물통 채우느라 땀 냄새가 좀 나요." 오브리가 그녀 옆으로 다가서는 그에게 말했다.

"다시 말하지만, 당신은 내가 만난 사람 중 가장 로맨틱한 사람이야." 그는 그녀의 목에 키스하며 말했다.

그녀는 그를 향해 몸을 말며 그의 다리 사이로 손을 뻗었다. 필이 침대에서 문제가 있었다고 해도, 이제 더 이상 그런 문제는 없어 보였다. 6월 말에 대마초가 다 떨어진 이후로 그는 대마초를 끊었다. 그녀는 그 차이를 느낄 수 있었다.

그녀는 그의 몸 위로 올라갔다.

한 시간 후, 오브리는 다시 거리로 나왔다. 스캇과 셀레스트는 평소처럼 아침부터 채집을 하러 다녔다. 오늘은 장작을 구하는 데 중점을 두었다. 공동으로 사용하는 버디 로맥스의 오픈형 픽업트럭이 길 한가운데에 주차되어 있었고, 주민들은 장작더미를 내리느라 바빴다. 오로라 주변의 작은 산림지대는 땔감용으로 적절한 나무는 없어 보였다. 필은 숲이 울창하고 싱그러운 공원도 기대할 수 없을 거라고 지적했다. 전기톱이 있더라도 나무를 베어내려면 엄청난 양의 작업이 필요하고, 수액으로 가득 찬 나무는 땔감으로도 부적절했다.

시카모어에 있는 폐가의 가치를 발견한 건 셀레스트였다. 작은 부지에 있는 낡은 이층집은 주인이 대출을 갚지 못해 압류된 상태였는데, 2008년 부동산 경기 침체 이후 은행에서도 재매각이 불가능했다. 십여 년 동안 방치되어 있던 집은 코로나19로 인한 부동산 구매 붐에도 불구하고 여전히 폐허로 남아 있었다. 셀레스트는 집이 은행 소유이고, 어차피 철거되어야 하는 상태이기 때문에 은행도 흔쾌히 응할 거라며 땔감용으로 목재를 사용하자고 제안했다. 이 아이디어는 마법처럼 효과가 있었다. 집의 골격이 앙상한 뼈대만 남았던 7월 말, 그 둘은 비슷한 처지의 다른 폐허들을 발견했다.

셀레스트는 땔감 수거 발상뿐만 아니라 많은 제안을 했다. 오브리는 셀레스트를 처음 만났을 때 느꼈던 편견을 지웠다. 그녀의 소극적이고 주눅 든 모습이 구타당한 개를 연상시켰지만, 실제로 겪어보니 그와는 전혀 다른 사람이었다. 셀레스트는 창의력, 융통성, 때로는 오브리를 놀라게 하는 힘을 가지고 있었다. 그녀가 집에서 어떤 일을 겪었든, 오브리는 묻지 않았다. 셀레스트는 강인했고, 생존자였으며 힘든 결정을 내리는 방법을 터득했다. 자신이 소유하지 않은 집을 허물어 땔감을 마련하자는 것은 그녀의 많은 제안 중하나였고, 동네 반상회에서 다른 사람들이 편하게 받아들이지 않는 사항들도 조금씩 실행에 옮기는 사람은 셀레스트가 유일했다. 예를 들어, 셀레스트가 〈베스트바이〉 마트에 있는 물건들을 약탈하자는 제안은, 비록 모든 상품이 쓸모없을지라도 그리고 실제로 쓸모없는 것들만 남아 있기 **때문에**, 전기가 다시 들어오는 날을 대비해 물건을 확보해두면 현금화할 준비를 할 수 있을 거라고 말했다. 다른 사람들은 그녀의 말에 난색을 표했지만, 셀레스트는 어깨를 으쓱할 뿐이었다. 그녀는 더 많은 아이디어를 가지고 있었고, 기꺼이 기다릴 수 있었다.

그런데 오늘 오브리가 필의 집에서 나와 트럭으로 향했을 때, 셀레스트는 지난 4월 처음 집에 왔을 때처럼 불안해 보이는 눈빛을 가진 어린아이처럼 보였다. 스캇은 셀레스트의 어깨에 팔을 두르고 그녀를 꼭 안아주고 있었다.

"무슨 일이야?" 오브리가 물었다.

셀레스트는 주위 시선이 신경 쓰였는지 돌아섰다. 오브리는 그녀가 슬픔보다는 짜증에 가까운 눈물을 닦고 있는 모습을 보았다.

"괜찮아요." 스캇이 말했다. "그냥 누구랑 마주쳤어요."

"누구랑?"

"상관없어요. 셀레스트는……."

그녀는 셀레스트의 얼굴을 살펴보기 위해 그의 곁으로 한 걸음 다가갔다. "셀레스트, 무슨 일이야?"

"괜찮아요."

"어디서 만났어? 장작집에서?"

"네. 이번에는 사람들이 더 많은 곳이었어요. 보통은 다들 맡은 일을 하는데, 서로 간섭도 안 하고, 그런데 어떤 사람이 계속 저를 쳐다보는 게 느껴졌어요. 제가 고개를 돌리고 쳐다볼 때마다 고개를 돌리더라고요." 그녀는 고개를 절레절레 흔들며 말을 멈췄다.

스캇은 더 이상 자신을 억제할 수 없었다. "러스티였어요."

"뭐?"

"그 인간이 얘를 잡으려고 했어요." 스캇이 흥분해 말했다. "내가 좀 뒤쪽에 있었는데, 비명을 듣고 달려가 보니 그 개자식이 얘 목 뒤로 손을 뻗어 자기 차 쪽으로 끌고 가고 있더라고요."

"뭐라고? 왜, 무슨 일이야?" 밖에 있던 필이 대화의 마지막 부분을 들었다. 노먼과 한두 명의 다른 사람들도 셀레스트가 피하려고 했던 대화에 끼어들었다.

"러스티가 너를 **납치**하려 했다고?" 오브리가 물었다.

셀레스트는 화를 내며 허리를 곧추세웠다. "다들 그만하시면 안 돼요? 난 괜찮다고요. 우리 아빠에 대해 계속 얘기하면서, 나를 집으로 데려가겠다고 했어요."

"죽여버릴 거야, 그 인간." 스캇이 말했다. "말 그대로 저기로 다시 가서 그 인간을 죽일 거라고요."

오브리는 셀레스트와 이야기하는 동안 손을 내밀어 스캇을 진정시켰다. "셀레스트가 집으로 돌아가든 안 가든, 러스티가 왜 신경 쓰지?"

"신경 쓰는 게 아니에요." 스캇이 말했다. "그 인간이 신경 쓰는 건 얘네 아빠와 잘 지내려고 노력하는 것뿐이에요. 마약과 사기 등으로 둘 사이가 매우 안 좋은 관계예요. 러스티는 항상 얘네 아빠에게 아부 떠는 인간이고요."

"우리 아빠는 인간말종에 범죄자예요." 셀레스트가 말했다. "제가 떠나는 걸 견디지 못하고, 누군가 그의 손아귀에서 도망가도 참지 못해요. 아마 제가 여기 온 날부터 계속 미치고 팔짝 뛰었을 거예요."

"어떻게 러스티를 막아냈어?" 오브리가 물었다.

셀레스트가 어깨를 으쓱했다. "그의 발을 밟고 고환을 팔꿈치로 가격한 다음 뒤돌아서서 목에 주먹을 날렸어요."

다른 사람들이 그 말을 소화하는 동안 잠시 침묵이 흘렀다.

"어디서 배웠어, 그런 기술은?" 오브리가 물었다.

"유튜브요." 그녀는 주위를 둘러보았다. 모두 그녀를 쳐다보고 있었다. "왜요? 그게 우리가 해야 할 일이죠. 맞죠?"

"맞아." 오브리가 말했다. "그게 바로 네가 해야 할 일이야."

"그럼 이제 다들 저를 그만 좀 쳐다보시죠?"

그들은 시선을 돌렸다. 오브리는 스캇에게 물었다. "너는, 그때 뭐 하고 있었어?"

"경외심에 찬 눈으로 애를 지켜봤죠."

"좋아, 누가 미행한 사람 없었고?"

"아뇨." 스캇이 말했다. "그 인간이 손과 무릎으로 바닥을 디디고 토하고 있더라고요. 누구를 따라갈 것 같지 않았어요."

"알았어." 그녀는 카유가 골목과 교차로가 만나는 지점 끝까지 바라보았다. 스캇과 셀레스트가 픽업트럭을 타고 돌아온 후 그곳에 나란히 주차해 두었던 두 대의 SUV는 다시 제자리로 옮겨져 있었다. 위츠키 형제는 트럭 뒤 칸에 접이식 야외용 의자를 펼쳐 놓고 앉아 교대로 경비를 서고 있었다. "차를 한 줄 더 주차해 놓자. 해가 진 후에도 위츠키 형제가 몇 시간 더 있을 수 있을 거야. 확실히 해 놔야지."

"오지 않을 거예요." 셀레스트가 말했다. "우리 아빠는 여기 안 와요." 그녀는 고개를 저었지만, 그 누구보다 자신을 안심시키기 위한 제스처처럼 보였다.

해가 질 무렵, 오브리는 프랭크와 조니 위츠키 형제가 막다른 골목 끝에 있는 야외용 의자에 앉아 12게이지 산탄총을 무릎 위에 올려놓은 모습을 확인한 후 서둘러 집으로 돌아왔다. 해가 창밖으로 사라지기 전에 얼른 위층 욕실에 가고 싶었기 때문이었다.

문을 열고 들어선 그녀는 늦은 오후의 햇살로 욕실이 뜨거운 열기를 머금고 있다는 사실에 기뻤다. 창문과 문을 닫자 실내가 사우나 온도에 가까워졌고, 욕조의 물을 손으로 훑어보니 25도가 훌쩍 넘을 것 같았다.

그녀는 옷을 벗었다. 아까 물통을 들고 지하실로 내려가다가 계단에서 삐끗한 오른쪽 종아리가 뻐근했다. 그녀는 나중에 수명이 다한 비닐 팩을 찾으면, 소독용 알코올과 물로 젤 팩을 만들어 도움이 되는지 확인하고 싶었다. 대개는 효과가 있었다.

오브리는 욕조에 들어가 고개를 뒤로 젖히고 눈을 감았다. 스캇이 피아노 치는 소리가 계단을 타고 흘러들어왔다. 곡조가 아름답고 애절한, 어떤 쇼의 배경음악처럼 들렸다. 그녀는 그가 이 곡을 연습하는 것을 들어본 적이 없었다. 아마도 3번가의 이웃집에서 새로 배운 곡이었을 것이다. 수년 동안 피아노 연습을 시키려던 노력이 실패했지만, 스캇의 참을 수 없는 지루함이 결국 그녀가 원하는 결과를 만들어냈다. 그는 6월 말부터 이웃 동네를 집마다 방문하며 피아노를 칠 줄 아는 사람이 있는지, 가르쳐줄 의향이 있는지 물었다. 여든에 가까운 나이에 혼자 살던 파파도풀로스 부인은 기꺼이 좋다고 했다.

오브리는 계단을 타고 올라오는 피아노 소리를 들으며 호흡이 규칙적으로 변하는 걸 느꼈다. 몸은 꽤 피곤했지만 만족스러웠다. 그녀는 1,000L가 넘는 물을 통에 담아 저장했다. 그녀는 지난 몇 달 동안 필과 만족스러운 섹스를 했고, 필은 생각했던 것보다 훨씬 더 건장한 남자임을 드러냈다. 그녀는 노먼에게서 한 가닥 희망을 얻었지만, 그것에 집착하고 싶지는 않았다. 그리고 이웃들은 보호가 전혀 필요 없을 것처럼 보였던 셀레스트를 살피기 위해 함께 모였다.

그 아이는 심지어 오브리 전남편의 목을 주먹으로 때리기까지 했다.

오브리는 거의 완벽한 하루였다고 생각했다.

26

예리코 외곽

톰은 침대 가장자리에 걸터앉아 서랍을 내려다보았다. 문득 앤 소피가 그의 안경도 모두 가져가길 기대했을지 궁금했다. 그는 열한 개의 안경이 있었다. 안경을 하나하나 넣을 수 있도록 안감을 덧대어 맞춤 제작된 서랍 덕분에 이미 오래전에 케이스를 버렸다. 그렇다고 침실 벽에 붙은 협탁을 통째로 가져갈 수도 없었다. 어떻게 해야 할까. 천 달러짜리 안경 수십 개를 마트 봉투에 넣어 아래층으로 가져가야 할까? 우스꽝스럽지 않나? 그리고 다시 말하지만, 모든 상황이 진짜 우스꽝스러웠다. 그의 물건이 정말 우연히 마주치고 싶지 않을 정도로 그녀를 **그렇게** 괴롭혔다는 말인가?

톰은 한 번도 집에서 쫓겨난 적이 없었고, 지금 이 상황이 쫓겨나는 것은 아니라고 재빨리 마음을 바꿨다. 아니다, 쫓겨나는 것이 아니라 정중하게 퇴거 요청을 받았다. 앤 소피와의 대화 끝에 큰 집을 떠나는 것이 최선이라고 서로 동의했다. 그들은 지난 4월 지하벙커 '공격' 이후 지하 아파트에서 일주일 만에 다시 집으로 돌아왔었다. 외부 세계의 위험에 대한 톰의 악몽 같은 시나리오는 아내와 아이들을 설득하지 못했고, 솔직히 그는 지상에 있는 대저택의 공간과 채광, 안락함을 그리워하고 있었다. 그래서 그는 기꺼이 가족들의 요청을 받아들였고, 가족들은 모두 다시 위층으로 이사했다.

문제는 그의 아내가 그와 합류하는 것을 원치 않았다. 그녀의 행동은 이후 몇 주 동안 더 나빠졌다. 그녀는 톰과 대화하지 않았고, 밤새 어디에 있었는지 설명할 책임감도 느끼지 않았다. 5월 중순이 되자, 톰은 지하벙커 아파트로 다시 돌아갔다. 이번에는 혼자였다. 앤 소피는 관계를 회복하기 전에 각자의 시간을 갖는 '냉각기'라고 주장했다. 톰은 그녀가 처음부터 은근히 공격적인 방식으로 그를 지하실로 다시 보낸 뒤 혼자 집을 차지하기 위한 전략은 아닌지 궁금해졌다.

그 후 몇 주 동안 주변 상황은 더욱 나빠졌다. 퍼스트 패밀리의 가정환경 변화로 인해 커뮤니티의 전체적인 균형이 깨진 것 같았다. 좁은 공간에서 비밀을 지키기 쉽지 않았다. 톰은 처음에 모든 것이 완벽하게 정상인 것처럼 행동하다가, 혼자 아파트로 내려가기 위해 엘리베이터를 탈 때 그를 처다보는 사람들을 만나면 매서운 눈빛으로 되받았다.

재난 발생 6주째가 되자 이탈자가 증가하기 시작했다. 두 달에 걸쳐 관리인 두 명과 영양학자 라만 박사, 그리고 가장 고통스러웠던 것은 요리사 프리드먼 부부마저 떠난 것이었다. 이들 중 누구도 톰에게 떠나는 이유를 설명하거나 양해를 구하지 않은 채 갑자기 차를 타고 떠났다.

더 심각한 일은, 그들 중 일부는 외부 세계가 안전하지 않다며 다른 가족들까지 데리고 일주일 만에 되돌아왔다는 것이다.

톰은 이제 단지 내에 누가 살고 누가 사라졌는지 알 수 없었으며, 하루 동안 마주친 사람 중 절반이 모르는 사람들이라는 사실만 알 수 있었다. 차라리 호텔에 사는 게 낫다는 생각이 들었다. 일상은 무너졌고, 규칙은 사라졌으며, 위계질서마저 엉망이었다. 설사 위계질서가 있다고 해도 톰은 자신이 그 정점에 있지 않다는 것을 확실히 알고 있었다.

몇 주 전 금요일 아침, 이 외딴곳에서 그들을 유일하게 보호해 주던 지미와 다른 세 명의 민병대원들이 '사임'을 선언했을 때 이미 그 사실이 분명히 드러났다. 그들이 슬그머니 도망치듯 사임하는 이유가 믿을 수 없게도 "변명할 도리가 없는 보안상 실수" 때문이라고 말했다. 복면을 쓴 약탈자들이 한밤중에 시설에 침입해 12층 지하에 있는 현금보관함의 비밀금고를 열고 현금 300만 달러를 훔쳤다는 사실이 수치스러울 정도로 큰 실수라고 말했다. 그렇다, 틀린 말은 아니었으나!

톰은 지미가 오랫동안 계획하고 벌인 일이라고 믿었다. 설득력 있는 변명을 생각해낼 수 없었던 전직 소령 지미는 톰의 눈을 똑바로 바라보며 허무맹랑한 거짓말을 하기로 마음먹은 것 같았다. 그의 표정은 오히려 톰에게 질문이 있으면 해보라는 듯 대담해 보였지만 톰은 말려들지 않았다.

지미와 그의 대원들이 300만 달러를 가지고 떠난 것으로 추정된다. 톰은 그들이 다른 비밀금고에서 나머지 1,200만 달러를 훔치지 않았다는 사실에 위안을 얻었지만, 솔직히 사람으로서 그게 가능한가? 그의 수하에 있던 사람들에게 당한 일이었다. 그리고 그들은 톰이 그 사실을 알든 모르든 상관하지 않았다. 당연히 클로에는 지미와 함께 떠났다. 무한정 요가 수업, 단정한 커트, 그리고 개인 서비스 계약서에 담긴 톰의 믿음까지 함께 사라졌다. 아무도 더 이상 그 어떤 것도 신경 쓰지 않는 것 같았다.

그리고 지금 그는 또 하나의 최악의 상태와 맞닥뜨렸다. 앤 소피는 그날 아침 톰을 만나러 아래층으로 내려갔다. 톰이 문을 열고 그녀를 보는 순간, 어리석게도, 심장이 두근거렸다. 어쩌면 그가 바라던 화해의 시작이었을지도 몰랐다. 하지만 아니었다. 그와는 거리가 멀었다. 그녀는 그에게 위층에 있는 나머지 짐을 챙겨가라고 부탁하러 온 것이다. 왜 이런 게 갑자기 시의적절한 문제처럼 둔갑한 것인지 알 수 없었지만, 그는 퉁명스럽게 동의했고, 그래서 지금 안경 등을 가지러 여기까지 온 것이다.

그까짓 안경들. 그는 안경들을 있던 그대로 두기로 했다. 그는 서랍을 꽝 닫고 그의 물건이 들어 있는 커다란 트렁크를 집어 들고 문으로 향했다.

엘리베이터로 향하는 짧은 복도의 중간쯤에서 그는 걸음을 멈췄다. 복도 끝에서 엘리베이터에서 막 내린 사람이 이쪽으로 걸어오고 있었는데, 그 사람 역시 큰 가방을 들고 있었다.

마키스.

그는 톰의 거울 이미지처럼 보였다. 비슷한 나이의 두 남자가 큰 가방을 들고, 한 명은 오고 다른 한 명은 가고. 뭐지, **이사 오는 건가?**

톰은 복도 반대편에 있는 이상한 이미지를 이해하려는 RCA(Root Cause Analysis—근본 원인 분석) 개처럼 고개를 갸웃했다.

"젠장." 마키스가 말했다.

"이게 무슨 상황이야?" 톰이 물었다.

마키스가 한숨을 쉬었다. 그는 검은색 캔버스 가방을 조심스럽게 내려놓고 몸을 곧추세웠다.

"어색한 대화를 나누게 생겼네요, 보스."

"어색한 대……, 도대체 무슨 소리야, 마키스? 뭐 하는 거야? 당신 옆에 그건 뭐야? 대체 무슨 일이야?"

톰은 이 모든 일이 시작된 며칠 전을 제외하고는 통신실의 감시 모니터에서 앤 소피의 움직임을 추적하지 않았다는 사실에 당당하게 말했다. 어찌 되었든, 그는 자기가 오해해 벌어진 일이라고 자신을 타일렀다. 앤 소피는 마키스와 잠자리를 같이 하지 않았고, 그런 적도 없었으며, 그녀는 부부관계를 회복하는 데 시간과 에너지를 쏟을 수 있도록 낮과 밤 동안 자신만의 공간에서 정신 건강을 위한 휴식 시간을 가진 것이라고 자신을 설득하기도 했다. **그런데, 아무리 그래도 그렇지. 빌어먹을, 나의 전용 파일럿을 꼬드기다니.** 그래서 그녀는 마키스에게 어울리는 공간을 마련해주기 위해 물건을 치우려고 했던 거였어.

"분명히, 지금 여기 안 계실 거로 생각했어요." 마키스가 침착하게 말했다.

"'분명히, 지금 여기 안 계실 거로 생각했어요.'" 톰은, 자동으로, 빈정거리는 고음으로 그의 말을 따라 했다. 그의 귀는 방금 그의 입에서 흘러나온 말을 믿을 수 없었다. 초등학교 5학년생처럼 마키스를 흉내 내고 있었다니.

"나중에 다시 올게요." 마키스가 말했다. 그는 가방을 들고 돌아섰다.

"신경 쓰지 마." 톰이 말했다. "다 당신 거야. **그녀도 당신 거야.** 빌어먹을 행운을 비네." 여행 가방을 집어 들던 톰은 미세한 등의 근육이 끊어지는 듯한 통증을 느끼며 움찔했다. 그는 그 잘난 요가를 못 해서 자신이 이렇게 되었다고 생각했다. 조금 아팠지만, 분노가 더 강했다. 격분을 참지 못한 그는 지퍼가 반쯤 열린 여행 가방을 양손으로 들어 있는 힘껏 벽에 내동댕이쳤다. 옷과 책, 세면도구가 사방으로 뿔뿔이 흩어질 때까지 그는 몇 번이고 가방을 벽에 쾅 쾅 내리쳤다. 그는 마지막으로 분노의 비명을 터트리며 빈 여행 가방을 마키스를 향해 던졌고, 마키스는 이를 피했다.

톰은 발걸음을 돌려 다시 집으로 들어가 앞쪽 현관문으로 나왔다. 치과의사, 파일럿, 요가 선생, 그리고 이제 빌어먹을 아내까지. 도대체 그다음은 **누가** 톰에게 실망을 안겨줄까?

그는 방향도 정하지 않은 채, 적어도 몇 시간 동안은 **어딘가로** 떠돌 것이 분명했다. 그는 본관 앞에 있는 텅 빈 경비실로 가 열려 있는 문을 쾅 밀어제쳤다. 키 보관함 박스는 허술한 발렛 주차장 열쇠함처럼 열려 있었다. 그는 속도감이 있고 굉음을 낼 차 열쇠를 찾느라 열쇠를 손으로 훑었다. 열쇠는 기본적으로 모두 똑같았다. 그는 손가락에 가장 먼저 닿은 열쇠를 집어 들고 밖으로 뛰어나갔다.

그는 펜스 라인 바로 뒤 자동차 행렬을 따라 걸으며 근사한 검은색 리모컨 버튼을 눌렀다. 그는 지프 랭글러나 도요타 랜드크루저 중 하나를 기대했는데, 느닷없이 은색 볼보(Volvo) XC60 스포츠 왜건에 불이 번쩍 들어왔다. 맙소사, 내가 이 망할 볼보를 타고 분노에 찬 채 사막으로 돌진할 수는 없어! 그는 다른 키를 가지러 가기 위해 돌아섰다.

돌아서던 그가 멈칫했다. 앤 소피가 본관에서 나오며 그를 부르고, 바로 뒤에는 마키스가 있었다. 언제든 그가 마주치고 싶지 않은 바로 그 장면이었다. 그녀의 동정심과 빌어먹을 이해심 없이도 굴욕감은 이미 충분히 그를 휘감았다. **세상에, 신이시여, 내 트레이너**

가 구강 섹스 한 번 해줬다고 그 후로 계속 대가를 치르고 있어요. 그래요, 딱 한 번은 아니었지만, 어쨌든요.

그는 볼보에 올라타 시동을 걸고 포효하듯 전기 배터리의 능력을 최대한 발휘해 지하벙커를 벗어났다.

27

스톨프 섬, 오로라

러스티의 왼쪽 새끼손가락이 공중을 찌르고 나머지 손가락 관절이 꺾이는 순간, 그는 비명을 질렀다. 얼이 나간 표정으로 고개를 들고 에스피노자를 올려다보았다. 냉기가 감도는 축축한 손으로 단숨에 그의 손가락을 부러뜨렸다는 게 믿기지 않았다. 에스피노자는 애써 시선을 피하며 테이블에서 한 발짝 물러났다.

"그런 눈으로 보지 마, 러스티. 내가 이런 거 진짜 싫어하는 거 알잖아."

"코로 쉬라고." 젤린스키는 다리를 꼬고 러스티 맞은편 의자에 앉아 하얀 밀짚모자로 부채질을 하며 훈수를 뒀다. "코로 천천히 숨을 쉬어. 도움이 될 거야."

한때 말쑥했던 젤린스키는 회색 접싯물에 빠진 사람처럼 우중충해 보였다. 4개월 전만 해도 주름 하나 없는 깔끔한 흰색 셔츠에 자부심을 느낀 모습이었는데, 이제 그마저도 색이 바래고 구김만 남았다. 그는 자신의 옷차림이 몹시 거슬렸다.

러스티는 겁에 질린 채 턱까지 눈물을 흘리며 자신의 손을 바라보았다. 그날 오후 젤린스키의 몹쓸 딸이 공격한 고환과 목이 여전히 욱신거렸고, 손가락은 끔찍하고 부자연스러운 각도로 꺾여 있었다. 위장이 아직 비어 있지 않았다면 구토를 했을지도 모른다.

러스티는 시키는 대로 코로 숨을 들이마시며 그의 핫박스(작고 막힌 실내에서 대마초를 피우는 공간이라는 속어) 아파트 창밖을 내다보았다.

스톨프 섬은 정전 4개월 동안 상황이 더 급격히 나빠졌다. 재난 전에도 중심가의 작은 아파트는 항상 북적였고, 상점과 서비스 업종들은 호황 속에서도 영업하는 곳을 찾아보기 힘들었으며, 노숙자나 마약 중독자는 이미 다루기 어려운 문제였다. 하지만 지금은 좀비 영화에서나 나올 법한 상황이었다. 물 공급 일정은 세수가 높은 지역보다 훨씬 더 불규칙적이어서 이곳 주민들은 식수 이외의 용도로 물을 사용하는 것을 거의 포기했다. 수세식 화장실에서 물을 사용하는 것조차 끔찍한 낭비처럼 여겨져 대부분은 창을 열고 인분을 밖으로 쏟아버리는 방법을 택했다.

거리에는 항상 악취가 진동했다. 불쾌한 냄새가 심하게 나더라도 입과 코를 막고 외출하는 사람은 아무도 없었다. 3주째부터는 반려동물이 버려지기 시작했고, 해골처럼 마른 개들이 악취 나는 쓰레기 더미를 뒤지며 거리를 뛰어다녔다. 운이 좋으면 그들은 다시 포식자 무리에 섞여들었고, 죽음을 앞둔 불운한 길고양이들의 비명에 가까운 울음소리가 일몰 후 몇 시간 동안 오래된 건물의 돌담에 메아리쳤다.

카지노 게임장 〈럭키 스타〉도 대담하게 가스로 발전기를 돌려가며 6주 동안 문과 창문을 열어 놓고 영업하다 항복했다.

고통이 다소 가라앉은 러스티는 고개를 돌려 젤린스키를 바라보며 애원의 눈빛을 보냈다. "왜 나한테 이러는 거야?" 징징대는 목소리로 말했다.

"**왜?** 난 씨발 **이유**를 모르겠어. 왜 전기가 나갔어, 러스티?"

"태양에서 온 뭐, 그거?" 러스티가 물었다. 그는 이해하고 싶었으나 실제로는 이해하기 힘들었다.

젤린스키는 답답하다는 듯 고개를 저었다. "사실 물어본 게 아니야. 왜 전기가 나갔는지 알아. 이봐, 당신 생각이 틀렸어. 작년 일처럼 생각하고 있는데, 아니야, 러스티. 올해라고. 빨리 정신 좀 차려." 젤린스키는 몸을 기울이며 타고난 설득자답게 말했다. "봐, 작년엔 상식이 통했어. 마트에 가서 정당한 가격을 지불하고 저녁거리를 들고나왔지. 올해는 누군가에게 천 달러를 줄 테니, 일주일 치 식료품을 달라고 사정해야 해. 운이 좋으면 승낙을 받고 식사를 하지. 만약 운이 나쁘면 죽을 때까지 당신을 때리고 돈을 **빼앗고**, 음식은 **그들이** 먹지. 신고할 경찰도 없고 신고할 전화도 없어. 경찰을 만나 붙잡고 사정하면?"

그는 에스피노자를 향해 고개를 돌렸다. "엘름허스트의 그 여자는 어떻게 됐지? 경찰을 집에 들여보낸 그 여자?"

"강간당하고 살해됐죠."

"그 여자를 강간하고 죽였대." 젤린스키가 반복해 말했다. "사람들이 그렇게 말해. 대낮에, 그 여자 집에서. 사실이냐고? 난 씨발 몰라. 아무도 몰라. 머리에 똥을 뒤집어쓰고 싶지 않다면 아파트 건물 가까이 걷는 일을 피하라는 것 외에는 **아무것도** 모른다고. 그리고 일리노이주 방위군이 며칠 동안 너희 동네에 나타나면 고개를 푹 숙이고 계속 걸으라고. 얼굴에 총 맞지 않으려면." 그는 왼쪽을 가리키며 "**작년**의 생각", 오른쪽을 가리키며 "**올해**의 생각"이라고 손짓했다. "알겠어? 차이를 알겠냐고?"

러스티는 욱신거리는 손을 잡고 눈물을 삼켰다. "우린 동업자였어. 난 네게 잘했어. 항상. 난 셀레스트를 집으로 데려오려고 했다고, 알지?"

젤린스키는 분을 참을 수 없다는 듯 앞으로 다가앉았다. "내가 그렇게 시켰어? 내가 그랬냐고? 아니, 안 했어! 내 가족 일에 끼어들라고 부탁한 적 없어. 단 **한 번**도 그런 부탁한 적 없다고. 러스티, 네가 한 거라고는, 젠장, 그냥 네 빚을 **떠올리게** 했을 뿐이야. 일주일 전에 내가 원하는 걸 정확히 말했는데, 넌 **내가 부탁한 것도 하지 않았잖아.**"

러스티는 벌벌 떠는 모습으로 숨을 들이쉬며 눈물을 삼켰다. "빚을 갚았잖아. 날 이렇게 대접하면 안 되지."

"나도 이런 대접 원하지 않아!" 젤린스키가 소리쳤다. 그는 숨을 고르며, 스스로를 진정시켰다. "난 정해진 대로 했어. 거의 다. 난 사고파는 일을 하지, 사람을 죽이진 않아. 우리 모두 그렇게 살아왔어. 그런데 지금은 그런 사치를 부릴 때가 아니야."

"내가 뭘 잘못했어?" 러스티가 애처로운 목소리로 물었다.

"넌 돈이 있었어. 그게 네가 잘못한 거야. 넌 **많은** 돈이 있었어, 러스티, 25만 달러나 되는 돈을 삐까번쩍하게 〈럭키 스타〉에 뿌리고 내게 보여주기까지 했어. 난 네가 엄청난 돈을 날리는 걸 봤어. 그런데 난 뭘 했지?"

러스티는 그냥 그를 쳐다봤다.

"이번에는 진짜 질문이야. 내가 뭘 했지?"

"네가 내 돈을 뺏어갔잖아."

"맞아! 네가 나머지를 잃기 전에 내가 빼앗았어. 내가 너보다 강하기 때문에 빼앗은 거야. 여기서 도덕성 따위 언급하지 마. 나는 네 걸 빼앗아, 꿀꺽했어. 아내와 내 아이들도 먹었고, 에스피노자의 가족들도 먹었지. 그런데 이제 그 돈은 사라졌고 우린 다시 배가 고프네. 네가 그런 큰돈을 만졌다는 건 어디에선가 더 얻을 수도 있다는 말이거든. 어디서 났는지 모르겠지만, 쉽게 짐작이 가지. 모두 당신 처남에 대해 알고 있으니까."

"그는 내 처남이 아니야."

"글쎄, 예전에는 확실히 그랬지."

"몇 년 동안 얘기도 한 적 없어."

"그럼 그분도 몹시 반가워할 거야."

"난 전화기가 없어. 전화기가 없다고."

"네가 방법을 알아낼 수 있을 거야. 난 네가 똑똑하다고 생각해, 러스티. 문제는 아무도 네가 똑똑하다고 믿어주지 않는다는 거야. 문제를 해결할 수 있을 거라고. 난 너를 믿어."

"분명히 말하는데 Z, 방법이 없다고."

젤린스키는 에스피노자를 향해 손을 까딱하고 창밖으로 시선을 돌렸다. 에스피노자가 러스티의 다른 새끼손가락을 부러뜨리자 날카롭게 꺾이는 소리가 젤린스키 귀로 날아들었다. 러스티의 가늘고, 고음의 비명이 더러운 방 벽에 부딪히며 흩어졌다. 젤린스키는 뒤를 돌아봤다.

"제발 소리 좀 그만 질러." 그는 기다렸다. 잠시 후, 러스티의 비명이 울음으로 바뀌자 젤린스키가 말을 이었다. "이런 일이 일어나기 전까지 지구에 전기가 얼마나 많이 공급되었는지 아나?"

러스티는 고개를 절레절레 흔들었다.

"87%. 디스커버리 채널에서 본 말이 기억나. 70억 명의 사람들이 전기 없이 다른 방식으로 살아본 적이 없다는 뜻이라고. 부모님, 조부모님, 증조부모님도 마찬가지고. 그러다 웁스! 갑자기 끊겼네. 모두 사라졌다고. 전기 없이 어떻게 살아야 하는지 아는 인간은 한 명도 없네. 그래서 우리 중 많은 이들이 무엇을 하고 있었지?"

러스티는 어깨를 으쓱했다. 그는 대답을 포기했다.

"죽어가는 것, 그게 그들이 하는 일이야. 하지만 난 그렇게 죽지 않을 거야, 친구." 그는 일어서서 러스티의 어깨에 손을 얹었다. "테이블 위에 손 올려."

두 손을 앞으로 끌어모은 러스티는 다음에 닥칠 고문이 두려운 듯 고개를 저었다.

"테이블 위에 손 올려. 너랑 장난질 치지 않을 거야."

러스티는 떨면서 그의 손바닥을 탁자 위에 올려놓았다. 두 새끼 손가락은 기괴한 각도로 뻗어 있었다.

젤린스키는 웃지 않으려 애썼다. "인정해야지, 진짜 코미디처럼 보인다고." 그는 방 저편으로 가 서가를 뒤졌다. "책이 있나, 러스티?"

"뭐라고?"

"그래, 내가 생각했던 반응 그대로군. 아무것도 아니야. 이것 좀 봐. 이 선반을 보라고."

"여기 하나 있네요." 에스피노자는 고개를 숙이고 화장실로 들어가더니 **2004년 판 양장본으로 된 커다란 기네스북**을 들고나왔다.

러스티는 과호흡을 뱉어내기 시작했다. 젤린스키는 짜증을 내며 그를 밀쳐냈다. "아기처럼 굴지 마. 그런 손을 들고 돌아다니려고? 무슨 다과회에라도 온 줄 알아?"

젤린스키는 에스피노자를 향해 고개를 끄덕였다. 에스피노자는 러스티의 뒤로 가더니 몸을 숙이고 곰 같은 팔로 러스티의 몸통을 감싸서 팔을 고정했다. 덩치가 큰 그는 러스티와 눈을 마주치려 하지 않았다.

젤린스키는 책을 머리 위로 높이 들어 올려 러스티의 오른손을 내리쳤다. 러스티가 비명을 지르자 젤린스키가 책을 들어 올려 다른 손을 향해 내려쳤다.

러스티가 고통스럽게 울부짖는 동안 그는 책을 옆으로 던져 놓고 뒤로 물러서더니 자신의 작품을 감상했다.

"봤지? 내가 널 고쳤어."

러스티는 눈물을 흘리며 아래를 내려다보았다. 그의 새끼손가락은 다시 부러져서 어느 정도 곧은 모양을 갖췄다. 그는 울퉁불퉁한 손을 간신히 배 가까이 끌어당기며 고통에 신음했다.

"그의 전화." 그는 거의 신음처럼 혼잣말을 뱉었다.

젤린스키는 의문스러운 눈빛으로 에스피노자를 바라보았다. 그는 다시 러스티를 바라보며 물었다. "누구 전화?"

"그 아일랜드 놈. 그놈의 전화가 내게 있다고."

젤린스키는 미소 지었다. "무슨 뜻인지는 모르겠군." 그가 말했다. "그런데 '올해의 생각'처럼 들리는 얘긴데."

28

예리코 외곽

지하벙커로부터 서쪽으로 8~10마일 떨어진 곳. 톰이 볼보 운전석에 앉아 머리를 기대고 시동을 걸며 어느 특정인을 향해 막 욕을 퍼부으려던 찰나, 주머니에 있던 부피 큰 위성 전화기가 울렸다. 그는 차를 멈추고 전화기를 바라보았다.

브래디?

브래디가 모든 가능한 순간을 뒤로하고 **지금** 재등장하겠다고? 4개월이 지났는데, 이제야 그의 행방과 오브리에게 준 25만 달러가 어떻게 됐는지 궁색한 해명을 하겠다고? 그래, 왜 안 되겠어? 오늘이라고 안 될 거 없지, 브래디도 안 될 거 없지, 그냥 내 몸 위에 모든 걸 쌓아 놓고 불을 지르는 건 어때?

그는 녹색 통화 버튼을 누르고 전화기를 귀에 대었다. "무슨 얘긴지 빨리 듣고 싶군."

"토미." 전화기 건너편에서 들려온 목소리였다.

톰은 5년 동안 러스티의 목소리를 듣지 못했지만, 중서부 지역의 비음 섞인 억양과 그가 항상 톰에게 쓰던 약간 조롱하는 듯한 어투를 잊을 리 없었다.

"여보세요?" 톰은 생각할 시간을 벌기 위해 이렇게 말했다. 전처남이 브래디의 전화로 전화를 걸었다?

"그래, 안녕, 친구. 나 러스티야."

"오브리는 괜찮아?"

러스티는 한숨을 쉬었다. "난 괜찮아, 톰. 물어봐 줘서 정말 고마워. 어떻게 지내?"

"러스티, 도대체 무슨 일이야? 왜 나한테 전화했어? 그리고 이 전화기는 어디서 났어? 오브리는 괜찮은 거야?"

"질문이 많네. 무슨 말부터 할까?"

톰은 입을 꾹 다물었다. 러스티의 목소리가 약간 떨리는 듯했다. 그는 침착하게 다시 물었다. "오브리는 괜찮아?"

"토미, 그게 말이야."

"뭐? **그게** 무슨 말이야, 러스티?"

"진정해, 처남."

"난 당신 처남이 아니야. 우린 잠시 가족이었지만 이제 남남이야."

"아직 평범한 사람들과 교류하나 보네, 높은 분이?"

톰은 눈을 감고 인내심을 가지려고 노력했다. 러스티는 항상 톰에게 가시 돋친 농담이 섞인 대화를 던졌지만, 톰이 실제로 모든 면에서 우위를 점하고 있었다는 걸 실감한 건 이번이 처음이었다. 그는 톰이 간절히 알고 싶어 하는 정보를 가지고 있는 게 분명했다, 가능한 한 오래 버티려는 게 느껴졌다. 하지만 뭔가 다른 것도 있는 것 같았다. 톰은 그것이 무엇인지 짚어낼 수 없었다.

"미안해. 잘 지내고 있길 바래, 러스티."

"거긴 전기(Power)가 들어와?" 러스티가 물었다.

"아니, 우린 전기(Power) 없어. 전기(Power) 있는 사람은 없어."

"오, 말장난하지 마. 네가 전기(Power)가 없다고? 우주의 주인이?" 러스티가 말했다. 톰은 그가 조금씩 마음을 열고 대화하고 있다는 것을 느낄 수 있었다. 톰은 물 따르는 소리를 들었고, 상황이 바로 더 이해되었다. 러스티는 술을 마시고 있었다.

톰은 차분한 어조를 유지했다. "맞아, 벙커에 발전기 돌려서 얻는 전력이 있어. 이쪽 지역에 대한 전력 상황을 묻는 줄 알았어. 그런데 갑자기 무슨 일이야, 러스티? 몇 달 동안 오브리와 얘기한 적이 없어. 걱정돼. 무슨 일인지 말해줄 수 있겠어?"

러스티는 길고 느리게 숨을 내쉬었다. "난 네가 말해주길 바랐어. 그런데 오브리와 얘기해본 적이 없다고?"

"없어. 4월 이후로 안 했어."

"그녀와 연락할 방법은 있어?"

"위성 전화를 줬는데 그 이후로 꺼져있어. 브래디의 전화기는 어떻게 갖게 된 거야? 대체 무슨 일이야, 러스티?" 톰은 이 부분에 이르러 거의 애원하다시피 말했다.

"오브리가 곤경에 처했어, 친구. 심각해."

"무슨 문제?"

러스티는 무겁게 한숨을 내쉬었다. "얘기하자면 길어. 끝까지 들어줘."

"알았어."

"그녀는 방금 여기 있었어. 약을 너무 많이 하거나 술을 너무 많이 마시는 등 안 좋은 모습을 본 적은 있지만, 솔직히 이런 모습은 처음이었어. 정신이 나간 것 같았어. 겁에 질려 있었어. 처음에는 이유도 말하지 않고 그냥 돈이 필요하다고만 했어."

톰은 눈을 가늘게 뜨고, 생각하며, 이해하려고 애썼다. "오브리가 당신에게 돈을 원했다고?" 그는 **당신**에 대해 강조하지 않으려고 애썼다.

"그래, 나도 그런 생각을 했다고." 러스티가 말의 의미를 알아차린 듯 말했다. "오브리가 곤경에 처했어, 토미. 이런 말 해서 정말 미안하지만 당신 잘못이야."

"뭐가 내 잘못이지?"

"당신이 보낸 그 나쁜 캐릭터." 톰은 러스티가 한 잔 더 따르는 소리를 들을 수 있었다. 그는 이야기에 빠져들기라도 한 듯 속도를 높였다. "당신이 보낸 그 인간 말이야, 돈 가방 들고."

"그걸 어떻게 알았어?"

"오브리가 말했어. 4월에 어떤 남자가 나타나서, 그녀를 겁박하더라고. 내가 저녁을 먹으러 오브리 집에 갔을 때 그 남자가 왔어. 뭔가 이상하다는 걸 내가 바로 눈치챘지. 그래서 그런지 당신이 보낸 돈을 딱 보여주더니 바로 그 자리에서 마음을 바꾸더군. 오브리에게 주는 게 아니라 **자기**가 갖겠다는 거야. 그리고 만약 오브리가 그 사실을 당신에게 말하면 돌아와서 그녀를 죽이겠다고 했어."

"브래디답지 않네." 톰이 말했다.

"이봐, 난 그 남자에 대해 아는 게 없었지만, 지금은 이상한 시절이야. 사람들은 어떤 짓이든 해. 그가 돈을 가지고 떠난 뒤 무슨 연락 없었나?"

"아니, 연락 없었어."

"많은 걸 시사하는 것 같지 않아? 어쨌든, 오브리는 그가 돈을 가져가도록 내버려 둘 수밖에 없었어. 며칠 후 브래디가 다시 나타났어. 현관문을 부수고 들어와서 오브리 멱살을 잡고 더 달라고 했어. 이미 다 써버렸다는 듯이 말이야. 오브리가 더 이상 없다고 말했지만, 그 말에 신경도 쓰지 않고 협박하는 거야. '당신도 나만큼이나 돈을 어디서 구할 수 있는지 잘 알 텐데, 그걸 구하지 **못하면** 어느 날 밤 목에 칼이 꽂힌 채 깨어나게 될 것'이라고 지랄하는 거야."

"맙소사." 톰은 그의 말을 한마디도 믿지 않고 말했다. "그런데 어떻게 그의 휴대폰을 손에 넣은 거야?"

"어?"

"브래디의 전화야, 러스티. 브래디의 전화로 전화하는 거잖아."

"아, 알지. 스캇 덕분에." 러스티는 껄껄 웃으며 마지막 한 모금을 마저 마셨다. 톰은 그가 생각하는 것을 거의 꿰뚫었다. "스캇이 그 새끼랑 바닥에 뒹굴면서 싸웠는데, 그 새끼가 휴대폰을 떨어뜨렸어. 그리고는 휴대폰이랑 작별한 거지. 내 아들이 했다고. 분명 아버지를 닮은 아들이야."

"알겠어." 톰이 말했다.

"내가 수년 동안 이런 일에 대해 경고했잖아, 토미. 돈으로 모든 걸 해결할 수 없다고. 돈 때문에 상황이 훨씬 더 나쁘게 변하기도 해."

"난 당신의 그런 조언을 들은 기억이 나지 않아, 러스티."

"어쨌든 그게 문제였어, 친구. 네가 보낸 브래디라는 놈 말이야, 25만 달러를 더 주지 않으면 친구들이 돌아와서 피범벅이 된 머리카락을 벽에 붙이겠다고 했어. 그렇게 말했다니까. 정확하게 옮긴 거야, 토미. 오브리가 곤경에 처했어, 오브리 오빠! 그에게 돈을 주는 것 말고는 다른 방법이 없어. 현금을 더 보내줄 수 있겠어?"

톰은 한숨을 돌렸다. 상당한 연기력이 필요할 것 같았다. "그래. 알았어, 물론이지, 할 수 있고, 할 거야. 세상에, 러스티, 전화해줘서 정말 고마워."

"이봐, 내가 할 수 있는 최소한의 일이야. 예전으로 돌아가는 거야."

"오브리 아직 거기 있어? 얘기할 수 있을까?"

"아니, 집에 갔어. 많이 놀랐나 봐."

"오브리에게 좀 가줄 수 있어? 나랑 통화할 수 있게 전화기 좀 갖다 줘."

"오브리가 당신과 이야기하고 싶지 않다는 의사를 내게 분명히 밝혔어." 러스티가 말했다. "이번에는 둘이 무슨 일로 싸웠는지 모르겠지만."

"완전히 이해했어." 톰이 말했다. "알았어, 내가 알아서 할게. 현금을 가지고 24시간 안에 도착할 수 있어."

러스티가 긴 안도의 한숨을 내쉬었다. "그렇게 말해주니 정말 기쁘다, 톰. 그 말을 들으니 내가 얼마나 기쁜지 **말**할 수 없을 정도야. 난 여전히 그녀를 사랑하거든, 알지? 하지만 오브리와 톰, 두 사람이 지난 몇 년 동안 많은 어려움을 겪어서, 솔직히 당신이 이 일에 어떻게 반응할지 잘 몰랐어."

톰은 렘수면 상태를 거치지 않아도 사태를 파악할 수 있었다. 브래디는 죽었다. 러스티가 일을 망친 것이다. "그 남자에 대해 아는 게 없었지만." "**없었다**"는 과거형이다. 브래디는 돈을 훔치지 않았다. 러스티가 했다. 브래디는 돈을 더 갖기 위해 오브리네 집으로 가지 않았다. 러스티가 오브리네 집으로 간 것이다. 오브리는 곤경에 처했다. 상황 파악은 끝났다.

"최대한 빨리 갈게." 톰이 말했다. "먼저 돈을 챙겨야 해서."

"가능한 한 많이. 이놈을 영원히 사라지게 할 수 있을 만큼 많이. 악의는 없지만, 토미, 당신이 그놈을 보냈으니 오브리에게 그놈을 떼어내는 것도 당신이 해야 해."

"완전히 이해했어. 이 전화기는 계속 켜놔 줘."

톰은 통화 꺼짐 버튼을 누르고 잠시 생각에 잠겼다. 그는 연료 게이지를 확인했다. 연료 탱크가 가득 찼다. 그는 지갑을 꺼내 열었다. 800달러가 들어 있다. 그 외에는 입고 있는 옷밖에 없다.

빌어먹을. 오브리는 톰이 필요하다.

그는 기어를 운전 모드로 바꾼 후, 사막 고속도로를 가로질러 유턴 후 곧장 오로라를 향해 질주했다.

29

오로라

스캇과 셀레스트는 59번 고속도로를 타고 아울렛 몰까지 가는데 한 시간이 걸렸다. 돌아오는 데는 더 오래 걸렸으며, 이는 많은 양의 기름을 소비했다는 것을 의미했다. 오브리는 스캇이 떠나기 전과 돌아온 후에도 이 사실을 반복해 언급했지만, 스캇은 단호했다. 그가 원하는 건 그 사탕이지, 다른 것은 없었다. 사람들은 요즈음 거의 차를 사용하지 않았고, 시내 주차장엔 차들이 많아서 필요할 때마다 그런 차에서 기름을 빼내어 체계적으로 움직일 수 있었다고 그가 말했다.

게다가 스캇이 말했듯, 노먼을 위해 한 일이었다. 오브리는 노먼을 위해 한 일이라면 상의할 필요가 없다고 여겼기 때문에 스캇이 그렇게 결정했다고 생각했다. 최근 몇 주 동안 노먼에 대한 스캇의 헌신은 노먼의 쇠락에 정비례하게 증가했다. 오브리는 스캇을 말리지 않았다. 스캇과 셀레스트는 무법천지로 변한 오로라 북쪽으로 용감하게 떠났다. 한때 번화했던 쇼핑몰 내부가 폐허로 변한 끔찍한 이야기도 있었으나, 그들은 원하는 물건을 가지고 돌아왔다. 약탈당한 가게들, 쓰레기에서 풍기는 지독한 악취, 넓고, 어둡고, 창문이 없는 내부는 그들이 예상했던 것보다 훨씬 충격적이었다. 하지만 이 엉뚱한 임무는 성공적이었다.

오브리는 하얀 상자를 손에 들고 길 건너편에 있는 노먼의 집으로 향했다. 그녀는 스캇에게 같이 가자고 했지만, 그는 거절했고 그녀는 고집하지 않았다.

그녀는 노먼의 현관문을 노크하고, 기다렸다. 대답이 없자, 다시 노크하고, 노먼의 문을 열며 소리쳤다.

"괜찮으세요?" 그녀는 평소처럼 물었다.

"약간은 안 괜찮아." 그는 거실에서 평소의 그의 말투로 대답했다.

그녀는 미소 띤 얼굴로 안으로 들어서며 문을 닫고 잠갔다.

오브리는 노먼을 보자마자 걱정스러운 표정을 숨기기 위해 노력했다. 며칠 만에 본 모습이라는 게 믿기지 않을 정도로 차이가 확연했다. 노먼은 그가 좋아하는 낡은 가죽 소파에 앉아 있었는데, 오래전부터 소파를 창가에 옮겨 놓고 동네를 바라보곤 했었다. 그는 하루에도 몇 시간씩 그곳에 앉아 꿀벌들이 분주하게 날아드는 풍성한 텃밭을 바라보았다. 예전에 정원이었던 그곳이 늦여름 추수철이 되면 진한 노란색, 빨간색, 초록색, 갈색으로 물들 것이었다. "마치 마네의 그림을 보는 것 같아." 그가 말했다. "움직임만 빼면

말이야."

오늘 그는 오브리가 지난번에 봤을 때보다 눈에 띄게 쇠약했다. "깜짝 선물을 가져왔어요." 그녀는 식탁 의자를 그의 곁으로 끌고 와 옆에 앉으며 말했다.

"이걸, 지금?" 그는 눈썹을 양미간 사이로 모으며 그녀가 손에 들고 있는 물건의 로고를 바로 알아보며 물었다. "세상에나 도대체 어디에서 난 거야?"

"제가 아니라 스캇이 가져왔어요." 그녀는 미소를 지으며 상자 를 열더니 그가 내용물을 볼 수 있도록 그의 앞으로 돌려놓았다.

노먼이 몸을 숙이자, 낡고 해진 담요가 가슴께에서 그대로 흘러 내렸다. "패니 파머 캔디?"

"이제, 패니 메이예요. 10년 전쯤부터 그렇게 불렀을걸요. 패니 메이가 패니 파머를 사들인 것 같아요. 과일 조각 캔디 좋아하시죠?"

"아니요, 부인. 저는 과일 조각 캔디를 좋아하지 않아요. 다만 **추앙**해요. 무엇보다도 오렌지색이 최고지. 내가 이걸 좋아한다는 걸 도대체 어떻게 알았어?" 그는 뼈만 앙상하게 남은 긴 손가락으 로 상자 안을 뒤져 반달 모양의 주황색 젤리 캔디를 하나 꺼내더니 놀라움과 기쁨을 감추지 못하며 그것을 들여다보았다.

"스캇은 알고 있었어요. 스캇이 가서 가져왔죠."

"그럼, 이건 어때?" 그는 오렌지 캔디를 계속 들여다보더니, 열 린 창문으로 들어오는 빛에 이리저리 그것을 돌려보았다.

"한 번 맛보세요?"

그는 고개를 돌려 그녀를 바라보았다. 그녀는 눈을 깜박거리지도 않고 그의 시선을 마주했다. 그는 그녀가 무슨 뜻인지, 왜 자신이 좋아하는 사탕을 가져왔는지 알았다.

"그러길 고대할게, 고맙네." 그는 캔디를 식탁 위에 내려놓더니 그녀를 바라보았다. 감사한 마음을 담은 그의 미소가 얼굴 전체에 주름으로 번졌다. "사려 깊은 젊은이에게 감사의 인사를 꼭 전해주길."

오브리는 끝내 한마디 더 하겠다는 표정이었다. "먹지 않으면, 노먼, 당신은 죽을 거예요."

"오브리는 모두를 돌보는 사람. 그럼 오브리는 누가 돌보나?"

"내 얘기가 아니에요. 모두가 알아챘다고요. 안 먹으면 안 돼요."

"내 생각은 다르네. 금식은 아주 쉬운 일이야."

"왜 안 드시는지 말씀해 주시겠어요?"

그는 그녀를 바라보며 미소 지었다. "난 인간이기 때문이야, 오브리. 나는 여든여덟 살이고, 전쟁도 겪고 재앙도 겪었어. 죽는 시기와 장소를 내가 직접 선택하기로 결정했어. 나는 이곳을 선택했고 지금을 선택했어. 거의."

그녀는 그를 바라보았다. 그녀는 그가 변명하거나 거짓말을 하거나 회피할 것이라고 예상했는데, 오히려 그는 솔직하게 털어놓았다. 그녀는 노먼의 이런 반응에 아무런 준비도 되어 있지 않다. 그녀는 무슨 말을 해야 할지 몰랐다.

"너무 슬퍼하지 말게." 그가 말했다.

"그냥 하나만 먹으면 안 돼요? 날 위해서?"

노먼은 그녀를 한참 바라보며 그녀의 부탁을 저울질했다. 그는 오렌지 캔디를 집어 들고 천천히 향을 음미한 다음 눈을 감더니 캔디 향에 집중하려고 노력했다. 마침내 그는 눈을 뜨고 캔디 모서리를 조금 베어 물었다. 그는 그녀를 바라보며 환하게 미소 짓더니, 씹었다.

"행복하세요?"

"황홀해." 그녀는 의자에 등을 기대며 창밖에 펼쳐진 동네를 바라보았다. "여기 경치 정말 좋네요."

"정말 멋지지 않나? 이곳에서 37년 동안 살았지만 이런 아름다움의 반만큼이라도 닮은 동네는 본 적이 없다네."

"앞으로 며칠 안에 호박, 무화과, 비트를 수확할 예정이에요. 그 다음 주에는 호박과 케일 순서고요. 좀 가져다드릴게요."

"그렇게 해." 그가 말했다.

오브리는 그녀의 오른쪽, 노먼이 무전기를 보관하는 거실 바로 옆에 있는 서재를 힐끗 쳐다보았다. "최근에 무슨 소식 들은 거 있나요?"

그는 주름진 손을 흔들며 주제를 일축했다. "별로 없어."

그녀는 그 말을 믿지 않는 듯 돌아서서 그를 바라보았다. "무슨 소식 들었어요?"

"나쁜 소식에 신경 쓰지 말라고 한 사람은 바로 당신이야."

오브리는 고개를 끄덕이며 고개를 돌려 다시 창밖을 바라보았다. 그녀는 고개를 저었다. "어떤 날은 정말 기분이 좋아요. 지난 몇 년 동안 느꼈던 것보다 더 좋을 정도로요. 그러다가 다음 날이나 다음 순간, 모든 것이 뒤바뀌곤 해요. 이런 상황을 얼마나 더 견딜 수 있을지 모르겠어요."

노먼은 오렌지 캔디를 내려놓고 손을 뻗어 그녀의 의자 팔걸이 위에 손을 얹었다.

그녀는 그를 올려다보았다. "무슨 말을 들었어요, 노먼?"

"상황이 나아지기 전에 더 나빠질 거라고."

"무슨 뜻이죠?"

"만약에 내가 얘기한다면, 만약에 산호세와 케이프타운, 부다페스트에서 무슨 일이 일어나고 있는지 정확히 알려준다면, 오늘 한 가지라도 다르게 행동하겠나? 여기서? 당신이 사는 이 거리에서?"

그녀는 고개를 저었다. 그리고 고개를 떨구었다. 자신의 의지와는 상관없이, 그녀의 눈은 눈물로 차오르더니 볼을 타고 흘러내렸다. 어깨를 천천히 들썩이며 흐느끼는 소리를 삼켰다.

노먼은 그녀를 달래려고 하지 않았다. 한동안 그녀를 울게 내버려 두었다. 그가 다시 말을 할 때 그의 목소리는 부드럽고 피곤한 기색이 역력했다.

"살아야 할 **이유**가 있는 사람은 거의 모든 **방법**을 견딜 수 있다."

"난 그렇게 믿지 않아요."

"그럼 당신은 멍청이야."

그녀는 손등으로 눈물을 닦으며 웃었다.

"나는 인간다움의 최고점을 보았네." 그가 말했다. "그리고 최악도. 재산, 배우자, 자녀를 잃고 고통에 신음하는 친구들도 보았고. 나도 '오직 신의 은총으로 살아왔다'고 말하면서도 돌아서서 감당할 수 없는 똑같은 상실감을 느끼는 고통을 겪었어. 그리고 어떻게된 일인지 전혀 징후를 발견하지 못했었어. 나는 한 세대의 희망이현실에 부딪혀 무너지는 것도 봤고, 정말, 역사적으로, 지난 세기의끔찍한 공포도 겪었어. 오브리 세대는 해결책을 **뚝딱** 내놓을 수 있는 더 나은 세기를 맞볼 수 있을 거야. 아무튼 나는 그 모든 것을 통해 한 가지를 깨달았어. 인생은 의미가 있을 때, 살 가치가 있다는것. 그것이 우리의 가장 큰 과제이자 가장 큰 도전이야."

"어떤 의미죠?"

"빅토르 프랭클은 중요한 것은 단 세 가지라고 말하지. 자신에게 가치가 있는 일을 하는 것, 다른 사람을 배려하는 것, 어려운 시기에 도전하는 것. 일, 사랑, 용기. 바로 그것들이야. 그 외 인간이추구하는 다른 것들은 헛수고야."

"알았어요, 노먼."

"오브리 가볍게 받아들이지 마." 그는 앞으로 몸을 숙이며 단호하게 고개를 저었다. "이 말을 그냥 지나치지 마. 창밖을 봐. 당신이 한 것을 보라고."

그녀는 고개를 들고 창문 너머로 시선을 모았다. 동네가 활기차게 움직이고 있었다. 필, 스캇, 셀레스트, 첸 부인과 아들들, 데릭과 자넬, 프랭크와 조니 위츠키, 그리고 대여섯 명의 다른 사람들이 늦은 오후 햇살 아래 땀을 흘리며 공통의 목적을 위해 일하고 있었다.

"오브리 스스로 자신을 실패자라고 여기고 있다는 거 나도 알아." 노먼이 말했다. "무슨 헤아릴 수 없는 이유로 그런 생각이 당신 뇌리에 박혀 있는지 모르지만, 당신의 삶이 의미 없는 것은 아니야. 사랑, 일, 용기, 당신은 모든 것을 가지고 있어. 당신의 삶은 의미가 **차고도 넘친다고**."

그녀는 다시 울기 시작했다. 이번엔 절망이 아니라 탈진의 눈물이었다.

"고마워요, 노먼."

"뒤돌아봐." 그는 필이 토마토를 수확하고 있는 모습을 창밖으로 내다보았다. "전기가 다시 들어오면 저 남자는 어떻게 할 거야?"

"모르겠어요. 계속될 것 같지 않아요."

노먼은 어깨를 으쓱했다. "가끔은 그럴 때도 있지."

"나도 모르겠어요. 답을 알면 좋을 텐데."

"어쨌든 꽤 일을 잘하는 친구야."

오브리는 미소 지었다. 그녀는 둘 사이에 놓인 테이블 위에 있는 오렌지 캔디를 내려다보았다. 쥐가 뜯어 먹었다고도 말할 수 없을 정도로 작게 깨문 흔적이 가장자리에 남아 있었다. 노먼은 그녀의 시선을 따라가다가 그녀를 올려다보며 어깨를 으쓱했다. "그냥 좀 상했더라고. 그럴 수도 있지, 뭐."

"스캇이 직접 가져오고 싶었지만……."

그는 설명하지 않아도 알겠다는 듯 그녀를 배웅했다. "스캇에게 화내지 마. 죽는 것은 구경거리가 아니니까."

그녀는 앞으로 몸을 숙여 뼈만 앙상하게 남은 노인의 어깨를 두 팔로 감싸며 꽉 껴안았다.

"제발 가지 마세요."

"나는 아직도 내가 갈 것 같지 않아." 그가 말했다. "그게 바로 인간이지 않나? 바로 우리 눈앞에 증거가 차고 넘치고, 우리보다 앞서간 수십억 명의 경험에도 불구하고, 우리가 죽을 거라는 생각을 받아들이기란 여전히 어려워."

그녀는 한 걸음 뒤로 물러나 촉촉하게 젖은 그의 갈색 눈을 바라보았다.

노먼은 미소 지었다. "바로 이런 게 내가 말하는 희망적인 종족이야."

30분 후, 오브리는 해 질 무렵 집으로 돌아왔다. 그녀와 노먼은 결국 가벼운 주제로 대화를 마쳤다. 정치 얘기가 얼마나 그리운지, 장작 연기를 뚫고 들어오는 햇살이 얼마나 투명한지, 덜 익은 자두의 놀라운 맛에 대한 것들이었다. 그러다 그는 지쳐서 졸기 시작했다. 오브리는 그의 이마에 가볍게 키스를 하고는 늦은 오후의 낮잠을 자도록 내버려 두고 나왔다.

그녀가 길을 건너자 필은 하던 일을 멈추고 그녀에게 다가와 어깨에 팔을 두르며 그녀를 가까이 끌어당겼다. 그녀는 그의 어깨에 머리를 기대었다.

"괜찮아?" 그가 물었다.

그녀는 고개를 끄덕이며 다시 눈물을 흘렸다.

그는 그녀가 울게 내버려 둔 채 한동안 안아주었다. 그녀가 울음을 멈추자 그는 부드럽게 말했다. "오늘 밤 같이 있어 줄까?"

"괜찮을 거야." 그녀는 고개를 들었다. "내가 당신 셔츠를 젖게 했네."

"그리고 **방금** 말랐네."

그녀는 미소를 지으며 그를 올려다보았다. 그는 그녀의 입술에 키스했다. "내가 필요하면 곁에 있을게."

"이보다 더 사랑스러운 문장이 있었나?" 그녀가 물었다. 그녀는 돌아서서 다른 이웃 한두 명에게 손을 흔들어 인사하고 현관 계단을 올라갔다. 그녀는 100년이나 된, 고치면 제값을 받을 수 있는, 반만 수리를 마친 상태의 집을 올려다보았다. 지난 몇 달, 몇 년 동안 폭풍우가 몰아쳐도 잘 보호해 준 집에게 문득 감사한 마음이 솟구쳤다. 그녀는 안으로 들어가 문을 닫았다.

내일 같은 시각이 되면 거실 벽은 피로 범벅이 될 것이다.

30

아이오와주 아이오와 시티

톰은 한 시간 동안 정부 치즈(Government Cheese—국가 비상사태 시 임시 비상식량으로 배포)에 대해 평생 알았던 것보다 더 많은 것을 배웠다.

운전한 지 대여섯 시간이 지나자 배가 고프기 시작했다. 그는 간헐적 단식을 오래 해서 시간이 지나면 괜찮아질 거라고 여기며 생각을 다른 곳으로 돌리려고 노력했다. 그는 공복과 메스꺼움에 익숙했고, 어지럼증과 의식장애만 없다면 음식물 섭취 없이 24시간 동안 운전하지 못할 이유가 없다고 생각했다. 지금까지는 차 연료도 문제 되지 않았다. 그의 비서 리사는 샌프란시스코에 있는 비다 사무실로 돌아와 자가 발전기로 위성 전화와 비상 라디오 주파수를 끊임없이 모니터링하던 중 네브래스카 서부에 있는 임시 연료 저장소를 찾아냈다. 6시간 동안만 영업할 예정이었던 유조차가 삼엄한 경비 속에 주유소 앞에 주차되어 있었다. 톰은 많은 사람이 이 사실을 알기 전에 미리 그곳에 도착할 수 있었고, 야심 차게 잡

앉던 도착 일정보다 한 시간 늦었지만 기름을 가득 채우고 다시 출발할 수 있었다.

그러나 그의 허기는 점점 사납고 맹렬한 기세로 바뀌었다. 정신이 혼미해서 생각을 집중하기 힘들 정도였다. 러스티가 만든 난장판에 걸어 들어가는 것보다 머리를 맑게 하는 게 더 시급했다. 이번에도 리사가 그를 구해줬다. FEMA의 주파수를 찾아내 아이오와주 방위군이 감독하는 정부 식량 배급 일정에 대한 정보를 준 것이다. 톰의 경로에서 불과 30마일 떨어진 곳이었다. 그가 그곳에 도착했을 때 이미 수백 명의 사람이 줄을 서 있었으나, 그의 순서가 거의 되었을 무렵에도 아직 치즈가 남아 있었다. 그는 순서를 기다리며 많은 질문을 했다. 알고 보니 정부 치즈는 특정 치즈가 아닌 모든 치즈를 통틀어 이르는 말이었다. 체다, 콜비, 커드, 과립형 치즈를 모두 통에 넣은 다음 유화제와 그 외 알고 싶지 않은 다른 몇 가지를 더 넣고 녹인 다음 약 30cm 길이의 직사각형 블록에 부어 식히는 과정을 거친다. 정부는 2차 세계대전 이후 이런 치즈를 만들어 전국에 있는 150여 개의 창고에 나눠 보관했다가 학교, 생활보호대상자, 그리고 지금은 전국적인 식량 부족 사태를 겪는 사람들에게 나눠주고 있다.

그 치즈는 톰이 먹어본 것 중 가장 맛있었다. 그는 치즈를 건네받자마자 줄을 벗어나 풀이 무성한 언덕으로 올라가 사람들이 없는 자리를 찾았다. 그는 자리에 앉자마자 황급히 대여섯 번을 베어

먹고는 너무 빠르게 베어먹지 말아야겠다고 다시 한번 다짐했다. 결국 가공 치즈였고 공복 상태였기 때문이었다. 톰은 3m 정도 떨어진 곳에서 어떤 남자가 그를 쳐다보고 있는 모습과 마주쳤다.

톰은 눈을 가늘게 떴다. 그 남자가 톰이 누군지 알아봤던 것일까? IT 스타를 동경하는 괴짜일까?

그 남자는 톰을 향해 손을 흔들었다.

톰은 혹시나 해서 뒤를 돌아보았다. 아무도 없었다. 톰에게 손짓한 게 맞았다. 톰은 "아니요, 괜찮습니다" 의미로 화답했지만, 그 남자는 고집스럽게 손짓을 하며 부드럽게 말했다. "후회하지 않을 겁니다." 그는 구겨지고 기름이 묻은 작은 갈색 봉지를 들어 보이며 안에 뭐가 있다고 가리켰다. 그는 눈썹을 위로 찡긋하며 암시를 넌셨다.

호기심이 발동한 톰은 자리에서 일어나 가까이 다가갔다. 30대 중반의 흑인 남성이 톰을 올려다보며 미소 지었다. "빵과 함께 먹는 치즈보다 더 맛있는 치즈는 없죠."

그는 자르지 않은 긴 빵 한 조각을 툭 떼어 톰에게 조심스럽게 내밀었다. 톰은 양쪽을 두리번거리며 살핀 후 앉아서 감사한 마음으로 빵을 받았다. 그는 치즈 한 덩어리를 떼어 빵 위에 얹어 먹었다. 천국 같았다.

그 남자는 기뻐하며 웃었다. "진짜 빵이에요. 우리 엄마가 집 뒤편에 있는 돌 화덕에서 구웠어요. 진짜 오랜만에 먹는 **빵**이죠?"

톰은 정말 오랜만이라는 듯 그의 입에서 신음이 흘러나왔다. 사실 하루 반 만에 먹는 빵이라는 말은 하지 않았다. 하지만 그가 먹은 빵은 화학 첨가물이 잔뜩 들어 있는, 8개월 동안 냉동 보관된 공장 빵이었고, **이건** 완전 다른 빵이었다.

그는 깔끔하게 삼켰다. "놀라운 맛이네요. 고마워요."

"배고파 보였어요."

"그랬죠."

"여기 출신이세요?" 남자가 물었다.

톰은 고개를 저었다. "캘리포니아요."

"집에서 멀리 왔네요. 기름은 어디서 구했어요?"

"아직 파는 곳이 있더라고요."

그 남자는 그를 쳐다보며 그에 대해 더 알아내려고 애썼다. "여기서 뭐 하는 거죠?"

"일리노이로 가는 길에 지나가는 중이죠."

"이제 얼마 안 남았네요. 일리노이는 무슨 일로요?"

"시카고 외곽에 사는 제 여동생에게 문제가 좀 있는 것 같아요."

"유감이네요."

"나도요." 톰이 말했다.

"치즈의 날을 어떻게 알았어요?"

톰은 어깨를 으쓱했다. "그냥 운이 좋았죠." 실리콘밸리에 있는 본사에서 그의 비서가 전국 비상용 라디오 주파수를 뒤져 음식을 찾느라 애썼다는 말은 하지 않는 게 좋았다.

그는 고개를 저었다. "지금 우리 가운데 운이 좋았다는 말을 할 수 있는 사람이 얼마나 될는지 모르겠어요. 하지만 배가 고픈데 음식을 찾았으니 다행이네요." 남자는 잠시 생각에 잠기다 다시 톰을 향해 애써 조심스럽게 물으려고 노력했다. "5개월 동안의 정전 기간에 떠나는 장거리 자동차 이동인데, 음식을 좀 가져가야겠다는 생각은 안 하셨나 보군요?"

"돌이켜 보니." 톰이 말했다. "물론, 당연히 좋은 생각이죠. 많은 것을 가져갈 수 있었을 테니. 하지만 서둘러 떠났죠. 약간 화가 나 있었고 뭔가 다른 방식으로 일을 처리하려다. 한 번만이라도……." 그는 웃으며 머리를 손으로 쓸어 넘겼다. 허기가 가시자 힘이 나고 생각이 명료해졌다. "지금 생각해 보니 내 인생에서 이번 일처럼 준비가 안 된 적이 없었네요."

"아, 너무 자책하지 마세요. 준비된 사람은 아무도 없어요."

"정전 사태를 말하는 게 아니에요. 나는 정전 사태에 **100%** 대비하고 있었으니까. 이런 일이 일어날 것을 예견하고, 준비했고, 정전이 일어났을 때 모든 게 완벽하게 작동했어요."

그 남자는 회의적인 표정으로 그를 쳐다보았다. "그러셨어요?"

"오, 네. 확실하게."

"그럼 모든 게 잘 풀렸을 거라는 제 상상이 맞는 거죠?"

"그렇지 않아요. 괜찮다는 말과 정반대의 결과였어요."

남자는 고개를 끄덕이며 어깨를 으쓱했다. "놀랄 일이 아니네요. 위상 공간에서 입자의 움직임을 예측하는 데 근본적인 한계가 있거든요."

톰은 그를 바라보며 미소 지었다. "지금 나한테 동적시스템이론(Dynamic System Theory)을 들이대고 있는 건가, 친구?"

남자는 미소로 화답했다. "대화에 끼워 넣을 기회가 많지 않아서요."

톰은 깊게 심호흡을 한 후 길게 내뱉었다. "무슨 일이 벌어지고 있는지 모르겠어요. 예전 방식이 더 이상 안 먹히니 새로운 방식으로 일을 하려니. 나는 지금 내가 자아 발견 항해를 하는 거라고 믿고 있어요. 당신은요?"

"부모님에게 치즈를 갖다 드리려고요."

톰은 그를 바라보며, 이제 그를 다르게 평가하고 있었다. "직업이 뭐죠?"

"저는 국립해양대기청에서 근무하고 있습니다. 위성을 통해 태양 에너지 방출 활동을 모니터링합니다."

톰은 자신이 연기하듯 말한다는 걸 알면서도 웃었다. "더 열심히 했어야지."

남자는 어깨를 으쓱했다. "최선을 다했어요."

톰은 남은 치즈 덩어리를 비닐로 감싸고 일어서더니 바지에 손을 닦으며 말했다. "빵 고마워요. 잊지 못할 친절이요."

"별말씀을요. 항해에 행운을 빕니다."

톰이 손을 내밀고 두 사람은 악수를 나눴지만, 톰과 페리 세인 트 존은 서로 이름을 교환하지 않았다. "어떻게 생각해요?" 톰이 물 었다. "곧 전기가 다시 들어올까요?"

"누구를 믿느냐에 따라 다르겠죠." 페리가 말했다. "밖에서 열심 히 일하는 사람들이 있습니다. 이미 약 1,800개의 변압기가 교체되 었어요. 대부분 시골 지역의 작은 변압기들이지만요. 도시는 여전 히 심각한 상황이고 당분간은 그럴 것입니다."

"알겠어요. 만나서 반가워요."

"저도 반가웠습니다." 톰은 가려고 돌아서려는데 페리가 다시 불러세웠다. "잠시만요." 톰은 뒤를 돌아보았다. "시카고에서 얼마 나 떨어진 곳으로 가시는 거죠?"

"한 시간 정도."

페리는 고개를 끄덕이며 생각에 잠겼다. "제가 들은 바로는 동 쪽으로 갈수록 상황이 안 좋대요. 훨씬 심각해요. 선생님이 자아 발견의 항해를 하는 건 이해해요. 이해하고 말고요. 억지로 통제하 기보다 상황이 그냥 끝나도록 내버려 두려는 것도 이해해요. 하지 만 너무 방심하지 마세요."

"무슨 뜻이죠?"

페리는 주위를 훑어보다가 다시 그를 바라봤다. "총이 없으면 하나 준비하세요."

31

오로라

스캇은 지난 4개월 동안 칼 솜씨가 꽤 능숙해졌다. 셀레스트는 그가 유쾌하게 칼질을 할 때마다 마치 베니하나(철판구이 요리 전문점)에 있는 것 같다고 말했다. 오브리는 날렵한 칼 동작을 익히지 않아도 사는 데 지장이 없었지만, 보는 것만으로도 흥미로웠다. 그렇다고 스캇이 진짜 기술이 뛰어나거나, 드러날 정도로 기쁨을 느끼거나, 미간에 주름이 잡힐 정도로 일에 몰입하는 것은 아니었다. 오브리가 흥미를 갖고 진정한 기쁨을 느끼는 이유는 바로 그가 그 일을 하고 있다는 사실 때문이었다. 수년 동안 고집불통 열다섯 살 소년을 몰아세우며 집안일도 거들어야 한다고 주장하며 싸웠는데, 이제는 스스로 집안일 일부를 해낼 뿐만 아니라 중요한 톱니바퀴처럼 제 역할을 하고 있다는 사실에 기뻤던 것이다. 채소 위주의 식단으로 바뀐 이후 텃밭에서 가져온 작물들을 다듬고 써는 게 가장 중요한 일이었고 스캇만큼 빠른 손을 가진 사람은 없었다. 그는 어떤 일에 있어서는 최고였고, 자부심을 느꼈으며, 스스로 일정을 짜서 일했고, 두 사람보다 훨씬 빨리 주방 일을 끝냈다.

셀레스트는 불을 피우고 필요에 따라 적절하게 사용하는 일에 깊은 관심을 보였다. 그녀는 저녁마다 목적에 맞춰 고열, 혹은 저온의 요리용 불을 피우기 위해 일찍부터 준비하고 인내심을 갖고 화염을 지켜보았다. 지난 5월, 셀레스트는 처음으로 땅을 파 화덕을 만들었지만, 그건 너무 깊고, 너무 크고, 바람 때문에 모든 게 엉망이 되었다. 그녀는 그 후 몇 주 동안 시행착오를 겪으며 고치고 또 고쳤으며, 적당한 돌을 구하는 데만 4, 5일을 보냈다. 처음에는 뒷마당에 파놓은 구덩이에서 가장 쉽게 찾을 수 있는 사암과 석회암 돌덩어리부터 시작했다. 그녀는 이 암석들이 더 가볍고 열전도율이 높을 거라는 이론에 근거해 작업했다. 처음 몇 번의 시도 후 그녀는 그 이론을 무시했다. 가볍고 열전도율이 높긴 했으나, 습기가 쉽게 차고 고온에서 파손되기 쉽다는 걸 알았다. 요리 도중 돌이 깨지기라도 한다면, 작업에 방해가 될 수 있다.

셀레스트는 다시 마음을 가다듬고 주변 사람들에게 조언을 구한 끝에 화강암, 대리석, 슬레이트와 같은 단단하고 밀도 높은 암석이 더 안전하고 효과적이라는 사실을 알게 되었다. 작정하고 채굴을 하지 않으면 이 지역에서 구할 수 없는 재료였지만, 셀레스트는 처음 철거한 폐가에서 그보다 더 좋은 재료인 내화 벽돌을 만날 수 있었다. 집의 골격만 남았을 때, 그녀는 일부 외벽에서 충분한 양의 그것들을 발견했다. 그녀는 이 벽돌로 오브리의 집 뒷마당에 레스토랑 수준의 화덕을 만들었다. 그들은 거의 매일 밤 그것을 사용했다.

오늘 밤, 싱싱한 샐러드가 놓인 식탁을 차린 후 오브리는 혼자만의 시간을 가졌다. 그녀가 앉아 있는 곳에서 스캇이 도마를 놓고 뭔가 준비하는 모습을 볼 수 있었고, 바로 고개만 돌리면 셀레스트가 화덕 앞에서 분주히 움직이는 모습이 창밖으로 보였다. 두 사람은 누가 시키지 않아도 아무 불평 없이 조용히 일에 몰두했다. 그들은 자신의 역할을 알고 있었고 그 역할을 즐겁게 해냈다. 그들은 일을 서로 나눠서 하고, 의욕이 넘쳤으며, 기쁨을 주는 일에 열정을 갖고 사는 보기 좋은 젊은 한 쌍으로, 지금까지 서로에게 불만이 없어 보였다.

보통 이런 고요한 순간이 오면 오브리는 두려움과 불안이 온전히 자신 속으로 스며들도록 내버려 두었다. 그리고 그녀는 노먼의 건강, 식량 공급, 폭력적인 사회 변화의 가능성에 대한 상념에 젖었다. 다가오는 겨울에 대해 생각할 때면 마음이 더 어두워졌다. 이웃 사람들은 시카고의 혹독한 추위를 피할 수 없을 거라고 자주 언급했지만, 어떻게 살아남을지에 대한 묘책을 내놓는 사람은 아무도 없었다. 오브리는 가능하다면 남쪽으로 가거나, 서쪽으로 가서 오빠가 있는 곳을 찾아볼까 생각도 했었으나, 계획 자체가 여전히 막연하고 생각하는 것만으로도 벅찼다.

오늘 밤, 십 대들이 일하는 모습을 지켜보고 있자니 오브리는 전혀 그런 상념이 들지 않았다. 오히려 그녀는 이런 작은 평화가 조금 낯설면서도 한편 반가웠다. 오늘 밤 집은 따뜻하고 안전하며, 맛있게 먹을 음식이 있고, 이 이상하고 유쾌한 비공식 가족 구성원인 세 사람은 평온할 것이다. 오브리는 눈을 감고 스캇이 도마 위에서 칼질하는 소리를 들으며 열린 창문으로 스며드는 향긋한 소나무 타는 냄새를 맡았다.

그녀는 만족스러웠다. 그녀는 평생, 혼자 또는 가족, 친구, 온 세상과 함께 행복하게 살라는 말을 들어왔지만, 그녀는 이제야 그런 삶을 성취하는 것이 불가능하다는 것을 알게 되었다. 그것은 터무니없는 목표였다. 우리가 행복을 찾는 것이 아니라 행복이 우리를 찾아오는 것이다. 행복은 행위가 **아니기** 때문에 행복에 대해 우리는 완전히 수동적일 수밖에 없다. 그것은 결과다. 몇 년 만에 처음으로, 그녀는 복잡하지 않은 삶을 살고 있었고, 행복이란 결과가 따라온 것이었다.

저녁 햇살이 식탁을 가로질러 비스듬히 안으로 스며들자 오브리의 감각적 즐거움에 또 다른 시각적 즐거움이 더했다. 오브리는 창밖을 내다보며 빛의 각도로 보아 6시 30분쯤이라고 추측했다. 그녀는 몇 분 후에 필의 집으로 가서 케이크를 가져와야겠다고 생각했다. 필은 가스 오븐을 가지고 있었고, 그날 아침 운 좋게도 작동되었다. 그가 이 사실을 오브리에게 알렸을 때, 그녀는 오늘이 셀레스트의 열여섯 번째 생일이라는 사실 때문에 몹시 흥분했었다. 첸 부인에게는 밀가루와 설탕이 있었고, 이웃집 어디선가 달걀 몇 개만 구할 수 있다면 셀레스트에게 진짜 케이크를 만들어 줄 수 있을 것 같았다. 오브리와 필은 보물찾기하듯 필요한 재료를 구하러 나섰고, 약 한 시간 전부터 케이크 만드는 냄새가 길목을 적시기 시작했다. 아이싱용 버터는 케이크와 너무 동떨어진 재료였지만, 오브리는 그럼에도 셀레스트가 기뻐할 것이라고 확신했다.

오브리는 이제 케이크를 가지러 가야 할 시간이라고 생각했다. 그녀는 의자를 뒤로 밀었다.

인생에는 '이전'과 '이후'를 구분하는 몇 가지 사건이 있다. 진주만 폭격이 바로 그런 사건이라고 말하는 세대도 있고, 911 테러, 그리고 오늘날 지구상에 살아 있는 거의 모든 사람에게는 코로나19가 바로 그런 사건일 것이다. 그것들은 이전에 알던 삶과 새롭게 알게 된 삶 사이의 경계를 규정하는 순간 또는 사건이다. 좋든 나쁘든, 대개는 더 나쁘지만, 사람들은 자신을 별개의 존재로 여기게 되고, '이전'에 했던 모든 행동을 판단하는 잣대가 있었다면, '이후'에 했던 모든 행동은 다른 잣대로 판단하게 된다.

스캇, 셀레스트, 오브리에게 '이전'은 누군가 그 순간 문을 노크하기 전의 시간을 의미했다.

의자를 밀던 오브리는 멈칫했다. 그녀는 서프라이즈 생일에 대한 계획이 꽤 분명했음에도 불구하고 필이 시간을 정확히 못 맞춰 케이크를 일찍 가져올지도 모른다는 우려가 불쑥 치밀었다. 그렇다면 셀레스트가 눈치채기 전에 그를 돌려보내야 했다.

"차라리 내가 가져와야겠다." 그녀가 말했다.

스캇은 계속 칼질을 하고, 셀레스트는 불을 피우고, 오브리는 몸을 돌려 문으로 향했다.

그녀는 문을 열었다. 러스티가 미소를 지으며 서 있었고, 그녀는 방충문을 통해 그의 충치 냄새를 맡을 수 있었다.

집 뒤편에서 셀레스트의 비명이 터졌다.

32

다운타운 오로라

톰은 "낯선 사람이 빵을 주면서 총을 준비하라고 하면 빵을 먹고 총을 구해야 한다"는 말을 새로운 개인 신조로 삼았다.

낯선 이에게 빵을 받아먹는 것보다 총을 구하는 게 훨씬 어렵다는 게 입증되었다. 리사의 끈질긴 라디오 검색과 위성 전화 통화를 시도했지만, 전 세계적인 비상사태에 총기 구입에 관한 믿을 만한 정보를 찾는 건 불가능했다. 톰의 수중에 남은 현금은 수백 달러에 불과했고 권총은 그 금액의 몇 배에 달하는 가격에 팔리고 있었기 때문에 리사가 총기 구매에 대한 정보를 얻었다고 해도 상황은 달라지지 않았을 것이다.

고속도로를 빠져나오는 톰의 앞을 가로막은 BMW 7 시리즈 차가 아니었다면 톰은 브래디의 차를 전혀 떠올리지 못했을 것이다. 하지만 진입로에서 그 차가 시속 90마일 이상으로 달리며 공격적으로 톰을 추월하자 그의 전두엽을 퍼뜩 스쳐 지나가는 것이 있었다. 브래디가 이곳으로 올 때 선택한 톰의 자동차에는 총이 한 자루가 아니라 **두 자루**가 있었다. 브래디가 총을 하나 또는 둘 다 두고 갔을 가능성이 전혀 없는 것은 아니었지만, 희박했다. 그가 가진 유일한 방어책이었기 때문이다. 게다가 그는 BMW가 어디에 주차되어 있는지 정확히 알고 있던 사람이었다.

브래디가 레이더망에서 벗어났을 때 톰이 가장 먼저 확인한 것은 GPS 추적 시스템이었다. 차량은 오로라 지역 병원 차고에 있었고, 고도를 기준으로 살펴보니 3층에서 7층 사이였다. 4월 말부터 움직임이 없었다. 톰의 추정에 따르면 브래디는 차량에 여러 개의 추적 시스템이 설치되어 있다는 사실을 알고 있었고, 돈을 훔친 후 차를 그곳에 버렸을 것이다. 브래디가 부와 권력을 손에 쥔 주인의 차를 타고 돌아다니기보다는 버리고 도망갔을 확률이 훨씬 높았다. 톰이 브래디였더라도 후자를 택했을 것이다.

하지만 러스티와의 통화 이후, 톰은 브래디가 뭔가 사악한 짓의 희생양이 되었다는 확신이 들었다. 그의 확신이 맞다면, 그 차는, 아마도, 빈 차로 버려지지 않았을 것이다. 차와 함께 브래디도 그 안에 버려졌을 것이다.

톰은 그날 오후 6시가 되기 전에, 피곤했지만, 아드레날린이 솟구치는 상태로 주차장 건물 안으로 들어갔다. 주차장은 어느 바쁜 날과 마찬가지로 차들로 가득 차 있었다. 자세히 보지 않으면 모르겠지만, 거의 모든 차가 기름을 빼내기 쉽게 연료 주입구 덮개를 열어 놓거나 경첩이 풀려있는 것을 볼 수 있었다. 톰은 천천히 아래층으로 내려갔다가 위층으로 차를 몰고 올라가면서 BMW 차 안에 어떤 것들이 그를 기다리고 있을지 머릿속으로 생생한 이미지를 그리며 대비했다.

현실은 그가 상상할 수 있었던 그 어떤 것보다 더 끔찍했다. 차는 러스티가 4월에 주차했던 6층에서 발견되었다. 저층에 비해 손이 덜 탄 것 같았다. 기름 도둑들이 계단을 많이 올라오는 걸 좋아할 리 없었다. 톰은 차의 전면 디자인만 보고도 BMW임을 바로 알 수 있었고 차량 번호판은 확인할 필요가 없었다. 그 차는 1년 동안 그의 차고에 있었다. 그는 그 앞을 백 번도 더 지나갔고 여섯 번도 더 운전했다. 그는 그 차의 배터리와 연료 용량에 집착할 정도였고, 두 개의 총기를 차 내부에 설치하는 일도 직접 감독했었다. 그의 BMW임을 바로 알아볼 수 있는 이유였다.

차 유리창은 결로가 아니라 끈적끈적한 곰팡이처럼 보이는 녹색 안개가 뿌옇게 안을 가리고 있었다. 톰은 잠시 볼보 차에 앉아 BMW의 앞 유리를 바라보며 이 녹색 안개가 무엇을 의미하는지 잠시 의문을 가졌지만, 분명하게 잘 알고 있었다. 브래디였다. 브래디는 고속도로를 달리지도 않았고(톰의 첫 번째 희망, 브래디를 위해), 트렁크에 실리지도 않았으며(두 번째 희망, 자신을 위해), 차 안에 있었다. 톰은 그저 앞좌석이 아니길 바랄 뿐이었다.

문은 잠겨 있었다. 톰은 창문 가까이에 다가가자, 멀리에서 볼 때보다 오히려 아무것도 볼 수 없었다. 톰은 운전석 쪽 유리를 몇 번 발로 걸어찼으나 열릴 기미가 보이지 않았다. 그는 볼보 트렁크에서 타이어 아이언(Tire Iron—바퀴의 테두리에서 타이어를 빼는 데 사용하는 도구)을 꺼내 반쯤 휘두른 다음 몇 차례 세게 내리치자 마침내 거미줄처럼 무너져내린 유리를 틀에서 떼어낼 수 있었다.

BMW의 조수석에서 뿜어져 나오는 악취에 톰은 거의 쓰러질 뻔했다. 톰은 몸을 움츠리며 팔로 입과 코를 틀어막았으나 악취는 여전히 그를 옭아매며 더러운 손가락으로 콧구멍을 깊숙이 후벼 파는 것 같았다. 그는 숨을 헐떡이며 손과 무릎을 꿇더니 심한 악취를 이기지 못하고 시멘트 바닥에 주저앉았다. 톰은 다시 겨우 일어나 차에서 10미터 정도 뒷걸음치며 숨을 헐떡였다.

그는 잠시 울렁거리는 가슴을 움켜쥐고 악취를 내뿜는 BMW를 바라보며 서 있었다. 눈은 따갑고 눈물이 났으며, 차에서 뿜어져 나오는 짙은 오물 냄새가 거의 눈에 보이는 듯했다. 마침내 악취를 내뿜는다는 사실에 안도하듯 BMW가 몸을 떠는 모습이 보이는 것 같았다.

톰은 겨우 구토를 억누르고 자신의 차 볼보로 돌아와 글러브박스 안에 있는 N95 마스크를 꺼냈다. 두 겹으로 된 천 마스크로 호흡하며 그는 다시 BMW로 다가갔다. 고개를 돌린 채 운전석 창문으로 손을 뻗어 손잡이를 찾아 문을 열었다. 그리고는 다시 비틀거리며 뒤로 물러나 차 안에 남은 악취를 최대한 밖으로 내보냈다. 여전히 만족할 수 없는 상태였지만, 그는 차 쪽으로 다시 다가갔다.

톰이 차의 뒷좌석 가까이 다가가자 희미했던 윤곽이 서서히 드러났다. 톰은 대학 생물학 수업을 떠올리며 사체가 구더기 들끓는 단계를 피했다는 사실을 발견했다. 유리와 강철로 밀폐된 환경이 파리의 유입을 힘들게 했을 것이었다. 적어도 구더기가 들끓고 있는 사체를 마주하지는 않았지만, 박테리아가 공격할 틈은 더 많아졌다. 4개월은 끔찍하게 긴 시간이었다.

톰은 운전석에 앉아 재빨리 당면 과제에 집중했다. 그는 팔걸이 쪽으로 몸을 돌려 양손을 옆으로 미끄러지듯 민 다음, 브래디가 보여준 대로 앞쪽 맞물리는 지점과 노출된 가장자리 두 지점을 눌렀다. 톰은 매직박스 기즈모(Gizmo―장치나 기계를 뜻하는 속어) 여는 방법을 잘못 기억하고 있을지도 모른다는 강박적인 두려움이 순간적으로 휘몰아쳤다. 만약의 경우, 톰은 지렛대로 상자를 뜯어내야 할 테지만, 그럴 필요가 없었다. 그의 손아귀에 잡힌 부분이 정확하게 딸깍 소리를 냈고, 그는 첫 번째 시도에서 상자를 열었다.

비어 있었다. 그가 두 번째 품고 있던 걱정거리였다. 가장 손에 익숙했던 총인 스칸디움이 사라진 것이다. 어쩌면 아직 브래디가 가지고 있을지도 모르지만, 제발, 신이시여, 그런 일이 일어나지 않기를 기도했다. 다른 가능성이 하나 더 남았다.

톰은 실수로라도 뒷좌석에 시선이 닿지 않도록 백미러를 쳐다보지 않으려고 애쓰며 차의 중앙 콘솔을 향해 고개를 돌렸다. 그는 팔걸이를 들어 올리고 우묵하게 들어간 패널을 뒤로 밀자 자물쇠가 달린 납작한 금속 상자가 모습을 드러냈다. 그는 금속 상자를 몇 번 돌려보았고, 여전히 멀쩡한 상태로 쉽게 움직이는 것을 보고 만족스러워했다. 그는 한참 동안 그 상자를 응시했다.

비밀번호가 기억나지 않았다. 젠장, 브래디가 브리핑할 때 좀 더 주의를 기울였더라면 좋았을 텐데 하는 아쉬움이 밀려왔다. 브래디가 비밀번호를 직접 정해 놓고 말하지 않았던 걸까? 재난 계획에 큰 허점을 발견한 기분이었다. 그가 설사 백만 년을 산다 해도, 자신이 그런 실수를 허용할 사람이라는 상상은 할 수 없었다. 톰은 자신이 비밀번호를 직접 선택한 것이 틀림없을 거라는 확신 쪽으로 기울었다. 다른 합리적인 방법이 떠오르지 않았다.

그는 자신의 생일 숫자를 시도했다. 1—1—8. 아니다.

오브리의 생일. 2—2—3. 아니다.

그는 부모님의 생일을 모두 시도했지만, 운이 닿지 않았다. 그는 앤 소피의 생일과 자녀들의 생일, 모두 시도했지만, 아니, 아니, 아니, 아니다. 공황 상태가 시작될 무렵, "내게 운이 있는 걸까?" 말도 안 되는 질문이 머릿속을 스쳐 지나갔을 때, 단박에 자신이 **알고 있다**는 것을 기억해냈다. 신중하게 고른 조합이었다. 이런 상황이 생겼을 때를 대비해 쉽게 기억하기 위한 대사까지 만들었다. 〈매그넘 포스〉는 톰이 가장 좋아하는 영화 중 하나였는데, 특히 이스트우드가 조무래기들을 내려다보며 총알이 없는 44구경 매그넘의 파괴력을 찬양하며 유명한 대사를 남겼는데, 그 대사가 지금 톰의 마음을 관통한 것이었다.

"내게 운이 있는 걸까?"

틀린 말이 아니었다. 톰은 0—4—4로 번호를 입력하고 마이크로 볼트(Micro Vault) 총기 상자 앞쪽의 손잡이를 잡은 다음 뒤집어 열었다. 글록은 여전히 거기 있었다.

톰은 안도의 숨을 내쉬고 총을 꺼내 브래디가 가르쳐준 대로 탄창 클립을 열었다. 32발의 탄환이 그 안에 들어 있었다. 그는 총을 다시 집어넣고 차에서 내리기 위해 몸을 돌렸다. 그가 움직일 때 뭔가 반짝이며 그의 시선을 사로잡았다. 그는 백미러가 아니라, 백미러에 매달려 있는 무언가를 올려다보았다.

성 크리스토퍼 메달이었다. 톰은 단박에 자신이 전에 본 적이 있다는 것을 깨달았다. 사실 지난 4년 동안 브래디가 항상 운전하던 맞춤형 서버 밴 뒷좌석에서 그 메달을 보았다. 브래디가 백미러 고리에 메달을 단단히 감아두었기 때문에 끝부분만 겨우 볼 수 있어서 그는 톰이 눈치채지 못할 거라고 믿었을 것이다. 하지만 톰은 그 메달을 자주 보았고, 브래디에게 자신의 종교적 상징물은 개인적인 공간에 놓아두라고 부탁할 뻔한 적이 여러 번 있었다. 그런데 인사팀에 먼저 확인하는 게 순서일 것 같아서 톰은 항상 입을 다물었다. 그가 가장 하고 싶지 않은 일은 말도 안 되는 종교적 권리 소송에 휘말리다 결국 언론에서 직원을 학대하는 나쁜 놈처럼 보이는 것이었다. 그의 빌어먹을 차에 관한 얘기인데도 불구하고 말이다.

하지만 그건 그때다. 톰은 백미러에 자유롭게 매달려 있는 메달을 바라보았다. 애초에 보내지 말았어야 할 위험한 횡단이었다. 자신의 생명과 신변을 걱정했던 한 남자가 더 이상 상사의 시선에 신경 쓰지 않고 당당하게 걸어 놓은 메달이었다. 톰의 마음속에서 치밀어 오른 수치심이 목을 타고 뺨으로 번지는 것만 같았다.

글록을 좌석에 놓고 손을 뻗어 백미러에 매달린 메달을 풀어 바라보았다. 지팡이를 짚고 거친 지형을 헤치며 걸어가는 성 크리스토퍼가 고개를 돌려 간청하듯 위를 바라보는 머리 위로 아기 예수가 새겨져 있는 메달이었다. 메달 위쪽에 '성자 크리스토퍼', 아래쪽에 '우리를 지켜주소서'라고 새겨져 있었다.

톰은 차에서 내려 뒷문을 열고 브래디를 바라보았다. 그의 충실한 직원이었던 브래디의 머리는 부자연스러운 각도로 뒷좌석에 억지로 밀어 넣은 상태로 놓여 있었다. 브래디의 몸은 가혹함이 그대로 증거처럼 남은 상태였고 시간이 지남에 따라 기형적인 자세로 일그러진 채 굳어져 있었다.

아무도 브래디를 보호해 주지 않았다.

톰은 메달의 줄을 풀어 넓게 펼쳤다. 차 안으로 몸을 구부린 다음 브래디의 가슴에 깔끔하게 닿도록 메달을 그의 목에 걸어주었다.

"내가 나쁜 놈이었어, 브래디. 미안해, 모든 게 고마웠어."

그는 문을 닫고, 앞좌석에 놓여 있는 글록을 집어 들고 오브리의 집으로 향했다.

33

오브리의 집

오브리가 셀레스트의 비명에 고개를 돌렸을 때 러스티가 현관문을 밀고 들어오며 그녀를 방 안으로 밀어 넣었다. 오브리가 소리쳤지만 러스티 행동이 더 빨랐다. 그는 기습공격의 방법을 그대로 실천할 작정을 하고 왔다. 오브리가 미처 반응하기도 전에, 그는 그녀의 입과 코를 손으로 강하게 압박하고 안으로 끌고 들어온 다음 등 뒤의 문을 발로 차서 닫아버렸다.

"널 **보호**하는 거야. 대들지 마!" 그는 그녀의 귀에 대고 속삭이면서 그녀의 몸을 바짝 끌어당기며 실내 깊숙이 끌고 들어갔다.

오브리는 비명을 지르려고 했지만, 러스티의 차고 끈적끈적한 손가락이 콧구멍까지 틀어막고 있어서 숨조차 쉴 수 없었다. 그녀는 공기를 깊게 빨아들인 후 그가 알아들을 수 있도록 최대한 큰 소리를 뱉어내려고 발버둥 쳤다.

집 뒤편에서 셀레스트의 몸이 누군가에 의해 문짝에 부딪히는 것을 목격했지만, 얼굴을 볼 수 없었다. 셀레스트는 두려움보다는 분노에 휩싸여 반항하려 했지만, 남자의 손이 번쩍 들려지더니 그녀의 얼굴을 세게 내리쳤다. 셀레스트는 비명을 터트리며 뒤로 넘어졌다. 그녀의 아버지, 젤린스키는 그녀를 향해 달려들었고 무단결석한 학생을 다루는 교감 선생처럼 셀레스트의 팔 아래로 두 손을 집어넣어 일으킨 뒤 방충문을 걷어차고 집안으로 끌고 들어갔다.

주방에 있던 스캇은 셀레스트의 비명에 칼을 들고 뛰쳐나왔다. "그녀에게서 떨어져!" 그는 젤린스키를 향해 칼을 휘두르며 소리치는 동시에 러스티가 오브리를 거실로 끌고 가면서 그의 손이 그녀의 목을 죄고 있는 모습을 목격했다. 스캇은 눈을 부릅뜨고 이해할 수 없다는 듯이 쳐다보았다. "러스티, **이게 다 뭐야?**"

그러나 뒷문으로 또 다른 덩치 큰 남자가 불쑥 들어와서 아무도 대답할 시간이 없었다. 에스피노자는 재빨리 실내를 둘러보다 스캇의 손에 들린 칼에 시선이 꽂혔다. 그가 칼을 빼앗기 위해 스캇을 향해 돌진하자, 스캇은 그를 향해 칼끝을 세우고 빙글빙글 돌렸다. 에스피노자는 그의 엄지와 첫 두 손가락 사이를 날카롭게 파고들며 손목을 비틀었다.

스캇은 비명을 질렀고, 오브리는 손목이 툭 꺾이는 소리를 들었고, 칼은 바닥에 탁 소리를 내며 떨어졌다.

스캇, 오브리, 셀레스트가 차례로 소파에 쓰러지며 기절할 정도로 고통스러워했다. 오브리는 막혔던 숨통이 겨우 트이자 다른 두 사람이 괜찮은지 보려고 고개를 돌렸고, 러스티는 그들을 내려다보며 진정하라고 소리쳤다. 전혀 진정되지 않는 말이었다.

에스피노자는 칼을 재빨리 치워버린 뒤 커튼을 닫고 현관문을 잠갔다. 실내가 어두워졌다.

젤린스키는 식탁에서 의자를 가져오더니 소파 앞에 놓인 커피 테이블 건너편에 놓고 마주 앉았다.

창문 가까이에 있던 러스티는 과호흡을 하지 않으려고 애쓰며 서 있었다.

길고 이상한 순간이 지나가는 동안 입을 연 사람은 아무도 없었다.

마침내 오브리는 러스티를 향해 분노를 담은 낮은 목소리로 말했다. "지금 대체 무슨 짓을 한 거야?"

러스티는 외면했다. 젤린스키는 웃으며 소파를 바라보더니 셀레스트에게 시선을 집중했다.

"생일 축하해, 내 딸. 내가 잊어버릴 줄 알았지?"

셀레스트는 그의 방향으로 침을 뱉었다. 충분하지는 않았지만, 그녀의 메시지를 담은 행동이었다.

젤린스키는 고개를 절레절레 흔들며 다른 사람들을 바라봤다. "딸들이란."

평정심을 되찾은 오브리는 침입자 세 명을 차례대로 훑었다.

그녀는 최대한 침착하게 중요한 질문 하나만 던졌다. "원하는 게 뭐야?"

젤린스키가 그녀를 바라봤다. 직설적인 질문에는 직설적인 대답을 요구했다. "당신 오빠의 돈."

오브리는 미간을 찡그렸다. 그녀는 러스티와 젤린스키를 번갈아 쳐다봤지만, 러스티는 그녀의 시선을 피했다. "난 돈이 없어. 그리고 오빠는 여기 없고."

"올 거야. 잠시 시간을 줘." 그는 러스티를 바라보았다. "24시간이라고 했나?"

러스티는 시선을 피하며 슬며시 고개를 끄덕였다. 오브리는 역겹고 분노에 찬 표정으로 그를 노려보았다. 그녀는 얼굴이 종잇장처럼 하얗게 질린 채 고통스러운 표정으로 손목을 움켜쥐고 있는 스캇을 향해 시선을 돌렸다. 그리고 그녀는 에스피노자를 올려다보았다. "당신이 애 손목을 부러뜨렸어. 십 대의 손목을. 스스로가 자랑스럽나?"

에스피노자가 고개를 돌리자 젤린스키가 뜨악한 표정으로 눈을 동그랗게 굴렸다.

"서로를 비난하는 게임은 하지 말자고, 알았어?" 그가 말했다. "아주 간단해. 우리는 돈이 필요해. 당신에게 돈이 오고 있어. 당신은 모를 수도 있지만, 당신은 알지. 돈이 도착하면 우리는 그것을 가지고 떠날 거야. 셀레스트는 나와 함께 원래 있어야 할 집으로 돌아갈 거고, 당신은 우리 중 누구도 다시 볼 수 없을 거야."

스캇은 분노로 이글거리는 얼굴로 고개를 들었다. "저 애는 너랑 아무 데도 안 가, 이 개자식아!"

키 작고 뚱뚱한 젤린스키는 놀라운 속도로 몸을 움직였다. 젤린스키는 스캇과 커피 테이블을 사이에 두고 앉아 있었는데, 눈 깜짝할 사이 테이블 위에 서서 스캇의 가슴을 향해 무릎을 꽂았다. 그리고는 주먹으로 그의 얼굴을 두 번, 세 번, 네 번 내리쳤다.

셀레스트는 비명을 지르며 스캇을 몸으로 막기 위해 달려들었다. 젤린스키는 그녀를 손으로 밀쳤다. 에스피노자가 달려와 그를 떼어내지 않았다면 스캇은 더 큰 피해를 봤을 것이다.

러스티는 등을 반쯤 돌린 채 창가에 멍하니 서 있었다.

누군가 문을 두드리는 소리가 났을 때 모두 얼어붙었다.

젤린스키는 가쁜 숨을 몰아쉬며 조용하고 다급한 목소리로 말했다. "입도 뻥긋하지 마. 너희들 중 그 누구도." 그는 러스티를 바라보며 창문 쪽으로 고개를 끄덕였다. 에스피노자가 조금 전에 커튼을 쳤을 때 좁은 틈새를 남겨두었던 곳이었다. "그 사람인지 확인해 봐." 그가 말했다.

러스티는 커튼 틈새로 다가가 바깥을 들여다보고는 소리 나지 않게 다시 뒤로 물러섰다. 그는 영문을 모르겠다는 듯 고개를 좌우로 흔들며 속삭였다. "케이크를 든 어떤 개자식이 서 있네."

오브리는 필이 문을 열지 않기를 간절히 기도하며 문을 노려보았다.

필은 문을 열지 않고, 기다렸다. 그가 다시 문을 노크했다.

젤린스키는 손바닥을 아래로 향하게 쭉 펴며 제자리에 그대로 있으라는 신호를 보냈다. 그들은 숨죽이며 긴장 속에서 기다렸다. 필은 한두 번 더 노크한 뒤, 어리둥절한 목소리로 아무도 없느냐고 외쳤다. 60초를 더 머물다가, 그들은 그가 무언가를 내려놓고 돌계단 아래로 내려가는 소리를 들었다.

젤린스키는 아픈 오른손을 문지르고 손가락을 구부렸다 펴며 다시 앉았다. 스캇은 고통에 신음했고, 셀레스트는 흐느낌을 삼켰으며, 오브리는 분노에 가득 찬 숨을 몰아쉬며 아무것도 할 수 없는 상황 속에 있었다.

젤린스키는 테이블에 있던 성냥갑을 집어 들어 성냥을 켜고, 양초 두 개에 불을 붙였다.

그는 오브리에게 차분하게 말했다. "네 오빠가 여기 도착하면 내가 시키는 대로 정확히 말해. 한 단어도 틀리지 말고. 그가 돈을 두고 가면 나와 셀레스트는 돈을 가지고 떠날 거야. 그가 여기 올 때까지 우린 여기서 조용히 기다릴 거야. 입도 뻥긋하지 마. 누구든 입을 열면." 에스피노자를 향해 고개를 끄덕이며 "그런 인간에겐 총구를 이빨 사이에 넣고 방아쇠를 당길 거니까" 하고 그가 말했다.

그는 방을 둘러보았다. "질문 있나?"

34

카유가 골목

톰을 가장 먼저 멈칫하게 만든 것은 카유가 골목 끝에 나란히 주차된 두 대의 SUV였다. 여기까지 오는 길에 거쳐왔던 몇몇 동네의 상황을 고려하면 이해가 되긴 했지만, 안심하기에는 일렀다. 트럭 뒤 짐칸에 놓인 두 개의 야외용 의자가 텅 비어 있다는 사실도 그런 생각을 부추겼다. 초소 역할을 하는 곳이라면 오늘 밤에 보초가 없다는 말이었다.

그의 두려움은 에덴동산 같은 오브리의 텃밭과 마주한 순간 가라앉았다. 유토피아적 미래에서 벗어난 자연 친화적인 풍성함 덕분이었다. 땅거미가 질 무렵이라 생동감 넘치는 텃밭의 색채가 일부 희미하게 빛나긴 했지만, 사방에서 빛이 들어오는 한 지난 몇 달에 걸쳐 정성껏 씨를 뿌리고 가꾸고 수확한 풍성하고 싱싱한 작물들을 볼 수 있었다. 그는 지난 10년 동안 수십 차례에 걸쳐 싱크—탱크, 브레인—데이트, 전략—기획 회의를 했지만, 단 한 번도 이런 계획을 해본 적이 없다는 사실에 자괴감이 들었다.

만약에 그런 생각을 했더라면, 사막을 선택했을까? **사막**에 살면서 냉동 건조 식품을 먹는 선택을? 도대체 뭐가 문제였을까? 키울 수 있는 건 다 먹고, 먹을 수 있는 건 다 키워야 해. 다른 건 소용없어. 왜 그는 그걸 몰랐을까? 그는 살아온 그대로의 삶을 지속시키는 데만 신경을 썼지, 다른 방식의 삶에 대해서는 생각해 본 적이 없었다.

그가 오브리의 집에 이르렀을 때 골목이 조용했다. 딱 한 번 와본 곳이지만, 근방에서 가장 오래된 집이었기 때문에 정확히 기억하고 있었고, 그녀가 그 집을 산 것이 여전히 미친 짓으로 여겼다. 그 집은 길 왼쪽 끝자락에 자리 잡고 있었는데, 무섭고 오래된, 돈 잡아먹는 귀신처럼 **희미하게** 모습을 드러냈다. 물론 불이 켜져 있는 곳은 없었지만, 앞쪽 창문 커튼 틈을 통해 흐릿하게 흔들리는 빛이 보였다.

그가 계단을 밟으며 올라가면서 이상한 점을 발견하고 멈췄다.

케이크였다.

아니면 케이크처럼 보였다고 말할 수 있다. 두꺼운 갈색의 동그란 것이 와이어 선반에 담긴 채 집 앞 계단 꼭대기에 놓여 있었다. 그는 계단 끝 언저리에 멈춰서서 자세히 살펴보기 위해 몸을 굽혔다. 맞다, 집에서 만든 것처럼 보이는 케이크였다. 아이싱은 없었지만, 누군가 분명히 초콜릿 스펀지케이크를 구워 오브리의 집 앞 계단에 갖다 놓았다.

톰은 주위를 둘러보았다. 아무도 보이지 않았다.

그는 케이크를 다시 보았다. 그리고 손을 뻗어 케이크 가장자리를 손가락으로 살짝 찍었다. 아직 따뜻했다.

그는 케이크를 조심스럽게 옆으로 옮기고 깔판 위로 올라가 현관문을 가리고 있는 방충문을 먼저 열었다. 거실 커튼 틈 사이로 반짝이는 움직임을 감지한 그는 고개를 그쪽으로 돌렸다. 깜빡이는 듯한 불빛은 아마도 촛불일 것이다.

톰은 재킷이 자연스럽게 보이도록 매만지며 자세를 바로 했다. 재킷은 무더운 저녁에 입기에 너무 더웠지만, 바지 뒤쪽에 찔러 넣은 총을 가리기 위해 걸친 것이다. 그는 총을 단단하게 고정하기 위해 벨트를 한 단계 더 조이느라 매우 불편한 상태였다. 운이 좋으면, 지금부터 30초 후 벨트가 필요 없다는 것을 깨닫게 될지도 모른다. 이 모든 것이 과잉 반응이었다는 것과 함께.

그가 문을 두드렸다.

긴 순간이 흘렀다. 그는 안에서 누군가 움직이는 소리를 들었다고 생각했지만 대답하는 사람은 아무도 없었다.

그가 다시 노크를 하기 위해 손을 뻗는데 문이 열리는 바람에 그의 손이 어색하게 허공에서 멈췄다.

오브리는 한참 동안 그를 바라보다가 억지로 미소를 지었다. "안녕, 톰."

"안녕, 오브."

"와줘서 고마워." 그녀가 말했다. 그러나 그녀는 그를 맞이하기 위한 어떤 동작도 하지 않은 채 약 60cm 열린 문을 몸으로 막고 서 있었다.

"최소한 이 정도는 할 수 있어." 그가 말했다. 그가 집 안으로 들어가려는데, 그녀는 문을 막고 서 있었다.

"러스티가 전화한 거 알아. 그럴 필요는 없었는데, 전화했다는 말 듣고 기뻤어."

그는 그녀를 뚫어지게 바라보았다. 처음에는 뭔가 잘못되었다고 의심했었는데, 지금은 그녀의 어눌한 말투 말고도, **눈치챌** 수 있었다. 러스티가 전화해서 **기뻤다**고? 그녀는 수년 동안 러스티가 한 어떤 일에도 기뻐한 적이 없던 사람이었다.

톰은 안에서 발소리가 들렸다고 생각했다. 톰은 거실 쪽으로 눈을 돌렸지만, 그는 거실을 볼 수 없는 각도에 서 있었다.

"토드는 안에 있나?" 그가 물었다.

"누구?"

"스캇. 농담이야, 난 항상 개 이름을 틀리잖아?"

"맞아. 그래. 스캇은 여기 있어."

"인사해도 될까?"

"지금은 안 돼." 그녀가 말했다. "기분이 좀 안 좋은가 봐."

톰은 고개를 끄덕였다. "십 대들. 항상 문제지."

"맞아." 그녀는 눈동자를 마주 보며 그를 바라보았다. "문제."

"브래디가 돌아와서 너를 협박했다고 들었어." 그가 말했다.

"응. 3, 4일 전."

"그런 일이 생겨서 미안해." 톰이 말했다. 그는 눈을 거실 쪽으로 옮기면서 턱을 기울이며 안에 다른 사람이 있는지 조용히 물었다.

오브리는 고개를 끄덕였다. 하지만 그녀는 대화를 끊지 않고, 오히려 큰 소리로 이어갔다. "나 꽤 화가 났어, 톰." 오브리가 말했다. "오빠가 애초에 그렇게 많은 돈을 보내지 말았어야 했어."

"미안해."

"러스티가 부탁한 돈은 가져왔어?"

"가져왔어." 그는 손가락 하나를 그녀에게 내밀며 조용히 물었다. **한 명?**

오브리는 고개를 저었다. 그는 손가락 두 개를 들어 보이며 다시 물었다. 그녀는 또다시 아니라고 고개를 저으며 그를 위아래로 훑었다. "돈은 어딨어?"

"안전한 곳에 보관해뒀어." 톰이 말했다. "근처에 있어."

그가 손가락 세 개를 치켜들자 마침내 오브리는 고개를 끄덕였다.

"그럼 가서 가져오는 게 좋겠네." 그녀가 말했다. "러스티가 언제든 올 수 있으니까."

"그래, 몇 시간 후에 다시 올게."

"제발 서둘러." 오브리가 뒤로 물러서며 말했다. 그녀는 문을 닫으면서 마지막 순간까지 그의 눈빛을 피하지 않았다.

문이 딸깍 소리를 내며 닫히더니 안에서 걸쇠가 걸리는 소리가 들렸다.

톰은 머뭇거리며 잠시 귀를 기울였지만, 더 이상 아무 소리도 들리지 않았다. 그는 돌아서서 계단을 내려와 인도를 따라 걸었다.

그는 길 모서리를 돌면서, 다음에 할 일에 대비해 그 어떤 것도, 심지어 원격으로 준비한 것조차 없다는 생각이 들었다.

45분 후, 어둠이 짙어졌다. 사물을 간신히 볼 수 있을 정도의 반달이 떠 있었다. 톰은 모서리를 돌아 오브리의 집으로 향하면서 가로등이나 집에서 새어 나오는 불빛이 없는 것에 감사했다. 그는 길가에서 벗어나 대담하게 집과 집들 사이를 최대한 밀착한 채 움직였다. 창문에서 보이지 않을 만큼 충분히 떨어져 있지만, 그림자 안에서 길을 잃을 만큼 가까운 거리였다.

하루의 마지막 빛이 사라지는 데 억겁의 시간이 걸릴 것만 같았다. 톰은 내내 차에 앉아 머릿속으로 수많은 경우의 수를 생각했지만, 모두 받아들일 수 없는 시나리오였다. 그는 먼저 경찰을 떠올렸다. 설령 연락이 닿는다고 해도 경찰이 실제로 나타날 가능성은 희박했다. 아무리 근거가 있더라도 곳곳에 터지는 혼돈과 유혈사태 속에서 그의 의심까지 챙기기는 벅찼다. 설사 그들이 출동하더라도, 지난 몇 달 동안 톰이 들은 바에 따르면 법 집행 자체가 안전을 보장하지 못했다. 그게 사실이든 아니든, 톰은 그런 위험을 감당할 수 없었다. 사설 경호원을 구한다고 해도, 믿고 맡길 수 없었다. 그는 그들을 알지 못했고, 그들은 그를 알지 못했으며, 높은 보수를 제시하는 것은 충성만큼이나 배반을 불러올 가능성이 훨씬 컸다.

결론은 외부의 힘을 빌리지 않고 그가 직접 해결해야 할 문제였다.

그는 주차장 2층으로 가 글록으로 네다섯 발을 쏘는 연습을 하다가 문득 브래디가 준비했던 총기 교육 과정을 건너뛰었다는 사실이 갑자기 떠올랐다. 총의 후면 상단 부근에 있는 안전장치를 발견하고 총이 발사되기 전에 탄환을 장전해야 한다는 사실을 알게 되자, 총기 사용법은 간단해졌다. 그 후 그는 쏘고 싶은 만큼 방아쇠를 당길 수 있었다. 집에 침입자가 3명이라면, 총알은 충분하고도 남았다. 그들이 전혀 예상치 못한 상태에서 갑자기 총을 들이대는 것만으로도 러스티와 그와 함께 있는 비열한 친구들에게 충분한 위협이 될 수 있다는 바람도 있었다. 결국 톰은 기습의 효과를 누릴 수 있을 것이다.

그는 오브리의 집 진입로에 이르렀고, 주방 창문에서 보이지 않도록 몸을 낮췄다. 그는 집 옆으로 미끄러지듯 들어가 오리걸음으로 문턱 아래를 지나갔다. 그는 거실에서 희미하게 흔들리는 촛불을 볼 수 있었다.

그는 집 옆의 스톰도어로 다가가 손을 가운데로 밀어 넣은 다음 그가 5년 전에 설치했던 생체 인식 잠금장치를 찾았다. 그는 이 잠금장치의 판매 포인트 중 하나가 평균 온도 약 20도에서 10년 수명이 보장된 매우 얇은 리튬이온 배터리 때문이라고 기억했다. 톰은 지역의 겨울 온도를 고려하여 예상 수명을 반으로 줄였고, 이로 인해 배터리 수명도 약 5년으로 단축했다. 그는 결국 잠금장치가 작동할 확률은 반반이라고 결론지었다.

톰은 잠금장치를 설정할 때 시스템 관리자로 자신의 지문을 입력해 두었다. 당시 톰이 걱정했던 것은 무단 침입 시나리오가 아니라, 이미 약물에 중독되기 시작한 러스티가 어떤 식으로든 실질적인 위협이 될 수 있다는 점이었다. 톰의 도움이 필요하다면 언제든 그는 오브리의 집에 들어갈 수 있는 장치가 필요했다.

그는 오브리와 세부 사항을 공유한 적이 없었다. 수호천사가 되려면 드러나지 않게 실천에 옮기는 게 중요하다고 그는 자신에게 말했다.

엄지손가락으로 패널을 누르자 화면이 녹색으로 바뀌며 윙 소리가 났다. 그는 소리를 내지 않으려고 필사적으로 한 번에 1인치씩 문을 들어 올렸다. 하지만 경첩이 삐걱 소리를 냈다. 톰은 그대로 얼어붙었다. 그는 팔 근육이 후들거릴 때까지 제자리에서 움직임을 멈춘 채 문을 잡고 있다가 두 발로 문을 마저 들어 올린 후 집 안으로 들어간 다음, 살며시 닫았다.

어두컴컴한 주방을 가로질러 걷는 것은 고통스러웠다. 톰은 불빛이 없는 지하실에서 어느 정도 어둠에 적응했지만, 계단 꼭대기까지 올라와 주방으로 들어가자 집의 구조가 거의 기억 나지 않았다. 그는 여동생의 집을 한 번이라도 더 방문하지 않은 게 몹시 후회스러웠다. 그는 언젠가 이를 바로잡을 기회가 있기를 바랐다.

그는 1분 동안 가만히 서서 집 안에 있는 희미한 빛줄기를 눈에 담았다. 거실의 가느다란 촛불이 주방 문 가장자리 부근을 비췄다. 마치 식당에서처럼 양쪽으로 빛이 휘몰아치듯 했다. 그는 앞으로 다가갔다.

톰은 비 오듯 땀을 흘렸다. 벨트 안에 있는 총을 가리기 위해 입은 재킷은 데님 소재였는데, 8월 중순의 습한 밤이라 차에서 내리기도 전에 땀을 흘리기 시작했었다. 이제 그가 주방을 가로지르기 위해 움직일 때마다 긴장하고 뻣뻣하게 군은 몸에서 땀이 쏟아졌다. 목 뒤, 겨드랑이, 옆구리, 무릎 뒤 등 모든 곳에서 땀이 흘러내리는 것을 느낄 수 있었다. 그는 싱크대 앞에 잠시 멈춰 서서, 재킷을 벗는 게 좋을지 고민했다. 진짜 무서운 건 그의 손바닥이었다. 글록을 집을 때 미끄러워 권총을 떨어뜨리거나 실수로 총을 발사할까 두려웠다.

하지만 재킷을 벗으려면 총을 내려놓아야 하는데, 그건 말도 안 되는 일이었다. 그는 땀을 흘리며 견뎌야 했다. 그는 계속 거실을 향해 문 쪽으로 발걸음을 옮기면서 이런 종류의 결정은 자신의 계획 과정에서 다뤄본 적이 없다고 생각했다. 그는 적절한 요가 강사를 찾기 위해 많은 시간을 쓰는 대신 전직 FBI 요원 몇 명을 고용해 오늘 같은 잠입 훈련 도움을 받는 게 훨씬 더 낫지 않았을까 하는 생각마저 들었다.

거실에서 들려온 목소리는 그를 다시 긴장의 순간으로 되돌려 놓았다. 부드러운 저음의 남자 목소리에 이어 발소리가 들렸다. 톰은 뻣뻣해진 몸으로 총을 꺼내 문을 향해 겨누며 숨을 죽였다. 톰은 막상 문이 열리더라도 총을 쏠 용기가 있을지 장담할 수 없었다.

문은 열리지 않았다. 목소리도 발걸음도 멈추자 거실은 다시 조용해졌다.

톰은 여닫이문까지 몇 발자국 남기지 않고 바짝 다가갔다. 그는 그곳에 서서, 반대편에서 어떤 소리가 들리는지 귀를 기울였다. 아무 소리도 들리지 않았다. 그는 오른팔을 L자 모양으로 세워 천장을 향해 총을 겨누고 왼쪽 손바닥으로 여닫이문을 1인치 반 정도 열었다.

그는 고개를 돌려 왼쪽 눈으로 문틈을 들여다보았다. 그는 거실을 들여다볼 수 있었는데, 그의 등 뒤 주방이 완전히 어두웠기 때문에 상대가 자신을 볼 수 없을 거라고 확신했다. 그가 가장 잘 볼 수 있는 지점은 약 2m 떨어진 소파 뒤쪽이었다. 그는 머리 숫자를 세었다.

소파에는 세 사람이 있었다. 그의 맨 왼쪽에는 테이블 위 촛불 불빛 때문에 오브리의 얼굴이 보였다. 한 명. 소파 다른 쪽 끝에는 러스티의 아들인 스캇으로 추정되는 십 대가 앉아 있었다. 그의 왼쪽 뺨이 희미하게 보였는데, 얼마 전에 구타당한 모습이었다. 두 사람 사이, 스캇보다 키가 작고 소파에 엎드린 자세로 누군가가 앉아 있었다. 톰은 그게 누군지 몰랐다.

방 건너편에 두 사람이 더 있었다. 러스티는 벽난로에 등을 기댄 채 서 있었다. 그는 톰이 마지막으로 본 이후 십 년은 더 늙어버린 것처럼 보였다. 다른 한 사람은 얼룩진 흰 셔츠에 벽난로 앞 의자에 앉아 소파를 바라보고 있는 건장한 대머리 남자였다. 톰은 그가 누군지 몰랐지만, 위압적인 그의 자세로 보아 이 문제의 궁극적인 원인 제공자임을 짐작할 수 있었다.

방에 있던 사람들은 아무 말이 없었다. 그들은 분명 톰을 기다리고 있을 터였다.

그는 다시 방 안에 있는 사람들을 훑어보았다. 총 다섯 명. 오브리는 침입자가 세 명이라고 말했었다. 스캇과 오브리를 빼고, 의자에 앉아 있던 대머리 남자, 러스티 그리고 오브리와 스캇 사이 소파에 있던 수수께끼의 인물. 톰은 그들을 계속 주시했다.

다섯 명, 모두 설명되었다.

눈에 보이는 유일한 무기는 대머리 남자 옆 탁자 위에 놓여 있는 식칼이다.

톰은 깊게 심호흡을 했다. 그는 모습을 드러내는 장면과 머릿속으로 무슨 말을 할지 수백 번 연습했다. 거실로 들어가기 전 필요한 세 가지 동작이 있었는데, 1, 2초 안에 이 동작을 모두 완수해야 했다. 그는 마지막으로 그 동작들을 마음속으로 한 번 더 검토했다. 이제 실행에 옮기는 것만 남았다.

시작.

그는 오른손 엄지손가락으로 총의 안전장치를 풀고, 왼손으로 글록 상단의 슬라이드를 돌린 다음, 어깨를 주방 문으로 밀어 넣으며 활짝 열어젖혔다.

모두 고개를 돌렸다.

"그 자리에 꼼짝 마." 그는 약간 떨리는 목소리로 말했다.

톰은 지금까지 모든 것이 계획대로 잘 진행되고 있다고 느꼈다. 그는 장거리를 운전했고, 스스로 음식과 차 연료를 구했고, 무기를 구했고, 오브리와 대화할 때 위험을 감지했고, 어두워진 후 몰래 집에 들어와 총을 겨누며, 그곳에 있는 모든 사람을 완전히 놀라게 했다. 정말 이보다 더 좋을 수는 없었다.

그런데 숫자가 틀렸다. 소파에 앉은 세 명의 머리, 즉 오브리, 스캇, 그리고 가운데에 있는 누군가가 자신을 바라보는 순간 그는 얼어버렸다. 침입자 중 한 명이라고 생각했던 세 번째 인물은, 뜻밖에도 10대 소녀였다. 그 소녀 역시 얼굴에 주먹을 몇 대 맞은 것처럼 보였고, 눈에는 두려움이 역력했으며, 오른손은 쿠션 위에 놓인 스캇의 손을 꽉 잡고 서로 손가락을 낀 채로 있었다.

톰은 한순간에 다음과 같은 사실들을 깨달았다.

1. 그 소녀는 침입자가 아니라 포로였다.

2. 그녀는 스캇의 여자친구로, 오브리가 그에게 말해준 대로 그들과 함께 지내러 온 사람이었다. 젠장, 그는 사람들과 대화할 때 좀 더 주의 깊게 들었어야 했다.

3. 침입자 중 한 사람이 빠졌다.

4. 조금 전에 들었던 저음의 목소리와 방을 가로질러 움직이는 듯한 발소리가 그제야 설명되었다.

5. 그가 밀고 들어왔던 주방 문이 뒤쪽의 시야를 가리고 있었는데, 그곳이 바로 화장실이었다는 게 지금 기억났다, 그리고……

6. 화장실 문이 빠르게, 곧장 그를 덮쳤다.

잠시 화장실에 갔던 에스피노자가 톰을 향해 문을 거칠게 주방 쪽으로 끝까지 밀쳐내며 반격했다. 문이 왼쪽 옆구리에 세게 부딪히자 톰은 비명을 지르며 쓰러졌다.

에스피노자는 공격을 멈추지 않았다. 문에 부딪혀 벽까지 밀려갔다 튕겨 나온 톰을 붙잡아 손에서 글록을 빼앗았다. 그는 포수의 손 같은 거친 두 손으로 톰의 목을 움켜쥐고 들어 올리더니 있는 힘껏 내동댕이쳤다.

톰은 몸의 오른쪽 옆구리가 먼저 바닥에 세게 부딪히며 쓰러졌을 때 눈앞이 섬광처럼 번쩍일 정도의 날카로운 통증을 느꼈다. 팔이 몸 아래로 접히고 쇄골이 부러진 것 같았다. 통증이 그의 몸을 파고들었을 때 그는 자신이 실패했다고 바로 직감했다. 그는 상황을 통제하지도 못했고, 방향을 제시하지도 못했으며, 단지 혼란스러운 분위기를 연출했을 뿐이었다. 앞으로 45초 동안 무슨 일이 일어나든, 그에겐 영원히 양심의 가책으로 남을 것이다.

그들 중 한 명이라도 살아남는다면.

셀레스트는 비명을 질렀고, 젤린스키는 벌떡 일어났으며, 스캇은 소파에서 튕기듯 일어나 도망치듯 거실을 뛰쳐나가 계단을 쿵쾅거리며 올라갔다.

"저 개새끼를 쏴버려! 쏴버려!" 젤린스키가 소리치자 에스피노자가 허리춤에 손을 뻗어 9밀리미터짜리 권총을 꺼냈다.

오브리는 앞으로 비틀거리며 커피 테이블로 다가가 젤린스키의 무릎을 향해 두 손으로 커피 테이블을 뒤집었다. 젤린스키는 고통보다 놀라움에 비명을 터트렸고, 오브리는 몸을 일으키며 소파와 현관 사이 바닥에 놓인 톰의 총을 향해 다이빙했다.

셀레스트도 자동으로 젤린스키 옆 탁자에 놓인 식칼을 향해 돌진했다. 젤린스키가 딸의 손목을 낚아채 빙글빙글 돌리며 가까이 끌어당겼고, 곰 같은 팔로 그녀를 안으며 귀에 대고 고함을 질렀다.

처음 몇 초 동안 혼돈 속에 충돌을 지켜보던 러스티는 바닥에 떨어진 톰의 총을 향해 다가가는 오브리를 보았다. 그는 곧장 달려들어 그녀의 머리채를 잡고 일으켰다. 그는 그녀를 거실 건너편으로 밀쳐내려고 안간힘을 썼지만, 오브리는 4개월 전에는 못 느꼈던

다리와 코어 근육으로 지탱하며 저항했다. 그녀는 고개를 뒤로 젖히고 러스티의 보잘것없는 악력을 단박에 떨쳐내고 그를 향해 돌진했다. 그녀는 그보다 강하고 똑똑했으며, 그는 그녀의 눈빛에서 그것을 확연히 느낄 수 있었다. 그는 얼어붙었고, 그녀는 두 손으로 그의 가슴 한가운데를 소리 나도록 세게 내리쳤다. 그가 벽난로 쪽으로 나가떨어지며 쿵 소리가 났다.

톰은 후끈거리는 부러진 어깨를 감싸며 글록을 향해 기어갔다.

젤린스키는 에스피노자를 향해 다시 소리쳤다. "그 개자식을 쏴버리라고, 빌어먹……!"

하지만 셀레스트가 그의 발을 힘껏 밟아버리자 그는 중간에 말을 끊었다. 그는 고통에 울부짖으며 그녀를 꽉 잡고 있던 손을 풀었다. 그녀는 한 바퀴 빙글 돌면서 무릎을 높이 치켜세우더니 그대로 그의 고환을 걷어찼다. 그가 고통으로 몸을 구부리자 그의 목을 주먹으로 쳤다.

"**나루시엘 프라와**(Naruszyciel Prawa—폴란드어로 침입자라는 뜻)에게 주는 선물이야."

젤린스키는 고통스러웠으나 안간힘을 쓰며 일어서더니 오른손을 뒤로 뻗어 셀레스트의 얼굴을 손등으로 가격했다. 셀레스트는 맞을 각오로 버텼다.

계단 아래에서 천둥 같은 총성이 터지며 집안 벽이 흔들렸다. 오브리와 셀레스트는 움츠렸고, 톰은 움찔했으며, 러스티는 귀를 막고 뒤로 물러났다.

젤린스키의 머리 뒤쪽에서 피가 솟구치며 뒤쪽 벽으로 튀었다.

스캇은 연기를 뿜고 있는 브래디의 M&P 스칸디움 권총을 오른손으로 들고 계단 밑에 얼어붙은 듯 서 있었었다. 갑자기 총이 무거운 듯 스캇은 팔을 옆으로 떨구었다. 그는 자신이 방금 한 일에 충격을 받은 표정으로 바닥에 쓰러진 젤린스키를 응시했다.

그의 뒤에서 에스피노자가 부드럽게 말했다. "팔을 들지 마, 꼬마야. 지금 그대로 있으라고."

그들은 모두 겁에 질려 움직임을 멈춘 채 고개를 돌려 그를 바라보았다. 벽에 기대어 제자리를 지키고 있던 에스피노자는 한 손으로 그들을 향해 총을 겨누었다. 그는 다른 손을 들어 움직이지 말라는 신호를 보냈다.

그는 고개를 돌려 여전히 바닥에 누워 있는 톰을 바라보았다. "돈 가져왔어?"

"아니."

"거짓말이야!" 러스티가 소리쳤다.

"닥쳐, 러스티." 에스피노자는 그를 쳐다보지도 않았다. "돈 가져온 거 없냐고?"

"아니." 톰이 말했다.

"안 가져올 줄 알았어. 나라도 가져오지 않았을 거야."

"저놈이 헛소리하는 거야!" 러스티가 위협적인 발걸음을 떼며

414

소리쳤다. 에스피노자는 고개를 돌리더니 몹시 불쾌한 표정으로 그를 바라보았다.

러스티의 얼굴이 분노로 붉어졌다. "저놈이 돈이 있어, **저놈이 돈을** 가지고 있다고, 저놈이 돈을……."

에스피노자는 스캇을 겨누고 있던 총구를 돌려 러스티를 향해 세 발 발사했다. 첫 번째 총알이 러스티의 오른쪽 어깨를 명중시키자 그의 몸이 옆으로 반쯤 꺾였다. 그는 다시 몸을 일으키며 비틀거리더니 뒷문으로 도망쳤다. 그러나 연이은 두 발은 그의 등을 정확히 명중시켰고, 그는 뒤쪽 작은 데크 기둥에 부딪히며 튕기듯 몸을 돌리더니 믿을 수 없다는 표정으로 그들을 바라보았다.

그는 문 바로 밖 바닥에 쓰러져, 죽었다.

에스피노자는 잠시 그를 쳐다보다가 다른 사람들을 바라보았다.

"그는 나를 포함해 당신들을 살려두지 않았을 거야." 그는 실내를 둘러보며 바닥에 놓인 두 시체와 벽에 묻은 피를 바라보았다. "기록을 위해 이 말은 남기고 싶어, 난 이런 짓거리 정말 진저리가 나."

입을 여는 사람은 아무도 없었다.

에스피노자는 총에서 눈을 떼지 않은 채 뒤편으로 물러났다. 그는 방충문에 다다랐고, 문을 밀고 나가 어둠 속으로 사라졌다.

톰은 바닥에서 몸을 일으키며 스캇을 바라보았다. 그는 총을 손에 쥔 채 너무 놀라서 말을 하거나 움직일 수 없이 굳은 듯 서 있었다.

톰은 젤린스키의 피가 묻은 채 가쁜 숨을 몰아쉬는 오브리를 바라보았다. "누구 다친 사람?" 그가 물었다.

그들은 모두 아니라고 중얼거렸다.

톰은 스캇을 향해 고개를 돌렸다. 그는 몇 달 전 셀레스트와 함께 연습했던 총을 여전히 들고 있었다. 톰은 젤린스키의 시신을 바라봤다. 그는 고개를 돌려 바깥에서 들리는, 말소리, 고함, 사람들이 다가오는 소리에 귀 기울였다.

어떤 결정은 오래 걸리지만, 어떤 결정은 순식간에 이루어지기도 한다. 톰은 이번 결정이 자신도 모르는 사이에 내려진 것처럼 느껴졌다. 그는 스캇에게 다가가 그의 손에서 총을 조심스럽게 뺏어 들더니, 소년의 몸을 자신을 향해 돌리며 두 눈을 뚫어지게 보았다. "내 말 잘 듣고 내가 시키는 대로 해."

스캇이 그를 바라보았다.

"지금 당장 화장실에 가 손을 씻어. 꼼꼼히. 이유는 묻지 마. 그냥 해."

스캇은 이해할 수 없다는 듯 그를 쳐다보았지만, 톰은 설명할 시간이 없었다. 밖에서 외치는 소리가 점점 가까워지고 있었다. "가." 톰은 화장실 방향으로 그를 밀었고, 소년은 그쪽으로 움직였다.

톰은 자신이 들고 있는, 스캇이 방아쇠를 당겼던, 아직 열기가 남아 있는 총을 내려다보았다. "귀 꽉 막아." 그가 말했다. 그는 총을 들어 에스피노자가 도망친 열린 뒷문 방향으로 세 발을 발사했다. 오브리와 셀레스트는 고개를 들고 그를 바라보며 이 상황을 이해하려고 노력했다.

"내가 쏜 거야." 그가 말했다. "둘 다, 내가 쏜 거라고. 알겠어?"

오브리는 의아한 표정으로 그를 바라보았다. 톰은 셀레스트에게 다가갔다. "가서 스캇에게 말해. 제대로 알아들을 때까지 나오지 못하게 해. 그들에게 총을 쏜 사람은 나야. 내가 쐈어. 내가. 그가 아니라."

셀레스트는 이해한다는 듯 고개를 끄덕이며 스캇을 쫓아갔다.

오브리는 톰을 바라보았다. "이럴 필요 없어. 이건 누가 봐도 정당방위였어."

"시체 두 구가 있어, 오브리. 그리고 그중 한 명을 죽인 사람이 총을 갖고 방금 뒷문으로 도망쳤어. 이런 상황을 제대로 볼 사람은 없어."

"설명할 수 있어."

"무슨 일이 일어나든, 내게 일어나게 해줘. 쟤는 안 돼. 겨우 열다섯 살이야."

밖에서 고함치는 소리가 들려오고 손들이 오브리의 집 현관문을 세게 두드렸다.

톰은 눈물을 흘리며 여동생을 바라보았다.

"열다섯 살."

35

오로라

그해 10월 6일 오전 7시가 조금 지난 시각, 오브리는 현관 앞에서 물을 마시던 중 귀에 익숙한 소리를 들었다. 천장 어딘가에서 뜨거운 팬에 베이컨 조각을 떨어뜨린 것처럼 지글거리는 소리가 들려왔다. 그녀는 고개를 들었다.

앞 현관 조명이 깜빡거리고 있었다.

오브리는 그것을 가만히 쳐다보았다. 그녀는 이마를 찡그리며 무슨 일이 일어나고 있는지 뇌가 인식하기를 기다렸다. 이 모든 재난이 시작된 4월의 밤 이후 꺼져있던 전등이 다시 미량의 전력을 공급받으며 최선을 다해 빛을 발하고 있었다.

갑자기 지글거리는 소리가 멈추더니 불빛이 다시 사라졌다. 오브리는 어두워진 전등을 한참 동안 바라보며 안도감인지, 흥분인지, 아니면 반반인지, 그것도 아니라면, 희미한 실망감인지 판단하려고 애썼다.

전기는 한꺼번에 복구되지 않았지만, 그 후 8주 동안 힘든 과정을 거쳐 조금씩 나아졌다. 11월 초가 되자 전국의 90%에 다시 전기가 공급되었다. 예상보다 훨씬 빠르게 복구되자, 사람들은 이를 회복과 창의력의 승리라고 칭송했다. 암울한 상황에서도 정신력과 미덕으로 버틴 사람들은 울며 기도했다. 그렇지 못한 사람들도 눈물을 흘리며 기도했다.

미국에서 이번 재난으로 인한 공식 사망자 수는 130만 명이 넘지만, 정확한 수치를 계산하는 것은 불가능했다. 그 중, 예방 가능했던 의료 응급 상황이 절반 이상을 차지했고, 기아가 4분의 1, 나머지는 폭력 범죄로 희생당한 숫자로 추정되었다. 과학계와 의학계의 공통적인 의견은, 상황의 심각성을 고려할 때 우리는 쉽게 재난을 벗어났다고 했다. 전력난이 겨울까지 지속되었다면 인명 손실이 얼마나 광범위하게 일어났을지 아무도 짐작할 수 없었다.

노먼 레비는 전력이 정상으로 복구되는 것을 볼 만큼 오래 살지 못했는데, 그가 이 모든 과정을 지켜보았다면 전혀 정상적이지 않은 상황이라고 주장했을 것이다. 이 경험으로 상황과 사람이 완전히 바뀌었고, 삶의 어떤 측면은 결코 예전으로 돌아가지 못할 것이다. 노먼은 그것을 희소식이라고 말했을 것이다. 어차피 가야 할 길이었다면, 그 길이 옳은 길이었기를 바랄 뿐이었다.

노먼이 죽을 때까지 노먼을 피했던 스캇은 자신의 선택에 분노할 만큼 후회했다. 노먼이 세상을 떠난 후 몇 주 동안 침묵 속에 빠졌던 이유도 그 때문이었다.

11월 중순 어느 날 아침 11시가 조금 넘은 시각, 오브리는 노먼의 집 현관문을 열었다. 그녀는 3년 전에 마지막으로 입었던 밝은 노란색 줄무늬가 있는 진한 파란색 원피스를 입고 있었다. 그녀가 콘퍼런스 사업이 공식적으로 시작된 날 회사 홍보 담당자가 지역 텔레비전 방송 인터뷰를 성사시킨 날에 입었던 옷이었다. 지금 생각하면 백악기 시대처럼 느껴질 정도로 아득한 시간이었다. 코로나19 전, '블랙 스카이' 전, 그리고 세상이 그렇게 부르는 데 익숙하기 전, 그녀는 자신이 그렇게 말하거나 행동할 것이라고는 꿈에도 몰랐던 날들이 믿기지 않을 정도의 오래전 일 같았다. 하지만 그날 아침, 옷장을 뒤지던 그녀는 그 드레스를 입으면 항상 기분이 좋았다는 사실을 기억하며 그 드레스를 골랐다. 그리고 적어도 6개월 만에 처음으로 30분 동안 화장을 했는데, 화장한다는 게 그녀가 한 일 중 가장 쓸모없는 일처럼 여겨졌다. 다른 누군가도 자신과 같은 생각을 하는지 궁금했는데, 아래층에서 스캇이 "뭐야, 뭐야, 왜 이렇게 갑자기 예뻐졌어요?" 감탄하자 자신이 괜한 일에 신경 썼다는 생각이 들었다.

그리고 그녀는 노먼을 추억했다.

그녀는 지금 아무도 살지 않는 노먼의 집 문 앞에 서서 "괜찮아요?" 소리치고 싶은 충동을 억누르며 우울한 일을 시작했다. 그녀는 먼저 노먼의 침실로 가서 협탁 위에 놓인 몇 권의 책을 훑어보았지만, 찾는 책은 없었다. 침대 옆 바닥에 있는 책들도 마찬가지로 적절해 보이지 않았다. 그녀는 예상했던 대로, 그의 서재에 가면 찾을 수 있을 것 같아서 그곳으로 건너갔다. 그녀는 휴대폰을 흘겨보며 속으로 욕했다. 이미 늦었고 점점 더 늦어지고 있는 상황에 화가 난 것이다. 이렇게까지 미루지 말았어야 했다. 물론 오늘 인터넷이, 그것도 종일 다운되지 않았다면, 인터넷에서 그 인용문을 쉽게 찾을 수 있었을 것이다. 웹이라는 거대한 인프라 구조는 여전히 불안정하고 위태로운 상태였다. 그녀는 이런 상황에서 웹에 의존하는 것보다 더 나은 방법을 찾아야 했다.

노먼의 추모식은 잘 준비되었다. 모든 사람에게 친근했고, 언제든 그들을 위해 아낌없이 시간을 내어준 사람의 장례식답게 날짜도 11월 중순까지 느긋하게 연기되었다. 노먼은 추도사를 할 사람들을 직접 골랐다. 오브리는 자신이 그 가운데 한 명이라는 사실을 듣고 몹시 당황했다. 노먼은 자신의 장례식에 관한 많은 사항을 남기지 않았지만, 누가 연설하고 얼마나 오래 할지는 노먼에게 매우 중요한 문제였다. 오브리는 그가 재치, 깊이 그리고 무엇보다도 간결한 추도사를 기대하리라 생각했다. 그녀는 지난 일주일 동안 여섯 번이나 원고를 쓰고 찢었다. 그가 언젠가 인간의 의미에 대해 했던 말을 기억해내기 전까지는 자신이 쓰는 그 어떤 문장도 마음에 들지 않았다. 그녀는 그 말을 대강 인용해 쓰고 싶지도 않았다. 정확한 문장을 찾고 싶었고 노먼은 그럴 대접을 받을 가치가 있는 사람이었다. 인터넷에서 찾을 수 없다면, 그의 방대한 서재에서 그 말을 인용한 책을 찾아야 했다.

그녀는 서재에서 책장을 하나하나 손으로 넘기며 살폈지만, 모두 헛수고였다, 정말 절망적인 방법이었다. 그녀는 그 망할 것의 제목조차 몰랐고, 설사 신의 은총으로 그 제목을 떠올린다고 해도 도대체 어디서 찾을 수 있을지 막막했다. 그녀가 막 포기하려던 순간, 그의 책상이 눈에 들어왔다. 그녀가 시신을 발견한 다음 날, 그의 물건이 먼지가 쌓이고 망가지는 것이 싫어서 침대 시트로 덮어놓은 곳이었다. 그때 너무 마음이 아파서 책상 위에 놓인 서류와 종이 뭉치들을 제대로 훑어보지 않았었다. 포스트잇을 붙여 놓은 곳이나 엄지손가락으로 잘 접어둔 텍스트 더미 속에 그녀가 찾고 있는 것이 있을지도 모른다는 사실을 깨달았다. 그녀가 시트를 걷어 옆으로 치워버리자 노먼의 생의 마지막 날이 담긴 타임캡슐처럼 책상이 고스란히 드러났다.

책상 위에는 책이 없었지만, 오브리는 그날 슬픔과 속상함에 잠겨 있느라 보지 못했던 무언가를 그제야 발견했다. 책상 아래, 약 60cm 크기의 정사각형으로 된 단단한 골판지 상자가 있었는데, 그 안에 8~9개의 노란색 서류 봉투가 깔끔하게 담겨 있었다. 상자는 약간 뒤로 밀려나 있어서 노먼이 책상 아래 다리를 놓을 공간이 만들어졌고, 그 결과 책상 옆에 서 있는 사람의 눈에 상자가 보이지 않는 효과가 있었다.

오브리는 허리를 굽혀 상자의 옆면을 손으로 감싸고 봉투 더미가 쏟아지지 않도록 조심스럽게 끌어당겼다. 봉투 하나하나에 이름과 주소, 그리고 우편 요금까지 정성스럽게 적혀 있었다. 상자 자체에는 주소가 없고 이름만 깔끔하게 적혀 있었다. 오브리는 그 이름을 읽으며 눈물을 흘렸다.

그녀는 손으로 입을 가리며, 자신에게 화가 났다. 노먼이 마지막으로 남긴 편지였다. 유언과 작별 인사가 모두 조심스럽게 따로 보관되어 있었는데, 우리가 알고 있던 삶의 방식이 재개되면 누군가가 ─그는 오브리로 여긴 듯했다─ 이 상자를 볼 수 있게 안전한 곳에 둔 것이었다. 하지만 그녀는 그것들을 이제껏 보지 못했었다. 폭풍우 속에서 잃어버릴 뻔한 귀한 편지들이었다.

그녀는 봉투 더미를 훑어보았다. 처음 몇 개의 이름은 낯설었지만, 네 번째 이름을 보고 그녀는 멈칫했다. 그녀에게 쓴 편지였다. 그녀는 떨리는 손으로 봉투를 찢고 안쪽으로 손을 넣어 낡은 책 한 권을 꺼냈다. 그냥 그런 일이 일어났다. 노먼이 옆에 있었다면 정확히 그렇게 말했을 정도로, 정말 우연히도, 그녀가 찾으러 온 바로 그 책이었다. 표지에는 3×5 크기의 포스트잇이 책 표지에 붙어 있었는데, 실제로 그의 1967년형 청록색 올리베티 레터라 타자기로 타이핑한 몇 줄의 깔끔한 글이었다.

나의 스타 학생에게,

긴 작별 편지는 필요 없네. 모든 것을 말해야 하니까.
이렇게 운이 좋은 사람이 있을까?
대답 대신, 75년 동안 책에 밑줄을 긋고 페이지 한 귀퉁이를 접으며 살아온 사람이 왔다 가네.

항상 응원할게,
노먼

그녀는 페이지를 넘기면서 눈물을 닦았다. 『인간의 의미 찾기』는 1946년에 쓰인 책인데 출간된 해에 산 책처럼 낡았다. 누렇게 변색되고, 갈라지고, 희미한 곰팡내가 났다. 오브리는 페이지를 넘겼다. 그의 흔적이 그대로 묻어 있는, 모서리가 접힌 곳과, 밑줄과 느낌표로 가득 찬 페이지들이 이어졌다. 그녀는 노먼의 추모식에서 인용하고 싶었던 바로 그 내용을 책에서 발견했다. 인용문 선택은 자신이 할 수 있는 것이 아니었다. 노먼이 이미 선택한 것이었다.
이렇게 운이 좋은 사람이 있을까? 그녀는 궁금했다.

톰은 여동생의 상실감을 함께 나누기 위해 노먼의 추모식 날짜에 맞춰 비행기를 타고 도착했다. 마침 아이들과 함께 보내는 주말이었기 때문에 안야와 루카스도 왔다. 다음 주에 마지막 경찰 조사가 예정되어 있었고, 톰과 아이들은 오브리의 제안에 따라 그녀와 함께 지내기로 했다. 오브리가 경찰 조사 진행 상황을 물었을 때, 톰은 힘들지만 심각하지는 않다고 답했다. 경찰은 호기심을 드러내며 집요하게 굴었지만, 4개월 동안의 혼란을 정리하는 것만으로도 그들은 일정이 빠듯해 보였고, 명백한 주거 침입으로 인한 사건으로 결국 종결될 예정이었다. 오브리는 스캇이 이 사건에 연루되지 않고 마무리되는 것에 감사했다.

노먼의 추모식이 끝난 후, 그들은 집 앞 계단에 앉아 다가오는 겨울을 준비하는 이웃들의 모습을 지켜보았다. 먹거리 문제가 복원된 후에도 동네 텃밭에 대한 열정은 여전히 높았다. 필은 텃밭에 일이 많은 11월이었기 때문에, 밭에서 바쁜 시간을 보냈다. 스캇과 셀레스트는 필과 함께 이른 서리가 내린 후 가장 달콤한 파스닙(Parsnip—서양방풍나물)을 따고 다년생 대황과 아스파라거스 구근을 파종했다. 그들은 가을 마늘 파종 시기를 놓쳤는데, 카유가 골목 주민들은 내년에는 이런 실수를 반복하지 않겠다고 다짐했다.

루카스와 안야도 장례식 복장 그대로 밭일을 돕기 위해 나섰지만, 일은 뒷전이고 거름 더미에서 퇴비를 꺼내 서로에게 퍼붓는 데더 관심이 있는 듯했다. 오브리는 미소를 지으며 조카들을 바라보았다. 그들이 서로에게 퇴비를 던지는 모습만 바라보아도 이상하게 평화로운 기분을 느끼는 이유가 무엇인지 궁금했다. 하지만 이제 그녀는 예고 없이 찾아오는 그런 감정에 익숙해져 있었다. 행복이 찾아왔을 때 행복은 온다.

톰은 스캇과 셀레스트가 일하는 동안 서로를 붙잡고 웃으며 장난치는 모습을 바라보며 고개를 끄덕였다.

"둘이 아직도 결혼할 거래?"

"응."

"그게 가능?" 그가 물었다.

"너무 많은 서류 작업이 필요하지만." 오브리가 말했다. "셀레스트가 열여섯 살이기 때문에 엄마 허락만 있으면 가능한데, 벌써 받았어. 그리고 다음 달에 스캇의 생일이 되면, 내가 걔 엄마를 수소문해서 허락받도록 도와줄 거야. 반대할 수 없을 거야. 몇 년 동안 스캇을 못 봐서 미안할 테니까."

"두 사람이 결혼하도록 **내버려**둘 거야?"

"그 많은 일을 둘이 겪었는데, 안 한다고 무슨 차이가 있을까?"

"네 말이 맞네."

"둘의 결혼이 서로에게 영원히 피해를 줄 정도의 시행착오는 아니지. 아이를 갖는 것에 대해 이야기하기 시작하면, 내가 말릴 거고."

톰은 고개를 끄덕였다. "그때 그 이후, 언제를 말하는지 알지, 스캇은 어떻게 안정을 취했어?"

"알지, 말이 꽤 없어졌어."

"심리치료는?"

"가기 싫대. 아직 밀어붙이지 않았어."

톰은 다시 거리를 바라보았다. 루카스와 안야는 여전히 서로를 괴롭히며 흙더미에서 밀고 밀리더니 이윽고 둘의 목소리까지 점점 높아져 다툼의 초입으로 치닫고 있었다. 톰은 긴장한 채 두 사람을 지켜보며 안야처럼 어설프고 서툰 애를 본 적이 없다고 생각했다. 안야가, 항상 그랬던 것처럼, 넘어졌을 때, 루카스의 말투가 갑자기 온화하게 바뀌었고 손을 뻗어 여동생을 일으켜 세웠다. 톰이 놀란 것은, 그 변덕스러운 어린 소녀가 그의 손을 뿌리치지 않았다는 것이다.

톰은 오브리를 향해 고개를 돌렸다. 그녀의 뺨은 차가운 가을 공기 속에서 분홍빛을 띠고 있었다. 그는 그녀가 스무 살은 어려 보인다고 생각했다. 그는 말없이 그녀를 바라보았다. 그녀는 그의 시선을 알아차렸다. 그녀는 그의 등에 손을 얹었고, 그가 울기 시작했을 때 그의 어깨가 경련하는 것을 느꼈다. 그녀는 그의 팔을 감싸며 그를 가까이 끌어당겼다.

그는 그녀가 한 번도 들어본 적 없는 나약한 목소리로 말했다. "네가 그런 결정을 내리지 않게 내가 막아야 했었어."

"난 내 삶의 방식이 좋아, 톰. 그 결정이 날 망가트리지도 않았어."

"아니, 하지만 날 망가트렸던 것 같아."

그는 그녀의 어깨에 머리를 얹고 희미해지는 빛 속에서 아이들이 노는 모습을 지켜보았다.

"우린 괜찮아, 토미. 우린 이제 정말 괜찮아."

얼마 후 집에 돌아온 스캇은 식탁 위에 놓인 골판지 상자를 발견했다. 그는 다시는 볼 수 없을 거라고 여겼던, 손글씨로 쓰인 자신의 이름을 보며 가느다랗게 탄성을 터트렸다.

그는 보기보다 훨씬 무거운 상자를 침실로 가져가 정교하게 포장된 상자의 포장을 풀었다. 땅콩을 포장하듯, 뽁뽁이, 그리고 몇 달 동안 불쏘시개 역할을 톡톡히 했던 몇 년 된 신문지가 채워져 있었다. 그 안에는 노먼의 아름답고 세심하게 보존된 1957년형 제니스 트랜스오션 단파 라디오가 원소유자의 깨끗한 사용 설명서 사본과 함께 들어 있었다. 라디오의 귀족. 자랑할만한 커버였다.

사용 설명서에 타이핑한 메모지가 붙어 있었다.

애야,

사람들과 대화해.
이보다 더 가치 있는 일은 세상에 없다고 약속할 수 있다.

사랑하는, 노먼
추신, 하늘을 조심해

감사의 말

인간을 통제 불능, 문자 그대로든 비유적으로든, 상태로 몰아넣는 글로벌 현상에 대한 탐구는 제가 오래전에 천착했던 주제입니다. 그런데 탐구 범위가 전 지구적인 개념에서 한정된 지역(Hyperlocal)으로 옮겨오면서, 작은 공동체가 어려움에 직면했을 때 그들이 어떻게 뭉치고 흩어지는지에 관한 탐구가 제게는 매우 흥미로웠습니다.

그 과정에서 얻은 통찰력이나 영감은 내가 사는 뉴욕주 아마간셋 주민들 덕분이었습니다. 루시와 조 카지카스, 트레이시와 매트 맥콰이드, 그리고 청년부터 아주 어린 아이까지. 그들은 2020년과 2021년, 그 무섭고 고립된 몇 달 동안 서로 의지할 수 있었던 최고의 팬데믹 이웃이었습니다. 폭풍이 몰아칠 때 안전하게 대피할 수 있는 장소를 고르라면, 저는 자연스럽게 우리 동네를 먼저 떠올릴 것입니다.

이 소설에 언급된 태양과 전력망에 관한 과학 지식은 대부분 정확합니다. 큰 도움을 준 런던대학교 멀라드 우주과학연구소의 루시 그린 교수와 MIT의 사라 시거 박사에게 감사를 표합니다. 제가 맞게 쓴 것은 모두 두 분의 도움 덕분이었고, 틀린 부분은 전적으로 제 불찰입니다.

마찬가지로 형제 관계에 대해 제가 언급한 좋은 점은 모두 제 형제인 스티브와 제프, 그리고 여동생 캐시에게서 배웠습니다. 제가 부정적으로 쓴 모든 건 전부 지어낸 이야기예요. 형제들, 사랑해요.

비릿한 원고를 읽어준, 소중한 '출간 전 독자'였던 하워드 프랭클린에게도 감사드립니다. 지칠 줄 모르고 용기를 준 개빈 폴론의 말("50페이지를 쓰고 나서 기분이 어떤지 보는 건 어때요?"), 수잔 리먼, 브라이언 드팔마, 앤드류 윌러, 수수께끼 같은 존 캠프스, 그리고 나의 변함없는 사랑 멜리사 토마스에게도 고마움을 전합니다. 그녀가 없었다면, 떠들썩한 여행단은 해체됐을 겁니다.

비즈니스와 관련해서는 CAA(Creative Artist Agency)의 뛰어난 에이전트인 몰리 글릭, 브라이언 켄드, 리차드 로벳, 그리고 언제나 현명하고 냉철한 문제 해결사 아이가 찾아가도 도와줄 최고의 변호사 데이비드 폭스에게 영원히 감사하고 있습니다. 저의 집필을 빛내준 작가 윌 레이첼은 흔들리지 않고 한결같습니다. 우리가 미식축구팀이라면, 윌은 공격팀에 포위당해도 56야드 필드골을 넣는 키커가 될 것입니다. 제 편집자인 하퍼콜린스 출판사의 노아 아이커는 한결같은 통찰력과 격려를 아끼지 않았고, 노아, '무비 보이'인 저를 소설의 세계로 인도해 주서서 감사합니다. 또한, 재커리 웨그

면에게도 감사의 말을 전합니다. 그녀가 없었다면, 감사의 말을 쓸 엄두도 못 냈을 겁니다.

돈 콜레오네처럼 저도 아이들에 대해 감상적입니다. 그와 달리, 저는 아이들에게 범죄의 삶을 소개한 적이 없습니다. 벤, 닉, 헨리, 그레이스, 모든 면에서 내 삶을 풍요롭게 해줘서 고맙다. 너희 한 명 한 명은 내 인생에서 가장 위대한 모험이었다.

작가 정보

데이비드 쾝은 〈쥬라기 공원〉 1편과 2편, 〈죽어야 사는 여자 (Death Becomes Her)〉, 〈칼리토(Carlito's Way)〉, 〈페이퍼(The Paper)〉, 〈미션 임파서블(Mission Impossible)〉, 〈스파이더맨(Spider Man)〉, 〈패닉룸(Panic Room)〉, 〈우주전쟁(War of the Worlds)〉, 〈천사와 악마(Angels and Demons)〉, 〈인페르노(Inferno)〉, 그리고 〈키미(Kimi)〉 등 다양한 장르의 장편 영화 20여 편을 집필한 미국의 저명한 시나리오 작가다. 그가 각본과 감독을 겸한 영화로는, 〈스터 오브 에코(Stir of Echoes)〉, 〈시크릿 윈도우(Secret Window)〉, 〈고스트 타운(Ghost Town)〉, 그리고 〈프리미엄 러쉬(Premium Rush)〉 등이 있으며, 후자의 두 영화는 존 캠프와 공동 집필한 작품이다. 쾝은 소설 『콜드 스토리지(Cold Storage)』의 저자이기도 하다.

재난, 그 이후에 오는 것들
Aurora, Power, Corona를 중심으로

1.

재난(Disaster)이라는 단어의 어원을 자주 곱씹어 봤던 번역이었다. 재난은 그리스어로 '별(Aster)'이 '없는(Dis)' 상태를 말한다. 망망대해에서 별을 보고 방향을 읽어내던 사람들에게 별이 없는 밤하늘이란 고립이나 죽음을 의미하는 말일 수도 있다.

『오로라』는 초강력 태양 폭풍이 지구를 강타하면서 이야기가 시작된다. 어쩌면 우리에겐 몹시 비현실적인 재난일 수도 있지만, 작가가 언급한 것처럼 과학적 근거를 바탕으로 쓰인 소설이다. 서두에서 밝힌 〈캐링턴 사건〉을 미루어 짐작하면 언제든 지구에서 일어날 수 있는, 우리의 실생활과 매우 밀접하게 연결된 재난이라는데 토를 달 사람은 없을 것이다.

아래 세 개의 단어는 이 소설을 더 흥미롭게 읽을 수 있는 길잡이 역할을 할 것이다. 단어에 내포된 의미를 함께 짚어보려고 한다.

Aurora

소설은 태양 폭풍의 징후가 곳곳에서 감지되며 이야기가 시작된다. 이로 인해 Aurora 현상이 일어나고 전 세계적인 정전 사태를 맞는다. 지구의 87%, 70억 명이 전기에 의존해 살아가는 현실을 고려할 때, 정전은 인류 최악의 재난 시나리오 중 하나일 것이다. 이로 인해 극명하게 드러나는 등장인물들의 심리와 행동은 이 소설의 매혹적인 서사로 자리한다. 우리에게 꿈과 환상이라는 아름다운 이미지를 선사하는 Aurora가 재난의 경고 역할을 한다는 점은 아이러니하다.

Aurora는 다른 의미도 있다. 책의 첫머리에서, "이 소설에 등장하는 지명과 인물들은 모두 작가의 상상력에 의해 구성된 허구"라고 밝혔지만, Aurora는 미국 일리노이주에 있는 도시이며, 소설 속 주요 공간의 지명이기도 하다. 작가는 분명 나름 의도성을 갖고 미국의 수많은 도시 가운데 이 도시를 선택했을 것이다. 소설 제목까지 Aurora로 정한 걸 보면, 작가의 선택이 우연에 기댔다고 볼 수 없다.

Aurora는 '새벽', '여명'이란 뜻의 라틴어로 그리스 신화에 등장하는 에오스의 이름을 딴 것이다. 재난이 몰고 온 '어둠'은 새 시작을 알리는 빛의 '그림자'일 수도 있다. 아침은 어둠을 견딘 자들의 몫으로 남는 것처럼, 빛은 어둠에 잠시 가려져 있을 뿐 그 자체가 사라지지 않는 속성이 있다. Aurora의 어원과 소설의 주제를 연결 지어 생각하면 의미가 더 선명해질 것이다.

Aurora는 이렇듯 현상이면서, 지명이고, 동시에 화해와 상생을 의미하며 소설 제목으로 제 역할을 한다.

Power

힘(권력), 동력(전기)의 의미를 가진 Power 또한 소설에서 중요한 역할을 하는 단어이다. 정전 사태는 전기(power)가 끊긴 상태를 말하지만, 아이러니하게도 그런 혼돈의 시기에 '리더' 역할을 하는 인물이 등장한다. 그는 원하든 원하지 않든 권력(power)을 가진다. 독자들은 동음이의어의 드라마틱한 뒤바뀜 속에서 한 단어의 죽음(정전)과 새로운 뜻으로 부활(권력)하는 순간을 지켜보게 된다. 작가가 의도하든 아니든, 소설 속 정황과 설정은 성경에서 착안했을 거라는 합리적인 상상이 가능하다. 톰이 자신의 33번째 생일을 12월 25일에 치르는 장면이나, 마치 노아의 방주를 연상케 하는 지하벙커를 예리코 외곽에 설정한 것도 이와 무관하지 않을 것이다.

단순히 동력의 역할을 의미하는 전기(power)는 일정한 금액을 내면 사용할 수 있고, 인류가 누리는 공정한 '혜택'일 수 있다. 그런데 의외로 극지방에서 멀어질수록, 적도 부근의 빈곤한 국가들은 세계적인 정전 사태를 피한다. 단순히 소설적 설정이 아니라, 과학적인 근거로 밝혀진 펙트다. 오랜 세월 부유한 국가로부터 경제적 도움을 받았던 그들이 이제 온정을 베푸는 위치로 뒤바뀐다. '힘(power)'을 덜 가진 자들이 끝내 온전한 전기(power)의 수혜자가 된다는 아이러니함 속에서 인간은 재난을 통해 삶의 겸손을 배우는 존재로 거듭난다.

'power'가 전기라는 의미에서 '힘(권력)'으로 읽히는 순간부터 자본의 논리와 함께 자연스럽게 '계급'이 정해진다. 이로 인해 펼쳐지는 숨 막히는 전개는 작가가 오랫동안 시나리오를 썼다는 사실을 재확인시켜주며 독자들에게 가독성을 선사할 것이다.

힘, 권력 그리고 전기까지. 모두 인간에게서 오고 인간이 만든 '도구'이다. 혜택이면서 동시에 재앙이 될 수도 있는 power의 민낯

이 섬뜩하다. 인간의 편리함을 위해 발명된 전기(power)가 인간을 파멸로 이끌 수도 있다는 메시지는 우리가 오래 잊고 살았던 괴담처럼 섬뜩하지만, 옳다.

Corona

이 소설은, 작가가 밝혔듯, 코로나19가 기승을 부릴 때 작가가 고립의 시간을 통해 느끼고 이웃들과 교감한 것들이 창작에 도움이 되었다. Corona는 우리가 통과한 호흡기 감염 질환 명칭이면서, 이 소설의 재난을 이해하는 중요한 천문학 용어이다. 두 개의 의미 모두 소설에서 유효하지만 두 단어의 상관성은 존재하지 않는다.

호흡기 감염 질환 바이러스의 의미로 쓰인 Corona라는 단어를 통해 소설의 시간적 배경과 인물들의 심리를 짐작할 수 있다. Corona 감염 사태를 극복하고 회복 단계를 벗어났을 때 전 세계적 정전이라는 초유의 상황과 다시 맞닥뜨리는 이야기가 펼쳐진다. 소설 속 인물 가운데 스캇의 감정선이 매우 불안하고 부정적인 모습을 자주 드러내는 이유는 아버지의 이혼과 코로나로 인한 고립의 시간을 지나온 후유증으로 볼 수도 있다.

천문학에서 Corona는 다른 쓰임을 갖고 있다. 태양의 대기층 중 가장 바깥쪽 부분을 의미한다. 태양의 강렬한 빛 때문에 직접 관찰하기 어려우나, 일식이나 월식 때 해나 달 둘레에 생기는 빛 테두리를 일컫는 것이며, 광환이라고 표기된다. 소설 속 재난, 즉 태양광이 내뿜는 질소의 구름층이 Corona 주변에서 폭발해 지구의 자기권을 무너뜨린다. 소설 첫머리, '캐링턴 사건'에서 그 상황이 언급되며 소설 속 재난의 위력을 상상하게 만든다.

그렇다면, 다른 의미의 두 단어가 어떻게 Corona로 표기되었을까? 답은 간단하다. 태양 둘레의 빛과 전자 현미경을 통해 본 코로나바이러스 구조가 왕관이나 스파이크 모양의 돌기와 비슷해서 붙여진 명칭이다.

한국어 발음대로, 두 상황 모두를 원작처럼 '코로나'로 표기할 때 독자들이 충분히 혼란을 느낄 만하다. 천문학적 의미가 담긴 건 '코로나'로, 다른 하나는 '코로나19'나 '팬데믹'으로 표기해 차별성을 두었음을 밝힌다.

한글 표기법은 다르지만, 두 단어 모두 재난을 떠올리게 만든다. 우리가 통과한 고립과 고통의 감정이 이입된 결과일 것이다. 작가는 어감에서 느껴지는 정서적 위기감까지 소설 속에 그대로 담아냈다.

2

이 소설이 흥미롭고 생생하게 읽히는 이유 가운데 하나는 작가인 데이비드 켑이 미국의 대표적인 각본가이면서 영화감독이라는 경력과 무관하지 않을 것이다. 그는 한국 영화 관객들에게 널리 알려진 〈쥬라기 공원〉, 〈미션 임파스블〉, 〈스파이더 맨〉, 〈우주 전쟁〉 등을 집필한 할리우드 최고의 시나리오 작가 중 한 명이다. 『오로라』는 그의 두 번째 소설이다. 『오로라』도 처음부터 영상화를 염두에 두고 쓴 소설처럼 빠른 전개와 탄탄한 구성, 개성 있는 인물들이 펼치는 매력적인 에피소드를 담아 흥미와 감동을 선사한다.

이 소설은 분명 허구지만, 과학적 근거가 단단한 소설이다. 작은 마을을 배경으로 펼쳐지는 이야기라 더 실감 난다. 국가와 국가, 지구와 우주의 갈등을 보여주는 대서사로 전개되었다면, 아마도 나는 소설 속 인물들이 보여준 결핍과 한계, 그리고 용서와 화해에 이르는 일련의 잔잔한 에피소드에서 느꼈던 감동을 얻지 못했을 것이다. 재난 속에서 결국 인간에 대한 사랑, 용서 그리고 연대에 관한 따뜻한 이야기로 끝맺음으로써 소설적 미덕을 놓지 않는다. 번역하는 내내 위의 모든 장면이 한 편의 영화를 감상하듯 선명하게 뇌리를 스쳤다.

3

『오로라』는 그동안 내가 번역했던 소설들과 결이 달랐다. '문과' 성향의 내가 '이과' 성향의 글을 번역한 기분이라고나 할까. 천문학, 과학, 물리학 등등의 전문 용어들이 생소했다. 체화되지 않은 단어의 뜻을 조사하고 옮기는 일이란 미지의 세계를 여행하는 사람처럼 조심스러웠다. 작가가 〈감사의 말〉에 언급한 것처럼, 나도 그와 비슷한 변명을 남긴다.

"제가 맞게 쓴 것은 모두 '인터넷 검색' 도움 덕분이었고, 틀린 부분은 전적으로 제 불찰입니다."

그럼에도 이야기에 빠져버렸다. 창밖으로 서너 번의 밤이 지나갔던 날들을 기억한다. 쳇 베이커의 음악이 낮게 흘러나오고, 어딘가에서는 꽃이 피고 졌을 것이다. 낮은 음색의 트럼펫 소리가 고군분투하는 소설 속 인물들을 지칠 줄 모르고 내게 불러왔다. 나는 덕분에 한 문장 한 문장 우리말로 옮기는 일의 기쁨을 만끽했다. 분명하고 동시에 모호한 언어의 치명적인 매력이 나를 계속 끌고 간 것이다. 전달하는 자의 의도와 나의 독해가 충돌하는 때도 종종 있었다. 가끔 원작의 의도보다 번역자인 나의 상상력이나 표현 욕구가 앞서 벌어지는 실수도 있었다. 단어 하나를 신중히 고르는 일. 번역 일의 고충이지만, 창작자인 내게는 더할 나위 없는 문장 공부의 시간이라고 생각하니, 감사한 작업이었다.

4

번역을 마쳤을 때 창밖은 더 선명하고 아름다운 색채로 물들어 있었다. 초록은 짙어지고 색색의 꽃들은 제 계절을 만끽한 모습이었다. 좋은 소설을 번역했다는 충만한 느낌이 차올랐다.

어떤 고통은 스스로 치유의 시간과 얼굴을 맞댄다. 톰과 오브리 남매가 비로소 화해의 순간을 맞이하는 장면은 재난이 남긴 선물 같은 것일지도 모른다. 생존을 위협할 정도의 고통 앞에서 용서하지 못할 지난날이 어디 있을까. 오랜 미움과 갈등의 벽을 허무는 데 고통이 제 역할을 했다는 아이러니를 이 소설을 통해 다시 맛본다.

'내게 이런 재난이 닥친다면?' 번역하는 내내 떠나지 않던 질문을 이제 독자들에게 남긴다.

2024년 초여름
북쪽 방에서
임재희

오로라

ⓒ 문학세계사, 데이비드 켑

초판 1쇄 발행　　2024년 8월 13일

지은이　　데이비드 켑
옮긴이　　임재희
펴낸이　　김종해

펴낸곳　　문학세계사
출판등록　　제21-108호(1979. 5. 16)
주소　　서울시 마포구 신수로 59-1, 2층
전화　　02-702-1800
팩스　　02-702-0084
이메일　　munse_books@naver.com
홈페이지　　www.msp21.co.kr

ISBN　　979-11-93001-53-0　03840